MIRA®

Der Preis dieses Bandes versteht sich einschließlich
der gesetzlichen Mehrwertsteuer.

Umwelthinweis:
Dieses Buch wurde auf chlor- und säurefreiem Papier gedruckt.

Jennifer Skully

Eine magische Begegnung

Roman

Aus dem Amerikanischen von
Jutta Zniva

MIRA®

MIRA® TASCHENBUCH
Band 25283
1. Auflage: September 2009

MIRA® TASCHENBÜCHER
erscheinen in der Cora Verlag GmbH & Co. KG,
Valentinskamp 24, 20350 Hamburg

Titel der nordamerikanischen Originalausgabe:
It Must Be Magic

Konzeption/Reihengestaltung: fredebold&partner gmbh, Köln
Umschlaggestaltung: pecher und soiron, Köln
Redaktion: Stefanie Kruschandl
Titelabbildung: Getty Images, München; pecher und soiron, Köln
Autorenfoto: © by Harlequin Enterprise S.A., Schweiz
Satz: Buch-Werkstatt GmbH, Bad Aibling
Druck und Bindearbeiten: CPI – Ebner & Spiegel, Ulm
Printed in Germany
ISBN 978-3-89941-464-6

www.mira-taschenbuch.de

TEST

Fluffy, der Nachbarskater, erzählt Ihnen, dass er einen Mord gesehen hat. Was tun Sie?

A. Ich rufe die Polizei. (Klar, als würde *die* Ihnen glauben.)

B. Ich mache mich im Redwoods-Wald allein auf die Suche nach der Leiche. (Sind Sie verrückt?)

C. Ich bitte den hinreißenden Tanner Rutland, mir zu helfen. Immerhin ist Fluffy der Kater *seiner* Tochter. (Und falls das nicht klappt, verführen Sie ihn.)

Ihre Nachbarin behauptet, ihr Kater habe einen Mord gesehen. Was tun Sie?

A. Ich ergreife schleunigst die Flucht. (Lili Goodweather kann nicht wirklich mit Tieren reden, oder?)

B. Ich sorge dafür, dass Lili sich von meiner Tochter fernhält. (Wir wollen doch nicht, dass diese Frau der kleinen Erika Flausen in den Kopf setzt.)

C. Ich folge Lili, wo auch immer sie mich hinführt.

Wenn Sie sich für **A** oder **B** entschieden haben, ist Ihnen offensichtlich jegliches Gespür für den Zauber des Lebens abhandengekommen. Sie müssen lockerer und offener werden.

Wenn Sie sich jedoch für **C** entschieden haben, sind Sie bereit, in eine andere Welt einzutauchen. In Lili Goodweathers Welt, die – und daran besteht kein Zweifel – zauberhaft ist.

Für John Surette
In unserer Erinnerung wirst du immer lebendig bleiben.
Das Gleiche gilt für dein Lebensmotto:
Can do, will do, doo-doo, John!

Dank
an Linda Simi für ihre Zeit, mit mir meine Gedanken zu erforschen und den Zauber des Lebens zutage zu fördern, und an Cathy Maxwell, die das Vorhaben beflügelt hat. An Jean Cummings, die mir immer hilfreich zur Seite steht, für ihre überzeugende Kritik und die vielen ermutigenden Worte.
An Lucienne Diver, meine Agentin, und an meine Lektorin Ann Leslie Tuttle.

1. KAPITEL

„Können Sie wirklich mit Tieren sprechen?"

Übersetzung: Ich glaube nicht, dass Sie es können. Ich glaube auch nicht an Geister, Vampire oder den Bigfoot. Vom Märchen mit dem Weihnachtsmann ganz zu schweigen.

Von Erwachsenen war Lili Goodweather Skepsis gewohnt, aber nicht von einem zwölfjährigen Mädchen. Kinder besaßen die wunderbare Gabe, an das Unglaubliche zu glauben. Wenn es ihnen nicht schon frühzeitig ausgetrieben wurde … was ganz offensichtlich bei Erika Rutland der Fall gewesen war.

Die Kleine stand mit einem zitternden Tigerkater im Arm vor Lilis Tür. Hinter ihr – wie ein Schutzengel – ihr Großvater. Erika hatte blondes Haar, das ihr gerade über die Schultern fiel, und dunkle Schatten unter den blauen Augen, die einen starken Kontrast zum frischen Rosa ihrer kindlich unschuldigen Bäckchen darstellten. Ein Zeichen für eine Persönlichkeit vom Typ A, die mit psychischem Stress schwer umgehen konnte. Armes Kind.

Lili beschloss, sich die metaphysische Erklärung dafür, wie sie mit Tieren kommunizierte, für später aufzuheben. „Ja, kann ich."

„Okay, da Sie also *behaupten*, es zu können … würden Sie auch versuchen, mit Fluffy zu sprechen?" Erika drückte den Kater fest an ihre Brust.

In dessen Augen waren die Pupillen so groß, dass die sonnenblumengelbe Iris beinahe nicht mehr zu sehen war. Die Haare am Rücken des Katers hatten sich vor lauter Zittern aufgestellt, wodurch das Fell flauschiger und dichter wirkte. Sein Körper war von einer schmutzig blauen Aura umgeben, die Lili an einen reißenden Fluss erinnerte.

„Natürlich versuche ich es." Lili machte die Tür weit auf und ließ die beiden eintreten. Die warme Luft des Aprilnachmittags strömte ins Haus.

Roscoe Rutland – oder Rascally Rutland, der alte Schelm, wie ihn Wanetta genannt hatte – schüttelte ihr die Hand. „Herzlich willkommen und auf gute Naschbarschaft."

Offiziell war sie erst vor fünf Tagen in Wanetta Crumps Haus gezogen, doch sie hatte Erika und ihren Großvater bereits bei ihren früheren Besuchen kennengelernt, als die alte Dame noch lebte.

Roscoes Gesicht war von unzähligen Falten durchzogen, doch es waren fröhliche Fältchen. Als hätte er die Jahre seines Lebens – Lili schätzte, dass es fünfundsechzig waren – genossen und immer gern und viel gelacht. Er schien auch zeitlebens ein sehr schlanker Mensch gewesen zu sein. Jemand, der aß, um zu leben – und nicht lebte, um zu essen.

Mit einem Blitzen in den Augen fügte er hinzu: „Und mein Sohn Tanner kann es gar nicht erwarten, Sie kennenzulernen."

Lili hatte Erikas Vater, den mysteriösen Tanner Rutland, noch nie zu Gesicht bekommen. Gut, vielleicht war mysteriös nicht ganz das richtige Wort. Nicht mysteriös und unheimlich wie ein Axtmörder oder so. Er arbeitete einfach nur viel und schien nicht oft zu Hause zu sein. Lili hatte allerdings ihre Zweifel, ob Tanner Rutland tatsächlich Interesse bekundet hatte, sie kennenzulernen. Die Menschen sagten aus Höflichkeit oft genau das Gegenteil dessen, was sie meinten, und Roscoes enthusiastische Begrüßung klang ein bisschen überzogen.

Lilis langer, weiter Rock rauschte um ihre Beine, als sie ins Haus vorging. „Willkommen in meinem Heim." Es war großartig, diesen Satz aussprechen zu können.

Als Roscoe eintrat, fiel sein Blick sofort auf den Boden, dessen schwarz-weißes Schachbrettmuster im Gegensatz zu früher – als der Boden immer nur Grau in Grau gewesen war – wieder deutlich hervortrat. „Sie haben das Haus wunderbar hergerichtet."

„Vielen Dank." Wanettas Haus war kurz nach 1900 gebaut worden, hatte eine große Terrasse mit einer Verandaschaukel, die an dicken Balken befestigt war, Fensterläden aus Holz und Mansardenfenster im winzigen Dachgeschoss. Im ersten Stock befanden sich ein Badezimmer mit einer gusseisernen, frei stehenden Wanne sowie drei Schlafzimmer, von denen Lili eines zu ihrem Arbeitszimmer umfunktioniert hatte. An regnerischen Winterabenden versprach es vor dem Kamin im Wohnzimmer traumhaft gemütlich zu sein, doch Lilis Lieblingsplatz war – trotz der altmodischen Ausstattung – die Küche. Sie saß oft an Wanettas großem Holztisch am Fenster und sah den Blauhähern draußen zu, wie sie einander zuzwitscherten und in der Erde nach Würmern pickten. Der Wald reichte fast bis zu ihrem Garten.

Es hatte eine ganze Woche gedauert, das Haus von oben bis unten gründlich zu putzen, doch nun war Lili fertig. Glücklicherweise – denn morgen war Freitag, und sie musste wieder zur Arbeit in den Blumenladen.

„Wanetta war Ihnen sehr dankbar, dass Sie immer gekommen sind, wenn eine ihrer Katzen Hilfe brauchte. Ganz zu schweigen von dem Problem mit dem Katzenklo." Roscoe hielt sich theatralisch die Nase zu.

„Ich habe es gern gemacht", sagte Lili. Wanetta hatte ihr sieben Katzen hinterlassen, die sich seit Lilis Einzug allerdings allesamt versteckt hielten. Außer zum Fressen und für kurze Abstecher in die Waschküche, wo sie durch eine Katzentür ins Freie huschten, um ihr Geschäft zu verrichten, waren sie die letzten Tage nicht aus ihren Versteck gekommen. Als eine verzweifelte Wanetta Lili zum ersten Mal wegen der Katzen – damals zwanzig an der Zahl – um Hilfe gebeten hatte, war es Lili gelungen, die Tiere zu überreden, doch für ihr Geschäft die unbegrenzten Möglichkeiten in der freien Natur und nicht die Teppiche zu nutzen. Nachdem Wanetta dann alle Teppiche herausgerissen und darunter der Holzboden zum Vorschein gekommen war, hatte es im ganzen Haus stets frühlingsfrisch geduftet.

„Ich freue mich sehr, dass sie Ihnen das Haus vererbt hat", fuhr Roscoe fort.

„Es war unglaublich großzügig von ihr." Lili war der alten Dame schrecklich dankbar für die Erbschaft. Mit ihrem Gehalt im Blumenladen hätte sie sich niemals ein Haus kaufen können – nicht einmal hier in Benton, der kleinen Stadt am Fuß der Berge, eineinhalb Stunden südlich von San Francisco. Von hier aus war man in zwanzig Minuten mit dem Bus am Strand (und beim Boardwalk-Vergnügungspark, den Lili sehr liebte) und in zehn Minuten zu Fuß im Wald. Sosehr sie auch ihre Eltern vermisste, seit die beiden nach ihrer Pensionierung nach Florida gezogen waren – sie selbst hätte es nie übers Herz gebracht, ihre Heimatstadt zu verlassen. Es gab keinen schöneren Platz auf der ganzen Welt.

„Grandpa, glaubst du, wir könnten jetzt über Fluffy reden?"

Lili konnte nachempfinden, wie es Erika ging. Die Erwachsenen redeten und redeten, dabei gab es doch Wichtigeres zu tun. Wie beispielsweise endlich zur Sache zu kommen und Fluffy zu helfen.

„Warum setzen wir uns nicht?" Alle nahmen am Küchentisch Platz. Lili in der Mitte, Roscoe zu ihrer Linken, und Erika saß ihnen mit Fluffy auf dem Schoß gegenüber.

Ehe Lili auch nur irgendetwas getan hatte, begann Fluffy zu knurren. Er starrte auf den Boden.

Einstein war auf leisen Pfoten hereingeschlichen und saß nun auf dem Schachbrettboden mitten in der Küche. Ihr Schwanz zuckte hin und her. Sie war eine Russisch Blau Katze mit weichem, silbern glänzendem Fell, lebte seit sieben Jahren mit Lili zusammen und war im Allgemeinen eine große Hilfe, wenn es galt, den Problemen anderer Tiere auf den Grund zu gehen.

Während Fluffy Einstein ansah, veränderte sich seine schmutzig blaue Aura und wurde dunkler und unruhiger. Lili war sich nicht sicher, ob andere Menschen Auren auf dieselbe Art wahrnahmen wie sie; sie wusste nur, dass sie die Aura eines Tieres als *Gefühl* spüren konnte. Und Fluffy war eindeutig wütend auf Einstein.

Einstein bewegte lediglich ihren Schwanz leicht irritiert hin und her.

„Ich glaube nicht, dass sich die beiden mögen", sagte Erika und kraulte Fluffy den Rücken. Er entspannte sich, und seine Aura wurde sichtlich harmonischer. Erikas Streicheln hatte offensichtlich eine positive Wirkung auf ihn.

„Jemand ist in sein Revier eingedrungen", erklärte Lili.

Einstein war dieser Eindringling, weil Lili mit ihr in Wanettas Haus gezogen war. Fluffy hatte es die neue Katze von Anfang an unmissverständlich spüren lassen. Und obwohl Lili gehofft hatte, dass sich die Feindschaft der beiden legen würde, war Fluffy abweisend geblieben. Einstein behauptete, der rote Tigerkater mochte keine weiblichen Wesen, die klüger waren als er selbst.

Der Typ ist ein Schlappschwanz. Welche einigermaßen selbstbewusste männliche Katze würde schon auf den Namen Fluffy *hören?*

Während die meisten Menschen in Worten dachten, dachten Tiere in Bildern. Doch mit der Zeit hatten Lili und Einstein gelernt, ihre Gedanken dem anderen relativ schnell zu übermitteln. Lili wurde von Einstein gerade das Bild eines Katers gesendet, den man seiner Männlichkeit beraubt … äh … Einstein konnte manchmal sehr drastisch im Denken sein.

Hab doch ein bisschen Mitleid, ermahnte Lili sie. Die Leute verstanden nicht, dass die Namen, die man Tieren gab, ungeheuer wichtig waren. Namen waren Bilder. Sie machten beispielsweise eine Katze zum Alphatier, zu einem Beschützer. Fluffys Potenzial zum Alphatier hingegen schwand jedes Mal ein Stückchen mehr, wenn Erika ihn *Fluffy* nannte. Tiere verrieten ihren Besitzern ihre Namen. Man musste nur genau hinhören. Nicht dass man Tiere tatsächlich jemals besitzen konnte, insbesondere Katzen nicht. Wenn schon, war es umgekehrt: Die Katze besaß den Menschen. Das traf jedenfalls ganz sicher auf Einstein zu.

Doch jetzt wäre ein ungünstiger Zeitpunkt, Roscoe und Erika dies alles zu erklären. „Reden wir darüber, wie ich mit Tieren spreche."

„Ja, bitte." Erika sah Lili mit ihren blauen Augen gespannt an. Sie hatte den ernsthaften Blick eines alten Menschen. Oder den eines Skeptikers.

Lili strich sich ihr langes Haar aus dem Gesicht und legte die Hände in den Schoß. „Nun, da wäre als Erstes die Farbe." Sie strich über Fluffys rotes Fell. „Nicht die Farbe des Fells, sondern die Farben, die den Körper umgeben." Zur Veranschaulichung beschrieb sie mit ihren Händen Kreise in der Luft. „Die Stimmung des Tiers spiegelt sich in den Farben um seinen Körper wider. Genau wie bei Menschen."

„Sie meinen eine Aura."

Lili strahlte. „Richtig, eine Aura."

„Angeblich ist es ein elektromagnetisches Feld. Aber *ich* habe noch nie eine Aura gesehen." Erika zog eine weißblonde Augenbraue hoch, die noch viel heller war als ihr Haar. Es war klar, was das bedeutete. Da sie noch nie so etwas gesehen hatte, existierte es wahrscheinlich nicht.

Die kleine Erika mochte eine Skeptikerin sein, doch sie war zweifellos intelligent. Wo hatte sie sich über Auren informiert? „Nicht alle Menschen können sie sehen. Man muss … offen dafür sein.“

„Wie sieht meine Aura aus?“

Nun ja, Erika hatte ein bisschen zu viel Braun in ihrer gelben Aura. So als würde ihr die Schule oder irgendetwas anderes ziemlichen Stress bereiten. Doch das wollte Lili ihr nicht sagen. Bei einem Kind konnte es kontraproduktiv sein. „Sie ist gelb. Das heißt, dass du kreativ, optimistisch und unbekümmert bist.“

Erika blinzelte. Einmal. „Okay.“

Lili war nicht wirklich überzeugt, dass diese Eigenschaften derzeit auf Erika zutrafen. Doch die Kleine hätte viel Potenzial, wenn es ihr nur gelänge, ihren Stress loszuwerden.

„Wie kommunizieren Sie sonst noch mit Tieren?“, fragte das Mädchen schließlich.

„Tiere denken in Bildern. Und ich kann sie sehen. Wir schicken …“ Sie unterbrach sich, legte den Kopf schief und überlegte, wie sie es am besten erklären sollte. „… wir schicken Filme hin und her. Wie bei Netflix.“

„Bei Netflix schickt man sich DVDs per Mail. Ich glaube nicht, dass es bei Ihnen *so* funktioniert.“ Erika war offensichtlich kein Freund bildhafter Vergleiche.

Roscoe gab ein Geräusch von sich, das wie Schnarchen klang.

„Ein besserer Vergleich fällt mir nicht ein“, sagte Lili.

„Es war kein schlechter Versuch.“ Aha, Erika war zwar kein Freund von Vergleichen, aber höflich. „Können wir jetzt anfangen, bitte? Ich muss noch Hausaufgaben machen, und mein Dad mag es nicht, wenn ich nicht fertig bin, wenn er nach Hause kommt.“ Das Kind war definitiv eine harte Nuss.

Sieh es endlich ein, Lili. Erika glaubt dir nicht, dass du es kannst.

Lili hatte schon mit vielen Skeptikern zu tun gehabt. Es

machte ihr nichts aus. Den meisten Leuten war es egal, auf welche Weise ihrem Tier geholfen wurde. Hauptsache, das Problem wurde gelöst – selbst wenn sie der Meinung waren, es stecke nicht mehr dahinter als viele bohrende Fragen und etwas Intuition. Am Schluss hatte Lili die Bedeutung der Bilder, die sie sehen konnte, verstanden und das Rätsel gelöst. Das war alles, was zählte. „Ich verspreche dir, dass ich mich bemühen und mein Bestes geben werde, Erika."

„Mein Dad sagt, dass man seine Bemühungen nicht mit dem Ergebnis verwechseln soll. Es ist in Ordnung, wenn Sie zugeben, dass Sie Fluffy nicht helfen können."

Die Bemühungen nicht mit dem Ergebnis verwechseln … tja, das war eine ziemlich enge Sicht der Dinge. Was war, wenn ein kleines Mädchen beispielsweise so viel lernte, wie es nur konnte, und trotzdem nur ein „ausreichend" für seinen Test bekam? Hieß das nicht, dass der Lehrer oder der Elternteil sich genauso sehr wie das Kind anstrengen müssten? Lili begann zu verstehen, was die dunklen Schatten unter Erikas Augen bedeuteten. Angst zu versagen.

Lili beugte sich vor und kraulte Fluffy am Hals. Die Katze zitterte vor Angst. „Warum erzählst du mir nicht, was passiert ist und weshalb du glaubst, dass ihn irgendetwas verstört hat?"

Erika sah sie erstaunt an. „Ist das nicht Schummeln? Mein Dad sagt, genau so arbeiten die Wahrsager. Sie beobachten deine Körpersprache und stellen einen Haufen Fragen, bevor sie dir aus der Hand lesen. Dann verwenden sie alles, was man ihnen erzählt hat, und tun so, als würden sie es tatsächlich in der Handfläche sehen. Die meisten Leute sind sehr leicht zu täuschen. Und *das* hat nichts mit magischen Kräften zu tun."

„Ich habe nie behauptet, dass das, was ich mache, mit Magie zu tun hat. Ich höre einfach zu." Lili legte beruhigend ihre Hand auf Erikas Arm. „Aber es gibt so viel Zauberhaftes auf der Welt. Zum Beispiel die Schönheit eines Sonnenaufgangs oder der Morgennebel, der durch den Wald nach oben schwebt, oder der salzige Geschmack des Meeres auf der Zunge. Glaubst du nicht an magische Momente?“

„Das hat nichts mit Magie zu tun. Das ist die Natur.“

Das arme Kind. „Dann würde ich sagen, dass du eher nicht an Magie glaubst.“

„Mein Dad sagt, Magie ist …“

Lili unterbrach sie. „Ich habe nicht gefragt, was dein Dad glaubt. Was glaubst *du*?“

Roscoe neben ihr hielt die Luft an. Lili spürte es, weil es plötzlich mucksmäuschenstill in der Küche war.

„Sonnenaufgänge, Nebel im Wald und das Meer sind einfach da. An ihnen ist überhaupt nichts Magisches“, sagte Erika.

Aber jeder Sonnenaufgang war anders, und es war jedes Mal einzigartig, wenn man durch den Wald spazierte oder den Sand unter den nackten Füßen spürte. Doch Erika war nicht in der Lage, es zu erkennen.

Jedes Kind kommt mit der Fähigkeit auf die Welt, das Magische eines Sonnenaufgangs wahrzunehmen, aber irgendwie war Erika Rutland mit ihren zwölf Jahren diese Gabe abhandengekommen. Es war eine Tragödie. Vielleicht lag es daran, dass sie ihre Mutter verloren hatte, als sie erst zwei Jahre alt gewesen war. Wanetta hatte es Lili erzählt. „Warum hast du Fluffy zu mir gebracht, wenn du nicht glaubst, dass ich ihm helfen kann?“

Erika schaute nach rechts. Die Antwort war offensichtlich.

„Dein Großvater hat dich dazu überredet.“

„Er meinte, es könnte nicht schaden.“

Es würde nicht schaden, und es würde Fluffy bald besser gehen, davon war Lili überzeugt. Doch sie hatte gewisse Zweifel, ob Erika jemals die Fähigkeit wiedererlangen würde, den Zauber des Lebens wahrzunehmen.

„Gut, kommen wir zur Sache“, sagte Lili ruhig. „Wir möchten Fluffy helfen. Mit jeder Information, die du mir gibst, kommen wir schneller und leichter zum Ziel.“

Roscoe zog eine weiße Augenbraue hoch. „Los, erzähl, Schatz.“ Dann zwinkerte er Lili zu.

Aha, hier also war derjenige der Familie Rutland, der an sie glaubte.

„Er schläft nachts auf der Veranda“, sagte Erika endlich. „Aber heute Morgen, als ich ihn füttern wollte, war er nicht da. Und er ist auch nicht gekommen, als ich ihn gerufen habe. Als ich später zur Schule musste, war er immer noch nicht zu Hause.“

„Wir haben nachts die Kojoten gehört“, fügte Roscoe hinzu.

Kojoten konnten einem – obwohl sie zum Leben hier in den Bergen gehörten – Angst einjagen. Lili hatte sie gestern Nacht ebenfalls gehört. Tagsüber waren sie zwar auch auf der Jagd, aber in der Stille der Nacht war ihr Heulen viel weiter zu hören. Allein beim Geheule eines Rudels, das sich auf die Fersen irgendeines kleinen Tieres geheftet hatte, bekam man eine Gänsehaut. Das Beutefieber und die Lust zu töten schwangen deutlich in ihren Schreien mit – diesem gespenstischen, gierigen Jaulen und Heulen. Wanettas Katzen hatten im Haus geschlafen.

„Ich dachte, dass Fluffy bestimmt etwas Schlimmes passiert ist“, flüsterte Erika. „Er kommt morgens sonst immer und verlangt sein Futter.“

Katzen hatten eine ausgezeichnete innere Uhr. Wenn man nicht von selbst wach wurde und ihnen das Gewünschte gab, weckten sie einen. Einstein pflegte in solchen Fällen auf Lilis Kopfkissen zu sitzen und sie so lange anzustarren, bis sie die Augen aufmachte.

„Du hast dir bestimmt den ganzen Tag in der Schule Sorgen um ihn gemacht.“

Die Augen der Kleinen wurden feucht, und ihre Unterlippe zitterte. Es war das erste Mal, dass sie Gefühle zeigte. „Ja“, flüsterte sie und schniefte. „Er hatte sich unter dem Holzboden der Veranda versteckt, als ich am Nachmittag nach Hause gekommen bin.“

„Das war vor ungefähr einer Stunde“, erklärte Roscoe.

„Wie hat er sich verhalten, als du ihn gefunden hast?“

Erika beugte sich schützend über den Kater und drückte ihn an ihre Brust. „Sobald ich eine schnelle Bewegung gemacht habe, hat er sich unter dem Bett oder hinter der Couch versteckt. Und er hat nicht aufgehört zu zittern.“

Eindeutig irgendeine Form von Trauma. Lili sah zu Einstein. Die Katze blinzelte nur.

Lili war also auf sich allein gestellt. „Fangen wir an.“

Sie beugte sich vor und schaute Fluffy lange in seine gelben Augen. Seine Pupillen veränderten sich, und Lili sah, wie sich ihr Spiegelbild in seinen Augen bewegte. Ein Tier anzustarren galt als Zeichen von Aggression, aber sie hatte festgestellt, dass es auch eine Form von Hypnose sein konnte. Obwohl sie sich nie ganz sicher war, wer wen hypnotisierte. Schließlich schloss Lili ihre Augen und sah sich auf einem Baum sitzen. Vor ihr erstreckte sich eine große Wiese, hinter ihr war dichter Nebel. Nun, genau genommen saß sie nicht auf dem Baum, sondern kauerte an den Stamm gelehnt hoch oben auf einem Ast. Sie roch nasses Gras, feuchte Erde und Riesenameisen, die nach Traubengelee dufteten. Eine Eiche. Riesenameisen liebten Eichen. Die Ameisen schmeckten ebenso lecker, wie sie dufteten.

Im Laub links des Baumes raschelte es. Lili zitterte nun wie Fluffy. Da war irgendetwas. Es roch nach Mensch, aber es war ein übler Geruch, wie von rohem Fleisch, das in der Sonne gelegen hatte. Licht blitzte durch die Äste. Es kam von einem grauen Gegenstand, der auf dem Kopf eines Menschen befestigt war – ein Helm. Und da war ein Geräusch – wie von einem Hammer, der dumpf auf einen nassen Schwamm aufschlug. Der Mensch schwang einen Ast oder einen Stock auf und ab. Und immer wieder war dieses schreckliche dumpfe Geräusch zu hören, wenn der Stock traf. Er schlug auf ein unförmiges Etwas ein, das am Boden lag.

Lili bekam eine Gänsehaut. Ihr Herz raste genauso wie Fluffys Herz. Sie wollte weglaufen, doch dieser Mensch durfte sie nicht sehen. Alles, was sie tun konnte, war, sich hier auf ihrem Baum zu verstecken.

Lili bekam vor Angst und Entsetzen keine Luft mehr. In ihren Ohren rauschte und hämmerte es. Sie machte die Augen auf und schob die Bilder weg. Einstein saß geduckt und mit aufgestelltem Rückenfell auf dem Schachbrettboden. Die Katze konnte sich zwar nicht in Fluffy hineinversetzen, doch sie war Lili auf ihrer Reise gefolgt. Sie hatte flüchtige Bilder dessen mitbekommen, was Lili gesehen hatte, und spürte ihr Entsetzen.

Doch es war Fluffy, dessen Verhalten Lili wirklich erstaunte. Die Farben seiner Aura wurden heller, dann blinzelte er und begann zu schnurren. Es war äußerst merkwürdig – als wäre ein Teil seiner schweren Last durch das Mitteilen der Bilder von ihm abgefallen.

Erika lächelte und barg ihren Kopf in seinem Fell. „Er schnurrt."

Lili empfing kein einziges sarkastisches Bild von Einstein.

Sie konnte weder Erika noch ihrem Großvater erzählen, was sie gerade gesehen hatte. Vielmehr was Fluffy gesehen hatte. Lili musste noch nachdenken. Waren die Bilder real gewesen? Oder hatte sie etwas missverstanden?

Roscoe sah sie besorgt an. Seine Lachfältchen waren nun Sorgenfalten. „Alles in Ordnung mit Ihnen? Geht es Ihnen gut?"

Lili ging es alles andere als gut, so wie es auch Fluffy trotz seines Schnurrens alles andere als gut ging. Doch das konnte sie Roscoe nicht sagen. „Alles okay. Ich bin immer ein bisschen durcheinander …“ Panisch! „… nachdem ich so etwas gemacht habe.“

Sie faltete ihre zitternden Hände.

„Wanetta hat nie erwähnt, dass es Sie so mitnimmt.“

So schlimm war es auch noch nie gewesen, denn etwas in dieser Art hatte sie ja noch nie gesehen. Für gewöhnlich musste sie sich nur mit Problemen wie Katzenklos oder Hunden auseinandersetzen, die nach der Hand ihrer Menschen schnappten.

Lili lächelte. Sie zwang sich, dieses Lächeln auch in ihrem Blick zu zeigen, damit Roscoe sich keine Sorgen machte. „Alles okay, wirklich.“ Obwohl dieses „Okay“ ein Wort war, das von „Ich bin zwar okay, aber es geht mir nicht fantastisch“ bis zu „Ich lüge euch die Hucke voll, was mein Befinden betrifft“ bedeuten konnte.

Sie musste so tun, als wäre alles normal. Sie musste sich irgendetwas einfallen lassen, das sie Erika und ihrem Großvater erzählen konnte, ohne die beiden zu beunruhigen. Zumindest so lange, bis sie wusste, was sie unternehmen sollte. „Fluffy hat sich letzte Nacht auf einem Baum versteckt …“ Sie schluckte und suchte nach irgendeiner harmlosen Begründung. „… wegen der Kojoten. Deshalb ist er heute ein bisschen verschreckt. Ich glaube, das Beste wird sein, du behältst ihn über Nacht im Haus, bis er sich beruhigt hat.“

Fluffy hatte keine Kojoten gesehen, die irgendein armes Tier erbeutet hatten. Lili glaubte nicht, dass sie auch nur irgendetwas falsch verstanden hatte.

Fluffy war Zeuge eines Mordes gewesen. Des Mordes an einem Menschen.

2. KAPITEL

Lili spricht mit Tieren, und sie sagt, dass wir Fluffy im Haus behalten sollen, bis er sein Trauma überwunden hat. Lili sagt, er hat gesehen, wie die Kojoten irgendein kleines Tier in Stücke zerfetzt haben und dass dort überall ganz viel Blut war." Erika schüttelte sich vor Grauen und sah ihren Vater dann – gespannt auf seine Reaktion – verstohlen von der Seite an.

Tanner schenkte Erikas dramatischer Beschreibung von Fluffys traumatischem Erlebnis keine Beachtung. Er hatte den Verdacht, dass seine Tochter heftig übertrieb, um sein Mitleid zu erregen. Diese Vermutung erhärtete sich, als er merkte, dass Roscoe sich ein kleines Lächeln nicht verkneifen konnte. Statt in Mitleid zu zerfließen, dachte Tanner an die neue Couch, die er voriges Jahr hatte kaufen müssen, weil Fluffy begonnen hatte, die alte als Teil seines Reviers zu markieren. Ganz zu schweigen von den Kratzspuren an allen Türen und von den Löchern, die der Kater mit seinen Krallen ins Moskitonetz an der Küchentür gerissen hatte. Fluffy mochte keine geschlossenen Türen. Der Kater mochte so einiges nicht und machte Tanner dadurch das Leben schwer, doch Erika vergötterte das kleine Monster. Und das, obwohl das Tier in Tanners Augen so überhaupt nichts von einem flauschigen „Fluffy" an sich hatte. Sie hätten ihn Loki nennen sollen, nach dem Gott der Zwietracht und List aus der nordischen Mythologie.

Doch nicht Fluffy war das Wesentliche in Erikas Bericht. Nein, es war diese Dame namens Lili. „Diese Frau behauptet also, mit Tieren reden zu können? Wie Dr. Dolittle vielleicht?"

Herrje, sie hatten ganz offensichtlich eine Knalltüte als neue Nachbarin. Er hätte besser aufpassen sollen, wer ins Haus nebenan zog. Wanetta war ein durch und durch reizender Mensch gewesen, und Tanner vermisste sie, obwohl ihre Katzen praktisch seinen ganzen Garten gedüngt hatten. Immer wenn er zwischendurch einmal Zeit gefunden hatte, ein bisschen im Garten zu arbeiten, war er in ihre Häufchen getreten.

„Dr. Dolittle aus diesem alten Film aus den Sechzigern? Oder meinst du die neue Version mit Eddie Murphy?", fragte Erika.

Tanner warf einen Hilfe suchenden Blick gen Himmel. „Du siehst zu viel fern. Roscoe wird deine Fernsehzeiten einschränken müssen."

Sein Vater drehte den Fernseher leiser. Und schmunzelte.

Tanner würde später mit Roscoe darüber reden, was genau Erika machen durfte, wenn sie von der Schule kam. „Hast du deine Hausaufgaben erledigt?"

„Ja, Dad. Gleich nachdem wir mit Lili gesprochen haben."

„Und glaubst du, es ist alles richtig?"

Seine Tochter bedachte ihn mit einem äußerst selbstbewussten Blick. „Selbstverständlich. Also, können wir Fluffy im Haus lassen? Ich verspreche, dass ich ihn noch einmal nach draußen lasse, damit er sein Geschäft verrichten kann, bevor ich ins Bett gehe. Und ich lasse die ganze Nacht meine Zimmertür geschlossen und lasse ihn sofort wieder raus, sobald ich aufgestanden bin." Sie sah ihn mit ihren großen blauen Augen erwartungsvoll an.

Seine Tochter hatte ihn um den Finger gewickelt.

„Lass mich mit Fluffy reden." Nicht *reden,* wie die Katzenfrau es tat, sondern *reden*, indem man den Kater streng anschaute und daran erinnerte, wer hier der Boss war. Tanner wusste, dass er Fluffy die Nacht über im Haus bleiben lassen würde, aber er würde zumindest eine kleine Show vor dem Tier abziehen müssen.

„Aber schrei ihn nicht an, okay?" Erika, der kleine Gauner, tat so, als müsste sie gleich zu weinen anfangen, und ließ sogar ihre Unterlippe ein wenig zittern. „Lili sagt, durch Schreien nimmt seine sensible Psyche Schaden. Und es geht ihm momentan ohnehin schon sehr schlecht."

Lili ... Er würde mit dieser Frau darüber reden müssen, dass sie seiner Tochter nicht solche Flausen in den Kopf setzte. „Ich schreie Fluffy nie an."

Roscoe räusperte sich. „Äh, doch, das tust du, Tanner."

Erika nickte eifrig. „Ja, das tust du, Dad."

Er hob den schweren Tigerkater auf seinen Schoß. Fluffy begann prompt zu schnurren. Was nun *tatsächlich* ein wenig ungewöhnlich war – zumindest in Anbetracht der Tatsache, dass er auf Tanners Schoß saß. Doch der nützte den kleinen Ausrutscher des Katers sofort aus. „Wenn ich die ganze Zeit mit ihm schreie, warum hat der kleine Fluffy mich dann so lieb?"

Erika sah ihren Vater an. „Er leidet unter dem Stockholm-Syndrom."

Tanner sah sie entgeistert an. „Wie bitte?"

„Das Stockholm-Syndrom. Du weiß schon, das ist, wenn die Entführungsopfer sich mit den Entführern identifizieren und Mitleid mit ihnen entwickeln."

„Ich weiß, was es ist." Dann lachte er. Woher hatte seine Tochter nur diese ganzen Dinge? Und mit welcher Selbstverständlichkeit sie darüber redete! Dem Himmel sei Dank. Sie war erst zwölf und schon so verdammt klug! Tanner hätte vor Dankbarkeit weinen können. Wie hatte er es nur geschafft, ein dermaßen wunderbares Kind großzuziehen? „Fluffy hat kein Stockholm-Syndrom."

„Lili sagt ..."

„Es ist mir egal, was Lili sagt." Er war sich ganz sicher, dass Lili das Stockholm-Syndrom mit keinem Wort erwähnt hatte. Tanner setzte den Kater auf den Boden, schlug sich energisch auf die Knie und stand auf. „Für diese Nacht ist es okay. Was wir morgen Nacht machen, besprechen wir … morgen. Und jetzt möchte ich wissen, was es zum Abendessen gibt."

Roscoe sprang auf. „Hackbraten mit Kartoffelbrei."

„Und was ist mit Gemüse?" Ein Kind im Wachstum musste genug Gemüse zu essen bekommen. Tanner selbst nahm sich auf dem Weg von der Arbeit schon mal Fast Food mit nach Hause, doch Erika sollte sich an dieses Zeug gar nicht erst gewöhnen.

„Brokkoli."

Er hasste Brokkoli. Aber er war gesund für Erika, also würde auch er ihn hinunterwürgen. „Geh dir die Hände waschen, Liebes."

Gemeinsam mit Fluffy, den sie sich wie ein Bündel Wäsche unter den Arm geklemmt hatte, stürmte Erika aus dem Wohnzimmer.

Sobald sie die Treppe hinauf verschwunden war, wandte sich Tanner an Roscoe. „Erzähl mir mehr über diese Frau in Wanettas Haus."

„Lili Goodweather? Sie ist sehr hübsch."

„Ich meine nicht ihr Aussehen. Ist es die, die angeblich immer mit Wanettas Katzen geredet hat?"

„Genau die."

Tanner fuhr sich durchs Haar. „Und", fragte er leicht ungeduldig, „was weißt du sonst noch über sie?"

„Wanetta hat ihr für ihre Hilfe das Haus vererbt."

Verdammt. „Sie hat sich allen Ernstes von einer alten Frau mit einem Haus bezahlen lassen?" Er hätte eindeutig besser darauf achten sollen, was drüben in Wanettas Haus vor sich ging.

„Nein, so war es nicht. Für Wanetta war Lili wie eine Tochter. Sie wollte ihr helfen. Und sie wollte nicht, dass ihre Katzen im Tierheim landen. Wanetta hat sich gewünscht, dass Lili in aller Ruhe ein gutes Zuhause für die Tiere findet."

„Na gut, diese Lili ist also keine Erbschleicherin. Aber dass du Erika mit zu ihr hinübergenommen hast ..."

„Es hat der Kleinen gutgetan. Sie war verzweifelt, als Fluffy heute Morgen nicht nach Hause gekommen ist. Es hat mir das Herz gebrochen mit anzusehen, wie sie leidet." Roscoe legte sich eine Hand auf die Brust. „Und nachdem sie ihn nach der Schule gefunden hat, hat es mir fast *noch einmal* das Herz gebrochen, als sie – ohne Erfolg – versucht hat, ihn aufzuheitern." Roscoe sah ihn vorwurfsvoll an. „Deshalb tut es mir nicht leid, dass ich mit ihr zu Lili gegangen bin."

Tanner merkte, wie sich sofort sein schlechtes Gewissen meldete, weil er fast nie da war, wenn Erika ihn brauchte. Mit jeder beruflichen Beförderung wurde seine Zeit für die Familie sukzessive weniger. Ständig nahm er sich vor, um sechs Uhr abends zu Hause zu sein, aber mindestens dreimal in der Woche wurde es sieben – oder noch später. Ganz zu schweigen von der Arbeit, die er sich für das Wochenende mit nach Hause nahm.

„Ich muss jetzt das Brot aus dem Ofen nehmen."

Tanner hielt ihn zurück. „Ich bin froh, dass du mit ihr bei dieser Lili warst. Man merkt, dass es ihr geholfen hat." Wenn Tanner auch nicht ganz einverstanden mit dieser Sache war – Roscoe hatte das Herz am rechten Fleck.

Sein Vater schmunzelte. „Lili ist eine zauberhafte junge Frau, Tanner. Du würdest sie mögen, wenn du ihr eine Chance gäbst. Unterhalte dich doch mal mit ihr. Überzeuge dich persönlich davon, ob sie einen guten oder einen schlechten Einfluss auf Erika hat." Dann eilte er in die Küche.

„Das werde ich allerdings", murmelte Tanner und ging nach oben, um sich umzuziehen.

Er war nicht immer einer Meinung mit seinem Dad gewesen und hatte seine Probleme damit gehabt, wie Roscoe sein Leben gestaltet hatte. Ständig hatte er seine Jobs gewechselt und versucht, seine selbst komponierte Musik zu verkaufen. Es war ihm trotz aller Bemühungen nie gelungen. In gewisser Weise hatte Roscoe Tanners Mutter im Stich gelassen. Wochenlang war sie allein zu Hause geblieben, während er selbst – ohne Erfolg – unterwegs war, um seinen Traum zu verwirklichen. Eines Tages war sie im Krankenhaus an Krebs gestorben, und nur ihr damals 19-jähriger Sohn war bei ihr gewesen. Roscoe hatte es nicht geschafft, rechtzeitig da zu sein.

Ja, Tanner hatte seine Probleme mit Roscoe, doch seit sein Vater vor vier Jahren zu ihm gezogen war, hatte er sich als Geschenk des Himmels entpuppt. Und dafür, wie sehr er Erika liebte und wie gut er für sie sorgte, hatte ihm Tanner alles verziehen. Tanner arbeitete im Silicon Valley und brauchte – an guten Tagen – eine gute Stunde hin und wieder zurück. Doch er wollte, dass Erika hier in dieser ländlichen Gegend am Fuße der Berge und in jenem Haus aufwuchs, in dem sie geboren war. Sie sollte nach der Schule nach Hause kommen und weder ein Schlüsselkind sein, noch sich – was noch schlimmer gewesen wäre – am Nachmittag in irgendwelchen Einkaufszentren herumtreiben. Er schauderte bei dem Gedanken an die Zeit, bevor Roscoe vor vier Jahren zu ihnen gezogen war, weil sein Leben damals eine einzige Pechsträhne gewesen war (was nicht heißen sollte, dass sein Vater *jemals* viel Glück gehabt hätte). In den ersten vier Jahren nach Karens Tod hatte Tanner sein geliebtes Kind einer Tagesmutter anvertrauen müssen. Oft war er damals nachts schweißgebadet aufgewacht, weil er sich solche Sorgen um sie gemacht hatte.

Vor all diesem Umbill hatte Roscoe ihn gerettet, oder sogar mehr als das: Er hatte Erika gerettet.

Und deshalb hatte Tanner alles, was er seinem Vater lange Zeit übel genommen hatte, beiseitegeschoben. Wichtig war, dass Erika behütet aufwuchs und ein guter, anständiger Mensch wurde. Sie würde es in ihrem Leben weit bringen. Tanner lachte leise in sich hinein. Stockholm-Syndrom. Auf so etwas konnte auch nur seine Tochter kommen. Sie war einfach wunderbar. Immer wieder versetzte es ihn in dankbares Staunen, dass dies *sein* Kind war.

Und deshalb würde er dieser Miss Lili von nebenan einen Besuch abstatten. Er wollte nicht, dass sie seine vernünftige Tochter mit ihren seltsamen Spinnereien ansteckte.

Roscoe nahm das Brot aus dem Ofen und steckte ein Messer hinein. Ah, wunderbar.

Noch besser war allerdings der bevorstehende kleine Ausflug seines Sohnes zum Nachbarhaus. Nach dem Essen würde Tanner durch die Hecke nach drüben schlüpfen müssen. So ähnlich wie Alice im Wunderland bei ihrem berühmten Fall durch das Kaninchenloch. Tanner hatte ja gar keine Ahnung, was ihn erwartete. Roscoe war nicht absolut überzeugt, dass Lili mit Tieren sprechen konnte, aber er hatte in seinem langen Leben schon einige unerklärliche Dinge gesehen und gehört und war bereit, dieser Frau eine Chance zu geben. Lili war ein ungewöhnlicher Mensch. Herzlich, liebevoll und voller Schwung und Elan. Genau jene Art von Einfluss, die Erika brauchte.

Obwohl Tanner dazu neigte, zu viel zu arbeiten und sich zu wenig Freizeit zu gönnen, war er ein guter Vater. Doch es gab einen Punkt bei Erikas Erziehung, den Roscoe Tanner vorwerfen musste. Die arme Kleine hatte keine Träume. Sie wollte Betriebswirtschaft studieren und Karriere wie ihr Vater machen, der im Silicon Valley ein wichtiger Finanzmanager war. Um Himmels willen, was für ein Traum war *das* denn für ein zwölfjähriges Kind? Überhaupt kein *Traum*. Wäre ihre Mutter, Gott hab sie selig, noch am Leben, sie hätte Erika gezeigt, dass die Welt voller Wunder und von Zauber erfüllt war.

Lili hatte diesen Zauber auch in sich.

Nicht, dass Tanner nicht hin und wieder Träume gehabt hätte. Meine Güte, Roscoe erinnerte sich an eine Zeit, als sein kleiner Sohn einmal ein großer Anthropologe werden und das fehlende Glied in der Kette der Menschheitsgeschichte entdecken wollte. Doch als Tanner erwachsen geworden war, hatte er all seine Träume weggeworfen – die guten wie die schlechten. Doch manche Lebensträume waren es wert, verwirklicht zu werden. Davon war Roscoe felsenfest überzeugt. Denn er hatte selbst sein ganzes Leben danach gestrebt, seinen Traum zu verwirklichen. Sogar jetzt in diesem Moment war sein Kopf voller Musik. Und so einen Traum wünschte er auch Erika. Etwas, das ihr Leben lebenswert machte. Erika dabei zu unterstützen war Roscoes neuer Traum geworden und hatte den alten ersetzt.

Tanner zur neuen Nachbarin zu schicken war der erste Schritt, um ihn davon zu überzeugen, wie gut Lili für Erika sein könnte. Und vielleicht war sie ja das, was Tanner brauchte, um ein bisschen in Schwung zu kommen und nicht mehr alles so eng zu sehen. Sie könnte möglicherweise sogar mehr als nur ein guter Einfluss auf seinen Jungen sein, wenn der es nur zuließe.

Sie brauchten *alle* jemanden wie Lili.

Seit Erika und Roscoe vor gut drei Stunden gegangen waren, war Einstein nicht mehr von Lilis Seite gewichen. Nach ihrem „Gespräch“ mit Fluffy hatte Lili sich insgesamt drei Tassen grünen Tee mit Honig und Zitrone gemacht. Dann hatte sie sich die ganze Sache noch einmal in aller Ruhe durch den

Kopf gehen lassen. Das Entsetzen darüber, was sie gesehen hatte, war jedoch nicht verschwunden. Es war lediglich ein wenig verblasst.

Sie hatte keinen Zweifel am Ernst der Lage, doch auch ein Problem dieser Art musste man in den Griff bekommen, damit es einen nicht selbst in den Griff bekam. Wenn Probleme übermächtig wurden, blockierten sie das Denken.

Also nahm Lili die Sache in die Hand. Sie starteteTausende von Suchabfragen im Internet, ob man hier in den Bergen irgendwo eine Leiche gefunden hatte. Null. Es gab nicht einmal eine Vermisstenmeldung.

Was sollte sie nun tun? Auf keinen Fall konnte sie beim Sheriff der örtlichen Polizeidienststelle anrufen und sagen: „Ein Kater hat mir erzählt, dass irgendwo im Umkreis meines Hauses ein Toter liegt. Und der Kater hat den Mord gesehen!"

Wanettas Haus lag am Stadtrand am Ende einer kurvigen gepflasterten kleinen Straße, die nicht einmal breit genug für einen Mittelstreifen war. Die Nachbarhäuser grenzten an den Wald, und es gab viele kleine Wege, die sich durch Wiesen und Felder zu alten, oft baufälligen Gebäuden schlängelten. Hier in Benton lebten viele Eigenbrötler – wie etwa dieser Buddy Welch, von dem es hieß, dass er alles andere als ein Menschenfreund sei. Lili hatte ihn nie kennengelernt. Obwohl Benton im Gebiet um die Bucht von San Francisco lag, war die Atmosphäre ländlich. Die meisten Leute arbeiteten in San José oder im Silicon Valley. Lili kannte nicht alle, die hier wohnten – und nicht alle kannten sie. Auch der Sheriff war nicht gerade das, was man einen guten Bekannten nennen konnte. Sie fuhr mit dem Fahrrad zur Arbeit und war noch nie wegen zu schnellem Fahren angehalten worden. *Wem* sollte sie also erzählen, was Fluffy gesehen hatte? Und selbst wenn sie es jemandem erzählte – wer würde ihr schon so etwas glauben?

Wie lang soll dieses Fest des Jammerns denn noch dauern? Lilis Selbstvorwurf deckte sich mit dem Bild, das Einstein ihr gerade schickte: An einem Tisch saßen vier Frauen und heulten hemmungslos. *Desperate Housewives?* Einstein liebte Fernsehen. Lili hatte gelegentlich – eigentlich fast immer – ihre Zweifel, ob man Einsteins Behauptung Glauben schenken konnte, eine Reinkarnation des echten Einsteins zu sein. Schwer vorzustellen, dass Professor Einstein süchtig nach *Desperate Housewives* wäre.

„Ich bin nur realistisch. Ohne Beweise kann ich nicht zur Polizei gehen. Was wissen wir denn im Moment schon?"

Nichts. Was Lili von ihrer Katze bildlich übermittelt bekam, war ein roter Kreis mit einem waagerechten Strich. Das Symbol für *Hier geht es nicht weiter.* Obwohl für Einstein der Kreis eher schwarz als rot war. Katzen waren nicht farbenblind, aber sie unterschieden hauptsächlich hell und dunkel. Sie verfügten auch nicht über die gleiche Sehschärfe wie ein Mensch, vor allem nicht im Nahbereich – und deshalb waren Einsteins Bilder meist etwas verschwommen.

„Es war ein Mann. Dessen bin ich mir sicher." Mit einem Ast oder Stock in der Hand, der an einem Ende eine silberne Verdickung gehabt hatte. Da Fluffy die Szene von oben beobachtet hatte, war nicht zu erkennen gewesen, wie groß der Mann war. Außerdem hatte dieser Mensch sich vorgebeugt, als er ... von seinem Stock Gebrauch gemacht hatte. Lili hatte sein Gesicht nicht sehen können. Sie hatte nur gesehen, dass er einen Helm trug.

„Glaubst du, dass es ein Motorradfahrer war?" Der Helm hatte die Form einer Schüssel gehabt, wie es auch bei manchen Motorradhelmen der Fall war. Er war eher grau als schwarz gewesen, doch bei den schlechten Lichtverhältnissen im Wald konnte man sich leicht täuschen. Katzen waren nicht in der Lage, bei völliger Dunkelheit zu sehen, aber ihre Augen reagierten empfindlicher auf wenig Licht. Für Lilis Menschenaugen hatte sich das, was Fluffy beobachtet hatte, bei Tageslicht abgespielt. Doch es hätte auch viel später sein können.

Sie sah Einstein direkt in ihre grünen Augen. „Ich hätte Erika fragen sollen, wann sie Fluffy das letzte Mal gesehen hat, bevor er verschwunden ist. Dann wüssten wir genauer, wann es passiert ist."

Dummkopf. Wenn Einstein ihr das Bild einer Narrenkappe schickte, bedeutete es *Dummkopf.* Oder *Du bist doof.*

„Du bist mir keine große Hilfe."

Das liegt daran, dass ich am Verhungern bin. Füttere mich. Jede Menge Schüsselchen mit Katzenfutter hüpften vor Lilis geistigem Auge auf und ab.

Die Katzen zu füttern war immerhin etwas Konstruktives. Lili ging in die Küche, stellte die Schüsseln nebeneinander auf die Theke und öffnete die Dosen. Sie hatte versucht, beim Füttern eine Art Rotationsprinzip einzuführen, doch da jede Katze die Erste sein wollte, hatte sie diesen Versuch bald aufgegeben. Sobald der Deckel der ersten Dose mit einem Zischen aufsprang, strichen ihr acht flauschige kleine Gesellen um die Beine. Einstein stemmte sich mit den Vorderpfoten an die Küchentheke und schaute zu.

Lili redete weiter mit ihr. „Wir müssen mehr aus Fluffy rauskriegen. Ich hätte nicht so schnell aufhören dürfen." Jetzt hatte das Entsetzen wieder die Oberhand. „Wie soll ich das bloß anstellen, ohne es Erika zu sagen?"

Roscoe. Lili erkannte den Tipp in Einsteins Bild.

Sie stellte die ersten drei Schüsseln auf den Boden, und die hungrige Meute stürzte sich darauf. Lili projizierte das Bild eines geregelten Fressablaufes in den Raum, doch es bewirkte rein gar nichts. Fressen und geregelte Abläufe schienen sich einfach auszuschließen.

Obwohl sie innerlich immer noch aufgewühlt war, musste

sie nun lächeln. Da war Einsteins blaugraues, silbern glänzendes Fell, neben ihr ein flauschiges weißes Fellbündel mit schwarzem Näschen, daneben ein weißes mit schwarzen Flecken, des Weiteren eine dreifarbige Katze, eine Schildpatt sowie eine getigerte, eine Leopardkatze und die elegante Siamkatze. Wanetta hatte immer streunende Katzen aufgenommen, sie gefüttert, gezähmt und gesund gepflegt und dann ein gutes Plätzchen für sie gesucht.

Das Klopfen an der Küchentür, die in den Garten führte, ließ Lili erschrocken herumfahren. Im Dunkeln stand ein Mann. Lili hatte vergessen, das Licht draußen einzuschalten. Groß, muskulös, helles Haar. Mehr war nicht zu erkennen. Doch Lili *wusste*: Dies war der geheimnisvolle Tanner.

Ihre Gebete waren also erhört worden. *Ihm* konnte sie erzählen, was Fluffy mit angesehen hatte. Und es war nur rechtens, dass er es erfuhr. Er war Erikas Vater.

Das Problem allerdings war, dass er sie angesichts der acht Katzen in der Küche für eine verrückte Katzenfrau halten musste. Ob er ihr dann noch zuhören würde?

„Nichts überstürzen. Überfall ihn nicht gleich mit Fluffys Erlebnis“, beschwor sie sich leise. „Sei einfach du selbst.“

Aber falls er sie schon wegen der vielen Katzen für eine verrückte Katzenfrau hielte, was würde er erst tun, wenn sie *sie selbs*t war? Er würde schleunigst die Flucht ergreifen.

Roscoe hatte untertrieben. Lili Goodweather war nicht hübsch. Mit ihrem dunklen hüftlangen Haar und diesem Lächeln – strahlend wie ein Sommertag – war sie geradezu atemberaubend. Ihr Seidentop gab den Blick auf zwei wohlgeformte, nackte Schultern frei. Der dünne Stoff ihres Rocks betonte ihre schlanke Figur und passte genau zur Farbe ihrer Augen – einem ungewöhnlichen, leuchtenden Blau, das ihn an blühenden Flieder erinnerte. Der Saum ihres Rocks streifte dicke Wollsocken, und ihre Schuhe waren ein unglaublicher Kontrast zu ihrer eleganten Kleidung: Diese klobigen Stiefel waren vermutlich modern – aber trugen das nicht nur Teenager? Lili Goodweather war bestimmt so um die dreißig.

„Sie müssen der geheimnisvolle Tanner sein." Sie machte die Tür auf und lächelte ihn an.

„Der geheimnisvolle Tanner?"

„Ich habe mich schon gefragt, ob es Sie wirklich gibt. Roscoe und Erika reden zwar immer von Ihnen, aber ich habe Sie noch nie zu Gesicht bekommen." Sie hatte volle, unglaublich verführerische Lippen.

Verdammt, er wollte nicht auf ihre Lippen starren oder über sie nachdenken. „Ich würde mich gern kurz mit Ihnen unterhalten."

Sie trat beiseite und hielt ihm die Tür auf, damit sie ihm nicht ins Gesicht fiel. Dann sah er sie. Wanettas Katzen. Es waren nur sieben, doch das Grüppchen wirkte wie eine ganze Herde von Miniaturkühen, die den Küchenboden abgrasten. Ein kompaktes, zwischendurch leise fauchendes Bündel, das sich so gierig über das Fressen hermachte wie eine Armee von Ameisen über die Reste eines Picknicks.

Ein schärferes, lauteres Fauchen, gefolgt von einem Knurren, war zu hören.

„Serenity, benimm dich", mahnte Lili.

Tanner hätte nicht sagen können, welches Tier aus dieser wuselnden Herde gefaucht und welches geknurrt hatte. Lili hob eine dunkle gestreifte Katze und einen Fressnapf hoch und setzte beide neben dem Herd wieder auf den Boden.

„Katzen mögen Ironie", sagte Lili. „Serenity, die ‚Heitere', ist überhaupt nicht heiter. Sie teilt nicht gern. Nicht dass Katzen überhaupt gern teilen – aber sie ist die Erste, die wegen nichts zu streiten anfängt." Sie hob hilflos die Hände. „Was soll man da machen?"

Eine graue Katze streckte sich majestätisch, fuhr sich mit der Zunge über ihre scharfen kleinen Zähne und sah Tanner an. Es war ein merkwürdig kritischer Blick. Dann sprang sie mit einem Satz auf den Küchentisch und nahm dort Platz. Und starrte ihn wieder an. Sie fixierte ihn mit ihren grünen Augen auf eine Art ... tja, Tanner konnte sie nicht gerade als intelligent bezeichnen.

„Einstein, hör auf, so zu starren. Das ist unhöflich."

Die Katze blinzelte gelassen und legte sich gemütlich auf den Bauch. Dann zog sie ihre Vorderpfoten eine nach der anderen unter ihre Brust. Und starrte ihn weiter an.

„Sie findet Sie faszinierend", versuchte Lili zu erklären.

„Hat sie Ihnen das gesagt?"

„Nein, im Augenblick behält sie ihre Gedanken für sich."

Ein guter Einstieg, dachte Tanner. „Darüber würde ich gern mit Ihnen reden."

„Darüber, was Einstein denkt?"

„Nein." Er schaute wieder zur Katze, deren Blick wie ein Laserstrahl auf ihn gerichtet war. „Warum heißt das Tier ausgerechnet Einstein?"

Lili blickte verstohlen zur Katze, dann wieder zu Tanner. „Sie mag es nicht, wenn man von ihr als *das Tier* spricht", flüsterte sie ihm zu. Dann redete sie wieder in normaler Lautstärke weiter. „Sie sagt, sie ist die Reinkarnation von Einstein."

„*Sagt*?"

„Na ja, sie hat es nicht direkt *gesagt*. Aber als wir überlegt haben, wie sie gern heißen würde, hat sie mir ein Bild von Einstein übermittelt ...", Lili legte den Kopf schief, „... und dann habe ich endlich kapiert, was sie gemeint hat."

„Woher weiß die Katze, wie der echte Einstein ausgesehen hat?"

Lili schmunzelte. „Das ist es ja gerade! Sie konnte es nicht wissen. Das war nämlich, bevor sie angefangen hat fernzusehen. Sie hat gesagt, Einstein sei als Katze zurückgekommen, weil Katzen die höchste Lebensform unter den Lebewesen sind."

Wollte sie ihn veräppeln? Tanner war verunsichert. „Ist das Ihr Ernst?"

Sie beugte sich zu ihm, wobei er den zarten Duft wahrnahm, der sie umgab. „Menschen und Tieren soll man ihre Fantasien lassen, meinen Sie nicht auch?", flüsterte sie. „Unter uns gesagt, ich glaube ja, dass sie mit ihrer selbstbewussten, sarkastischen Art viel mehr von Joan Crawford hat als von Einstein."

Das waren genau jene Dinge, mit denen er Erika nicht konfrontiert wissen wollte. „Weshalb ich also zu Ihnen gekommen bin …"

Doch sie kam ihm zuvor. „Ich bin froh, dass Sie hier sind, weil ich ohnehin mit Ihnen reden wollte …" Sie verstummte und überlegte kurz, wie sie es ihm erklären sollte. „Über Erika. Und über Ihren Dad."

Sie griff sich wieder an den Kopf, und ihr Haar fiel nach vorn und über ihre Brüste. Tanner vergaß, was er sagen wollte.

„Roscoe ist ein richtiger Schatz", fuhr sie fort. „Sie müssen schrecklich froh sein, dass er sich um Erika kümmert. Meine Eltern sind nach Florida gezogen, weil es dort wärmer ist. Meine Mutter wollte irgendwohin, wo es warm ist." Sie schaute auf, als wäre ihr gerade bewusst geworden, dass sie zu sehr ins Quasseln geraten war. „Jedenfalls, ich vermisse die beiden. Und deshalb finde ich es toll, dass Erikas Großvater bei ihr ist." Sie runzelte zerknirscht die Stirn und schaute Tanner an. „Ich quatsche in einem fort, stimmt's?"

Er lächelte, widersprach ihr aber nicht.

„Ich plappere normalerweise nicht so viel …" Wieder runzelte sie die Stirn. „Nun ja, ich plappere schon viel, aber momentan plappere ich mehr als sonst. Sie machen mich nervös."

Er machte *sie* nervös? *Sie* brachte *ihn* völlig aus der Fassung.

Warum das so war, darüber wollte er jetzt gar nicht so genau nachdenken. „Für Erika ist es großartig, dass Dad bei uns lebt." Irgendwie musste er wieder zu seinem eigentlichen Thema kommen. „Da wir gerade von Erika sprechen – sie ist der Grund meines Besuchs."

„Sie ist ein unglaublich intelligentes Mädchen. Sie wusste alles über Auren und den Schwindel beim Hellsehen. Ich finde, sie ist sehr erwachsen."

Seine Tochter war sein schwacher Punkt. Er hätte ununterbrochen über sie reden können, weil er so verdammt stolz auf sie war. „Sie ist ein kluger Kopf."

Lili seufzte. Er spürte ihren Atem. „Sie ist unglaublich hübsch. So blond. Und all diese großen blauen Augen."

„All diese Augen? Hat sie mehr als zwei?"

Sie lachte. Ihr Lachen war – leider – noch verführerischer als der Seufzer. „Sie wissen, was ich meine. Sie ist wie eine kleine Heidi. Und sie hat Fluffy sehr lieb. Ich habe noch nie ein Kind gesehen, das seiner Katze dermaßen zugetan ist." Sie verschränkte die Arme vor ihrer Brust und bekräftigte ihre Begeisterung mit einem lang gezogenen „Oohhh ja."

Diese Frau machte ihn ganz wirr im Kopf. Ihm wurde regelrecht schwindlig davon, wie sich ihr Körper bewegte und wie begeistert sie sich von allem zeigte. Er vermutete, dass sie nicht dazu in der Lage wäre, irgendeine Frage mit einem klaren Ja oder Nein zu beantworten oder einen Gedanken in einem einzigen Satz auszudrücken.

Er sah zur Katzenmeute auf dem Küchenboden, die nun die leeren Schüsseln gründlich ausschleckte, damit auch das letzte, eventuell bislang vergessene Krümelchen nicht übrig blieb. Lange Zungen leckten über Pfoten und Mäuler. Und er konnte nicht anders, als ebenfalls an … Lecken zu denken.

Und an Essen. Und an Lili Goodweather. „Sind Sie Vegetarierin?"

Sie neigte den Kopf zur Seite und sah ihn aus den Augenwinkeln an – so als fragte sie sich, woher diese Frage plötzlich gekommen war. Er wusste es auch nicht. Eine Essens-Assoziation. Außerdem hatte er dieses merkwürdige Verlangen, mehr über sie zu erfahren.

„Sie *reden* mit Tieren", versuchte er seine Frage zu erklären. „Sie essen sie nicht, oder?"

„Oh, ich bin ein begeisterter Fleischfresser. Geradezu ein Raubtier." Sie zuckte die Schultern. Diese nackten, unwiderstehlich süßen Schultern. „Ich meine, ich esse keine Kuh, nachdem ich mit ihr geredet habe. Aber ich rede ohnehin selten mit Kühen. Ich denke, Fleisch zu essen ist ganz natürlich. Sie wissen schon, das Räuber-Beute-Verhalten. Wenn der Bigfoot mich ..." Sie legte eine Hand genau zwischen ihre Brüste, für den Fall, dass er nicht wusste, auf wen sich dieses „*Mich*" bezog. „... gern zum Abendessen haben möchte, tja, dann entspricht das eben einfach seiner Natur."

Verdammt. Er stellte sich vor, wie es wäre, sie zu vernaschen. Zum Abendessen. Oder zum Nachtisch. Oder beides. Beinahe vom ersten Moment an, als sie ihn in ihre Küche gelassen hatte, hatte er sehr bildliche erotische Fantasien über sie entwickelt. Nicht dass er sonst nicht an Sex dachte. Er war immer noch ein heißblütiger Mann. Aber hier, mit dieser Frau, war weder der rechte Zeitpunkt noch der rechte Ort.

„Hören Sie, ich muss darauf bestehen, dass Sie in Gegenwart meiner Tochter nicht mehr diese Sache machen. Dieses ... Reden mit Tieren."

Sie sah ihn erstaunt und mit offenem Mund an. Anscheinend hatte sie gerade angesetzt, ihm etwas Wichtiges zu erzählen. „Sie wollen nicht, dass ich mit Fluffy rede?"

„Fluffy ist tabu."

„Aber er ist traumatisiert.“

Tja, das war traurig, aber es war nun mal nicht zu ändern. „Keine Gespräche mit Fluffy.“

„Aber Sie verstehen nicht.“ Sie riss die Augen auf. „Seine Angst wird sich in seinen inneren Organen festsetzen. Gedanken können Entsetzliches anrichten.“

„Fluffy ist ein Kater.“

„Mr. Rutland, Katzen sind sehr sensible Lebewesen. Wir reden hier von Fluffys Lebensqualität. Ist Ihnen das egal?“

Sie starrte ihn an, als wüchsen ihm Hörner aus der Stirn und zischte feuriger Atem aus seinen Nüstern. Jeden Moment würde sie verlangen, dass er ihr seinen dreizackigen Spieß zeigte. Es war schrecklich, so von Lili angesehen zu werden. Als hätte er eine Katze überfahren, sie zermatscht auf der Straße liegen lassen und wäre unbekümmert weitergefahren.

Sie tippte ihm missbilligend auf die Brust und seufzte dann erschöpft. „Okay, es hat keinen Sinn. Ich habe lange überlegt, wie ich es Ihnen am besten erklären soll. Aber jetzt weiß ich, dass es keine schonende Möglichkeit gibt, es Ihnen beizubringen. Es muss einfach gesagt werden.“

Sie presste die Lippen zusammen, was – dessen war er sich sicher – für Lili äußerst untypisch war. Nun bekam er es mit der Angst zu tun. Hatte sie sich Wanettas Haus auf schändliche Weise erschlichen? Es ihr sozusagen gestohlen? Nein. Auch ohne Roscoes Erklärung hätte er Lili nicht für so eine Art Mensch gehalten. „Muss ich dann die Polizei rufen?“

Es hätte ein kleiner Witz sein sollen, doch Lili stieß einen tiefen Seufzer aus. Aus ihrem Gesicht war plötzlich alle Fröhlichkeit gewichen. Als hätte sie die letzte Viertelstunde eine Show für ihn abgezogen. Oder vielleicht war *das* jetzt die Show?

„Noch nicht“, sagte Lili ernst. „Sie sollten sich besser setzen.“ Sie ließ sich selbst auf einen Stuhl sinken.

Noch nicht? Das verhieß nichts Gutes. Aber wie schlimm konnte es schon sein? Du lieber Himmel, sie redeten von einer Katze. Es war nicht anzunehmen, dass Lili ihm einen Mord gestehen würde.

Schwerer Diebstahl? Vielleicht. Aber nicht Mord.

„Ich bin diejenige, die sich setzen muss“, erklärte sie. „Es macht mich nervös, dass Sie so viel größer sind als ich. Sie wissen schon, die Sache mit dem Bigfoot. Bitte nehmen Sie Platz.“ Dann strahlte sie ihn an.

Er wusste nicht, wie eine Frau es schaffte, nahtlos von zusammengekniffenen Lippen zu einem so strahlenden Lächeln überzuwechseln, aber er vermutete, dass Lili Goodweather insgesamt ein eher sprunghafter Typ war.

Ihr Lächeln war umwerfend. Und sie duftete so köstlich nach Frühlingsregen und frischen Blumen, dass ihm schwindlig wurde. Ihre Stimme und ihr vieles Reden hatten ihn vom ersten Augenblick an verwirrt, als er über die Schwelle ihres Hauses getreten war. Besser gesagt, als er ihre Welt betreten hatte. Denn Lili schien in ganz anderen Dimensionen zu leben.

Er wusste nicht, wie er verhindern sollte, dass ihr Lächeln seinen Verstand außer Kraft setzte – egal was sie ihm nun gestehen würde.

3. KAPITEL

„Bitte setzen Sie sich.“ Lili schenkte Tanner ein gewinnendes Lächeln – was in ihrer Situation gar nicht leicht war.

Meine Güte, er war so groß. Mit ihren ein Meter siebenundsiebzig war sie selbst nicht gerade klein und es daher auch nicht gewohnt, so weit zu einem Mann aufzuschauen. Tanner musste über einsfünfundachtzig sein. In seinen Jeans und dem dunkelblauen Hemd sah er umwerfend aus. Und er hatte – sozusagen als Tüpfelchen auf dem I – auch noch breite Schultern, wunderbar blaue Augen und dichtes, kurzes, helles Haar. Erikas Haar war blonder und wirkte wie von Goldfäden durchzogen, während das ihres Vaters einen satten, etwas dunkleren Ton hatte. Und es war so dicht. Wie geschaffen, um seine Finger darin zu vergraben. Ganz zu schweigen von seiner dunklen, erotischen Stimme, die eine Wirkung hatte wie Karamellsoße, die einem langsam über die Haut floss. Und dann abgeleckt wurde. In einem früheren Leben war er vielleicht ein kriegerischer Wikinger gewesen. Kein räuberischer, sondern einer, der die Menschen beschützte. Denn so hatte er geklungen, als er über Erika geredet hatte. Er vergötterte die Kleine. Was für ein süßer großer Schatz er doch war.

Allerdings glaubte sie nicht, dass er ganz so süß sein würde, wenn sie ihm erzählte, was Fluffy mit angesehen hatte.

Tanner setzte sich. Einstein lümmelte immer noch mitten auf dem Tisch und blickte finster drein. Lili wies sie nicht zurecht, zumindest nicht hörbar. Sie hatte vorhin schon zu viel geplappert und Tanner dadurch in die Defensive getrieben. Er hielt sie bestimmt für ein Dummchen, auch wenn sie nicht blond war.

„Also, wie gesagt, als ich mit …“ Sie unterbrach sich. Sie konnte nicht „mit Fluffy geredet habe“ sagen, denn darüber zu reden, dass sie mit Tieren *redete*, hatte sich vorhin schon als ein schlechter Einstieg erwiesen.

Komm schon, Baby, beiß in den sauren Apfel. Ihr eigenes Gesicht mit einem Apfel zwischen den Zähnen. Lili erkannte unschwer, dass es mit Einstein Probleme geben würde.

Ich überlasse dich jetzt dir selbst. Im selben Augenblick, als Einstein – eine geborene Führungspersönlichkeit – vom Tisch gesprungen und mit hoch erhobenem Schwanz zur Tür marschiert war, zerstreute sich auch die Meute der anderen Katzen.

Lili legte die Hände in den Schoß. Und biss in den sauren Apfel. „Ich habe herausgefunden, dass Fluffy irgendwann letzte Nacht Zeuge eines Mordes war."

Sie hatte mit Verärgerung als Reaktion gerechnet, vielleicht sogar mit einem Zornausbruch. Stattdessen stützte Tanner Rutland einen Ellbogen auf den Tisch, hielt sich eine Hand vor den Mund und sah sie nur mit seinen himmelblauen Augen an. Einundzwanzig, zweiundzwanzig. Lili wartete fünf Sekunden auf die unvermeidliche Explosion.

Doch er lachte.

Dieser Tanner hatte offensichtlich ziemliche Probleme. Der arme Mensch hatte eine schmutzig blaue Aura wie Fluffy, aber es war zusätzlich noch jede Menge Grau darin. Grau war ganz schlecht. Es bedeutete Ängste, vielleicht sogar eine tief sitzende innere Feindseligkeit. Der Mann würde sich früher oder später einen Herzinfarkt einhandeln. Lili hatte den Verdacht, dass er sehr unter dem Tod seiner Frau litt. Wahrscheinlich war er deswegen völlig durcheinander. Jede Wette, dass er nie darüber reden würde. Niemals.

Im Moment verwandelte sich das dunkle Blaugrau jedoch in ein fröhliches Hellgelb. Der Mann sollte öfter lachen. Es tat ihm gut.

Nur war jetzt leider nicht der passende Zeitpunkt dafür.

Tanner versuchte sich zu beherrschen und wischte sich über die Augen. „Tut mir leid, aber das war das Letzte, was ich erwartet habe."

„Was hatten Sie erwartet?"

„Vielleicht dass der Bigfoot hinter Fluffy her war. Etwas in der Art."

Er lachte sie *aus!* Und er glaubte tatsächlich, dass sie ein verwirrtes Dummchen war. Egal. „Ich finde die Angelegenheit nicht sehr witzig."

„Ich zweifle nicht an dem, was Sie gesagt haben. Denn ich weiß, dass Sie es wirklich glauben."

Übersetzung: Sie mögen es ja glauben, aber sonst tut es kein Mensch, der halbwegs bei klarem Verstand ist.

Sie hatte keinen blassen Schimmer, wie sie ihn überzeugen sollte. Außer zu versuchen, an seine Vernunft zu appellieren. „Haben Sie Fluffy nicht gesehen? Er hat einen schweren Schock."

„Ich habe Fluffy gesehen." Das war alles, was er sagte.

„Wenn ich Ihnen erkläre, wie ich mit Tieren spreche, würde das vielleicht helfen ..."

Er hob abwehrend eine Hand. „Das ist nicht nötig." Dann sah er sie skeptisch an, als überlegte er, wie er seinen nächsten Satz am besten formulieren sollte. „Ich nehme an, Sie würden sich Fluffy gern ein zweites Mal vornehmen."

Sie lächelte, ja, sie strahlte ihn geradezu an. Er hatte es kapiert! „Ich kann alles aufklären, wenn ich ein bisschen mehr Zeit mit ihm verbringe. Vielleicht ist das, was ich gesehen habe ...", sie hob entschuldigend die Hände, „... nicht das, was ich zu sehen geglaubt habe." Diese Möglichkeit bestand sehr wohl. Sie war sogar ein Hoffnungsschimmer.

Tanner lehnte sich zurück, legte einen Fuß samt Sportschuh auf das Knie seines anderen Beins und umfasste seinen Knöchel mit beiden Händen. Dann setzte er sich um, legte den anderen Fuß auf das andere Knie und nahm sich sehr, sehr viel Zeit für seine nächste Frage. „Wie viel Geld verlangen Sie eigentlich für so etwas?“

Jetzt hätte es ihr beinahe den Atem verschlagen. „Ich verlange nichts. Ich *helfe* den Tieren. Niemals würde ich mich dafür bezahlen lassen.“

Sein Blick schweifte über die Kücheneinrichtung. Dann sah er – fast widerwillig – wieder Lili an. Und sie wusste, was er gerade dachte.

„Ich habe Wanetta nicht darum gebeten, mir ihr Haus zu schenken.“

Sie war es gewohnt, dass man sie für verrückt, lächerlich oder dumm hielt. Aber niemand hatte sie jemals beschuldigt, Profit aus ihren Fähigkeiten zu schlagen. Oder noch schlimmer, einer alten Frau ihr Haus abzuluchsen.

Er räusperte sich. „Ich wollte Sie nicht beleidigen …“ Was hieß hier „wollte nicht“? Er *hatte* sie bereits beleidigt! „Wanetta war eine kluge Frau. Damit wären Sie bei ihr nie durchgekommen.“

„Ist das der einzige Grund, warum Sie mich nicht für durchtrieben halten?“

Seine Augen wanderten über ihr Gesicht und blieben dann an ihren Lippen hängen. Lili wurde es heiß und kalt.

„Nicht der einzige.“ Er sah ihr in die Augen, und Lili versank in seinem Blick. „Ich glaube nicht, dass Sie lügen können.“

Es war ein zweideutiges Kompliment, aber Lili akzeptierte es dennoch. „Vielen Dank.“

Mit einem leisen Flüstern, bei dem ihr eine wohlige Gänsehaut über die Arme lief, fügte er hinzu: „Und Wanetta hat genau gespürt, wenn ein Mensch das Herz am rechten Fleck hat.“

Bei *diesem* Kompliment allerdings wurden ihre Wangen

brennend heiß. Noch heißer als sein Blick, der immer noch auf ihre Lippen geheftet war.

Als er sich zurücklehnte, war die intime Vertrautheit plötzlich wieder verschwunden, die für einen Augenblick zwischen ihnen spürbar gewesen war. „Auf welche Weise Sie Wanettas Haus bekommen haben, ist im Moment nicht meine größte Sorge."

„Sondern?"

„Ich möchte nicht, dass meine Tochter in irgendetwas hineingezogen wird."

„Aber hier geht es um *Mord*", flüsterte sie und legte dabei eine Hand aufs Herz.

Erneut beugte sich Tanner vor, bis sie einander so nahe waren, dass sie ihr Spiegelbild in seinen Pupillen sehen konnte. Er roch gut – nach einer Mischung aus dezentem Aftershave und Wäsche, die an der Sonne getrocknet wird. „Warum sagen Sie mir nicht einfach, was genau Sie ...", er hatte sichtlich Mühe, die Worte über die Lippen zu bringen, „... gesehen haben?"

Sie berichtete ihm alle Einzelheiten, ohne jedoch auf die blutigen Details näher einzugehen. In ihrem Kopf aber hörte sie immer noch das grauenvolle Geräusch jedes einzelnen Hiebes.

Tanner trommelte eine Weile mit den Fingern auf den Tisch. „Was soll ich Ihrer Meinung nach tun?"

Genau! Darum ging es. Was erwartete sie von ihm? Dass er das Problem aus der Welt schaffte? Es ihr abnahm? Doch, ja – so wenig emanzipiert es auch klingen mochte, sie hätte nichts dagegen, wenn dieser große, starke Mann alles in die Hand nehme würde. Sie hatte bis jetzt noch nie bemerkt, wie schwach sie sein konnte. „Ich würde mich gern mit Fluffy unterhalten. Wenn ich es schaffe, dass er mir erzählt, wo er war, kann ich die Polizei selbst dorthin führen."

Wenigstens lachte er jetzt nicht. „Vielleicht haben Sie die

ganze Sache missverstanden. Der Kater hat geschnurrt, bevor ich zu Ihnen gekommen bin.“

„Es ging ihm besser, weil er es mir erzählen konnte.“ Auch ihr selbst wäre es besser gegangen, wenn Tanner Rutland ihr versichert hätte, dass er sich um alles kümmern würde. So kläglich das auch klingen mochte.

Er sah sie immer noch an, aber sie konnte seinen Blick nicht recht deuten. „Ich bin bereit, mit Ihnen zur Polizei zu gehen und zu sagen, was Sie gesehen haben.“

Sie bemerkte, dass er nicht gesagt hatte, sie könne der Polizei sagen, Fluffy habe es gesehen. „Sie werden mich unterstützen?“

„Ich wüsste nicht, wie ich das tun könnte.“

„Weil Sie mir nicht glauben?“

„Ich kann nichts bestätigen, das nur Sie gesehen haben.“

Was für eine diplomatische Art auszudrücken, dass er ihr nicht glaubte. „Wenn Sie mir schon nicht glauben, wie soll dann Ihrer Meinung nach die Polizei mir glauben? Die werden mich für verrückt halten und die Angelegenheit als Spinnerei abtun. Bevor ich mit jemandem von der Polizei rede, muss ich irgendeinen Beweis haben.“ Sie kauerte mit gefalteten Händen auf ihrem Stuhl. „Ich müsste beispielsweise wissen, wo die Leiche liegt.“

Lili hatte den Eindruck, dass es Tanner diesmal endgültig die Sprache verschlagen hatte. Er machte den Mund auf und zu, schloss die Augen und sah sie dann endlich, endlich doch wieder an. „Das heißt, Sie wollen noch einmal mit Fluffy reden und dann die Leiche suchen.“

„Ja.“

Seine Finger trommelten nun ziemlich heftig auf der Tischplatte herum. „Ich habe Ihnen ein angemessenes Angebot gemacht. Wir gehen gemeinsam zur Polizei. Das ist mein *einziges* Angebot.“

Lili schwieg.

„Versuchen Sie, sich in meine Situation zu versetzen. Gesetzt den Fall, irgendwo da draußen gibt es tatsächlich eine Leiche“, fuhr er fort, „dann wäre es doch absurd zuzulassen, dass Fluffy und dadurch auch meine Tochter in diese Sache hineingezogen werden.“

„Aber ich würde nicht …“

Er hob abwehrend eine Hand. „Wir lassen die Polizei die Leiche suchen. Es kann doch nicht all zu lang dauern, bis sie sie finden. Das ist am vernünftigsten.“

Sie sah ihn entsetzt an. Da draußen lag ein toter Mensch. Es gab einen Mörder. Wie konnten sie hier sitzen und einfach abwarten? Sie hätte ihm nicht erzählen sollen, wie Einstein zu ihrem Namen gekommen war. Auch die Sache mit dem Raubtier und die Bigfoot-Sache hätte sie nicht erwähnen sollen. Beides sprach gegen sie. Sie hatte gewusst, dass es keine gute Idee war, „sie selbst“ zu sein.

„Ich darf also nicht mit Fluffy reden?“

Dieses Mal antwortete er, ohne auch nur eine Sekunde zu zögern. „Nein, Sie dürfen nicht mit Fluffy reden. Auch nicht mit Erika.“ Er sah sie streng an. „Oder mit Roscoe.“

Tanner hatte alle möglichen Aspekte bedacht. Sie konnte es ihm nicht verdenken. Er wollte nicht, dass Erika mit dieser Sache etwas zu tun hatte. Weder mit Lili und ihren Unterhaltungen mit Tieren, noch mit Mord. Sie rechnete es ihm hoch an. Ja, das tat sie wirklich. Doch für sie selbst bedeutete es vor allem eins: Sie musste die Leiche allein finden.

Der Wind hatte – wie immer, wenn die Sonne unterging – aufgefrischt. Tanner kämpfte sich durch das Loch in der Hecke, durch das Erika und Roscoe immer schlüpften, wenn sie hinüber zu Wanetta gingen. Er fragte sich, wann es für sie alle Lilis und nicht mehr Wanettas Haus sein würde. Vielleicht nie, denn Wanetta hatte hier schon gelebt, als Lili noch gar nicht auf der Welt war.

Mit Lili zu verhandeln war so ähnlich, als würde man eine Zweigstelle in einem fremden Land aufbauen. Die Gesetze waren völlig andere, und es bedurfte monatelanger Erkundigungen.

Tanner wollte nicht behaupten, dass er Lili hundertprozentig *nicht* glaubte, dass Fluffy ihr von einem Mord erzählt hatte. Hundertprozentig konnte man sich im Leben nie sicher sein. Eine gewisse Skepsis war gesund. Aber die Chancen standen 99 Prozent gegen sie. Nicht, dass er Lili für völlig verquer gehalten hätte. Aber sie war eine Träumerin. In vielerlei Hinsicht war sie wie seine Frau. Wie Karen. Quirlig, liebenswert, fröhlich. Doch sie stand nicht mit beiden Beinen auf dem Boden. Viele Menschen machten sich aus verschiedenen Gründen selbst etwas vor. Er glaubte nicht, dass Lili einfach Lügen erzählte. Sie sah eben das, was sie sehen wollte, und aus irgendeinem Grund hatte sie sich in den Kopf gesetzt, dass Fluffy Zeuge eines Mordes war. Eines Mordes, in Großbuchstaben, unterstrichen und fett geschrieben. Möglicherweise kam sie sich dadurch wichtig oder gebraucht vor. Noch hatte er keine Ahnung, welchen Nutzen Lili für sich daraus zog. Es würde die besagten Monate dauern, es herauszufinden.

Welches emotionale Defizit Lili dadurch auszugleichen versuchte, ließ sich derzeit noch nicht sagen. Zwar hatte er sie während des Gesprächs eine Weile die Tierspezialistin spielen lassen, aber die Grenze musste dort gezogen werden, wo Erika ins Spiel kam. Seine Tochter durfte nicht darüber nachzudenken beginnen, ob ihr Kater gesehen hatte, wie ein Mensch ermordet worden war.

Als er vorhin zu Lili ging, hatte dies den Zweck gehabt, seine Tochter vor den Hirngespinsten einer dummen Frau zu beschützen. Keine Stunde später – und völlig bezaubert von

Lilis Charme und Liebreiz – ging es nun hauptsächlich darum, Lili zu beschützen. Vor sich selbst.

Das würde nur gelingen, wenn er ihr ein Treffen mit Fluffy verbot.

Und das, obwohl er sich zu 99 Prozent sicher war, dass es keine Leiche gab. Vielleicht *weil* er sich zu 99 Prozent sicher war.

„Hier, Schätzchen, bitte sehr." Manny stellte Lilis großen Cappuccino auf den Tresen und nahm den Fünfer, den sie hingelegt hatte.

Lili drückte den Deckel auf den Pappbecher und wischte mit einem Finger den Milchschaum weg, der aus dem kleinen Loch im Deckel gespritzt war. Sie leckte den Finger ab, denn kein Tröpfchen sollte vergeudet werden. Kein Freitag – oder irgendein anderer Tag – ließ sich ohne Coffee to go beginnen. In Benton gab es nur einen einzigen Coffee Shop, aber die Mädchen hinter dem Tresen im „Coffee Stain" machten den besten Cappuccino der Welt. Einen besseren als Manny – aber da er der Besitzer des Cafés war, würde sie das nie laut sagen.

Manny gab ihr das Wechselgeld und beugte sich dann vertraulich über die Theke. „Gibt es neuen Tratsch und Klatsch aus dem Königreich der Tiere?" Es hätte wohl ein Flüstern sein sollen, doch Manny war ein großer Mann und sein Flüstern ein lautes Brummen. Es gab ein Gerücht, dass er einmal eine große Nummer als Boxer gewesen war, bevor er das „Stain" vor ein paar Jahren hier eröffnet hatte. Die platt gedrückte Nase als Beweis war jedenfalls vorhanden. Sie hatte ihm Pug angeboten, Wanettas schwarz-weiße Katze mit dem zerknautschten Näschen. Lili war der Meinung, dass die beiden ein ideales Paar abgäben, doch Manny meinte, dass er für eine Katze zu wenig zu Hause sei. Lili hatte allerdings die

Hoffnung noch nicht ganz aufgegeben. Denn Pug hatte nicht nur eine ähnliche Nase, sondern sein Name konnte als Abkürzung für „Pugilist“ durchgehen – lateinisch für Boxer.

Manny neckte sie ständig, weil sie mit Tieren redete. Es macht ihr nichts aus, wirklich nicht, aber sie konnte nicht widerstehen, es ihm mit gleicher Münze heimzuzahlen. Wie du mir, so ich dir sozusagen. „Das einzige Tier, mit dem ich heute konfrontiert wurde, ist dieser alte Lustmolch, der am Tisch neben der Tür sitzt und versucht hat, mich anzuquatschen. Und schon kommt sein Freund, Lustmolch Nummer zwei.“

Manny runzelte die Stirn und blickte sich verstohlen um, ob die Gäste, die Lili meinte, sie gehört hatten. „Das ist nicht witzig, Lili. Außerdem sind Lustmolche keine Tiere.“

Lili tätschelte ihm beruhigend die Hand. „Ich mache doch nur Spaß. Und keine Sorge, mit dir würden sich die Lustmolche ohnehin nie anlegen.“

„Uff.“ Er wischte sich erleichtert die Schweißperlen von der Stirn. Dann brummte er: „Der Nächste bitte!“

Das „Stain“ war wie immer brechend voll: Pendler auf dem Weg zur Arbeit, Mütter, die sich auf einen morgendlichen Schwatz trafen, und ein paar Senioren, die bei einem großen Becher Milchkaffee miteinander plauderten. Hier in Benton tickten die Uhren langsamer, und Manny nahm sich für gewöhnlich Zeit, ein paar Worte mit jedem seiner Gäste zu wechseln. Lili entdeckte viele bekannte Gesichter, von denen sie die meisten jedoch nur vom freundlichen Grüßen kannte. Sie steckte ein paar Servietten in ihre Umhängetasche und ihren Becher Kaffee in eine Pappmanschette, um ihre Finger vor dem heißen Getränk zu schützen.

Während sie zum Ausgang ging, dachte sie wieder über Tanner nach. Gestern Abend hatte er ganz klar zu verstehen gegeben, dass er ihr nicht helfen würde. Lili hätte ihm die wesentliche Frage gar nicht stellen sollen. *Ich darf also nicht mit*

Fluffy reden? Wenn sie ihn nicht gefragt hätte, hätte er vielleicht nicht Nein gesagt. Doch jetzt durfte sie auch Roscoe und Erika nicht hinter seinem Rücken um Mithilfe bitten.

Zu dumm, dass ihr Tanner gefiel. Noch schlimmer – er war dermaßen sexy, dass sie sich so fühlte wie Einstein, wenn sie rollig war. Obwohl Einstein diesen Mechanismus, der die Paarungsbereitschaft auslöste, ja gar nicht mehr besaß. Lili traf sich nicht oft mit Männern, weil … Nun ja, viele Leute hatten ihr gegenüber nun mal Vorurteile. Irgendwie drehten sich ihre Beziehungen – und zwar alle, nicht nur die mit Männern – um die Tatsache, dass sie mit Tieren redete, und nicht darum, wer sie als Mensch war. Die meisten Männer, mit denen sie sich hin und wieder traf, schienen diesen Umstand nicht zu verkraften. Entweder sie ergriffen die Flucht, oder sie wollten von ihr lernen, wie sie sich mit ihren Bullterriern unterhalten konnten. Was fehlte, war die goldene Mitte. Tanner jedoch hatte sie zwar teilweise beleidigt, doch er hatte alles mit diesem einen Satz wiedergutgemacht: *Wanetta hat genau gewusst, wenn ein Mensch das Herz am rechten Fleck hat.*

Er war also der Meinung, dass sie das Herz am rechten Fleck hatte. Wow. Trotzdem ließ er sie nicht mit Fluffy reden.

Und deshalb würde sie nach der Arbeit allein in den Wald gehen müssen, obwohl sie sich bei dem Gedanken schon jetzt wie Rotkäppchen fühlte. Hoffentlich war der große böse Wolf heute Abend nicht unterwegs. Wenn sie genauer darüber nachdachte, was sie möglicherweise tatsächlich da draußen erwartete, bekam sie es mit der Angst zu tun. Regelrecht übel wurde ihr bei der Vorstellung. Es wäre leichter, wenn man das, was Fluffy gesehen hatte, einfach als Teil einer dieser Fernsehserien mit Gerichtsmedizinern abtun könnte.

Vielleicht war ja alles wirklich ein Missverständnis. Sie hatte sich schon früher gelegentlich getäuscht. Doch trotzdem fühlte sie sich verpflichtet, der Sache nachzugehen. Mit einem energischen Hüftschwung stieß sie die Tür des „Coffee Stain“ auf und verließ rasch das Lokal. Wenn sie sich nicht beeilte, würde sie zu spät zur Arbeit kommen.

„Ich weiß, was du bist.“

Lady Dreadlock – Lili hatte keine Ahnung, wie ihr richtiger Name war, also hatte sie einen erfunden – stand regungslos genau zwischen dem „Coffee Stain“, Lili und dem Blumenladen. Die Autos der Pendler, die unterwegs zur Autobahn waren, zischten die Straße entlang, die Tür des Coffee Shops schwang hinter ihr auf und zu, und vor dem Geldautomaten daneben stellten sich jede Menge Leute an. Doch Lili fühlte sich unter dem stechenden Blick der Frau wie abgeschnitten vom regen Treiben, das um sie herum herrschte. Diese Augen schienen bis in die Tiefen ihrer Seele zu blicken, und Lili hatte den Verdacht, dass dieser Frau nicht gefiel, was sie sah.

Lady Dreadlocks ursprünglich helle Haut war mittlerweile braun wie gegerbtes Leder. Die Sonne hatte tiefe Furchen in ihr Gesicht gebrannt, die sie zwanzig Jahre älter aussehen ließen. Sie musste ungefähr in Lilis Alter sein, also einunddreißig. Die Dreadlocks fielen wie die Schlangen der Medusa von ihrem Kopf bis über die Schultern. Es ließ sich schwer sagen, ob sie wirklich blond war oder ob die Sonne ihr Haar und ihre Augenbrauen einfach nur völlig ausgebleicht hatte. Aus den Löchern ihrer Tennisschuhe lugten vorne schmutzige Socken hervor. Trotz des verhältnismäßig warmen Aprilmorgens trug die Frau einen zerlumpten Mantel, darunter eine Weste, einen Pulli und ein Hemd.

„Gott beobachtet dich“, murmelte Lady Dreadlock vor sich hin.

Das Ganze ging nun schon drei Monate so, und Lili wusste immer noch nicht, warum Gott sie beobachtete. Sie hatte sich bemüht, Mitgefühl mit dieser Frau zu empfinden, die offenbar nicht ganz richtig im Kopf war. Sie lebte am anderen Ende der Stadt in einem Wohnheim, in dem Leute mit psychischen oder sozialen Problemen betreut wurden, und es war offensichtlich, dass sie früher einmal obdachlos gewesen war. Sie verdiente Mitgefühl. Aber warum hatte sie sich ausgerechnet Lili ausgesucht? Die Frau bettelte nie um Geld, kam ihr kaum näher als einen Meter und berührte sie nie. Aber ihre Stimme war so ... eindringlich.

„Guten Morgen. Schön, Sie zu sehen. Ich bin in Eile, weil ich zur Arbeit muss." Lili bemühte sich ihr gegenüber immer, höflich zu sein. Sie vermutete, dass es die Situation nur verschlimmern würde, wenn sie einfach „Hau ab!" sagte.

Lady Dreadlock zeigte zum Himmel. „Gott ist der Meinung, dass wir böse sind."

War dies ein allgemeines „Wir", oder bezog es sich nur auf Lili und die Frau?

Lady Dreadlock neigte ihren Kopf näher zu Lili, ohne ihr jedoch unangemessen nahe zu kommen. „Sei vorsichtig", zischte sie, „sonst wird Gott *dich* bestrafen."

Nachdem die Frau diese letzte rätselhafte Prophezeiung hervorgestoßen hatte, schlurfte sie, in Selbstgespräche versunken, davon. Erfahrungsgemäß würde Lili sie die nächsten paar Wochen nicht mehr zu Gesicht bekommen. Die Frau tat ihr nie etwas, sie sagte nur stets das Gleiche. Dass Gott sie beobachtete. Dass Gott sie bestrafen würde. Mehr nicht. Die ganzen drei Monate war es immer die exakt gleiche Litanei gewesen.

Lili wusste nicht, wie sie der Frau helfen sollte. Sie konnte Katzen, Hunden, Hamstern, Kaninchen und gelegentlich auch einem Pferd helfen – bei Goldfischen, Schlangen und auch den Riesenameisen, die die Eichen im Garten befallen hatten, hatte sie es noch nicht versucht – aber nicht Lady Dreadlock. Lili fühlte sich machtlos und unfähig, denn im Grunde *wollte* sie ihr helfen.

Sie sperrte die Tür des „Flowers By Nature“ auf, huschte rasch in den Laden und sperrte hinter sich wieder zu. Der Duft der vielen verschiedenen Blumensorten und der Geruch der feuchten Erde, in denen die Topfpflanzen wuchsen, beruhigten sie sofort. Sie mochte es sehr, wie es morgens in dem halbdunklen kleinen Laden roch. Wie im Dschungel nach einem langen Regen. Inmitten der vielen Pflanzen an den Wänden war ein Tisch mit Blumenarrangements, und links und rechts davon führten zwei mit Steinen gepflasterte Wege in den hinteren Teil des Geschäfts. Wegen der Kühlkonsolen, die ständig leise vor sich hin summten, war es hier nie wirklich still, doch Lili hatte dennoch oft das Gefühl, als könnte sie die Blumen reden hören.

„Du solltest dieser Frau die Polizei auf den Hals hetzen.“

Lili schrie auf und hätte fast ihren Kaffeebecher fallen lassen. Das war ganz gewiss keine sprechende Blume. „Du hast mich furchtbar erschreckt, Kate.“

Kate Carson, ihre Chefin, stand hinter der Kasse und zählte Geld. Aus dem eleganten Knoten, zu dem sie ihr Haar hochgesteckt hatte, hatten sich ein paar blonde Locken gelöst und fielen ihr in den Nacken. Kate trug ihr Haar immer hochgesteckt. Es machte sie sieben Zentimeter größer als ihre ein Meter sechzig, aber bereits zu Mittag würde ihr die Lockenpracht beinahe zur Gänze über die Schultern fallen.

„Wie kannst du gleichzeitig Geld zählen und mich dermaßen erschrecken?“ Lili selbst verzählte sich immer, wenn jemand sie dabei ansprach. Das war auch der Grund, warum sie gerne etwas früher als die anderen zur Arbeit kam. Sie genoss es, in Ruhe alles vorzubereiten.

„Ich kann mehrere Dinge gleichzeitig tun.“ Kate hatte offensichtlich sogar hinten Augen. Es war die einzige Erklärung dafür, dass sie Lili und Lady Dreadlock draußen vor dem „Stain“ gesehen hatte. Kate befeuchtete ihren Finger und zählte ein weiteres Bündel Geldscheine. Ihr Lippenstift passte genau zum Rot ihrer lackierten Fingernägel.

Kate konnte sich auch ihren Bauch in kreisförmigen Bewegungen streicheln *und* sich gleichzeitig auf den Kopf klopfen. Lili hatte dieses Kunststück nie zuwege gebracht. Ihre Chefin war ein paar Jahre älter als sie selbst und in vielen Dingen eine wahre Expertin. Der Name des Ladens, „Flowers By Nature", war Kates Idee gewesen. Damals, vor fünf Jahren, war Lili noch Kates einzige Mitarbeiterin. Doch mittlerweile florierte das Geschäft, und Kate beschäftigte drei Floristen, eine Sekretärin, die die Bestellungen per Telefon und Internet entgegennahm, einen Teenager, der die Blumen für die Lagerung in den Kühlvitrinen vorbereitete, zwei Zusteller und – neben Lili – eine zweite Verkäuferin.

„Ich dachte, *ich* schließe heute wie immer den Laden auf." Bis auf Sonntag hatten sie täglich geöffnet, und Lili arbeitete an sechs Tagen in der Woche, allerdings dienstags und samstags nur halbtags. „Wenn ich gewusst hätte, dass du hier bist, hätte ich dir Kaffee mitgebracht."

„Ich wollte heute einmal früher aus den Federn." Kate sah auf ihre Armbanduhr. „Außerdem habe ich ein paar Termine – einen bei ‚Swann's' und einen wegen einer Hochzeit. Jetzt ist ja die Saison fürs Heiraten."

„Oh, du gehst zu ‚Swann's'?" Lili zog erstaunt die Augenbrauen hoch.

„Sieh mich nicht so an. Ich habe kein Interesse an Mr. Swann."

Kate hatte ein Ziel, und das war die Expansion ihres Geschäfts. Sie ließ nicht zu, dass ihr eine Beziehung in die Quere kam. Lili hatte überlegt, ihr eine ihrer Katzen zu schenken, damit Kate etwas Gesellschaft hatte, doch die einzigen Lebewesen, die Kate um sich duldete, waren die, die ihre Wurzeln in der Erde hatten. Kate traf sich sehr wohl mit Männern – sie mochte sie durchaus –, doch ihre Arbeit kam für sie an erster Stelle.

Lilis Meinung nach war das nicht immer die beste Entscheidung. „Aber er ist doch so schnuckelig."

Joseph Swann hatte dunkles, rotbraunes Haar und tiefblaue Augen. Lili hatte schon oft gerätselt, ob er getönte Kontaktlinsen trug, so ... unnatürlich wirkte die Farbe. Herausgefunden hatte sie es allerdings bislang noch nicht.

Kate ordnete das Bündel Geldscheine, schob es in die Kassenlade und sah Lili dann von oben herab an. Es funktionierte, obwohl sie kleiner war. „Ich gehe nicht – und zwar *ganz sicher* nicht – mit einem Mann aus, der mit toten Menschen in Berührung kommt."

„Nur weil er ein Bestattungsinstitut hat, heißt das doch nicht, dass er sie wirklich anfasst." Lili fand, dass Joseph Swann ausgesprochen nette Lachfältchen um die Augen hatte. Zumindest hoffte sie, dass die Fältchen vom Lachen kamen – denn wirklich lachen hatte sie ihn nie sonderlich viel gesehen. Was wahrscheinlich daran lag, dass er die ganze Zeit mit Trauernden zu tun hatte. Einen viel schlimmeren Job konnte es kaum eben, als ständig mit Leuten konfrontiert zu sein, die weinten, geschockt über den Verlust eines Angehörigen respektive unangemessen fröhlich waren, weil Grandpa ihnen einen Haufen Geld vererbt hatte. Oder die fuchsteufelswild waren, weil er es nicht getan hatte.

Aber deswegen war Joseph Swann kein schlechter Mensch. „Gib ihm eine Chance."

„Nein!", erwiderte Kate, die sich gerade dem Zählen der Münzen widmete. „Aber ich wollte eigentlich mit dir darüber reden, dass du die Polizei rufen solltest."

Typisch Kate. Man konnte sie einfach nicht ablenken. Sie kam immer auf ihr ursprüngliches Thema zurück.

„Du weißt doch, dass ich das nicht tun kann. Wenn es nur

den Hauch eines Problems mit den Leuten aus dem Heim gibt, sperren sie es zu, wie damals, als Elvira Gulch sich beschwert hatte, dass dieser eine Mann in ihre Rosen gepinkelt hat.“ Es hatte damals sechs Wochen gedauert, bis das Heim wieder öffnen durfte. „Diese Leute brauchen eine Unterkunft.“ Obwohl Lili zugeben musste, dass es nicht in Ordnung war, jemandem in die Rosen zu pinkeln.

„Sie heißt nicht Elvira Gulch.“

„Aber sie erinnert mich an die böse Hexe auf dem Fahrrad aus ‚Der Zauberer von Oz‘, die Toto, den Hund, ins Tierheim verfrachten will. Ich habe die Musik immer im Kopf, wenn ich sie sehe. Doo-dee-doo-dee-doo-doo.“

Kate lachte. „Du bist wirklich witzig. Aber du musst etwas wegen dieser Frau unternehmen. Sie belästigt dich doch jeden Tag.“

„Nicht jeden Tag. Nur alle paar Wochen.“ Lady Dreadlock war Lili das erste Mal über den Weg gelaufen, als Lili einen kleinen, aufgeregten Hund beruhigte, den sein Besitzer vor dem „Coffee Stain“ an einen Laternenpfahl gebunden hatte. Der arme Kleine hatte Angst gehabt, für immer verlassen worden zu sein.

„Die Frau macht einem Angst“, sagte Kate.

Aber für Lili war Lady D. weniger furchteinflößend als einfach nur beunruhigend. Lili hatte keine Angst. Sie dachte nie: „O mein Gott, sie könnte ein großes Messer in ihrer Handtasche haben.“ Außerdem hatte Lady Dreadlock keine Handtasche.

Die Frau beunruhigte sie weit weniger als die schrecklichen Bilder, die Fluffy ihr mitgeteilt hatte. *Das* war etwas, worum sie sich so schnell wie möglich kümmern musste. Oder zumindest noch, bevor heute die Sonne unterging. „Kann ich heute ein bisschen früher gehen, Kate? Ich muss noch ein paar Dinge erledigen und fahre mit dem Rad nicht gerne heim, wenn es dunkel ist."

„Wenigstens bist du bei *irgendetwas* vorsichtig, und ja, ich schließe heute selbst zu." Kate war die beste Chefin, die man sich vorstellen konnte.

„Danke." Lili verschwand eilig in den hinteren Teil des Ladens, damit Kate nicht wieder von der Frau mit den Dreadlocks anfangen konnte. Der Raum hinten war viel größer als der Verkaufsraum, denn hier wurde die meiste Arbeit verrichtet, und hier wurden die Blumen gelagert.

„Du flüchtest vor einem wichtigen Thema", hörte sie Kate ihr nachrufen.

Lili stellte ihren Kaffee und ihre Umhängetasche ab. Tja, das wichtige Thema. Was war das wirklich Wichtige? Lady D.? Oder Fluffy und das, was er gesehen hatte? Oder Tanner Rutland und das, was er nicht zu tun gewillt war?

Sie steckte den Kopf durch die Tür. „Kann ich dich etwas fragen?"

Kate warf ihr einen schnellen Blick über die Schulter zu. „Du kannst mich fragen, was du willst. Und ich entscheide dann, ob ich antworte."

„In Ordnung." Lili holte tief Luft, und schon sprudelte die ganze Geschichte aus ihr heraus. „Erika Rutland ist das Mädchen, das im Nachbarhaus lebt, und ihr Kater hat im Wald einen Mord mit angesehen, und weil die Leiche noch nicht entdeckt wurde, kann ich nicht zur Polizei gehen, weil man es mir nicht glauben wird, wenn ich nicht beweisen kann, dass es diese Leiche gibt. Aber Tanner – das ist Erikas Vater – lässt mich nicht mit dem Kater oder mit Erika reden, also habe ich keine Ahnung, wo der Tote sein könnte. Was würdest du an meiner Stelle tun?"

Kate schlug eine Rolle mit 25-Cent-Stücken auf die Kante des Ladentischs und leerte die Münzen dann in die Kassenlade. „Wie alt ist dieser Tanner?"

„Ich schätze, so zwischen vierunddreißig und siebenunddreißig."

„Ein heißer Typ?"

Das war er ganz eindeutig – viel attraktiver als beispielsweise Joseph Swann vom Bestattungsinstitut –, aber Lili verstand nicht ganz, was das mit Fluffy und dem Mord zu tun hatte. „Heiß trifft es ganz gut."

„Dann ist es doch einfach", sagte Kate mit einem Achselzucken. „Verführ ihn."

„Verführen?"

„Er wird Wachs in deinen Händen sein."

„Hm, auf diese Idee wäre ich nie gekommen." Genau dafür bewunderte Lili Kate. Sie fand kreative Lösungen. Und sie hatte sich nicht einmal nach weiteren Details zu Lilis komplizierter Geschichte erkundigt. Lili war sich nicht sicher, ob Kate wirklich glaubte, dass sie mit Tieren reden konnte, doch das Großartige an ihrer Chefin war – unter anderem –, dass sie sich nie ein Urteil über andere Leute anmaßte. Sie akzeptierte alle Menschen einfach so, wie sie waren. Außer Joseph Swann und dessen Berufswahl.

„Ich habe viele tolle Ideen." Kate zog eine perfekt nachgezogene Augenbraue hoch. „Und bescheiden bin ich auch."

„Ich verbeuge mich vor so viel Genialität. Du bist nicht von ungefähr hier die Chefin."

Es könnte funktionieren. Falls sie heute nach der Arbeit im Wald nicht fündig wurde, würde sie Tanner Rutland mit ihrem weiblichen Charme dazu bringen, sie mit Fluffy reden zu lassen.

Eine nicht gerade unaufregende Vorstellung.

Lili kehrte zu ihrem Kaffee zurück.

„Und komm ja nicht auf die Idee, etwas so Blödes zu tun, wie etwa allein im Wald nach einer Leiche zu suchen", rief Kate ihr nach.

4. KAPITEL

„Damit hätten wir also das Geschäftliche erledigt. Wie wär's, wenn wir gemeinsam zu Mittag essen?"

Joseph Swann war äußerst raffiniert. Er bat sie nie um ein Date, doch seit ein paar Monaten ließ er in jede geschäftliche Besprechung eine Einladung zum Essen einfließen. Aber Kate Carson durchschaute ihn. Er wollte mehr, als nur Spinat mir ihr zu essen. Es schmeichelte ihr – aber als Mann kam Joseph Swann für sie überhaupt nicht infrage.

„Danke, aber ich muss gleich zu meinem nächsten Termin." Außerdem wollte sie bald wieder zurück ins „Flowers By Nature". Lilis jüngster Bericht aus der Welt der Tiere hatte sie ein wenig beunruhigt. Lili war zwar insgesamt kein leichtsinniger Mensch, aber ihre leidenschaftlichen Versuche, Tieren zu helfen, konnten sie allem anderen gegenüber blind machen.

Kate verstaute ihre Unterlagen in ihrer Aktentasche. Weder machte Joseph Swann sie nervös, noch tat es sein Büro, das kaum an das erinnerte, was hier verhandelt wurde. Swann saß hinter einem normalen Schreibtisch aus dunklem Holz, der gediegen und teuer aussah – aber nicht zu teuer. Sein Sessel war aus Leder und nicht mehr ganz neu. An den Wänden standen Aktenschränke und Regale mit Büchern, deren Titel Kate sich nicht unbedingt aus der Nähe ansehen wollte. Statt eines Besprechungstisches hatte er ein schwarzes Ledersofa, zwei dazu passende Sessel und einen kleinen Couchtisch. In einer Ecke des Büros standen auf einem Tischchen Kaffeetassen aus Keramik statt der sonst üblichen Pappbecher. Die in Pastelltönen gehaltenen Aquarelle an den Wänden und auch der blaugraue Teppich hatten einen – im Hinblick auf seine Kunden – sicherlich beabsichtigten beruhigenden Effekt, aber zumindest lagen weder Broschüren mit Särgen herum, noch ertönte entsprechende Orgelmusik aus irgendwelchen unsichtbaren Lautsprechern.

Er stützte sein Kinn auf seine Hände und sah sie an. „Sie lügen.“ Seine Stimme klang so sanft, als amüsiere er sich über ihre wiederholten Anstrengungen, seine Einladungen abzuschmettern.

Damit, dass er so direkt sein würde, hatte Kate nicht gerechnet. Doch genau damit hätte sie rechnen *müssen*. Joseph Swann war ein geistreicher und charmanter Mann mit einer – seinem Beruf entsprechenden – ruhigen Stimme, und noch dazu war er teuflisch gut aussehend. Besonders attraktiv war seine markante Kinnpartie. Kate wusste nicht genau, warum sie dieses Kinn umwerfender fand als beispielsweise sein „rotbraunes Haar“ oder seine „tiefblauen Augen“, wie Lili sich ausgedrückt hatte. Kate musste zugeben, dass der Mann mit seinen ein Meter fünfundachtzig und diesem sportlichen Körper ziemlich sexy aussah – sofern man das von jemandem überhaupt behaupten konnte, der hauptsächlich dunkle Anzüge mit zugeknöpften Sakkos, weiße Hemden und grauschwarz gestreifte Krawatten trug. Aber es war nun mal die Kinnpartie, die es Kate angetan hatte. Vielleicht weil sie etwas ungemein Kraftvolles an sich hatte. Egal. Das Problem zwischen ihnen war nicht sein Kinn; es war diese ganze Sache mit den Toten. Zugegeben, er brachte sie oft zum Lachen – aber ein Mann, der den Großteil seiner Zeit in der Umgebung von Leichen verbrachte, konnte doch einfach nicht ganz richtig ticken.

Im Moment allerdings musste sie sich ein Lächeln verkneifen und sich sehr bemühen, ihn mit einem kühlen Blick zu bedenken. „Ich lüge nicht. Und es stört mich, dass Sie so etwas behaupten.“

Er schmunzelte. „Nein, das tut es nicht. Sie finden es unterhaltsam, dass ich Sie immer noch zum Essen einlade, obwohl Sie mich schon … wie viele Male abgewiesen haben? Fünf?"

„Sechs Mal, wenn man Ihren heutigen Versuch mitrechnet." Nun hatte sie es doch nicht ganz geschafft, ihr Lächeln zu verbergen. Wenn er doch nur nicht so nett wäre. Dazu kam, dass er ihr wie ein äußerst beziehungsfähiger Mann vorkam – und so jemand passte eben so gar nicht zu ihrer Lebensplanung.

„Vielleicht hätte ich Ihnen gleich vorweg sagen sollen, dass ich Nekrophilie nicht zu meinen Hobbys zähle."

Sie musste grinsen. Er war wirklich witzig. Anfangs hatte sie – in Anbetracht des Berufs, für den er sich entschieden hatte – gedacht, dass er überhaupt keinen Humor hatte, aber mit der Zeit hatte sie gemerkt, dass er über einen eigenen Witz verfügte, der einem erst nach ein paar Sekunden so richtig bewusst wurde.

„Ich habe kein sexuelles Interesse an Toten. Ich bevorzuge lebendige Frauen."

Kate lachte laut heraus. „Sie *bevorzugen*?"

„Gut, vielleicht war meine Wortwahl nicht ideal. Ich mag Frauen von der lebendigen, atmenden Sorte. Besser?"

Kate arbeitete seit zwei Jahren mit ihm zusammen, und er war einer ihrer besten Kunden. Manche Hinterbliebene kümmerten sich lieber selbst um die Blumenarrangements und Kränze, andere wiederum überließen alles dem Bestattungsunternehmen – nach dem Motto „Ich ertrage es jetzt nicht, daran zu denken", was Kate übrigens bestens nachvollziehen konnte. Sie wusste, dass er nicht nur bei ihr Kunde war; Joseph Swann beauftragte zahlreiche andere Blumenhändler, aber sie war sich bewusst, dass sie bei ihm einen Sonderstatus genoss. Besonders in den letzten Monaten. Und immer würzte er ihre geschäftlichen Termine mit einer tüchtigen Prise seines Humors – wohl um ihr zu zeigen, dass auch er selbst eindeutig von der lebendigen Sorte war. Das heutige Gespräch jedoch übertraf alles. „Ist das eine Art Polizisten-Humor, dieses Witzeln über Morbides?"

„Ich halte das, was ich mache, nicht für morbid."

„Sie arbeiten mit Toten!" Kates Stimme war vor Fassungslosigkeit ein wenig schrill geworden. „Das *ist* morbid."

„Ich habe hauptsächlich mit den Hinterbliebenen zu tun. Das ist nicht ganz das Gleiche."

„Ja, aber ..."

Er hob abwehrend eine Hand. „Warum besprechen wir das nicht einfach beim Essen? Vielleicht kann ich Ihnen Ihre Ängste ein wenig nehmen."

„Ich habe diesbezüglich keine Ängste."

„Doch, haben Sie."

„Jetzt klingen Sie eher wie ein Psychoanalytiker und nicht wie ein Bestatter."

„Ich bin kein Bestatter. Ich bin Leiter eines Bestattungsinstituts. Sehen Sie, hier haben Sie sich also schon geirrt. Und Leiter von Bestattungsinstituten brauchen auch ein gewisses psychologisches Geschick. Ich habe an einigen Seminaren teilgenommen, die sich mit den psychologischen Aspekten unserer Branche befassen."

„Mr. Swann ..."

„Sie sagen immer *Mister* zu mir, wenn ich Sie überrede, mit mir auszugehen."

„Ich werde nie mit Ihnen ausgehen." Kate merkte sofort, dass der letzte Satz zu hart geklungen hatte. „Ich konzentriere mich derzeit ganz auf meinen Beruf. Rendezvous stehen daher auf meiner Prioritätenliste ganz weit unten."

Er redete weiter, als hätte er nicht gehört, was sie eben gesagt hatte. „Die meisten Frauen lassen sich in zwei Kategorien einteilen. Entweder sind sie absolut fasziniert von meinem Beruf und wollen jedes noch so kleine Detail wissen. Gelegentlich kann ich mich des Eindrucks nicht erwehren, dass *sie* nekrophil sind – vor allem wenn sie mich bitten, mich bei … äh … gewissen Aktivitäten nicht zu bewegen."

Kate schlug die Hände vors Gesicht, holte tief Luft und musste wieder lachen. Auf seine – merkwürdige – Art war er einfach unwiderstehlich. „Ich gehöre nicht zu diesen Frauen."

„Dann gibt es die zweite Kategorie. Frauen nämlich, die panische Angst haben, dass die Branche irgendwie auf sie abfärben könnte. Bei ihnen kommt sozusagen die Angst vor dem eigenen Tod ins Spiel."

„Auch zu dieser Gattung zähle ich mich nicht."

„Dann gehen Sie mit mir aus."

„Ich habe keine Zeit für so etwas. Ich habe ein Geschäft, um das ich mich kümmern muss."

Er zuckte die Achseln. „Na gut, dann begnüge ich mich mit Sex. Ich verspreche auch, dass ich nicht von Ihnen verlange, es in einem Sarg oder dem Raum zu tun, wo wir die Leichen aufbewahren."

Kate hätte sich am liebsten vor Lachen auf dem Boden gewälzt. Dies hier war das skurrilste Gespräch, das sie je erlebt hatte. Jenes ausgenommen, als ihre Mutter sie ins Bestattungsinstitut mitgeschleppt hatte, weil sie alles für ihr unvermeidliches Ableben organisieren wollte. „Mr. Swann …"

„Nennen Sie mich wenigstens Joe."

„Also gut, Joe. Wir haben seit zwei Jahren geschäftlich miteinander zu tun. Warum forcieren Sie diese Sache ausgerechnet jetzt?"

„Wegen des Nestbauinstinkts. Irgendwann bricht er auch bei Ihnen durch. Und dann sehen Sie irgendeinen fremden Mann auf der Straße, und – bumm – erwischt es Sie. Ehe Sie sich's versehen, sind Sie verliebt, verlobt, verheiratet und bekommen ein Kind. Ich sehe Sie übrigens mit …" Er musterte sie kurz. „… zwei Kindern vor mir. Deshalb möchte ich Sie überreden, mir eine Chance zu geben, bevor Sie diesen Mann treffen."

Woher hatte er nun wieder diese merkwürdige Vorstellung? Ausgerechnet *ihr* sollte so etwas passieren? „Das ist das Lächerlichste, was ich je gehört habe."

„Tatsächlich?"

„Ich habe überhaupt keine mütterliche Ader." Sie war eine ehrgeizige Geschäftsfrau wie ihre Mutter. Allerdings war ihre Mutter mit achtunddreißig dem Ticken der biologischen Uhr erlegen. So etwas würde Kate nicht passieren. Sie würde tunlichst einen weiten Bogen um alle familientauglichen potenziellen Ehemänner machen.

Er lächelte. „Also gut. Dann eben doch nur Safer Sex."

„Mit meinem besten Kunden ins Bett zu gehen ist keine gute Idee."

„Sie sind nie um eine Antwort verlegen, stimmt's?"

„Stimmt. Aber ich fühle mich außerordentlich geschmeichelt."

„Ich gebe nicht auf. Stellen Sie sich also darauf ein, dass ich Sie weiterhin bitten werde, mit mir auszugehen."

„Nein bedeutet nein, Joe."

„Wenn Sie gesagt hätten, dass Sie bei mir und meinem Beruf das kalte Grauen packt, wäre ich bereit, Ihr Nein zu akzeptieren. Aber das haben Sie nicht gesagt."

„Ist das alles, was ich tun müsste?"

„Ja."

Kate dachte darüber nach. Ja, das tat sie wirklich. Aber Joseph Swann löste kein kaltes Grauen in ihr aus, ganz im Gegenteil. Außerdem wäre sie niemals so gemein und taktlos gewesen, es ihm zu sagen, selbst wenn es so gewesen wäre. Vielleicht gefiel ihr sein hartnäckiges Werben ja auch ein bisschen. Nicht, dass sie ihn jemals erhören würde – aber was war schon dabei, solange sie sich sicher war, wie die Sache ausgehen würde? „Nein“, sagte sie und legte einen Finger auf ihre Lippen, „bedeutet nein.“

„Es ist nur eine Frage der Zeit, wann Sie Ihren Widerstand aufgeben.“

Eingebildeter Kerl. Doch sie mochte ihn. Sie würde weder mit ihm ausgehen noch mit ihm schlafen, aber sie mochte ihn einfach.

Normalerweise war der April ein regnerischer Monat, doch dieses Jahr waren die typischen Wolkenbrüche ausgeblieben. Die Wiese war trocken, die Abendsonne warm, und durch das hohe Gras wehte ein fast laues Lüftchen. Zum allerersten Mal hatte Lili Angst allein hier draußen. Ständig drehte sie sich um, als könnte der Mörder aus Fluffys Erzählung jeden Moment aus einem der Maulwurfhaufen springen. Sie hatte sich nach der Arbeit nicht umgezogen, sondern nur ihre Wanderstiefel angezogen – für den Fall, dass sie versehentlich über einen dieser Haufen stolperte. Die Stiefel bewahrten einen vor verstauchten Knöcheln.

Jetzt merkte sie allerdings, dass sie nicht nur vor Erdhaufen auf der Hut war. Wiese, Wald, Eiche. Das war es, was Fluffy ihr mit seinen Bildern gezeigt hatte. Bis in die Mitte der großen Wiese hatte sie es geschafft, es dann jedoch mit der Angst zu tun bekommen. Genau genommen hatte sie schon Angst gehabt, als sie ihr Haus verlassen und einen der schmalen Wege eingeschlagen hatte, die sich zum Wald schlängelten. Die meisten Häuser in dieser Gegend waren zu Fuß in ein paar Minuten zu erreichen. Auch Buddy Welchs Haus war nicht allzu weit entfernt. Glücklicherweise war er ihr hier draußen noch nie über den Weg gelaufen. Manchmal dachte sie, dass es ihn gar nicht wirklich gab. Andererseits wäre eine Begegnung mit Buddy Welch bestimmt weit weniger grauenvoll, als plötzlich mit Aasgeiern konfrontiert zu sein, die über ihrem Kopf kreisten. Sie wollte keine Leiche finden – nicht jetzt und auch nicht irgendwann später. Zumindest nicht, wenn sie hier allein unterwegs war.

„Idiotisch, was ich hier mache", murmelte sie vor sich hin. Tanner Rutland mit den Waffen einer Frau dazu zu bringen, sie mit Fluffy reden zu lassen, war eine wesentlich nettere Vorstellung, als hier allein auf Leichensuche zu gehen.

Ein paar Meter von ihr entfernt schnellte plötzlich Einsteins Schwanz aus dem hohen Gras empor. Die Katze war offenbar mit einem Satz zu einem der Eichhörnchen gesprungen, das den Kopf aus seinem Loch gesteckt hatte. Es hieß, dass man mit einer Katze nicht wie mit einem Hund spazieren gehen konnte, doch Einstein hatte sie schon oft auf ihren Spaziergängen begleitet. Manchmal verschwand sie kurz, wenn irgendetwas ihre Aufmerksamkeit erregte. Lili versuchte, Einstein im Auge zu behalten, aber im hohen Gras war der Schwanz ihrer Katze nun nicht mehr zu sehen.

Plötzlich stieß sie mit dem Fuß an etwas. Dann stolperte sie. Über einen menschlichen Körper. Fiel hin und schrie gellend auf.

Und sie schrie erst recht, als der Körper sich aufrichtete.

„Ich weiß, was du bist", tönte es, als dieses Etwas plötzlich aufstand.

Lili atmete tief durch. Es war keine Leiche, es war kein Geist. Nicht einmal der Bigfoot.

Es war Lady D. Unter anderen Umständen hätte Lili diese unvermutete Begegnung äußerst beunruhigend empfunden. Doch angesichts der Tatsache, dass sie eben noch geglaubt hatte, über eine Leiche gestolpert zu sein, schien Lady Dreadlock ein vergleichsweise geringes Übel zu sein.

„Ein herrlicher Tag, nicht wahr?" Lili stand rasch auf und trat ein paar Schritte zurück. Das Gefühl, von dieser Frau von oben betrachtet zu werden, war kein wirklich angenehmes gewesen. Ihre Erleichterung, doch nicht über einen Toten gestolpert zu sein, begann langsam zu schwinden. Es war schlimm genug, der Frau in der Stadt zu begegnen, aber hier draußen ... allein? Es war gruselig. Wo war Einstein? Und was machte Lady D. hier, weitab der Stadt, wo sie üblicherweise herumzugeistern pflegte?

„Gott beobachtet dich", sagte Lady Dreadlock wie immer.

Beinahe hätte Lili das, was nun als Nächstes aus dem Mund der Frau kommen würde, selbst ausgesprochen. Aber hier draußen war es viel zu einsam, um sich mit dieser Frau anzulegen. „Ein schöner Tag für einen Spaziergang."

„Gott ist der Meinung, dass wir böse sind." Sie zeigte hinauf zum Himmel, der sich bereits zu verdunkeln begonnen hatte.

Jetzt, da sie so allein auf dieser Wiese stand, umgeben von nichts als riesigen Bäumen, dem hohen Gras und dem Himmel über sich, wünschte Lili, sie hätte wegen Lady Dreadlock wirklich die Polizei informiert, so wie Kate ihr geraten hatte.

Wäre es möglich, dass Dreadlocks in den Augen eines Katers wie ein Helm aussahen? Vermutlich nicht. Und diese Haare hätten ja auch auf keinen Fall unter einen schüsselförmigen Helm gepasst, wie Fluffy ihn gesehen hatte.

„Sei vorsichtig, sonst wird Gott *dich* bestrafen." Nun zeigte Lady D. mit dem Finger auf Lili. Der Nagel war kurz und rissig.

Vielleicht lag es an der Stille und daran, dass hier kein Verkehr und keine Passanten waren oder dass ihr letzter Espresso schon neun Stunden zurücklag, aber *das* war nun zu viel für Lili. Es machte ihr keine Sorgen mehr, ob sie unhöflich oder aggressiv wirken könnte. Was ihr Sorgen bereitete, war diese abgelegene Wiese – und wenn diese Frau schon so bedrohlich mit ihr sprach, dann wollte sie zumindest wissen, warum.

„Wovon reden Sie? Sie sagen immer das Gleiche zu mir, aber Sie verraten nie, *warum*. Was habe ich getan, dass Gott so wütend auf mich ist?“

Die Frau lächelte, wobei sich tiefe Furchen durch die ledrige Haut ihres Gesichts zogen. Dann starrte sie Lili über die Schulter. „Frag die Katze.“

Frag die Katze? Das war der erste Satz seit drei Monaten, der nicht zu Lady Dreadlocks üblichem Repertoire gehörte. Lili wollte nachfragen, was *das* nun wieder bedeuten sollte, doch die Frau drehte sich um und schlenderte davon.

„Warten Sie! Was meinen Sie damit?“

Lady D. reagierte nicht. Sie ging weiter, wobei sie ihre Finger spielerisch über die Spitzen der Grashalme gleiten ließ. Schließlich erreichte sie den Wald und verschwand in der Dunkelheit.

Einstein tauchte wieder auf und setzte sich auf das niedergetrampelte Gras.

„Wo warst du?“ Lili schrie beinahe.

Es gab Wichtiges zu erledigen. Das Bild einer Feldmaus erschien vor Lilis innerem Auge.

Lili ließ sich neben Einstein ins Gras fallen und schloss die Augen. „Das war eine doofe Idee.“ Dann öffnete sie ein Auge und sah die Katze an. „Wage es nicht, mir jetzt eine Narrenkappe zu zeigen.“

Einstein gähnte. Was auf jeden Fall besser war als die Narrenkappe.

„Wenn hier draußen tatsächlich etwas ist, sollte ich besser nicht allein danach suchen.“

Einstein hob eine Pfote und begann sie zu lecken.

„Was, glaubst du, wollte sie hier?“ Sie schickte Einstein ein Bild der Frau mit den Dreadlocks.

Ich bin eine Katze. Woher soll ich das wissen? Endlich gab sich Einstein selbst einmal die Narrenkappe.

„Tja, sie hat mir gesagt, ich soll dich fragen.“

Einstein blinzelte nur. Sie wurde aus Lady Dreadlock offenbar auch nicht recht schlau.

Lili seufzte. „Glaubst du, wir haben uns vielleicht geirrt? Haben wir das, was Fluffy gesehen hat, missverstanden?“

Wir?

Lili stand auf. „Uns bleibt nur mehr eines übrig.“ Es galt, Tanner Rutland auf ihre Seite zu bringen. „Ich werde ihn verführen müssen.“

Einstein maunzte demonstrativ.

„War nur Spaß.“

Jetzt lügst du, dass sich die Balken biegen. Lili sah das Bild von sich und darüber die drohenden, sich senkenden schweren Holzbalken. „Gehen wir nach Hause. Ich denke später darüber nach.“ Nach einem großen Salatteller und ein paar Kirschpralinen.

Einstein saß immer noch im Gras. *Sie hat mir Spam geschickt.*

Die Katze, die Lili meist wie ein Schatten folgte, saß oft neben ihr am Computer, wenn sie ihre E-Mails abrief. Zusätzlich zu den wöchentlichen Telefonaten hielt Lili auf diese Weise mit ihren Eltern Kontakt. Mit jeder echten E-Mail bekam sie zwanzig Spam-Mails in ihren Postkasten, worüber sie sich für gewöhnlich lautstark aufregte. Einstein wusste also, was Spam war. „Spam“ war zufällig auch der Name ihres Lieblingskatzenfutters.

Lili stemmte die Hände in die Hüften. „*Wer* hat *was* gemacht?“

Diesmal schickte ihr Einstein Bilder, die jede Menge Katzenfutter der Marke „Spam“ zeigten. Mittendrin jemand, der Lady Dreadlock sehr ähnlich sah.

„Sie hat mit dir geredet, während du dich versteckt hast?“

Sag ich doch die ganze Zeit! Einstein legte sich ins Gras

und streckte sich genüsslich.

„Das sollst du doch nicht machen. Ich muss dir dann wieder die Kletten aus dem Fell ziehen.“ Sie würde es ohnehin tun müssen, da Einstein eine gute halbe Stunde auf Mäusejagd gewesen war. „Was hat sie zu dir gesagt?“

Irgendetwas über das Feuer der Hölle. Und über dich. Das Bild war so deutlich, dass Lili die Flammen beinahe körperlich spürte. „Sie hat dir Bilder geschickt – so wie ich?“

Wenn Katzen seufzen könnten, hätte man Einsteins betont langsames Ausatmen als äußerst genervten Seufzer auffassen können. *Ja!* Zusatz: *Was sind Menschen doch schwer von Begriff …*

Diese Höllenfeuer-Sache war genauso kryptisch wie Lady Dreadlocks bisherige Äußerungen. Aber darum ging es Lili momentan gar nicht. „Sie redet mit Tieren!“

Hätte Lili das bei einer ihrer Begegnungen mit Lady Dreadlock vor dem Café in der Stadt gemerkt, wo unzählige andere Menschen um sie herum waren, wäre sie außer sich vor Begeisterung gewesen. Aber so ganz allein hier draußen, zwei Tage nachdem Fluffy etwas Entsetzliches gesehen hatte, war dieses Feuer der Hölle das Allerletzte, womit Lili sich momentan auseinandersetzen wollte.

Tanner kam später von der Arbeit nach Hause als geplant. Das passierte leider ziemlich häufig. Eine Besprechung dauerte länger, ein Bericht musste noch fertiggestellt werden … Irgendetwas kam immer dazwischen. Heute Abend allerdings hatte er ein Date, und wenn er sich nicht mit dem Umziehen beeilte, würde sein Auto von einem anderen Wagen eingeparkt sein. Denn Freitag war Doppelkopf-Abend. Obwohl Roscoes Freunde alle hier in der Gegend wohnten, wurden sie von Chester in dessen uraltem Wagen abgeholt und zum wöchentlichen Spieleabend chauffiert. Demnächst – hoffentlich bald – würde der alte Mann wohl freiwillig seinen Führerschein abgeben.

Als Tanner seinen Wagen neben der Garage abgestellt hatte und ausstieg, sah er durch die Hecke, wie Lili gerade das Gartentor aufstieß und dann zu ihrem Haus marschierte. Ihr bunter Rock blitzte zwischen den Büschen auf. Aus einem unbestimmten Grund war Tanner in diesem Augenblick ganz froh, dass die Hecke noch nicht vollständig zugewachsen war.

Rasch schlüpfte er durch eines der Löcher zwischen den Ästen, um sie abzufangen, bevor sie im Haus verschwand. Ihre Stiefel waren schmutzig, und an ihren dicken Socken klebten Kletten. Auch in ihrem langen dunklen Haar hatten sich einige Kletten verfangen. Mit ihren eingezogenen Schultern und dem gesenkten Kopf wirkte sie ein wenig verschreckt.

„Was haben Sie da draußen gemacht?"

Lili fuhr herum. Sie war so in Gedanken versunken gewesen, dass sie ihn nicht bemerkt hatte. „Wo draußen?", fragte sie, bereits wieder erstaunlich gefasst.

Wenn sie dachte, sie könnte ihn durch diese gespielte Ahnungslosigkeit täuschen, lag sie verdammt falsch. „Sie haben die Leiche gesucht, nicht wahr?"

Sie biss sich auf die Lippen, schaute erst hinunter zur Katze, die mit total zerzaustem Fell neben ihr stand, und dann zu ihrer Haustür, die nur mehr drei Meter von ihr entfernt war. Sie vermied eisern, ihn anzusehen. „Eigentlich nicht."

Tanner atmete tief durch, um nicht die Beherrschung zu verlieren. Er wollte sie nicht anbrüllen – obwohl diese Frau ihn durchaus reizte, es zu tun. „Was bedeutet ‚eigentlich'?"

Endlich sah sie ihn an. „Das bedeutet, dass ich der Polizei etwas berichten könnte, wenn ich etwas gesehen hätte."

Tanner drehte sich abrupt von ihr weg und zwang sich, mehrere Mal tief ein- und auszuatmen. Ruhig bleiben. Dann sah er sie an. „Sind Sie von allen guten Geistern verlassen!?“ Sofort hob er entschuldigend eine Hand. „Tut mir leid, so war das nicht gemeint.“

Aber es war genau das, was er meinte. Er hatte beträchtliche Zweifel, dass sie mit Fluffy reden konnte. Oder mit Einstein. Oder mit irgendeinem anderen nichtmenschlichen Wesen auf Gottes Erdboden. Was er brauchte, waren konkrete Beweise, so wie zum Beispiel diese Leiche, von der sie behauptete, sie würde hier irgendwo herumliegen. Nicht, dass er wollte, dass ausgerechnet sie sie fand … Das eigentliche Problem war jedoch, dass *sie* so gar keine Zweifel hatte. Sie glaubte, dass sie mit Tieren reden konnte. Und das bedeutete, dass sie im vollen Bewusstsein durch den Wald gestreift war, dass sie über einen Toten – schlimmer noch, den Mörder – hätte stolpern können. Lili, dieser kleine Dummkopf, hatte sich vorsätzlich in eine extrem gefährliche Situation begeben. Besaß sie denn gar kein Fünkchen Verstand?

Du meine Güte, mit ihren sonderbaren Ideen, die allesamt nichts Gutes verhießen, war sie Karen unglaublich ähnlich. Wenn Karen damals nicht so überzeugt gewesen wäre, eine große mediale Begabung zu haben, die nur entsprechend gefördert werden müsste, damit sie sich voll entfalten konnte … Wenn sie nur nicht nach Sedona gefahren wäre, um dort diese Art von Förderung zu suchen … Wenn sie nur nicht alle seine Warnungen in den Wind geschlagen hätte … Wenn sie nur nicht …

„Na gut.“ Lilis Stimme holte ihn von dem Abgrund zurück, der sich gerade vor ihm aufgetan hatte. „Es war folgendermaßen.“ Sie schluckte, als müsse sie erst den Mut finden, es ihm zu erzählen. „Ich habe es da draußen mit der Angst zu tun bekommen und gemerkt, dass es dumm von mir war, allein loszuziehen. Also habe ich kehrtgemacht – und nicht nach der Leiche gesucht.“

Gott sei Dank, Lili besaß zumindest ein minimales Quäntchen Vernunft. „Tun Sie das nie wieder."

Sie hatte ihn mit ihrem Leichtsinn beinahe zu Tode erschreckt – mit dem Effekt, dass er über Dinge zu grübeln begann, die er tief in seinem Inneren begraben hatte und an die zu denken er sich nur selten gestattete. Derzeit konnte er sich nicht erlauben, daran zu rühren. Zum Teufel, warum sollte es sein Problem sein, was Lili Goodweather anstellte?

Doch so weit war er sehr wohl in Verbindung mit seinem Inneren, um zu wissen, dass er nicht so wütend geworden wäre, wenn er beispielsweise Viola, die Postbotin, aus dem Wald hätte kommen sehen.

„Sogar Einstein hat gesagt, dass es dumm von mir war. Und sie muss es wissen, denn sie ist …"

„Ja, ja, ich weiß, die Reinkarnation des klügsten Menschen aller Zeiten", sagte er und fuhr sich nervös durchs Haar. Seine Krawatte schien plötzlich verdammt eng zu sitzen.

„Ich war nicht lange unterwegs", fügte sie hinzu. „Wirklich nicht."

„Wie lange?"

„Eine Viertelstunde – ungefähr." An ihrem Blick merkte er sofort, dass es vermutlich eher eine halbe Stunde gewesen war.

Meine Güte, sie brauchte jemanden, der auf sie aufpasste. „In jedem Fall war es zu lang."

Sie verdrehte die Augen. „Glauben Sie mir, ich weiß selbst, dass ich *das* sicher nicht noch einmal tun werde." In dem Blick, den sie ihm zuwarf, lag ein Hauch von Traurigkeit. „Früher war es immer *mein* Wald, und ich hatte nie Angst da draußen. Aber jetzt …"

„Verlorene Unschuld", murmelte er. Doch er musste zugeben, dass gerade dieses Unschuldige an ihr ihn so anzog. Ihre Art, etwas umständlich in fünf Sätzen zu erklären, wofür jeder andere Mensch nur einen Satz brauchte. Ihre Art, einfach auszusprechen, was sie dachte. Die Art, wie sich im Flattern ihres Rockes ihre Persönlichkeit widerspiegelte – so lebendig, so unbeschwert. Wenn sie nicht gerade unvernünftig war.

„Was haben Sie gerade gesagt?"

„Nichts." Einen Moment lang wünschte er, sie wäre nicht ins Nachbarhaus gezogen. Er hatte heute Abend ein Date, und seine Dates waren mit vernünftigen Frauen, die so gar nichts mit Lili gemein hatten. Während er zusah, wie die Abendsonne sich in Lilis Haar spiegelte, wurde ihm bewusst, dass er sich wünschte, die Frauen, mit denen er sich traf, wären mehr wie Lili.

„Versprechen Sie, dass Sie nicht mehr allein losziehen, um irgendwelche Leichen zu suchen." Es war seine Pflicht, ihr das mit auf den Weg zu geben. „Überlassen Sie das der Polizei."

„Ich überlasse es der Polizei", wiederholte sie folgsam.

„Und Sie reden nicht mehr mit Fluffy."

„Ich rede nicht mehr mit Fluffy." Sie verschränkte die Hände hinter ihrem Rücken.

„Zeigen Sie mir Ihre Finger. Ich möchte mich vergewissern, dass Sie sie nicht überkreuzen."

Sie hielt beide Hände in die Höhe. „Ich rede kein Wort mit Fluffy. Oder mit Erika oder Roscoe. Noch jemand, mit dem ich nicht darüber reden soll? Dann sagen Sie es am besten gleich. Vielleicht sollte ich mir einen Notizblock holen und mir alle aufschreiben." Sie hielt sich rasch eine Hand vor den Mund. „Oops, da fällt mir gerade ein: Ich habe es schon meinem Boss erzählt."

Er merkte, dass er mit ihr so herablassend geredet hatte, als sei sie so alt wie Erika. Statt wütend zu werden, machte sie sich über ihn lustig. Er zog eine Augenbraue hoch. „Und was hat er gesagt?"

„*Sie* meinte, ich solle vernünftig sein."

„Das hört man gern." Ihr Boss war offenbar eine kluge Frau. So wie die Frauen, mit denen er ausging.

Lili schwieg.

„Nachdem wir das nun geklärt hätten ..." Tanner warf einen schnellen Blick auf seine Uhr. Er würde zu spät kommen, doch aufgrund irgendeines unerklärlichen Widerwillens, sie allein zu lassen, stand er immer noch wie angewurzelt hier herum.

„Noch etwas, das Sie mir verbieten wollen? Wie sagt man so schön? Reden Sie jetzt, oder schweigen Sie für immer."

Was er wollte, war, den Abend mit ihr statt mit seiner Bekannten Anna, einer Buchhalterin, zu verbringen. „Ich bin verabredet."

Sie legte den Kopf schief. „Ich kann Ihnen nicht ganz folgen."

Lili behauptete zwar, die Gedanken von Tieren lesen zu können, doch bei seinen Gedanken schien es – glücklicherweise – nicht zu funktionieren. „Ich habe heute Abend ein Date, aber bevor ich gehe, möchte ich mir sicher sein können, dass Sie alleine klarkommen."

„Ich lebe schon geraume Zeit allein. Und ich kann sehr laut schreien. Falls also der Schwarze Mann oder Bigfoot bei mir anklopft, brülle ich so laut, dass sogar die Toten aufwachen."

Solange es nicht die Leiche war, die irgendwo im Wald draußen lag ...

Tanner konnte sich immer noch nicht losreißen.

Sie schwiegen beide. Dann fragte Lili: „Haben Sie Blumen für Ihre Verabredung besorgt? Frauen lieben Blumen."

„Meine Bekannte gehört nicht zu dieser Sorte Frau."

„Jede Frau gehört dazu. Warten Sie einen Moment." Energischen Schrittes marschierte sie zum Haus, wobei ihre Wanderstiefel jede Menge Staub aufwirbelten.

„Ich muss hier weg“, murmelte er, als die Tür hinter ihr zufiel. Und doch wollte er bleiben. Er kannte Anna seit etwas mehr als einem Jahr. Drei Mal war er mit ihr ausgegangen, und ein Mal hatte er mit ihr geschlafen. Er war nicht verliebt in sie, und sie war es nicht in ihn. Tanner suchte weder einen Ersatz für Karen noch eine Mutter für Erika. Und er hatte übrigens keine Angst, sich gefühlsmäßig auf jemanden einzulassen, wie Roscoe des Öfteren behauptete. Aber zölibatär wollte er nun mal auch nicht leben.

In Lilis Gegenwart allerdings beschlich ihn das Gefühl, dass gelegentlicher Sex ein bisschen wenig war. Und dieser verdammte Gedanke machte ihm höllisch Angst.

5. KAPITEL

Lili kam mit einer Blumenvase, um die kunstvoll einige bunte Kreppmanschetten drapiert waren, wieder aus dem Haus.

„Das habe ich heute Nachmittag gemacht, als gerade nicht so viel los war", sagte sie.

„Es ist …" Tanner suchte nach dem richtigen Wort. „Interessant?" Es klang wie eine Frage.

„Ich bin zwar keine richtige Blumenkünstlerin, aber ich bastle gern." Sie hielt ihm den Strauß zur Begutachtung vor die Nase. „Nicht übel, oder?"

„Sehr gelungen." Er hatte noch nie etwas Derartiges gesehen. Insgesamt war der Strauß eine wahre Sinfonie aus Farben – die Blumen wirkten exotisch und dennoch auf unbestimmte Art vertraut.

„Es sind Feldblumen. Ich habe sie selbst gepflückt." Sie zuckte die Achseln. „Meine Chefin Kate meint, dass die Polizei mich eines Tages festnehmen wird, weil ich geschützte Pflanzen pflücke, aber ich habe keinen Kalifornischen Mohn genommen. Das wäre allerdings wirklich illegal."

„Welche Blumen sind das?" Er betrachtete den Strauß.

„Tss, wenn man in einem Buch nachschlüge, wie sie alle heißen, wäre es nur noch halb so aufregend." Die Vase glitzerte grün, als Lili sie gegen die untergehende Sonne hielt. „Die Dinge zu analysieren und zu benennen schmälert den uneingeschränkten Genuss. Wenn wir nicht wissen, wie die Blumen heißen, bleibt der Strauß ein Kunstwerk."

„Und was für eins." Das Arrangement, von dem manche Leute sagen würden, jemand hätte einfach ein paar Blüten in Wasser gestellt, war wie Lili selbst. Ungewöhnlich und wie das pralle, bunte Leben. Er glaubte kaum, dass Anna den Strauß im vollen Umfang zu schätzen wissen würde. „Äh, vielen Dank."

Sie nahm seine Hand und legte sie unter die Vase. Dann zupfte sie die Blumen zurecht. Obwohl sie ihn nicht angesehen hatte, als sie ihn berührt hatte, durchlief es seinen ganzen Körper heiß. Er musste hier schleunigst weg.

„So. Perfekt."

O ja, das war sie. Er hatte vergessen, warum er so wütend gewesen war, als er sie durch das Gartentor kommen sah. Es spielte keine Rolle mehr für ihn. Zwei Kletten hatten sich in ihrem Haar verfangen. Als er ihr eine aus ihren seidigen Locken löste, weiteten sich ihre Pupillen bereits. Bei der zweiten Klette, für die er etwas länger brauchte, kam ein leiser Seufzer über ihre Lippen. Er selbst hielt den Atem an.

„Danke", sagte sie. Ihre Stimme klang ein wenig heiser.

„Wie viel bekommen Sie für die Blumen?" Es schien das Unverfänglichste, was er im Augenblick sagen konnte.

Sie machte eine abwehrende Handbewegung. „Machen Sie sich nicht lächerlich. Aber lassen Sie Ihr Date ruhig in dem Glauben, dass der Strauß sehr teuer war, weil er so einzigartig aussieht. Frauen mögen es, wenn man viel Geld für sie ausgibt."

Mochte *sie* teure Geschenke? „Sie wissen über Frauen ja gut Bescheid."

Wieder legte sie den Kopf schief. „Hallo? Ich *bin* eine Frau."

„Ich weiß." Du lieber Himmel, und *wie* er das wusste.

Genau in diesem Augenblick sprang die Katze, die Tanner völlig vergessen hatte, an Lilis Bein hoch und streckte sich, sodass ihre Pfoten bis zu Lilis Hüfte reichten. Es war eine verdammt lange Katze.

Lili streichelte ihr über den Kopf. „Ich habe keine ‚Spam'-Dose für dich."

Sie wandte sich wieder Tanner zu. „Einstein hat im Moment nur Fressen im Sinn."

Tanner hatte auch so einiges im Sinn. Wie zum Beispiel, sie als Dessert zu vernaschen.

„Danke für die Blumen“, sagte er und trat einen Schritt zurück.

„Berichten Sie mir, wie Ihrer Bekannten der Strauß gefallen hat.“

Er hatte nicht die geringste Lust, noch auszugehen. Er hatte keine Lust auf Anna. Die Kondome im Handschuhfach seines Wagens würden heute definitiv nicht zum Einsatz kommen.

Gestern war er wegen Erika bei Lili gewesen. Nur vierundzwanzig Stunden später ging es hauptsächlich um Lili und was *er* von *ihr* wollte.

Er musste schleunigst raus aus Lilis Garten.

„Das war merkwürdig, was?“, flüsterte Lili Einstein zu, als Tanner wieder durch die Hecke nach drüben verschwunden war.

Genau genommen war es aufregend gewesen. Sie hatte Herzrasen und Kribbeln in den Zehen gehabt. Ein Adrenalinrausch wie nach einem Schock. Oder dem Moment, als Tanner gesagt hatte, dass er ein Date hatte.

Nicht dass sie eifersüchtig gewesen wäre. Tanner hatte kein Interesse an Frauen wie ihr. Sie plapperte zu viel und redete mit Tieren. Und sie selbst war ja ebenso wenig an Tanner Rutland interessiert – mochte er noch so groß, gut aussehend, energisch, beeindruckend, blond und blauäugig sein. Er hielt sie für verrückt. Und davon, von Männern – von Menschen im Allgemeinen – für verrückt gehalten zu werden, hatte sie die Nase voll. Lili klopfte sich auf den Oberschenkel, während sie die Stufen zur Tür hochging. Einstein folgte ihr.

Spam, Spam, Spam, Spam.

„Ich habe dir doch schon gesagt, dass wir keine ‚Spam'-Dosen zu Hause haben." Aber vielleicht redete Einstein ja auch von Lady Dreadlock und wie sie ihn mit Bildern zugespamt hatte. Was mochte es bedeuten? Lili wusste keine Antwort.

Als sie die Tür zur Küche öffnete, wäre sie beinahe von der Katzenmeute umgerannt worden. Sie hätte sie füttern sollen, bevor sie mit Einstein in den Wald gegangen war. Rita saß mitten in der Küche und jaulte.

„Das ist deiner unwürdig. Rita Hayworth würde nie solche Töne von sich geben." Mit ihrem getupften Fell war Rita, die elegante Leopardkatze, die perfekte Verkörperung des Filmstars, nach dem sie sich genannt hatte. Außer wenn sie so jämmerlich jaulte.

Lili begann Dosen zu öffnen und deren Inhalt großzügig auf Teller zu schaufeln. Kaum hatte sie die Teller auf den Boden gestellt, stürzten sich die Katzen gierig darauf. So intelligent die Tiere sonst waren – wenn sie Hunger hatten, brachen die primären Instinkte ungebremst durch.

„Weißt du, ich hätte da eine Idee", sagte Lili. „Ich habe Tanner versprochen, dass *ich* nicht mit Roscoe, Erika und Fluffy rede, aber ich habe nicht versprochen, dass *du* es nicht tust."

Einstein schickte ihr, glücklich und zufrieden vor sich hin schmatzend, das altbekannte Stopp-Schild.

„Ich weiß, dass es neulich nicht funktioniert hat. Aber du müsstest dich einfach anstrengen und es noch einmal versuchen." Wow, die Idee war gut. „Heute Abend besuchen wir Fluffy." Dann sah sie Einstein scharf an und hob warnend den Zeigefinger. „Und wehe, du redest über Kastration, überlegene weibliche Intelligenz oder Ähnliches."

Sie wartete, bis Tanner mit seinem Wagen weggefahren war. Kurz darauf hielt ein großer alter Lincoln knatternd und quietschend in der Einfahrt. Drei ältere Herren stiegen aus.

Verdammt, Roscoe hatte Besuch. Aber auf eine gute Idee mussten nun mal Taten folgen. Lili marschierte zum Nachbarhaus.

Erika öffnete ihr. „Lili, ich bin so froh, dass du da bist."

Sie trug ein pinkfarbenes T-Shirt mit dem Aufdruck *Prinzessin* und hatte das Haar zu zwei frechen Zöpfen zusammengebunden. Doch die dunklen Ringe unter ihren Augen sahen fast aus wie Blutergüsse.

„Geht es Fluffy gut?"

Erika zog Lili mit einer Kraft in die Diele, die man ihren dünnen Ärmchen gar nicht zugetraut hätte. „Es ist ihm gut gegangen, bis Grandpa den Tisch zum Kartenspielen aufgestellt hat. Seither ist er total durch den Wind."

Ihr kleiner Körper bebte regelrecht vor Sorge und Aufregung, und ihre Augen waren flehentlich auf Lili gerichtet. Ihr Blick sprach eine deutliche Sprache: „Tu etwas!" Lili rutschte das Herz in die Hose. „Darf Einstein auch reinkommen?"

„Nur wenn wir es Dad nicht sagen."

„Meine Lippen sind versiegelt." Du lieber Himmel, sie war keine zwei Minuten hier und hatte sich schon gegen Tanner verschworen.

Vom Flur führte eine große Treppe in den ersten Stock. Durch eine der beiden offenen Flügeltüren links und rechts des Gangs waren Männerstimmen zu hören. Es duftete nach Essen.

„Grandpa hat seine Doppelkopfrunde zu Besuch." Erika sah zur Tür, dann wieder zu Lili. „Linwood, Chester und Hiram sind zu Besuch. Linwood ist ein Kriegsheld. Er trägt seine Uniform aus dem Koreakrieg, aber lass dir besser nichts anmerken, falls du es doof findest." Sie wartete, bis Lili nickte. „Und Chester war früher einmal fast ein berühmter Filmstar. Wenn er also sagt, dass er einmal mit Deanna Durbin gemeinsam gedreht hat, tu einfach so, als wüsstest du, wer das ist."

„Was ist, wenn er mich fragt, in welchen Filmen ich sie sonst noch gesehen habe?"

„Vertrau mir, das wird er nicht. Und Hiram hat einen sehr bedeutenden Roman geschrieben. Am besten, du tust so, als hättest du schon davon gehört. Dad sagt, das ist alles gelogen, bis auf Hirams Roman. Er hat wirklich einmal ein Buch geschrieben. Aber du machst allen eine große Freude, wenn du dich total begeistert zeigst, wenn sie dir davon erzählen."

Was für eine rührende Sicht der Dinge. Den meisten Leuten – erst recht einem zwölfjährigen Kind – wäre es vermutlich egal, wie sich die alten Leutchen fühlten. Erika war wirklich außergewöhnlich.

Einstein huschte – unbemerkt von den alten Herren – ins Wohnzimmer.

Erika beugte sich zu Lili. „Fluffy ist hinter der Couch", flüsterte sie. Dann sagte sie so laut, dass es Lili regelrecht in den Ohren dröhnte: „Grandpa, Lili ist da." Wie schafften Kinder es bloß, mit ihrem kleinen Körper so viel Lautstärke zu produzieren? Erika zog Lili ins Wohnzimmer.

„Lili, meine Liebe! Guten Abend." Roscoe lächelte ihr herzlich zu. „Tanner ist leider schon weg. Ich hoffe, ihr beide habt euch gestern Abend nett unterhalten. Ich habe ihm gesagt, dass er bei Ihnen vorbeischauen soll, damit er Sie endlich kennenlernt."

Ha! Sie hatte recht gehabt. Roscoe hatte geschwindelt, als er gestern behauptet hatte, Tanner könne es *gar nicht erwarten*, ihre Bekanntschaft zu machen. „Es war mir ein großes Vergnügen, ihn kennenzulernen. Er ist ein äußerst interessanter Mensch." Sie hoffte, dass sie damit nicht zu dick aufgetragen hatte – auch wenn es die Wahrheit war.

Dann kam ihr plötzlich ein Gedanke. Was war, wenn Erika und Roscoe Tanner erzählten, dass sie zu Besuch gewesen war? Er würde annehmen, dass sie gegen seinen Willen mit ihnen über den Mord geredet hätte. Zu spät. Sie würde sich nur verdächtig machen, wenn sie die beiden jetzt bat, ihm nichts zu erzählen.

„Darf ich Ihnen meine Jungs vorstellen? Sie haben ein Faible für hübsche junge Damen."

Alle alten Männer hatten das. „Danke für das Kompliment."

Roscoe nahm Lilis Arm und führte sie zu seinen Kumpeln, als präsentiere er sie der Königin – oder vielmehr den Königen – von England.

Vor dem großen Steinkamin lag ein altmodischer Flickenteppich, daneben stand ein Lehnsessel, von dem aus man bequem fernsehen konnte. Der schwere Couchtisch aus Holz war offensichtlich an die Wand geschoben worden, damit der Tisch fürs Kartenspielen und die vier Klappstühle mitten im Wohnzimmer Platz hatten. Daneben stand ein kleinerer Tisch mit Essen und Getränken. Erika war an Roscoe und Lili vorbei zur Couch am Fenster geflitzt und versuchte nun, über die Rückenlehne gebeugt, Fluffy hervorzulocken.

Roscoe stellte sie dem Altherrentrio vor, das sich gerade von großzügig mit Essen beladenen Tabletts bediente. „Meine Herren, ich habe eine kleine Extraüberraschung für euch. Das ist unsere neue Nachbarin, Lili Goodweather."

„Linwood Daniels, stets zu Ihren Diensten."

Linwood trug braune Polyesterhosen und eine kurze braune Jacke, wie Lili sie an Präsident Eisenhower in einer der unzähligen Kriegsdokumentationen auf dem History Channel gesehen hatte. Über der linken Brust wurde der Stoff durch eine beeindruckende Anzahl von Bändern und Orden schwer nach unten gezogen. Die Knopflöcher waren sowohl über Linwoods hochdekorierter Brust als auch seinem nicht weniger beeindruckenden Bauch bis aufs Äußerste gedehnt.

Er schüttelte ihr ausgiebig die Hand. „Sie sind eine wahre Augenweide.“ Mit seinem schlohweißen Haar und dem dichten Bart sah er aus wie der Weihnachtsmann. Da die Linsen seiner Augen vom grauen Star leicht getrübt waren, war sich Lili nicht ganz sicher, wie er feststellen konnte, dass sie eine Augenweide war. „Wie charmant, vielen Dank.“

„Nun reicht es aber, Linwood“, sagte Roscoe und zog sie weiter zum nächsten alten Herrn. „Chester Pawson.“

Er hatte weißes Haar wie Linwood Daniels und war vermutlich ebenfalls Mitte siebzig, allerdings mit mindestens zwanzig Kilo weniger auf den Rippen – Linwoods Orden nicht mitgerechnet.

Chester musterte sie bewundernd mit seinen großen grünen Augen, nahm dann ihre Hand, die Linwood eben widerwillig losgelassen hatte, und zog sie – ganz Gentleman – für einen angedeuteten Kuss an seine Lippen. „Sie haben große Ähnlichkeit mit Deanna Durbin. Ich habe seinerzeit mit ihr gedreht, als sie auf dem Gipfel ihrer Karriere war. Wir wussten schon damals, dass der Film ein Klassiker wird.“ Er neigte seinen Kopf in Roscoes Richtung. „Wie war noch mal ihr Name?“

„Lili Goodweather.“ Roscoe räusperte sich. „Jede Frau, die er kennenlernt, sieht wie Deanna Durbin aus“, flüsterte er Lili ins Ohr.

„Was für ein zauberhaftes Kompliment, Mr. Pawson. Deanna Durbin war eine wunderbare Schauspielerin.“ Dass sie in Wahrheit keine Ahnung hatte, spielte angesichts Chesters leuchtenden Augen keine Rolle mehr. Er drückte hocherfreut ihre Hand und ließ sie nicht mehr los. „Sie war unvergleichlich gut“, fügte Lili hinzu.

„O ja, das war sie, das war sie. Ich war damals erst siebzehn, aber sie bleibt für mich unvergessen. Wenn sie mich damals nicht so ermutigt hätte, hätte ich als Schauspieler den

Durchbruch nicht so schnell geschafft."

Lili vermutete, dass ihm der Durchbruch nie auch nur annähernd gelungen war. Also entschloss sie sich, einfach weiterzulächeln. Er hatte für sein Alter eine beachtliche Kraft in seinen Händen, das musste man ihm lassen ...

„Sagen Sie, sind Sie nicht die junge Dame, die mit Tieren redet? Wir haben Sie im ‚Coffee Stain' gesehen", sagte er.

Lili wurde knallrot. Sie erinnerte sich an die beiden alten Herren, die sie heute Morgen bei Manny im Café gesehen hatte. Die ‚Lustmolche' waren Linwood und Chester gewesen. „Äh, ja ... das bin ich."

„Lili ist hier, weil sie mit Fluffy reden will." Erika strahlte. „Donnerstagnacht hat ihn irgendetwas fürchterlich erschreckt, und Lili therapiert ihn."

„Zu Fluffy kommen wir später, wenn wir mit dem Vorstellen fertig sind", sagte Roscoe zu Erika. „Lass ihre Hand los, Chester", befahl er dann. „Und das hier ist – last, but not least – Professor Hiram Battle."

Der große, dürre Mann schüttelte Lilis Hand so energisch, dass sie fast ihre eigenen Zähne klappern hören konnte. „Freut mich", sagte er.

„Ganz meinerseits. Sind Sie Professor drüben am College?"

„An der Universität." Er fuhr sich durch sein stahlgraues Haar. „Ein College wäre ja entweder eine Fachschule oder eine Vorbereitung für die Universität."

Übersetzung: etwas von weit niedrigerem Niveau.

Lili beschloss, nicht zu erwähnen, dass sie weder ein College noch eine Uni besucht hatte. Beides war in ihrem Lebensplan nicht vorgesehen. Obwohl sie ja eigentlich gar keinen richtigen Plan hatte. „Erika hat erzählt, dass Sie ein Buch geschrieben haben. Wie beeindruckend."

„Es ist ein Roman und gilt als Pflichtlektüre für angehende Akademiker."

„Das ist toll.“ Lili ging – um vor dem Professor nur nichts Falsches zu sagen – zur Couch, auf der Erika saß. „Es war wahnsinnig nett, Sie alle kennenzulernen, aber ich möchte Sie nicht weiter aufhalten. Ich möchte mir jetzt Fluffy anschauen. Es geht ihm nicht besonders gut.“

„Das liegt daran, dass er eines von Roscoes Wiener Würstchen vom Tisch geklaut hat. Ich hab's gesehen“, sagte Linwood. „Dann hat er seine Beute wie ein Räuber hinter die Couch geschleppt.“

„Unsinn, Linwood. Er hatte sich schon hinter der Couch verkrochen, als ich den Tisch fürs Kartenspielen aufgestellt habe. Und das war, bevor ich die Würstchen gebracht habe.“

„Dann muss es wohl eine Ratte gewesen sein. Es war ein langes graues Ding. Sag deinem Sohn, er soll zusehen, dass er die Ratten loswird, Roscoe. Ich hasse Ratten.“

Oops, es war keine Ratte gewesen. Sondern Einstein. Böse Katze.

Nun mischte sich Chester ein. „Stinktiere sind viel schlimmer. Habt ihr schon einmal erlebt, wie es riecht, wenn eines vor eurem Fenster einen fahren lässt? Da vergeht einem Hören und Sehen.“

Linwood schnaubte. „Du siehst ohnehin schon nicht mehr sehr gut.“

„Es ist eine Redewendung, du alter Sesselpupser.“

„In diesem Haus gibt es keine Ratten“, sagte Roscoe energisch.

„Meine Herren, spielen wir nun Karten, oder wollt ihr die ganze Nacht so weitermachen?“ Hiram nahm auf einem der Klappstühle Platz, wobei er aufgrund seiner Größe mit den Knien fast den Tisch umstieß. Dann schnappte er sich ein Würstchen und schob es rasch in den Mund.

„Du gibst, Hiram.“ Roscoe mischte die Karten und schob ihm den Stoß zu. Die Zahlen und Symbole auf den Karten waren – möglicherweise aus Rücksicht auf Linwoods grauen Star – übergroß. „Ich hole unsere restlichen Snacks aus der Küche, bevor sie im Herd verbrennen."

„Du hast doch nicht wieder diese komischen Tacos gemacht, oder? Von denen habe ich letztes Mal Dünnpfiff gekriegt."

Roscoe breitete empört die Arme aus. „Ich bitte dich, Linwood, es sind Damen anwesend. Wir reden in Gegenwart von Damen nicht von Dünnpfiff."

Lili ließ sich neben Erika auf die Couch fallen. „Sind die immer so?", fragte sie leise.

„Meistens, ja. Dad jedenfalls hat merkwürdigerweise immer dann ein Date, wenn Roscoe seinen Spieleabend hat."

Lili konnte gut nachvollziehen, warum. Die vier alten Herren würden Tanner in den Wahnsinn treiben. Sie selbst allerdings fand ihr Geplänkel ganz amüsant. Solange sie sich so lebhaft zankten, waren sie wohlauf.

„So, jetzt kümmern wir uns um Fluffy."

Sie schaute über die Rückenlehne der Couch auf den Boden, wo der Kater sich in einer Ecke verkrochen hatte und nun laut knurrte. In der anderen Ecke leckte Einstein sich das Mäulchen – wohl um den letzten Rest Wiener Würstchen aus ihrem Schnurrbart zu bekommen. Zwischen ihnen lagen jede Menge Staubmäuse und ein Buch, das hinter die Couch gerutscht sein musste.

Lili schickte Einstein ein Fragezeichen. Einstein schickte es zurück. Was bedeutete, dass die beiden Katzen nicht jene ergiebige Unterhaltung führten, die Lili sich erhofft hatte. Dann zog Einstein seine Lippen nach hinten und nieste – mit dem Effekt, dass ein Großteil die Staubmäuse Fluffy direkt ins Gesicht wehte.

Fluffy knurrte lauter.

„Wie sieht seine Aura aus?", fragte Erika.

„Wieder dunkler", sagte Lili. „Er hatte offensichtlich einen Rückfall. Hast du ihn die Nacht über im Haus behalten?"

„Ja, Dad hat es mir erlaubt. Als ich Fluffy heute Morgen hinausgelassen habe, schien er ganz okay zu sein. Und es ging ihm auch noch gut, als ich nach der Schule heimgekommen bin. Aber als Grandpa begonnen hat, alles für seinen Spieleabend herzurichten, ist er wieder total panisch geworden." Erika biss sich nervös auf die Unterlippe.

Roscoe kam mit einem großen Tablett voller duftender Köstlichkeiten ins Wohnzimmer. „Iss keine Tacos, Linwood. Dann hast du nichts zu befürchten."

„Aber sie riechen so verführerisch", jammerte Linwood.

„Egal, du musst jetzt einfach stark bleiben." Die vier Herren begannen endlich mit ihrem Kartenspiel.

„Kannst du noch einmal mit Fluffy reden?"

Lili wollte weder lügen noch das Versprechen brechen, das sie Tanner gegeben hatte. „Lassen wir Einstein und Fluffy noch ein bisschen Zeit für ihr Gespräch unter Katzen. Vielleicht erfahren wir ja dadurch mehr." Als Erika sie skeptisch ansah, fügte Lili hinzu: „Einstein kann das ganz gut." Dann zwinkerte sie der Kleinen zu. „Wir hätten sie Freud nennen sollen."

Erika lächelte nur zaghaft. Die Kleine, fand Lili, musste ein wenig von ihren Sorgen abgelenkt werden, während Einstein ihre magischen Katzenkräfte einsetzte. Sie schnappte sich kurzerhand das Buch, das – möglicherweise schon vor Jahren – hinter die Couch gerutscht war. Als sie ihre eigene kleine Wohnung ausgeräumt hatte, bevor sie in Wanettas Haus gezogen war, hatte sie an den unmöglichsten Orten jede Menge längst verloren geglaubte Schätze gefunden.

Lili las den Titel. „Mollys neue Mom".

Erika riss ihr das Buch aus der Hand und setzte sich rasch darauf. „Das gehört nicht mir. Eine Freundin, die mich besucht hat, muss es wohl auf die Rückenlehne gelegt haben. Und von dort ist es dann hinuntergerutscht.“

Lili fiel auf, dass Erika den Namen ihrer Freundin nicht gesagt hatte. Normalerweise nannte man jemanden, den man gut kannte, beim Namen, wenn man über ihn redete. Auch dann, wenn derjenige, dem man die Geschichte erzählte, die Person nicht kannte. Des Weiteren waren Erikas Pupillen für einen Moment etwas größer geworden. Außerdem sah die Kleine Lili nicht in die Augen, sondern starrte auf ihre Schulter. Das alles war ein wenig verdächtig.

Erika wollte nicht, dass Lili erfuhr, dass es *ihr* Buch war.

„Mollys neue Mom“. Sehr interessant. Erika sehnte sich also nach einer weiblichen Bezugsperson. Das war durchaus nachvollziehbar – vor allem da sie ja mit ihren zwölf Jahren gerade an der Schwelle zum Frausein stand. Dieser Wunsch schien allerdings ihr großes Geheimnis zu sein. Vielleicht hatte das Buch nicht ganz zufällig hinter der Couch gelegen, sondern war dort versteckt worden.

Hinter ihnen gab es gerade einen Eklat beim Kartenspiel. Linwood Daniels warf seine Karten auf den Tisch. „Verflucht, Chester, du spielst so, wie alte Leute bumsen – nicht sehr gut. Wir verlieren.“

Lili sah, wie Roscoe Linwood scharf ansah.

„Entschuldigung.“ Dann sagte Linwood sehr laut: „Tut mir leid, Erika. So etwas in deiner Gegenwart zu sagen war nicht gerade die feine englische Art.“

„Schon okay, Mr. Daniels. Ich habe es gar nicht gehört.“

Die kleine Schwindlerin. Lili war überzeugt, dass Erika jedes Wort verstanden hatte. Doch es war süß von ihr, auf eine Arte und Weise zu reagieren, dass es dem alten Herrn nicht noch unangenehmer sein musste.

Erika knuffte Lili in den Arm. „Reden die Katzen schon miteinander?“

Lili betrachtete Fluffys aufgestelltes Fell. „Nein, ich zumindest kann nichts verstehen." Sie verstand sehr wohl: verletzter männlicher Stolz.

Einstein gab Geräusche von sich, als würge sie einen Haarball hervor.

„Dann solltest jetzt vielleicht doch *du* mit Fluffy reden."

Hatte sie eine andere Wahl, wenn zwei blaue Augen so flehentlich und voller Hoffnung auf sie gerichtet waren? Während die Kleine weiter Fluffy beobachtete, schloss Lili die Augen.

Stopp, du dummes menschliches Wesen! Eine blinkende rote Ampel mit einer Narrenkappe darauf. Einstein guckte Lili böse an. Die Katze wusste, was ein Versprechen bedeutete – es dufte nicht gebrochen werden. Selbst dann nicht, wenn es einem praktisch abgerungen worden war.

Täusch irgendetwas vor. Als Lili das Bild dazu sah, hätte sie beinahe laut losgeprustet: eine Frau, die im Bett ihrem Liebhaber ... nun ja ... etwas Bestimmtes vortäuschte. Du lieber Himmel, woher hatte Einstein denn so etwas?

Lili machte ein Auge ein ganz klein wenig auf und sah verstohlen zu Erika. Die Kleine sah sie mit ihren blauen Augen unverwandt und beinahe so eindringlich an wie Lady Dreadlock. Lili konnte ihr nicht einfach irgendeine Lüge auftischen, nur um ihr eigenes Gesicht zu wahren. „Es funktioniert nicht."

„Aber du hast gesagt, dass du mit Tieren reden kannst." Mit ihrem Schmollmund sah Erika nun ganz wie das Kind aus, das sie im Grunde war.

„Manchmal wollen die Tiere nicht mit mir reden."

Erika zupfte an einem ihrer Zöpfe. „Schon okay. Ich war ohnehin nicht davon überzeugt, dass du es kannst. Dad hat gesagt ..."

„Ich weiß, was er gesagt hat. Verwechsle nicht deine Bemühungen mit dem Ergebnis."

„Ich hatte einfach zu hohe Erwartungen. Man sollte nie unrealistische Erwartungen haben, sonst fällt man auf die Nase."

Meine Güte, hatte Tanner dem armen Mädchen so etwas beigebracht? „Wenn du etwas Gutes erwartest, dann passiert es meistens auch. Aber wenn du mit etwas Schlechtem rechnest, tja ... dann passiert es ebenfalls." Tanner würde sie umbringen, weil sie Erika ihre Sicht der Dinge erklärt hatte.

„Du meinst, du kannst nicht mit Fluffy reden, weil ich nicht wirklich daran geglaubt habe?"

„Nein, nein, das habe ich damit nicht gemeint." Du lieber Himmel, sie brachte Erika offenbar total durcheinander. „Im Augenblick soll es wohl nicht sein, dass ich verstehe, was Fluffy sagt. So etwas kann vorkommen. Aber es bedeutet nicht, dass es nicht später einmal klappt." Erika wirkte immer noch enttäuscht, aber dennoch auch ein wenig beschwichtigt.

„Ich mag dich trotzdem, Lili", sagte Erika, als spürte sie Lilis Unbehagen. Das Kind war für sein Alter außergewöhnlich einfühlsam und sensibel.

Vielleicht sah man Lili ihr Elend aber auch einfach an. „Danke, Erika, ich mag dich auch sehr." Dann klopfte sie der Kleinen energisch aufs Knie. „Reden wir über etwas Lustigeres. Was hältst du von der Freundin deines Dads?" War sie die Frau, die Erika sich als Bezugsperson wünschte?

„Er hat keine Freundin."

„Aber du hast erwähnt, dass er ein Date hat." Lili sagte nicht, dass sie bereits von diesem Date gewusst hatte.

„Sie ist nicht seine Freundin. Dad trifft sich nur mit ihr."

„Aber es könnte mehr daraus werden." Lili war froh, dass Tanner ihre Blumen angenommen hatte. Wenn sie ihn dazu brächte, insgesamt ein bisschen spontaner zu werden, ein bisschen mehr Lebensfreude, ein bisschen *joie de vivre* zu entwickeln, könnte es schon im Juni eine Hochzeit geben.

Und Erika bekäme eine liebevolle Mutter, die wusste, dass im Leben die Bemühungen viel mehr zählten als das Ergebnis.

Erika tat Lilis Gedanken mit einer einzigen Handbewegung ab. „Sie kann deshalb nicht seine Freundin sein, weil er sie mir nie vorgestellt hat."

Lili merkte, wie ihr vor Erstaunen der Mund offen blieb, doch sie schaffte es einfach nicht, ihn wieder zuzuklappen. Tanner hatte seine Freundin nicht mit nach Hause gebracht und seiner Tochter vorgestellt? Andererseits ... hatte er überhaupt gesagt, dass die Frau seine Freundin war? Vielleicht war die Beziehung der beiden noch nicht so weit gediehen.

„Er will sie mir nicht vorstellen."

„Aber warum denn nicht?" Endlich hatte Lili die Sprache wiedergefunden.

„Na ja, manche Frauen haben kein Interesse, Stiefmutter zu werden. Wahrscheinlich hat er ihr nicht einmal von mir erzählt."

Woher hatte die Kleine nur diesen Unfug? Vermutlich von ihren Schulfreundinnen. „Du bist sein ganzer Stolz und sein ganzes Glück. Ich glaube nicht, dass er es jemals schafft, *nicht* von dir zu reden."

Erika zuckte die Achseln. „Ich weiß einfach, dass es so ist. Wahrscheinlich hat er Angst, dass sie sich durch mich abgeschreckt fühlt."

Tanner würde jede Frau sofort abservieren, die seine Tochter nicht kennenlernen wollte. Oder? Lili merkte, dass sie Tanner eigentlich doch nicht *so* gut kannte. „Du kannst es nicht wissen."

„Die Kinder in der Schule glauben, dass ich immer alles weiß, weil ich mich so oft melde und die richtige Antwort habe. Sie nennen mich Klugscheißer."

„Das heißt, dass du sehr intelligent bist. Aber deswegen bist du doch kein Klugscheißer." Meine Güte, die arme

Kleine. „Dein Vater ist wahnsinnig stolz auf dich, Erika. Ich bin mir sicher, dass er einen guten Grund hat, dir diese Frau nicht vorzustellen." Leider fiel ihr im Moment kein einziger ein.

Erika brauchte dringend eine Mutter. Sie brauchte einen Menschen, dem sie ihre Mädchensorgen anvertrauen konnte. Jemanden, der ihr sagte, dass sie liebenswert, klug und *kein* Klugscheißer war. Wahrscheinlich hatte die Kleine Tanner nie erzählt, was die Kinder in der Schule zu ihr sagten. Schlimmer noch, er hatte es vielleicht als Kinderei abgetan und nicht gemerkt, wie es seiner Tochter damit ging. Eine Frau hätte es allerdings sehr wohl verstanden. Gespräche von Frau zu Frau waren wichtig. Lili liebte ihren Vater, aber in der Pubertät war es ihre Mutter gewesen, mit der sie über ihre Probleme geredet hatte.

Ein Jaulen und ein hoher, lauter Schrei unterbrachen sämtliche Gespräche im Wohnzimmer. Staubmäuse wurden aufgewirbelt. Einstein schoss wie ein Silberpfeil über den Teppich und zur Tür hinaus. Hiram Battle sprang auf, sein Klappstuhl kippte um, und Fluffy – ein roter Blitz, der Einsteins Verfolgung aufgenommen hatte – krachte gegen Hirams Beine. Der Kater fiel um und blieb wie betäubt liegen. Als er seine gelben Augen wieder öffnete, zitterte er heftig.

„Er hat sich den Kopf an Hirams Schienbein zertrümmert", sagte Chester.

„Eher hat das verfluchte Tier *mir* das Schienbein zertrümmert." Hiram bückte sich und rieb sich die Beine.

Niemand rügte ihn wegen seines Fluchs.

Fluffy sprang so schnell und geschickt auf die Beine – Pfoten –, wie es nur eine Katze zuwege brachte, stieß dann einen Schrei aus, der das Fensterglas zum Zittern brachte, und zischte durch die Tür auf den Flur und die Treppe hinauf. Mit seinem Fell, das ihm zu Berge stand, sah er aus wie ein wild gewordenes Stachelschwein.

Linwood starrte ihm nach. „Der Kater hat nicht mehr alle Tassen im Schrank.“

Hiram rieb sich demonstrativ wieder sein Schienbein. „Das Tier ist ja gemeingefährlich. Was ist los mit ihm?“

Lili wusste es nicht. Fluffy ging es immer noch schlecht. Und das Versprechen, das sie Tanner gegeben hatte, zerriss ihr beinahe das Herz.

6. KAPITEL

Lili saß mit einer Dose Cherry Coke auf der Hollywoodschaukel vor ihrem Haus und stieß sich mit den Zehen immer wieder an dem Holzboden der Terrasse ab, um sich in Schwung zu halten. Nebenan war das Kartenspiel noch in vollem Gange, und die Fenster im Erdgeschoss waren hell erleuchtet.

Lili erwog die Möglichkeiten, die sich aufgetan hatten. Rita beispielsweise wäre ideal für Chester Pawson. Er hätte mit ihr einen Filmstar ganz für sich allein und würde die Katze so anbeten wie seinerzeit Deanna Durbin. Außer wenn Rita jaulte. Und zu Linwood Daniels würde Cy – die Kurzform für Cyclops – perfekt passen. Cy und Linwood hatten viele Gemeinsamkeiten. Die arme Katze war ein Veteran aus dem Kojotenkrieg. Sie hatte im Kampf ein Auge und ein halbes Ohr verloren, und ihr Schwanz stand in einem etwas merkwürdigen Winkel seitlich ab – aber sie war zäh. Und für Hiram? Serenity? Besser nicht. Die beiden würden sich wahrscheinlich gegenseitig umbringen. Lili würde sich diesbezüglich etwas anderes einfallen lassen müssen.

Dass sie nun hier draußen vor sich hin schaukelte, lag nur zu einem gewissen Teil daran, dass sie über ein gutes Plätzchen für die Katzen nachdachte. Auch Erika und ihre Sehnsucht nach einer weiblichen Bezugsperson waren ihr nicht aus dem Sinn gegangen. Und außerdem wollte Lili Tanner abfangen, wenn er nach Hause kam. Erstens wollte sie ihm sagen, dass sie bei Erika gewesen war, bevor er es von jemand anderem erfuhr. Zweitens hatte Einsteins Anwesenheit Fluffy nur in Rage gebracht. Und drittens musste diese Leiche gefunden werden. Daran führte einfach kein Weg mehr vorbei. Lili konnte nicht zulassen, dass Tanner weiterhin nichts unternahm.

Man musste ihm einen Schubs in die richtige Richtung verpassen.

Vielleicht hatte Tanner seiner aktuellen Bekannten Erika nur deshalb nicht vorgestellt, weil es nicht mehr als eine Bettgeschichte für ihn war. Nur Sex. Dafür, dass er möglicherweise *nur Sex* mit ihr hätte, war er allerdings schon ziemlich lange weg. Außer er war ein sehr ausdauernder Liebhaber.

O Gott, sie wollte sich Tanner in überhaupt keiner Form beim Sex vorstellen. Es war eine Sache, ihm Blumen für sein Date mitzugeben, aber eine ganz andere, sich irgendwelche Schlafzimmerszenen auszumalen. Zumindest wenn sie selbst keine Rolle darin spielte.

Du bist verknallt. Ein roter Luftballon, dem sich eine Nadel gefährlich näherte.

Einstein saß regungslos zwischen den Reifen von Lilis Fahrrad, das sie an das Geländer der Veranda gekettet hatte, und telegrafierte seine Gedanken direkt in Lilis Kopf.

„Ich bin nicht verknallt“, sagte Lili leise.

Andererseits, warum begann ihr Herz wie verrückt zu klopfen, als ein Auto in ihre Einfahrt einbog und Tanner ausstieg?

Als er im Mondlicht auf ihr Haus zukam, war sein muskulöser Oberkörper unter dem blauen Poloshirt deutlich zu erkennen.

Sie wartete, bis er die zwei Stufen zu ihrer Veranda erklommen hatte.

„Wie war Ihr Date?“ Sie bemühte sich, lebhaftes Interesse zu vermitteln.

Er vergrub die Hände in den Taschen seiner Jeans. „Ganz nett.“

Nett? Himmel, wenn das sein Date gehört hätte. Lili begann wieder zu schaukeln. „Haben ihr die Blumen gefallen?“

„Sie fand sie sehr nett.“

„Nett?!“ Kannte er keine anderen Wörter? Der Strauß war prachtvoll gewesen.

Er schaute nach oben, nach unten, nach links und rechts – überallhin, nur nicht in ihre Augen.

Es gab Lili einen Stich. „Sie hat die Blumen also grässlich gefunden.“

„Nein.“ Er sah wieder an ihr vorbei. „Sie meinte, der Strauß sei bestimmt sehr teuer gewesen und dass ich nicht so viel Geld hätte ausgeben sollen.“

„Oh.“ Welche Frau machte sich Sorgen, dass ein Mann zu viel Geld für sie ausgab? Erika brauchte eine weibliche Bezugsperson, aber das hieß nicht, dass diese Frau die Richtige dafür war.

„Sie ist Buchhalterin. Und Sie wissen ja, die sind von Natur aus sparsam“, beeilte sich Tanner zu erklären.

Lili schnaubte leise. „Ich hätte Sie Nelken kaufen schicken sollen.“

„Es hätte keinen Unterschied gemacht. Sie ist nicht ... wie Sie.“

Hmm. Das war schön zu hören. Lili fasste es jedenfalls als Kompliment auf. Das war es doch, oder? „Hat Ihnen der Strauß gefallen?“ Sie hob warnend eine Hand. „Und kommen Sie mir nicht mit: Er war ganz nett.“

Er lächelte. Tanner hatte ein sehr anziehendes Lächeln, das Lili durch und durch ging. „Der Strauß war einzigartig.“

Sie neigte den Kopf zur Seite und sah ihn skeptisch an.

Einzigartig? Nicht schlecht für den Anfang. Sie fragte sich, ob die Küsse dieser Buchhalterin auch *nett* waren. Tanner brauchte mehr als das, wenn er seine Lebensfreude wiederfinden sollte. Eine neue Mutter würde Erika nicht viel nützen, wenn sie ihr nicht vorlebte, was Liebe war.

„Treffen Sie sich wieder mit ihr?“

„Sie sind ein neugieriges kleines Ding.“

Sie sprang von der Verandaschaukel und baute sich in ihrer vollen Größe von einem Meter siebzig vor ihm auf. „Klein?"

Er lächelte wieder.

Lilis Eindruck war, dass die sparsame Buchhalterin nicht die Richtige für Tanner war. Sie wäre auch nicht gut für Erika. „Es geht mich nichts an, und ja, ich bin neugierig, aber verraten Sie es mir bitte trotzdem."

Er sah sie lange an. Lili konnte seinen Blick nicht recht deuten. Dann schienen plötzlich leuchtend blaue Wirbel in seiner Aura zu tanzen. Das allerdings konnte sie sehr wohl deuten. Sie spürte das gleiche Kribbeln im Bauch wie am frühen Abend, als er ihr die Kletten aus dem Haar entfernt hatte.

„Nein, ganz sicher nicht", murmelte er. „Wir passen nicht zusammen."

Lili war nicht darauf gefasst gewesen, mit welcher Wucht die Welle der Erleichterung ihren ganzen Körper durchlief – ja, sie beinahe umgehauen hätte. „Wie schade. Tut mir leid."

„Machen Sie sich keine Sorgen. Es war nett, aber mir ist es nicht unrecht, dass es vorbei ist."

Da war es wieder, dieses kleine Wort. Lili interessierte es brennend, ob seine Küsse mehr als nett waren. Rein von einem experimentellen Standpunkt her. Denn wenn Tanner diesbezüglich zu mehr als nett in der Lage war, tja, dann gab es Hoffnung für ihn.

Sie trat einen Schritt zurück und hielt sich am Geländer der Veranda fest, damit sie nicht aus Versehen ihre Hand auf seinen muskulösen Arm oder seine Brust legen konnte.

Das Bild des roten Luftballons tauchte wieder vor ihrem inneren Auge auf. Einstein, dieses kleine Biest, grinste höhnisch. Katzen konnten wirklich grinsen. Man musste sie nur gut genug kennen, dann sah man es.

„Ich hoffe, dass Erika deswegen nicht allzu enttäuscht ist."

Lili schwieg eine Weile. Sie wusste nicht genau, wie sie Tanner darauf ansprechen sollte, dass seine Tochter eine Frau als Bezugsperson brauchte, ohne dass er es als Angriff auf seine Fähigkeiten als Vater auffassen würde. Denn dann würde er glauben, sich verteidigen zu müssen, und sich nicht anhören, was sie zu sagen hatte.

Er steckte die Hände wieder in die Hosentaschen. „Erika macht es sicher auch nichts aus."

Leider begründete er das nicht damit, dass seine Tochter die besagte Dame ohnehin nie kennengelernt hatte. Das hätte es Lili nämlich leichter gemacht, die Sprache auf Erika und ihre Sicht der Dinge zu bringen, was „Klugscheißer" und die Frauen betraf, mit denen Tanner sich traf.

Gib's auf. Lili war nahe dran, wirklich die Hände in die Luft zu strecken und sich zu ergeben, wie in dem Bild, das Einstein ihr gerade schickte.

Die Katze hatte recht. Lili wusste nicht, ob sie mit der Sprache herausrücken sollte. Sie hatte schließlich keine eigenen Kinder, daher könnte es wirklich anmaßend wirken, wenn sie sich einmischte. Sie hatte nicht einmal Neffen oder Nichten. Mehr noch: Sie beschränkte sich auf das Reden mit Tieren. Das konnte sie – zumindest größtenteils – ganz gut. Obwohl sie bei Fluffy jämmerlich versagt hatte. Wenn sie es sich recht überlegte, hatte sie bei der ganzen Familie Rutland jämmerlich versagt.

Lili legte ihre Arme um einen Verandapfeiler. „Ich bin froh, wenn es ihr nichts ausmacht", sagte sie. „Sie scheint ein robustes kleines Mädchen zu sein."

„Das ist sie."

„Und ich sehe, wie stolz Sie auf sie sind."

Tanner lächelte. „Merkt man das?"

Lili strahlte ihn an. „Man merkt es."

Erika kam für ihn an allererster Stelle. Und das war der

Grund, warum er sie seinen Damenbekanntschaften nicht vorstellte. Tanner wollte nicht, dass Erika eine Beziehung zu jemandem aufbaute, der in absehbarer Zeit wieder aus ihrem Leben verschwinden würde. Er hatte keinerlei Absichten, wieder zu heiraten, und deshalb wäre es unfair, dass sich seine Tochter an eine Frau gewöhnte, die nur ein kurzes Gastspiel hatte.

Tanners Date mit Anna war eine Katastrophe gewesen. Nach dem Essen in einem netten Restaurant am Hafen waren sie zu Anna nach Hause gefahren, wo sie ihm dann vor der Tür den Laufpass gegeben hatte. Statt in seinem männlichen Stolz gekränkt zu sein, hatte er sich einfach nur erleichtert gefühlt. Was hauptsächlich darauf zurückzuführen war, dass er den ganzen Abend an Lili gedacht hatte.

„Also, es geht um Folgendes …“ Lili umarmte ihren Verandapfeiler fester – so als wollte sie etwas Wichtiges sagen und brächte es einfach nicht heraus. Tanner traute seinen Augen kaum. Sogar sie selbst behauptete ja von sich, dass sie meistens redete, ohne vorher nachzudenken.

„Raus damit, Lili.“

Sie seufzte. „Hat Erika je mit Ihnen darüber geredet, dass sie gern eine neue Mutter hätte?“

Er wich einen Schritt zurück und wäre fast rücklings über die Verandatreppe gestolpert. „Nein.“

Das war ganz sicher nicht alles gewesen, was Lili zu diesem Thema zu sagen hatte. Und er wollte ganz bestimmt nicht mehr davon hören. Dennoch redete er weiter. „Oh, aber für uns ist es ganz nett so, wie es eben ist.“

„Ja, davon bin ich überzeugt.“ Doch sie war nicht wirklich überzeugt davon, denn sie flüsterte: „Schon wieder dieses Wort.“

„Welches Wort?“

„Dieses ‚nett‘. Es ist …“ Sie ließ den Verandapfeiler los

und suchte händeringend nach einem passenden Wort. „Es ist so nichtssagend. Wie wenn jemand, den man lange nicht gesehen hat, fragt, wie es einem geht, und man sagt: ‚Ganz gut, danke‘. Es sagt rein gar nichts aus.“

„‚Nett‘ ist ein ganz normales Wort.“

Sie zog den Kopf ein, weil er eben ziemlich barsch geklungen hatte. „Ich wollte Sie nicht kränken.“

„Ich bin nicht gekränkt.“ Vielmehr hatte das, was Lili angesprochen hatte, plötzliche Schuldgefühle in ihm ausgelöst. Er fand es vielleicht ganz nett, so wie es war – aber hatte er sich jemals die Mühe gemacht, Erika zu fragen, wie es ihr ging? Zwar würde er niemals heiraten, damit sie eine neue Mutter bekam, doch er hatte nie hinterfragt, ob seine Tochter glücklich mit der derzeitigen Familiensituation war. „Darüber habe ich noch nie nachgedacht.“ Plötzlich fühlte er sich wie ein verdammt schlechter Vater.

„Entschuldigen Sie bitte, ich werde nicht mehr darüber reden.“ Lili biss sich auf die Lippen. „Es geht mich außerdem wirklich nichts an. Ich habe ja keine eigenen Kinder und auch keine Ahnung, wie man sie am besten großzieht. Bitte sagen Sie mir, dass ich zu plappern aufhören soll. Ich habe Ihnen ja schon gesagt, dass ich dazu neige, wenn ich nervös bin.“

Genau genommen tat sie es die ganze Zeit – doch ihr Plappern war nicht der Grund, warum er ihr hübsches Gesicht wie gebannt ansah. „Ich mache Sie gerade nervös?“

„Ja.“

Eine Antwort, die aus einem einzigen Wort bestand, war ganz untypisch für jene Lili, die er kennen- … und teilweise schätzen gelernt hatte. „Warum?“

Sogar im trüben Licht der Terrassenlampe waren ihre großen Augen wunderschön.

„Weil …“ Ihre Art, sich auf die Lippen zu beißen, schien

Tanner in diesem Augenblick unglaublich verführerisch.

Er trat näher zu ihr. Noch näher. Ganz nah. „Raus damit, Lili", flüsterte er. „Ich beiße nicht." Zumindest nur unter gewissen Umständen. Und auch dann nur, wenn er sich sicher war, dass es der betreffenden Frau gefiel.

Er vermutete, dass ihm nicht gefallen würde, was Lili zu sagen hatte. In den vierundzwanzig Stunden, die er sie nun kannte, hatte er bereits gelernt, dass auf ihre Einleitung meistens etwas Unangenehmes folgen würde.

„Ich weiß, Sie haben mir verboten, Erika und Roscoe davon zu erzählen, dass Fluffy einen Mord mit angesehen hat …" Sie legte eine Hand aufs Herz. „… und ich schwöre, das habe ich auch nicht getan. Aber ich war bei ihnen." Sie atmete tief durch und redete dann schnell weiter. „Ich wollte nach Fluffy sehen. Aber ich habe nicht mit ihm geredet! Eigentlich hatte ich gehofft, dass es ihm besser gehen würde, aber das war nicht der Fall."

Glaubte sie tatsächlich, er wäre so ein Ungeheuer, dass er wütend würde, weil sie seine Tochter und seinen Vater besucht hatte? Verdammt, in Anbetracht der vielen Vorschriften, die er ihr gemacht hatte, war es eigentlich nicht verwunderlich.

„Aber Lili, ich finde es sogar sehr nett, dass Sie …" Er unterbrach sich. Sie mochte dieses Wort ja nicht. „Es ist überhaupt kein Problem für mich, dass Sie bei Erika waren, und ich weiß Ihre Sorge um Fluffy zu schätzen. Danke, dass Sie nichts von dem Mord erzählt haben."

„Ich habe Einstein gebeten, mit Fluffy zu reden. Sie haben ja nicht ausdrücklich gesagt, dass Einstein nicht mit ihm reden soll. Nur, dass ich es nicht tun darf."

Er hätte sich beinahe die Hand vor den Mund halten müssen, um nicht vor Lachen loszuplatzen. Doch er beherrschte sich, weil Lili so kleinlaut dreinsah. Als hätte sie eine Todsünde begangen. „Worüber haben sich Fluffy und Einstein denn unterhalten?"

Sie stieß einen schweren Seufzer aus und sah zu dem dunklen Etwas, das zwischen den Reifen ihres Fahrrads hockte. Tanner hatte es erst für ein Kissen gehalten, doch nun bemerkte er die zwei grünen Augen, die ihn anstarrten.

„Über gar nichts. Einstein ist nicht sehr geschickt, wenn es darum geht, Freundschaften zu schließen."

„Aber wie verträgt Einstein sich dann mit Wanettas Katzen?"

„Sie akzeptieren sie als ihre Anführerin."

Eine typisch weibliche Reaktion ... Tanner war klug genug, es nicht auszusprechen.

Lili ließ ihren Verandapfeiler los, beugte sich zu ihm – nah genug, dass er ihren süßen, beinahe berauschenden, unglaublich weiblichen Duft riechen konnte – und legte ihre Hand auf seinen Oberarm.

„Ich muss Fluffy helfen." Sie sah ihn mit ihren großen Augen ernst an. Ihre Lippen waren leicht geöffnet.

Bei einer anderen Frau hätte es aufgesetzt, ja vielleicht sogar berechnend gewirkt. Aber bei Lili war es ganz einfach Aufrichtigkeit.

„Sie wollen, dass ich Ihnen bei der Suche nach der Leiche helfe?", nahm er ihr ihre Frage vorweg.

„Ja." Sie bekräftigte es mit einem energischen Nicken, bei dem ihr dunkles Haar wie ein seidener Vorhang über ihre Schultern fiel.

Was hatte sie nur davon, zu behaupten, Fluffy wäre Zeuge eines Mordes gewesen? Welchen emotionalen Nutzen zog sie bloß daraus? Tanner war immer noch zu neunundneunzig Prozent überzeugt, dass ihr Gerde von der Tierkommunikation Humbug war.

Egal. Wenn er nachgab und sich mit ihr auf die Suche

machte, würden sie keine Leiche finden, und sie müsste endlich mit diesem Unfug aufhören. „Ich mach's."

Lili starrte ihn entgeistert an. Er spürte ihren Atem am offenen Kragen seines Poloshirts bis hinunter zu seiner Gürtelschnalle.

Naturgemäß hielt Lilis Sprachlosigkeit nicht allzu lange an. „Sie machen Witze, nicht wahr? Oder heißt ‚Ich mach's', dass Sie die Männer mit den Zwangsjacken anrufen, damit sie mich abholen?"

„Ich glaube, heutzutage kommen keine Zwangsjacken mehr zum Einsatz. Aber das nur nebenbei. Wenn ich sage, dass ich etwas mache, dann mache ich es auch."

Angesichts Lilis strahlenden Lächelns wäre ihm beinahe das Herz stehen geblieben. Und nun warf sie auch noch ihre Arme um seinen Hals, stellte sich auf die Zehenspitzen – wobei sie ihm auf die Schuhe trat – und umarmte ihn. Er spürte ihr Haar über seine Wangen streifen und wie sich ihre kleinen, festen Brüste an ihn drückten.

Tanner legte seine Arme um sie und zog sie fest an sich, damit sie ihm nicht so schnell wieder entkommen konnte.

„Danke, danke, danke." Sie küsste ihn erst auf die Wange, dann aufs Ohr. Ihre Zärtlichkeiten waren so warm und feucht, dass Tanner weiche Knie bekam.

In seinem Kopf legte sich plötzlich ein Schalter um, und sein Körper übernahm das Kommando. Kurz entschlossen nahm er ihr Gesicht in seine Hände und küsste sie auf den Mund. Als Lili leise seufzte – ein Seufzen, kaum lauter als ein Hauch –, hätte er sich am liebsten auf der Stelle mit ihr auf den Holzboden ihrer Terrasse gelegt. Sie gab sich seinen leidenschaftlichen, fordernden Küssen hin, ließ seine Zunge tief in ihren Mund und schmiegte sich fest an ihn. Sein harter Penis drückte sich an ihren Bauch. Lilis Mund schmeckte nach Cherry Coke, und ihre Küsse waren prickelnd wie Champagner. Die Art, wie ihre Lippen mit seinen verschmolzen, brachte ihn fast um den Verstand.

Nie zuvor hatte jemand so süß geschmeckt wie sie, nie hatte er etwas so Zartes, Weiches im Arm gehalten, und nie hatte er jemanden so sehr begehrt.

Er stand auf ihrer Terrasse. Vor dem Nachbarhaus. Die Gartenhecke hatte Löcher, durch die jedermann sie sehen konnte.

So gerne Tanner auch weitergemacht hätte – er musste Lili loslassen.

Seine Lippen wollten sie noch ganz woanders schmecken. Sein im Moment sehr großer kleiner Freund sehnte sich schmerzhaft danach, tief in ihr zu sein. Verdammt, er vibrierte geradezu vor Leidenschaft.

Sie ließ sich an seinem Körper nach unten gleiten, bis sie wieder mit beiden Beinen auf der Terrasse stand. Dann öffnete sie die Augen. „Wow."

Wow war untertrieben. Er hätte sie gern darauf hingewiesen, wenn er in der Lage gewesen wäre, auch nur irgendetwas zu sagen. Sie hatte die Arme immer noch um seinen Hals gelegt und lehnte sich an ihn, als hätte sie Mühe, sich allein auf den Beinen zu halten. Tanner war sich nicht sicher, ob seine eigenen Beine nicht auch bald nachgeben würden.

„Das war ein sehr *netter* Kuss."

Er lachte heiser. Es war verdammt viel mehr als nur nett gewesen. Langsam begann er, ihre Anspielung von vorhin zu verstehen.

„Ich glaube, ich werde heute Nacht davon träumen", sagte sie lächelnd. Ihr Blick war geradezu verklärt.

Er selbst würde von viel mehr als nur diesem Kuss träumen.

Sie legte ihm einen Finger auf die Brust.

„Hat es dir die Sprache verschlagen?"

Tanner merkte, dass er langsam etwas sagen musste. Sie würde ihn sonst für einen kompletten Idioten halten. „Wann sollen wir morgen aufbrechen?"

Sie seufzte erleichtert, löste sich von ihm und trat einen Schritt zurück. „Ich arbeite bis mittags. Und dann brauche ich mit dem Fahrrad eine halbe Stunde nach Hause."

Es kostete ihn seine ganze Selbstbeherrschung, sie nicht auf der Stelle wieder an sich zu ziehen. „Soll ich dich abholen?"

„Nein, danke. Ich fahre gern mit dem Rad."

„Dann sehen wir uns also um zwölf Uhr dreißig." Tanner stieg die Stufen der Verandatreppe hinunter und ging zum Gartentor. Mit den paar Metern Entfernung zwischen ihnen und der Tatsache, dass ihr Duft seine Sinne nun nicht mehr verwirrte, gelang es ihm – zumindest ansatzweise –, wieder einen klaren Gedanken zu fassen.

Aus seinem Haus war lautes Gelächter, gefolgt von einem Durcheinander tiefer Männerstimmen, zu hören. Roscoes Doppelkopffreunde. Der Spieleabend war offenbar zu Ende. Tanner hatte nicht die leiseste Ahnung, wie er Roscoe und Erika den morgigen Ausflug mit Lili erklären sollte. Aber sobald er ihn hinter sich gebracht hatte, würde das Leben glücklicherweise wieder in normalen Bahnen verlaufen.

Außer dass dieser Kuss und diese Frau ihn bis in seine Träume verfolgen würden.

„Tanner?"

Er fuhr herum.

„Wie heißt die Frau, mit der du dich heute getroffen hast?"

Er sah sie an und neigte seinen Kopf zur Seite. „Ich weiß es nicht mehr." Es stimmte sogar. Er konnte sich momentan nicht einmal mehr an ihr Gesicht erinnern.

Lili machte eine sanfte Bewegung und lächelte fast unmerklich. „Dann nehme ich an, dass du es vielleicht sogar ein bisschen *nett* findest, dass es vorbei ist?"

„Mehr als nett, Lili.“

Er war froh, dass er Anna nicht mehr sehen würde. Wie es ihm allerdings von nun an gehen würde, da er einen ersten Vorgeschmack auf Lili genossen hatte, wusste er nicht. Er hatte den Verdacht, dass er sich nach viel mehr als nur diesen süßen Lippen sehnen würde.

7. KAPITEL

Du lieber Himmel, du hast ihn tatsächlich verführt! Ich habe doch nur einen Witz gemacht, Lili." Kate schob eine Haarsträhne, die sich aus ihrem Knoten gelöst hatte, wieder an ihren Platz. Ihr Haar würde sich nie ganz bändigen lassen, egal wie sehr sie es versuchte. Vielleicht wäre es bald an der Zeit, das ganze Durcheinander einfach abzuschneiden.

„Ich habe ihn nicht verführt. Er hat versprochen, dass er die Leiche mit mir suchen geht, *bevor* ich ihn geküsst habe." Lili neigte ihren Kopf auf typische Lili-Art zur Seite, während sie weiter an einem ihrer ungewöhnlichen Blumenarrangements arbeitete. „Eigentlich glaube ich, dass er mich zuerst geküsst hat. Ich habe seinen Kuss genau genommen nur erwidert."

„Du kannst nicht mit Sicherheit sagen, wer der Küsser und wer der Geküsste war?" Man hätte meinen können, Lili wäre total naiv – aber Kate wusste, dass es nicht so war. Lili war weniger naiv als vielmehr … geradeheraus.

Kate schlug ihren Kalender auf dem Ladentisch auf und sah ihre heutigen Termine durch. An Samstagvormittagen kamen zwar nicht viele Kunden in den Laden, dafür hatten sie umso mehr Bestellungen vorzubereiten. Kate hatte gerade eine Lieferung Blumen für eine Hochzeit fertig gemacht. Die Braut hatte fürchterlich ausgesehen, doch die Bouquets, die Sasha, ihre beste Floristin, gesteckt hatte, waren wunderschön. Am Nachmittag musste sie sich um ein Begräbnis kümmern, doch im Augenblick war keine Kundschaft da und somit eine ideale Gelegenheit für ein Gespräch unter vier Augen. Für Kate war Lili wie eine jüngere Schwester. Sie sah in ihr nicht nur eine Mitarbeiterin, sondern eine Freundin.

Lili schnitt gerade eine welke Blüte ab. „Wenn ich es mir

recht überlege, war es eindeutig er, der mich geküsst hat. Nachdem ich ihn ausgiebig für sein Angebot umarmt habe, mit mir in den Wald zu gehen."

„Ich glaube, er hat nicht nur die Suche nach einer Leiche im Sinn." Das wäre eigentlich gar nicht so schlecht. Lili brauchte jemanden, der ihrem Leben eine gewisse Richtung gab, und dieser Tanner hörte sich ziemlich vernünftig an. Und auch sexy.

„Mir geht es nur darum, Fluffy und Erika zu helfen und diese Leiche zu finden, die der Kater gesehen hat."

Klar … Deshalb forderte Lilis Blumenarrangement auch plötzlich dermaßen ihre Aufmerksamkeit. „Küsst er gut?"

„Kate! Das ist privat!"

„Seit wann bist du bei persönlichen Dingen so zurückhaltend?" Interessant … Hier ging es wohl um mehr als nur einen Kuss.

„Es war ganz nett." Lili zuckte – merkwürdigerweise – kurz zusammen. Dann redete sie weiter. „Es war ein schöner Kuss. Aber jetzt, da Tanner mir ja hilft, brauche ich ihn nicht noch einmal zu küssen."

„Ja, vielleicht brauchst du das nicht mehr. Aber würdest du gern?"

Das Bimmeln des Glöckchens an der Ladentür rettete Lili davor, antworten zu müssen. Im Moment zumindest. Für Kate jedenfalls war das Thema ganz bestimmt nicht erledigt.

„Hi, Mr. Swann", sagte Lili fröhlich, als glaubte sie tatsächlich, sie wäre dem Gespräch ein für alle Mal entkommen.

Mit seinem Nadelstreifanzug, dem dunklen Hemd und der silbernen Krawatte sah er äußerst elegant aus. Ja, er *war* attraktiv, das wollte Kate gar nicht abstreiten. Aber was um alles in der Welt machte er hier? Als wüsste sie es nicht genau …

Jemanden mit so großen Augen und halb offenem Mund

anzustarren und dabei trotzdem nicht doof auszusehen, schaffte auch nur Lili, dachte Kate. Dann schnappte sich ihre Mitarbeiterin die Gießkanne und eilte zum Philodendron, der vor dem Laden stand. Zu jenem Philodendron, den Lili gegossen hatte, als sie heute Morgen zu arbeiten begonnen hatte.

Joe legte ein Kuvert auf den Ladentisch. „Ich war gerade in der Nähe und dachte mir, ich bringe Ihnen Ihren Scheck vorbei."

„Wie nett von Ihnen." Kate wusste pünktlich zahlende Kunden zu schätzen – doch dieser Besuch hatte nichts mit prompter Bezahlung zu tun. „Sie hätten sich nicht extra herbemühen müssen. Werfen Sie ihn nächstes Mal einfach in den Briefkasten." Sie sagte es so freundlich, wie es ihr nur möglich war. Doch die Botschaft war nicht zu überhören.

Ehe sie sich versah, strich ihr Joseph Swann über den Ladentisch hinweg ein paar Strähnen, die sich aus ihrem Haarknoten gelöst hatten, hinters Ohr. Bei dieser zärtlichen, ja beinahe erotischen Geste wurde es Kate am ganzen Körper heiß. Glücklicherweise war ihr die Hitze nicht bis in die Wangen gestiegen. Und Gott sei Dank hatte sie ihren Blazer nicht ausgezogen – Joseph Swann wäre sicher nicht entgangen, dass ihre Brustwarzen unwillkürlich hart geworden waren.

„Was … was machen Sie da?"

„Ich nutze geschickt die Gelegenheit, Sie zu berühren." Er lächelte. Grundgütiger, was hatte dieser Mann doch für ein unwiderstehliches Lächeln. Gleichzeitig war seine Art, ihr seine Absichten frei heraus mitzuteilen, absolut entwaffnend.

„Mr. Swann …"

„Für Sie Joe."

„Hatten wir das Ganze nicht gestern geklärt?"

„Nein. Außerdem habe ich mir eine neue Strategie zurechtgelegt. Haben Sie heute Nachmittag schon etwas vor?"

Er war so schnell zur Sache gekommen, dass Kate sich fragte, was seine neue Strategie wohl noch alles beinhalten würde.

„Sasha wird gleich fertig sein." Sie sah auf ihre Armbanduhr. „Oscar liefert in einer Stunde die Blumen für die Kirche und ... den Ort daneben aus." Kate vermied es, das Wort „Friedhof" auszusprechen. Sie hatte keine Angst vor dem Sterben, wie Joe gestern zu diagnostizieren versucht hatte – der Gedanke an den Tod bereitete ihr lediglich ein mulmiges Gefühl im Bauch. Und sie brauchte keinen Psychiater, der ihr sagte, warum das so war. Als ihre Mutter erfuhr, dass sie Krebs hatte, hatte sie darauf bestanden, alles für das Begräbnis zu organisieren. Es war in der Regel billiger, es *vorher* zu machen, als dann, wenn man es brauchte. Ihre Mom war zeit ihres Lebens ein Organisationstalent gewesen. Aber für Kate mit ihren damals einundzwanzig Jahren waren diese Begräbnisvorbereitungen einfach schrecklich gewesen.

Sie schüttelte die traurigen Erinnerungen ab. „Wie geht es Mrs. Minnick?"

Mr. Minnick war beim Joggen vor dem Haus seiner Nachbarn tot umgefallen. Herzinfarkt. Er war nur fünfundfünfzig geworden.

„Den Umständen entsprechend." Joes tiefblaue Augen, von denen Lili so bewundernd gesprochen hatte, waren ganz dunkel geworden. Obwohl er ein witziger und charmanter Mann war und Kate trotz ihrer Bemühungen, cool zu bleiben, so oft zum Lachen brachte, empfand er tiefes Mitgefühl mit den Angehörigen der Verstorbenen. Seine Anteilnahme war nicht gespielt.

„Möchten Sie sehen, wie weit wir mit den Blumen sind?", fragte sie rasch, um seinem intensiven Blick zu entkommen. Im Arbeitsraum hinten, wo gerade hektische Betriebsamkeit herrschte, wäre sie wenigstens nicht allein mit ihm.

„Ich vertraue Ihnen voll und ganz. Haben Sie morgen schon etwas vor?“

„Warum?“ Ihre Frage war nicht besonders höflich. Doch da er vorhin schon erwähnt hatte, sich eine neue Strategie zurechtgelegt zu haben, war sie auf der Hut.

„Das jüngste Kind meines Bruders wird morgen früh getauft, und am Nachmittag haben wir eine Grillfeier. Ich würde Sie gern dazu einladen.“

Außer zu Hochzeiten und Begräbnissen ging sie nie in die Kirche. Ihre Mutter hatte sie nicht religiös erzogen. Dazu kam, dass eine Taufe ein so klassisches Familienfest war. Und auf Familien-Grillfeste ging sie schon gar nicht.

Sie zog eine Augenbraue hoch. „Wollen Sie eine höfliche Ausrede oder ein simples Nein?“

„Wie wär's mit ‚Ja, Joe, ich würde Ihre Familie sehr gern kennenlernen und den Nachmittag mit Ihnen verbringen‘?“

„*Mr. Swann*, das hatten wir doch gestern schon alles besprochen.“

„Und ich habe ausdrücklich gesagt, dass ich nicht aufgeben werde.“

Sie lachte schnaubend. „Sie haben sich also gedacht, dass ich eher eine Einladung zu einer Taufe als zum Essen annehme?“

Er lächelte, wobei ein ziemlich entzückendes Grübchen an einer Wange sichtbar wurde, das sie bis jetzt noch nicht bemerkt hatte. „Tja, es war einen Versuch wert.“

Sie fühlte sich geschmeichelt. Gott sei Dank war sie auch bei diesem Lächeln nicht schwach geworden. Denn je hartnäckiger er sie umwarb, desto stärker wurde ihr bewusst, dass er ein Mann war, um den sie künftig einen großen Bogen machen würde. Hatte er gestern nicht vom Nestbauen und von Kindern geredet? Wenn hier bei irgendjemandem die biologische Uhr tickte, dann wohl bei ihm. Möglicherweise sogar sehr laut, seit sich bei seinem Bruder kürzlich erneut Nachwuchs eingestellt hatte.

„Der Versuch ist gescheitert", sagte sie schmunzelnd.

„Dann lassen wir die Taufe aus und gehen nur zum Grillfest." Er zwinkerte ihr zu. „Mein Neffe ist einfach hinreißend."

Jetzt musste Kate laut lachen. Seine Hartnäckigkeit amüsierte sie sehr. „Nein, Joe. Und nein heißt wirklich nein. Wie letztens."

Er lächelte wieder. Doch diesmal sanfter. Und auch das Grübchen war verschwunden. Dann streichelte er mit einem Finger über ihre Wange und streifte mit einem kurzen Blick ihre Brüste, deren ungezogene Nippel unter dem Blazer wieder hart geworden waren.

„Jetzt haben Sie mich wieder Joe genannt. Sehen Sie, es ist gar nicht so schwer."

„Wissen Sie, manche Frauen würden Sie womöglich für einen Stalker halten. Sie sind nämlich *entsetzlich* hartnäckig", fügte sie lächelnd hinzu.

Er sah ihr einen Augenblick tief in die Augen, dann legte er seine Hände auf den Ladentisch, beugte sich vor und flüsterte ihr ins Ohr: „Wenn Sie es dermaßen entsetzlich finden, warum sind dann Ihre Nippel so hart, dass man sie durch diesen wunderschön geschnittenen Blazer sieht, den Sie heute anhaben?"

Verdammt. Sein warmer Atem war so dicht an ihrem Ohr, dass ihre Brustwarzen ihr beinahe wehtaten. „Keine Ahnung."

„Ich denke, das stimmt nicht ganz, Kate. Aber ich finde Ihre Versuche, es zu leugnen, sehr verführerisch." Seine Augen blitzen. Dann reichte er ihr die Hand. „Bis zu unserem nächsten Gefecht."

Das Problem war, dass Kate sich auf das nächste Gefecht freute. Sie freute sich darauf, ihn wiederzusehen. Wer weiß, vielleicht würde sie eine seiner Einladungen demnächst einmal annehmen? Um Sex mit ihm zu haben. *Nur* Sex. Mit seiner neuen Strategie hatte er ein ziemliches Feuer in ihr entfacht, bei dem eigenhändige Löschversuche keine wirklich befriedigende Lösung darstellen würden.

Kate sah auf, als die Glocke an der Ladentür erneut bimmelte. „Gott sei Dank, er ist weg", sagte sie dann.

„Joe hat gefragt, ob du mit ihm ausgehst?" Lili kam regelrecht hereingesprungen.

Kate hakte einen Termin in ihrem Kalender ab. „Willst du mir weismachen, dass du nicht gelauscht hast?"

Lili stellte die leere Gießkanne neben der kleineren der beiden Kühlvitrinen für die Blumen auf den Boden. „Ich habe versucht, nicht zu lauschen."

„Jetzt ist er jedenfalls weg, und wir können dort weitermachen, wo wir stehen geblieben sind. Bei dir und Tanner Rutland. Hat es gefunkt?"

„Der Kuss war ein Experiment, Kate. Ich wollte überprüfen, ob so etwas wie Lebensfreude, ein Funke von *joie de vivre* in ihm steckt." Damit, dass er ihr durch und durch gehen würde, hatte sie allerdings nicht gerechnet. Es war doch nur ein Kuss.

„Aber er hat dich geküsst, oder? Nachdem du ihn ausgiebig umarmt hast." Kate vergaß nie auch nur das kleinste Detail.

„Ich dachte, dieses Thema hätten wir durch." Lili stützte sich mit den Ellbogen auf den Ladentisch und legte das Kinn in ihre Hände. „Ich würde viel lieber wissen, ob du mit Joe ausgehst."

„Für dich immer noch Mr. Swann. Und ich gehe nicht mit ihm aus." Kate blickte äußerst grimmig drein, was sonst so gar nicht ihre Art war. Joe musste eine empfindliche Stelle bei ihr getroffen haben, und zwar ziemlich genau.

„Warum nicht? Und ich möchte jetzt den wahren Grund von dir hören, nicht dass er mit Leichen zu tun hat. Er kümmert sich um die Trauernden, nicht die Toten."

Kate sah Lili entgeistert an. So als wären ihrer Mitarbeiterin gerade Hörner gewachsen. „Das hat er auch gesagt."

„Ich halte das, was er macht, für sehr ehrenhaft."

Kate nickte. Für den Bruchteil einer Sekunde hatte ihr Blick abwesend gewirkt, doch nun war sie wieder ganz da. „Er möchte eine Beziehung, vielleicht sogar heiraten." Sie schnitt eine Grimasse, als wäre ihr sogar das Wort an sich unerträglich. „Und ich eben nicht. Das ‚Flowers By Nature' ist mein Leben. Für andere Dinge habe ich keine Zeit."

Lili wiegte den Kopf, den sie immer noch auf ihre Hände gestützt hatte, nachdenklich hin und her. „Ich verstehe nicht, warum du nicht eine Beziehung *und* das ‚Flowers By Nature' haben kannst."

„Ehe und Beziehungen kommen in meiner Lebensplanung nun mal nicht vor."

Lili wusste, dass es so war. Sie bewunderte Kates Kompromisslosigkeit sogar. Doch gleichzeitig fragte sie sich, ob Kate nicht irgendwann einmal sehr einsam sein würde. Sogar Kates Mutter hatte sich Mitte dreißig doch noch für ein Kind entschieden. Lili kannte die ganze Geschichte. Kates Mom wollte damals ein Kind, aber keinen Ehemann. Männer waren für sie nicht mehr als Samenspender gewesen. Kate kannte den Mann nicht einmal, und es schien ihr merkwürdigerweise auch nichts auszumachen, dass ihr Vater sich auf eine Samenzelle reduzieren ließ.

„Ich weiß ohnehin nicht, warum eine Lebensplanung etwas so Wichtiges sein soll." Lili verstand den Sinn der Sache einfach nicht. Keinen Plan zu haben bedeutete doch, dass man in gewisser Hinsicht spontaner sein und den Augenblick genießen konnte. Ihr fiel Tanner wieder ein. Küsste sie besser als sein Date? War der Kuss mehr als nur *nett* gewesen? Du meine Güte, sie sollte darüber besser nicht so viel nachdenken.

„Wenn man keinen Plan hat, kann man irgendwann nur noch darauf reagieren, was das Leben einem bringt – und die Dinge nicht selbst aktiv gestalten. Dann passieren einem die Dinge, anstatt dass man selbst dafür sorgt, dass das geschieht, was man will." Kate sah Lili eindringlich an. „Wie steht es mit dir? Möchtest du heiraten und Kinder haben?"

Lili überlegte. „Irgendwann einmal."

„Wann?" Kate ließ nicht locker.

Lili zuckte die Achseln. „So genau habe ich mir das noch nicht überlegt ..."

„Du bist einunddreißig. Du solltest langsam anfangen, dir Gedanken zu machen."

Lili streckte sich. Sie hatte so lange mit aufgestützten Ellbogen auf dem Ladentisch gelümmelt, dass ihr der Rücken wehtat. „Es wird dann passieren, wenn es passt."

„Aber du gehst nicht einmal mit Männern aus."

„Doch, das tue ich."

„Wann hattest du dein letztes Date?"

Lili musste scharf nachdenken. „Letztes Jahr."

Sie hatte sich dreimal mit Dirk getroffen, nachdem sie sich einmal sehr behutsam mit seinem Papagei darüber unterhalten hatte, warum er sich die Federn im Nacken ausriss. Dirk war so von den Socken gewesen, dass er richtige Partys veranstaltet hatte, bei denen Lili die Hauptattraktion gewesen war. Wie ein Zirkusclown. Davor hatte sie es mit Norton auf vier Dates gebracht. Sie hatte ihm erklärt, dass sein junger Hund das Sofa anknabberte, weil er sich einsam fühlte, wenn Norton arbeiten ging. Daraufhin hatte er das arme Tier im Badezimmer eingesperrt, um es Lilis Einfluss zu entziehen. Beides waren gute Beispiele, wie Männer auf sie reagierten: Entweder sie waren wie besessen von ihr, oder sie bekamen es mit der Angst zu tun.

Sie war sich sicher, dass es mit Tanner nicht anders sein würde.

„Wenn du eine Familie möchtest, musst du jetzt zu planen beginnen. Sonst bist du auf einmal vierzig, unverheiratet und kinderlos."

„Man kann auch über vierzig ein Kind bekommen." Sie wäre gern eine Mutter. Aber es würde ihr auch nichts ausmachen, Stiefmutter zu sein. Sie war nicht wie die Frauen, von denen Erika geredet hatte.

„Darum geht es mir nicht."

„Ich habe schon verstanden, worum es dir geht. Ich gestalte mein Leben nicht aktiv, ich lasse die Dinge einfach geschehen. Aber ich mag es, wenn etwas völlig unerwartet passiert. Und das Unerwartete lässt sich nun mal nicht planen. Wenn man plant, bekommt man maximal das, was man erwartet."

Kate seufzte. „Ich weiß zwar nicht, warum, aber irgendwie gelingt es dir, auf eine völlig umständliche Art und Weise das Unlogische logisch klingen zu lassen."

„Das sagt mein Dad auch." Lili lächelte. „Es ist ein Kompliment."

Kate hob abwehrend die Hände. „Wie auch immer. Sind wir einer Meinung, dass wir bei dieser Sache nicht einer Meinung sind?"

„Wie wär's, wenn ich deinen Vorschlag aufgreife und einen Lebensplan mache? Ginge es dir dann besser?"

„Mich schaudert, wenn ich daran denke, was für ein Plan das sein könnte." Kate schüttelte sich demonstrativ, wobei ihr Haarknoten sich endgültig auflöste.

„Gut, ich mache also einen Plan." Lili schloss die Augen, als wünschte sie sich etwas, weil sie gerade eine Sternschnuppe gesehen hätte. Oder als würde sie die Kerzen auf ihrer Geburtstagstorte ausblasen.

Ihr Plan war, den Stier bei den Hörnern zu packen und Tanner zu sagen, dass seine Tochter sich nach einer Mutter sehnte.

Das bedeutete, dass sie eigentlich sogar zwei Pläne hatte, denn heute Nachmittag würde sie das Rätsel lösen, das hinter Fluffys Geschichte steckte.

Hey, diese Sache mit den Plänen war gar nicht so übel!

Tanner ertrug es nicht, Erika so zu sehen. Er wusste sehr wohl, dass sie manchmal absichtlich ein paar Tränen zerdrückte, wenn sie etwas durchsetzen wollte, doch die Tränen, die ihr an diesem Morgen übers Gesicht liefen, waren echt. Sie hatte die Pfannkuchen nicht angerührt, die Roscoe zum Frühstück gemacht hatte. Sogar ihren Lieblingssirup hatte sie verschmäht.

„Daddy, es geht ihm immer schlechter.“ „Daddy“ nannte sie ihn nur, wenn sie wirklich sehr traurig war. „Sieh ihn dir nur an.“

Alles, was Tanner sehen konnte, war Fluffys Nase, die zwischen dem Küchenschrank und dem Herd hervorlugte. Irgendwie hatte der Kater es geschafft, sich in den Zwischenraum zu pressen, der halb so schmal war wie er selbst. Als Tanner gestern Abend nach Hause gekommen war, hatte Fluffy sich unter Erikas Bett versteckt. Heute früh, als er versucht hatte, das Tier herauszuziehen, hatte Fluffy ihm erst einen Kratzer am Unterarm verpasst und sich dann in dem schmalen Spalt zwischen Herd und Schrank in der Küche verkrochen.

„Lili sagt, solange er nicht mit ihr redet, kann sie ihm nicht helfen. Aber wahrscheinlich kann sie das sowieso nicht … obwohl sie sehr nett ist.“ Je schlechter es Fluffy ging, desto pessimistischer wurde Erika. Gestern Abend war sie Lilis Fähigkeiten gegenüber lediglich skeptisch gewesen. Heute Morgen glaubte sie überhaupt nicht mehr daran.

Tanner wurde von Schuldgefühlen gepeinigt, und die Pfannkuchen, die er gegessen hatte, lagen ihm wie Steine im Magen. Himmel, er wollte, dass aus seiner Tochter einmal ein vernünftiger Mensch wurde, der mit beiden Beinen im Leben stand, doch der Schmerz in ihrem hübschen Gesichtchen brach ihm das Herz.

„Schatz, du isst deine Pfannkuchen ja gar nicht." Roscoe stellte seinen eigenen Teller auf den Tisch und nahm sich ausgiebig vom Sirup. Dann hielt er die Flasche über Erikas Pfannkuchen.

„Ich habe keinen Hunger, Grandpa."

„Na, wisch dir erst mal die Tränen ab. Wir gehen nachher mit Fluffy noch einmal zu Lili. Ich bin überzeugt, dass es diesmal klappen wird."

Doch das würde es nicht … denn er, Tanner, hatte Lili verboten, mit Fluffy zu reden. Sie konnte noch so sehr versuchen, ihr Versprechen mit irgendwelchen Tricks zu umschiffen – tatsächlich mit dem Kater reden würde sie nicht.

„Iss dein Frühstück, Liebling", murmelte er.

Erika sah ihn betrübt an, doch dann begann sie zu essen. Langsam. Jeder Bissen ein Beweis ihres zögerlichen, still ergebenen Gehorsams.

Tanner dachte nach. Wenn er Erika zu sehr beschützte, würde sie nie lernen, eigene Entscheidungen zu treffen. Zwang er seiner Tochter, was Lili betraf, seine eigene starre Sicht der Dinge auf? Als Vater war es seine Pflicht, alles zu ihrem Besten zu entscheiden, doch genauso war es seine Pflicht, ihr zumindest einige dieser Entscheidungen selbst zu überlassen. Es gehörte eine große Portion Weisheit dazu, zu wissen, welche Entscheidungen dies waren.

Wie weise bist du, Tanner?

Nicht sehr. Zum Teufel, er wusste genau, woher diese starre Sicht der Dinge bei ihm kam. Es lag an den entsetzlichen Dingen, die passiert waren. Er hatte Erikas Mutter geliebt, doch viele ihrer seltsamen Ideen hatten ihm ganz und gar nicht gefallen. An den letzten Streit mit ihr hatte er schon so lange nicht mehr gedacht, dass er fast keine Erinnerung mehr daran hatte. Bis er gestern Abend durch Lili wieder darauf gestoßen worden war. Karen hatte geglaubt, dass große mediale Kräfte in ihr schlummerten, und sie hatte vorgehabt, sich eine Weile zurückzuziehen, damit diese Kräfte sich frei entfalten konnten. Sie wollte für sechs Wochen nach Sedona. Es war der letzte Streit von vielen gewesen. Tanner hatte sich geweigert zuzustimmen. Erika war gerade erst zwei Jahre alt gewesen; er wollte nicht zulassen, dass Karen sie sechs Wochen lang alleinließ. Für ihn war es gewesen, als wollte sie ihr Kind im Stich lassen.

Karen war trotzdem gegangen – während er bei der Arbeit war. Sie hatte Erika zu Wanetta gebracht und ihm einen Zettel hinterlassen, dass sie bald wieder zurück sei. Als sie auf der Fahrt nach Sedona bei einem Autounfall ums Leben kam, hatte Tanner sich geschworen, dass er niemals einer Menschenseele davon erzählen würde, dass sie Erika einfach alleingelassen hatte. Er hatte sich außerdem geschworen, seine Tochter zu einem vernünftigen, bodenständigen Menschen zu erziehen. Sie sollte nicht die gleichen Flausen wie ihre Mutter entwickeln.

War er etwa zu weit gegangen? Er hatte nie in Erwägung gezogen, noch einmal zu heiraten. Er hatte nicht einmal darüber nachgedacht, wie es eigentlich für Erika war, mit zwei Männern zusammenzuleben. Wäre da nicht Wanetta von nebenan gewesen, hätte seine Tochter überhaupt keine Frau in ihrer Umgebung gehabt, da auch Tanners Mutter lange vor

Erikas Geburt gestorben war. Hatte er seiner Tochter dadurch etwas Wertvolles vorenthalten?

„Ich komme mit", sagte er plötzlich, als wären seit Roscoes Angebot, mit Erika und Fluffy zu Lili zu gehen, nicht bereits einige Minuten vergangen. „Aber da Lili noch bei der Arbeit ist, können wir erst nach dem Essen zu ihr."

Roscoes verblüffter Gesichtsausdruck konnte nur eines bedeuten: *Woher zum Teufel weißt du, wo Lili ist?*

Tanner beantwortete Roscoes unausgesprochene Frage. „Ich habe sie gestern noch getroffen, als ich nach Hause gekommen bin. Sie hat erwähnt, dass sie euch besuchen war." Er sah von seinem Vater zu seiner Tochter. „Sie hat mir auch erzählt, was mit Fluffy los ist."

„Aber sie hat gesagt, dass sie es nicht weiß, Dad." Wenigstens war er jetzt wieder *Dad* für sie.

„Ich habe sie gebeten, euch nichts davon zu erzählen."

„Warum?" Im Blick seiner Tochter lag eine Mischung aus Entsetzen und Fassungslosigkeit, als fühlte sie sich von ihm betrogen.

Tanner war sich seiner Schuld schmerzhaft bewusst. Im Bemühen, sie zu beschützen, hatte er seiner Tochter nicht vertraut und ihr auch nicht die Gelegenheit gegeben, sich von Lili und ihren Fähigkeiten ein eigenes Bild zu machen. So einfach war es. Doch irgendwann war der Zeitpunkt erreicht, an dem man als Elternteil nicht mehr einfach sagen konnte: „Es ist so, weil ich es dir sage."

„Ich dachte, du wärst noch zu jung dafür, Erika", sagte er. „Aber nach reiflicher Überlegung habe ich meine Meinung diesbezüglich geändert."

„Was hat Lili erzählt?" Sogar Roscoe guckte ihn böse an.

Tief in seinem Inneren wollte Tanner nicht, dass Erika irgendetwas mit der ganzen Sache zu tun hatte. Doch „mit etwas zu tun zu haben" war ein relativer Begriff. Er hatte nicht vor, seine Tochter mitzunehmen, wenn sie die Leiche suchten, doch es war an der Zeit, dass sie zwei Dinge lernte: Erstens, dass es alle möglichen Leute auf der Welt gab – einige davon ehrlich, andere wieder Scharlatane und wieder andere, die komplett verrückt waren. Und zweitens würde sie lernen müssen, den Unterschied zu erkennen. Wenn Lili – trotz aller seiner Vorbehalte – recht hatte, dass jemand ermordet worden war, dann musste Erika außerdem lernen, dass es das Böse auf der Welt gab. Und dass dieses Böse manchmal auch in unmittelbarer Nähe passieren konnte. Das Beste, was er tun konnte, war, ihr ein entsprechendes Werkzeug mitzugeben, um diese Dinge selbst einschätzen zu können.

Tanner stand auf und stellte seinen leeren Teller in die Spüle. Dann drehte er sich um und stützte sich mit den Händen auf die Theke hinter ihm. „Lili glaubt, dass Fluffy Zeuge eines Mordes war. Eines richtigen Mordes an einem Menschen. Sie möchte, dass ich ihr helfe, die Leiche zu finden.“ Er sah Erika an. „Glaubst du, es könnte stimmen, was sie sagt? Oder meinst du, sie liegt total falsch?“ Oder vielleicht lag die Wahrheit auch irgendwo dazwischen. „Und was sollen wir tun?“

„Ich weiß, was wir tun sollten.“

Tanner hob abwehrend eine Hand. „Ich habe nicht dich gefragt, Roscoe, sondern Erika.“

Seine Tochter zog mit der Gabel Linien durch den Sirup auf ihrem Teller. „Hm.“ Sie kaute auf ihrer Unterlippe. „Es ist wie beim fehlenden Glied in der Kette der Menschheitsgeschichte, Dad. Das Missing Link zwischen Mensch und Affe, du weißt schon. Niemand konnte es bis jetzt finden, aber das bedeutet nicht, dass es nicht trotzdem existiert. Viele total kluge Leute glauben, dass man es irgendwann sehr wohl entdecken wird.“

Verdammt, sie verblüffte ihn schon wieder. Er selbst hatte

seinen Traum, einmal ein großer Anthropologe zu werden, irgendwann einmal als kindische Spinnerei abgetan und aufgegeben. Doch seine Tochter hatte gerade einen Zusammenhang hergestellt, an den er selbst bis jetzt noch nie gedacht hatte.

Erikas Stimmung hellte sich sichtlich auf. „Es wäre eine Art Experiment unter kontrollierten Bedingungen. Wenn wir die Leiche finden, dann ist Lili eine Hellseherin. Wenn nicht, dann eben nicht. Deshalb ist sie ja noch lange kein schlechter Mensch."

„Ich halte Lili keinesfalls für einen schlechten Menschen."

„Aber glaubst du ihr?"

Er wollte, dass Erika sich unabhängig von ihm eine eigene Meinung bildete. „Ich tendiere eher dazu, zu glauben, dass sie wahrscheinlich nicht recht hat. Aber du musst selbst entscheiden, was du davon hältst."

Erika presste nachdenklich die Lippen zusammen. Dann nickte sie. „Du hast mir beigebracht, wie wichtig es ist, die Dinge zu hinterfragen, bevor man sich eine Meinung bildet. Warum hinterfragen wir also nicht, warum Lili eigentlich *nicht* recht haben sollte?"

So etwas hatte er ihr beigebracht? Wow, vielleicht war er doch kein so schlechter Vater, wie er in letzter Zeit bereits befürchtet hatte.

Er nahm einen Sessel und setzte sich direkt vor seine Tochter. „Aber falls es wirklich eine Leiche gibt, weißt du dann auch, was das bedeutet?"

Sie sah ihn indigniert an. „Klar, es bedeutet, dass es jemand sehr Bösen gibt, der etwas Schreckliches getan hat."

„Es bedeutet auch, dass das alles kein Spiel ist. Es ist eine sehr ernste Angelegenheit."

„Deshalb ist es auch unsere Pflicht, Lili zu helfen. Für den Fall der Fälle."

Sie war so verdammt logisch in ihrem Denken – genau so

wie er sich gewünscht hatte, dass sie sein würde. Doch wenn es eine Leiche gab, was zum Teufel würde er dann tun?

Er stütze sich mit den Ellbogen auf seine Knie, faltete die Hände und richtete beide Zeigefinger auf Erika. „Es gibt in diesem Fall kein ‚wir'. Du kommst nicht mit."

„Och, komm schon, Dad …"

„Nein."

„Warum nicht?"

„Weil ich es sage." Manchmal brauchte ein Elternteil wirklich nicht mehr zu sagen.

Roscoe lächelte. Er hätte es selber nicht besser einfädeln können. Die beiden zusammen … einen ganzen Nachmittag lang. Er hatte eine leckere Brotzeit und kalte Getränke für sie eingepackt.

„Ich sehe nicht ein, warum ich nicht mitgehen darf", sagte Erika, als sie Tanner nachsah, wie er ihr ein letztes Mal zuwinkte, bevor er mit Lili in den Wald verschwand.

„Dein Dad hat recht, Liebes. Diese Unternehmung ist nichts für dich." Nicht dass Roscoe damit rechnete, dass die beiden eine Leiche finden würden …

So zauberhaft und entzückend Lili sonst auch war, bei dieser Sache mit der Leiche hatte sie einfach etwas missverstanden. Trotzdem hoffte er stark, dass Lili seinem Sohn das eine oder andere zeigen würde. Sie hatte ihn ja bereits so weit gebracht, zumindest in Erwägung zu ziehen, dass es unter Umständen eine andere Sicht der Welt als seine eigene – absolut logische und vernünftige – gab.

„Grandpa, glaubst du, dass Fluffy gesehen hat, wie jemand umgebracht wurde?"

Er sah seine Enkelin an, als sie ein letztes Mal sehnsüchtig zum Wald schaute. „Ich hoffe nicht."

„Das hoffe ich auch. Ich mag Lili total, aber ich hoffe, sie scheitert in unserem kontrollierten Experiment.“ Dann sah sie zu ihm auf. „Grandpa, glaubst du, Dad wird jemals wieder heiraten?“

Sieh an, daran hatte er auch gerade gedacht.

„Tja, ich weiß es nicht, Liebes.“ Er drückte ihre kleine Hand. „Aber wir dürfen hoffen. Wir dürfen auf jeden Fall hoffen.“

8. KAPITEL

Wie weit ist es noch?“ Tanner blieb kurz stehen und drehte sich zu Lili um.

„Ich weiß es nicht genau“, erwiderte Lili kleinlaut. „Katzen entfernen sich manchmal kilometerweit von ihrem Zuhause. Oder sie bleiben ganz in der Nähe. Kommt immer darauf an.“

Tanner trug Wanderstiefel, Jeans und ein langärmeliges Rugby-Shirt, das seinen muskulösen Oberkörper außerordentlich gut zur Geltung brachte und dessen blaue und grüne Streifen wundervoll zu seinen Augen passten. Immer wenn er vom Schatten der Bäume ins Sonnenlicht trat, leuchtete sein Haar auf. Hinter ihm herzulaufen war eine Herausforderung der besonderen Art: Lili konnte sich kaum auf etwas anderes konzentrieren als auf sein Hinterteil in diesen engen Jeans.

Ihr war völlig bewusst, dass sie weniger auf seinen knackigen Po als vielmehr darauf achten sollte, ob hier irgendwo eine Leiche herumlag. Doch irgendwie war „diese Leiche“ etwas merkwürdig Abstraktes und weniger ein echter Mensch für sie. Vielleicht war es auf diese Weise einfach leichter zu ertragen.

„Worauf genau kommt es an?“, fragte Tanner.

Der Rucksack mit Roscoes Sandwiches und den Getränken hüpfte auf seinem Rücken hin und her. Er marschierte zügig vor ihr her, doch dank ihrer langen Beine hatte Lili in den fünf Minuten, die sie unterwegs waren, keine Problem gehabt, mit seinem Tempo mitzuhalten. Außerdem genoss sie seinen Anblick. Noch weitere fünf Minuten, und sie wären auf der großen Wiese.

„Es kommt darauf an, wie weit sie gewillt sind, sich von ihren Fressnäpfen zu entfernen.“ Sie machte den Reißverschluss ihrer Jacke zu. Im Schatten der Bäume war es immer noch kalt. Obwohl der Frühling in den Bergen wunderschön war, konnte es hier gelegentlich ein paar Grad weniger haben als drüben im Silicon Valley.

„Dann wundert es mich, dass Fluffy überhaupt das Haus verlassen hat.“ Sich zu unterhalten hinderte Tanner nicht daran, schnellen Schrittes weiterzumarschieren.

„Das hat Einstein auch gesagt.“ Einstein war ihnen davongeprescht und nur hier und da zwischen den Bäumen wieder aufgetaucht. Hin und wieder hatte sie ihre Pfote in ein paar Eichhörnchenlöcher gesteckt – doch ohne nennenswerten Erfolg.

Lili konnte es kaum glauben, dass Tanner seiner Tochter und Roscoe erzählt hatte, was der Kater gesehen hatte. Tja, so war es nun mal im Leben. Sie hatte sich entschieden zu handeln, und plötzlich lief alles so, wie sie es sich gewünscht hatte. Natürlich war ihr klar, dass das nicht bedeutete, dass Tanner an ihre Fähigkeiten glaubte, aber es war zumindest ein Schritt in die richtige Richtung. Vielleicht glaubte er wenigstens, dass die Möglichkeit bestand, dass das Unwahrscheinliche unter Umständen doch möglich sein *könnte*.

Sie hätte sich gern noch mit Fluffy unterhalten, bevor sie mit Tanner losgezogen war, doch der Kater hatte nichts davon wissen wollen. Er hatte den ganzen Vormittag eingeklemmt zwischen einem Küchenschrank und dem Herd gekauert und sich nicht bewegen lassen herauszukommen. Lili hatte also nicht mehr Informationen als das Bild einer Eiche und einer Wiese, die von Wald umgeben war. Aber welcher Baum unter all diesen vielen Bäumen war der richtige?

„Wann hast du eigentlich angefangen, mit Tieren zu reden?“

Lili nahm an, dass er auf diese Frage gekommen war, weil sie Einstein erwähnt hatte. „Als ich sieben Jahre war. Damals ist mir zumindest aufgefallen, dass nicht alle Menschen mit Tieren reden.“

„Aha? Wie war das genau?"

Sie war überzeugt, dass es Tanner eigentlich nicht wirklich interessierte, aber das machte nichts. Sie würde ihm die eine oder andere Geschichte erzählen und dann geschickt Erikas Problem ins Gespräch einfließen lassen. Ein ausgezeichneter Plan. Kate wäre stolz auf sie. „Meine Wüstenrennmaus hat ihre Jungen aufgefressen. Am Morgen waren sie noch alle da, und am Nachmittag haben plötzlich drei gefehlt. Als ich mit ihr geschimpft habe, dass es entsetzlich ist, die eigenen Jungen zu fressen, hat sie mich angepflaumt, dass ich mich besser um meinen eigenen Kram kümmern soll."

Er blieb so abrupt stehen, dass sie beinahe in ihn – beziehungsweise seinen Rucksack – hineingerannt wäre. Zwei Sekunden lang stand er völlig regungslos vor ihr, dann drehte er sich um. Trotz ihrer Wanderstiefel musste sie den Kopf leicht in den Nacken legen, um ihm in die Augen sehen zu können.

„Das ist nicht dein Ernst, oder?"

„Ich würde nie einen Witz darüber machen, dass meine Rennmaus ihre Kinder gefressen hat. Außerdem hat mich dieser Vorfall damals ziemlich geschockt. Aber dann habe ich eingesehen, dass es eben die Natur der Dinge ist."

„So ähnlich wie bei Bigfoot, der dich zum Abendessen vernascht?"

„Genau." Tanner war wie Kate. Er vergaß kein Detail, das man ihm erzählte. „Rennmäuse fressen häufig ihre Jungen. Hamster tun es auch."

„Was hast du mit deinem kleinen Kannibalen gemacht?"

„Als ich dann über diese angeborene Neigung Bescheid wusste, habe ich die Mäusebabys in einen eigenen Käfig gegeben."

Er schüttelte den Kopf. „Ich kann nur sagen, dass ich wahnsinnig froh bin, dass ich Erika nie eine Rennmaus geschenkt habe." Tanner marschierte wieder weiter und rief ihr die nächste Frage über die Schulter zu: „Was haben deine Eltern von der ganzen Sache gehalten?"

„Anfangs waren sie der Meinung, dass ich bestimmt einmal ein Buch schreiben und den Nobelpreis gewinnen würde, weil ich so unglaublich viel Fantasie habe. Als ich dann später beschlossen habe, nicht einmal aufs College zu gehen, waren sie natürlich sehr enttäuscht." Lili bemühte sich, den Blick ausschließlich auf seinen Rücken gerichtet zu lassen. „Glaubst du, *jeder* Mensch muss unbedingt aufs College?"

Er lief eine Weile stumm weiter, bevor er antwortete: „Nicht unbedingt, aber es hilft, im Leben voranzukommen."

Lili vermutete, dass er so lange für seine Antwort gebraucht hatte, weil er sie nicht durch eine unbedachte Formulierung verletzen wollte. „Aber wenn ein Mensch nicht vorankommt … bedeutet das automatisch, dass er hinterherhinkt?"

Tanner seufzte schwer. „Darüber habe ich noch nie nachgedacht. Hast du denn keine Pläne für deine Zukunft?"

Genau das war es, was Kate auch wissen wollte. „Ich glaube, dass es einen daran hindert, in der Gegenwart zu leben, wenn man immer nur plant. Und ich bin nicht überzeugt davon, dass Pläne einen Menschen glücklicher oder zufriedener machen."

Als er nichts erwiderte, merkte Lili, dass *sie* nun möglicherweise *ihn* verletzt hatte. Da er offensichtlich ein Mensch war, der sein Leben plante, dachte er vielleicht, sie meinte, dass er – und somit auch Erika – unglücklich und unzufrieden wäre. „Das ist allerdings nur meine Meinung und muss nicht für andere Menschen gelten. Du musst selbstverständlich planen, weil du ein Kind hast, für das du sorgen musst."

Tja, was für eine überaus gelungene Überleitung zu dem Thema, das sie ohnehin mit ihm besprechen wollte. „Also, es geht um Folgendes …"

Diesmal blieb er stehen und drehte sich sofort um. „Ist dir bewusst, dass du das immer sagst, wenn du auf etwas zu sprechen kommst, von dem du glaubst, dass es mir unangenehm sein wird?"

„Ist das etwas Schlechtes?"

Er legte den Kopf schief und sah sie an. Dann grinste er breit. „Wahrscheinlich nicht. So bin ich zumindest gewarnt."

Lili lächelte. „Also, willst du es nun hören oder nicht?"

Tanner legte seinen Kopf in den Nacken und schaute durch die dichten Äste zum Himmel, der blitzblau wie die Flügel eines Eichelhähers war. Einige Wolken zogen gemächlich in Richtung Sonne.

Dann sah er Lili an. Sie hatte gespannt auf seine Reaktion gewartet und wirkte nun, als rechne sie damit, dass er sie auf der Stelle erschießen würde. Ein Windhauch wirbelte den Saum ihres Rockes herum, spielte dann mit ihrem dunklen Haar und blies ihr ein paar Strähnen ins Gesicht.

Sie hielt also nichts davon, ihr Leben zu planen, hatte jedoch im Alter von sieben Jahren einer kannibalischen Wüstenrennmaus tapfer die Stirn geboten. Wenn er ihre Geschichte genauer analysierte, würde er – und dessen war er sich sicher – irgendeinen tieferen Sinn darin entdecken. Es steckte mehr dahinter als nur die Tatsache, dass Mütter ihre Kinder nicht auffressen durften. Lili hatte etwas an sich, das ihn die Dinge in einem anderen Licht sehen ließ. Sie vermittelte ihm eine neue Perspektive, auch wenn sie ihm selbst völlig fremd war.

„Ja, ich würde gern erfahren, was dir dermaßen auf den Nägeln brennt."

Sie straffte energisch ihre Schultern und lockerte ihre Arme wie ein Boxprofi, der sich für die nächste Runde im Ring vorbereitet. „Erinnerst du dich, als wir gestern darüber geredet haben, dass du dich nicht mehr mit dieser Frau triffst, und ich dich gefragt habe, ob Erika damit kein Problem hat, und du meintest, es ginge ihr gut und sie habe nie über eine neue Mutter nachgedacht?"

Puh, Tanner brauchte eine Weile, bis sich ihm der Sinn dieses Endlossatzes erschloss. „Ja, ich erinnere mich." Das war ungefähr zu dem Zeitpunkt gewesen, als er sie geküsst hatte. Was wiederum erklärte, warum er sich nicht mehr *ganz* genau daran erinnern konnte.

„Ich frage dich aus einem bestimmten Grund."

Er widerstand dem Impuls, ihr zu sagen, sie solle endlich zur Sache kommen. Sie würde es tun, sobald sie bereit dafür war – und keine Sekunde früher.

„Erika glaubt, du stellst sie deinen Freundinnen nicht vor, weil a) sie keinerlei Interesse haben, Stiefmutter zu werden, b) du Angst hast, ihnen von ihr zu erzählen und/oder c) deine Freundinnen glauben könnten, dass deine Tochter ein Klugscheißer ist und sie dir deshalb den Laufpass geben." Lili atmete tief aus, als sie fertig war – wie ein Luftballon, dem plötzlich die Luft ausgeht.

Tanner griff sich an den Kopf, als müsse er sich vergewissern, dass er noch an der richtigen Stelle saß. „Meine Tochter hat das alles gesagt?"

Lili schnaubte leicht gekränkt. „Zumindest habe ich es so verstanden."

Er wusste nicht, worauf er als Erstes etwas erwidern sollte. „Ich habe keine Freundin. Und ich hatte auch nie eine. Ich habe nur … gelegentlich ein Date. Es hätte überhaupt keinen Sinn, Erika einer dieser Frauen vorzustellen."

Wie sollte er bloß seiner Tochter diese ganze Sache erklären? Etwa so: „Erika, das sind nicht meine Freundinnen. Ich schlafe nur hin und wieder mit ihnen, wenn ich geil bin, weil Männer das eben so machen." Heiliger Strohsack, nein.

Lili sah ihn gespannt an. Hätte er eine Krawatte getragen, würde er jetzt am Kragen ziehen und versuchen, das verdammte Ding zu lockern. Lili sagte kein Wort, aber er wusste, dass sie wusste, was er gerade dachte.

„*Falls* ich jemals eine Frau kennenlerne, mit der es mir ernst ist …"

„Und bis jetzt waren nur solche dabei, die ganz *nett* waren", ergänzte Lili.

Er biss die Zähne zusammen. „… werde ich ihr Erika vorstellen. Ich schäme mich doch nicht für sie."

Tanner schämte sich weder dafür, dass er sexuelle Bedürfnisse hatte, noch dafür, dass er diese Bedürfnisse auf unkomplizierte Art und Weise befriedigte. Wofür er sich jedoch sehr wohl schämte, war, dass er Erikas Bedürfnissen keine Beachtung geschenkt hatte. Zwar hatte er keine Ahnung, wie er ihr geben konnte, was sie möglicherweise brauchte – aber er hätte merken müssen, dass es ein Problem gab.

„Was hat es mit dieser Klugscheißer-Geschichte auf sich? Ich habe sie nie so bezeichnet. Sie ist genau so, wie ich mir meine kleine Tochter wünsche."

„Die Kinder in der Schule sagen das zu ihr."

„Ich werde mit ihren Lehrern reden."

„Wusstest du, dass sie ein Buch mit dem Titel ‚Mollys neue Mom' besitzt? Ich glaube, genau das ist es, was sie will."

Tanner hatte sich nie für einen schlechten Vater gehalten, aber innerhalb von zwei Tagen hatte Lili es irgendwie geschafft, dass er alles infrage stellte, was er jemals mit seiner Tochter gemacht hatte. Er fuhr sich mit der Hand durchs Haar. „Ich kann nicht heiraten, weil sich Erika eine Mom wünscht."

Lili presste die Lippen aufeinander. „Nein, wohl kaum." Sie sah ihn durch ihre dichten Wimpern ernst an.

Er musste aufhören, sich auf diese Wimpern zu konzentrieren. „Ich vermute, ich habe unterschätzt, was es für Erika bedeutet, dass Wanetta nicht mehr Teil ihres Lebens ist."

Lili lächelte. Es war ein versonnenes, liebevolles Lächeln. „Wanetta hat sie unglaublich gerngehabt."

„Ich muss eine neue Wanetta für Erika finden. Sie ist viel zu oft mit mir und mit alten Männern zusammen."

„Tanner, ich wollte damit nicht sagen, dass du ein schlechter Vater bist. Du bist sogar der beste Vater, den ich kenne."

„Und wie viele Väter kennst du?"

Sie sah an seiner linken Schulter vorbei, dann an seiner rechten. „Nicht wirklich viele. Aber ich sehe sehr wohl, dass du ein guter Vater bist und wie sehr du Erika liebst. Und sie dich."

„Aber du bist der Meinung, dass sie mehr als das braucht."

„Mehr? Das weiß ich nicht. Aber vielleicht ist es nötig, dass sie von dir erfährt, warum du sie deinen Freundinnen nicht vorgestellt hast."

„Ich habe dir schon gesagt, dass das nicht meine Freundinnen sind", erwiderte er und wünschte sich sofort, er hätte es nicht ausgesprochen. Er wollte nicht erklären müssen, dass er manchmal ein geiler siebenunddreißigjähriger Mann war, der lieber in einer Frau als in seinen eigenen Händen kam.

Die Wahrheit war, dass er letzte Nacht kaum geschlafen hatte, weil er ständig daran gedacht hatte, wie es wäre, mit Lili zu schlafen. Immer und immer wieder.

Er hatte sich vorgestellt, sie zu küssen – nicht nur auf den Mund, sondern …

„Du siehst mich so komisch an."

„Ich sehe dich überhaupt nicht komisch an." Am liebsten hätte er sofort all das mit ihr angestellt, was er sich in seiner Fantasie so bildhaft vorgestellt hatte. *Hätte.* Und bei diesem *hätte* würde es auch bleiben.

„Wir sollten weitergehen", sagte sie. „Wir sind doch hier, weil wir eine Leiche suchen. Danke übrigens, dass du Erika und Roscoe die Wahrheit gesagt hast."

Er behielt für sich, dass seine Entscheidung mehr mit Erika zu tun hatte als damit, was er selbst von der ganzen Angelegenheit hielt. Doch Lili hatte recht, sie sollten langsam weitergehen, bevor er sie überhaupt nie mehr gehen ließ.

„Ich habe Durst." Lili fühlte sich mutlos und erschöpft. Anfangs war sie noch zuversichtlich gewesen, doch nun waren sie in der letzten Stunde zweimal um diese Wiese herumgelaufen und hatten rein gar nichts gefunden. Außerdem war es hier viel heißer als vorhin im Wald. Das hohe Gras wogte sanft im Wind hin und her, doch sie selbst spürte keinerlei Abkühlung – nur die heiße Sonne, die ihr auf den Kopf brannte.

„Möchtest du ein Sandwich?"

Während Tanner mit beiden Händen die Riemen seines Rucksacks abstreifte, war das Spiel seiner Brustmuskeln beim besten Willen nicht zu übersehen. Lili spürte ein heftiges Flattern im Bauch.

Das Gespräch, das sie vorhin begonnen hatte, war nicht vorbei. Sie hatte ihn dazu gebracht, über Erikas Bedürfnisse nachzudenken, doch was Lili wollte, war eine Lösung. Dafür würde weiteres Nachdenken nötig sein.

Tanner gab ihr ein Thunfisch-Sandwich und eine Dose Saft. Sie ließ den Deckel aufzischen und trank den gesamten Inhalt in drei großen Schlucken aus. Das war zwar nicht besonders ladylike, doch sie hatte sich wie ausgetrocknet gefühlt. Dann ließ sie sich erschöpft ins Gras fallen und begann ihr Sandwich auszupacken. Im Nu war Einstein an ihrer Seite. Lili zupfte ein Stück Thunfisch heraus und gab es ihr. Einstein bedanke sich nicht. Das war eine Sache, die die Katze trotz ihres beträchtlichen Fernsehkonsums nicht mitbekommen hatte.

„Warum kann die Katze nicht eine Spur aufnehmen und

das finden, was wir suchen?“ Tanner saß mit überkreuzten Beinen neben ihr und machte mit seinem Sandwich kurzen Prozess.

Vielleicht deshalb, weil Einstein zu sehr damit beschäftigt war, Eichhörnchen zu jagen. Es war die enorme Herausforderung, die die Katze reizte: Diese Eichhörnchen konnten so verdammt schnell wieder in ihre Löcher schlüpfen.

„Ich weiß es nicht.“ Sie beugte ihren Kopf dicht über Einsteins Gesicht. „Wenn sie eine *brave* Katze wäre, hätte sie es schon vor Tagen gefunden.“

Und wenn du kein dummer Mensch wärst, würdest du nicht von einer Katze verlangen, Probleme für Menschen zu lösen. Was für ein Durcheinander bitterböser Bilder, die Einstein ihr schickte.

Tanner trank seinen Saft aus. Allein dadurch, ihm bei dieser alltäglichen Tätigkeit zuzusehen, wurde es Lili aus irgendeinem merkwürdigen Grund am ganzen Körper warm. Vorhin hatte er sie höchst merkwürdig angesehen. Sein Blick war von einer derartig glühenden Intensität gewesen, dass es ihr vorgekommen war, als würde er ihr die Kleider vom Leib reißen und sie direkt zwischen ihren Brüsten küssen. Lili fühlte sich nun regelrecht überhitzt – und zwar im durchaus positiven Sinn.

„Weißt du, ich hätte nichts gegen ein wenig Unterstützung, was Erika betrifft.“

„Bitte?“ Sie war so sehr damit beschäftigt gewesen, sich vorzustellen, wie er sie küsste, dass sie nicht wirklich zugehört hatte.

„Vielleicht redet sie mit dir offener über ihre Probleme. Von Frau zu Frau. Ich selbst bin bei solchen Themen überfordert und wäre sehr dankbar, wenn du mich ein bisschen unterstützen würdest.“

Wow. Das ging ja schon in die richtige Richtung. „Ich würde mich freuen, zu helfen, wo ich nur kann.“

Er blickte zu Boden, als fühlte er sich bei dem Thema unwohl. „Sie wächst so schnell heran. Ich glaube, da gibt es … ein paar Dinge, denen ich nicht ganz gewachsen bin."

„Zum Beispiel?"

Er lachte. Dann schüttelte er den Kopf. „Frauen-Themen." Er fuhr sich über das Gesicht, legte dann die Hand auf den Mund und sah sie nur schweigend an.

„Oh."

„Dieses *eine* Gespräch haben wir schon hinter uns, und schon dabei wäre ich am liebsten im Erdboden versunken. Ich bin mir nicht sicher, ob ich damit umgehen kann, wenn … sie langsam zur Frau wird."

Männer. Sie waren so verdammt süß. Bei Lili selbst war es seinerzeit so gewesen, dass ihre Mom dieses gewisse Gespräch mit ihr geführt und ihr Vater sich in der Folge strikt geweigert hatte, jemals auch nur irgendein Produkt beim Einkauf mitzunehmen, das auch nur annähernd einem Hygieneartikel für Frauen ähnelte. Niemals. „Ich kann Erika gern helfen, wenn es so weit ist."

„Ich danke dir."

Sie sammelte die zerknüllte Sandwichverpackung und die leere Saftdose ein und sah ihn dann – kniend und sich mit den Händen am Boden abstützend – an. Sie war sprachlos. Das Ausmaß seines Vertrauens überwältigte sie. „Ich danke *dir*. Du hast gar keine Ahnung, wie geehrt ich mich fühle, dass du mir so etwas Verantwortungsvolles zutraust."

„Ich glaube, du machst dich lustig über mich." Dann wanderte sein Blick plötzlich etwas weiter nach unten, und Lili merkte, dass ihm ihr Top in dieser vornübergebeugten Position einen ziemlichen Einblick gewährte.

Sie stand auf, schnappte den Rucksack und stopfte den Müll hinein. Als sie ihm den Rucksack gab, war ihr die Schamesröte von ihren Brüsten über den Hals bis ins Gesicht gestiegen.

Dann drehte sie ihm den Rücken zu und betrachtete die Baumkette, die die Wiese säumte. Während sie hörte, wie Tanner hinter ihr auch seinen Müll im Rucksack verstaute, hatte sie plötzlich eine Idee. Fluffy hatte auf einer Eiche gesessen, darunter war die Leiche und linkerhand eine Wiese gewesen. Es hatte so ausgesehen, als hätte der Baum direkt am Rand dieser Wiese gestanden. Vorhin waren sie zwar den Wald abgegangen, der an die Wiese grenzte, doch vielleicht war es notwendig, tiefer in den Wald hineinzugehen. Vielleicht war ja auch von dort die Wiese zu sehen – nur eben aus einem anderen Blickwinkel. Katzen sahen tatsächlich anders als Menschen, und vielleicht hatte Lili sich in der Perspektive getäuscht.

Das Rascheln hinter ihr war verstummt. Sie schaute über die Schulter und sah Tanner nur ein paar Schritte von sich entfernt mit dem Rucksack in der Hand reglos stehen und sie anstarren.

Dann ließ er den Rucksack fallen, ging auf sie zu, packte ihren Arm und zog sie an sich.

„Ich sollte das besser lassen. Aber ich kann seit einer Stunde an nichts anderes mehr denken. Deshalb muss ich es jetzt tun."

Er küsste sie nicht nur, sondern verschlang sie regelrecht. Mit einer Hand drückte er sie an sich, mit der anderen hielt er ihren Kopf, und sein Mund eroberte den ihren wild und leidenschaftlich. Sie ließ ihre Finger durch sein weiches Haar gleiten. Sein Oberkörper war kräftig und seine Zunge heiß und gierig. Er duftete nach Wäsche, die an der Sonne getrocknet worden war, einem dezenten Aftershave und berauschend gut nach männlichen Hormonen. Er ging ein bisschen in die Knie, wanderte mit seinen Lippen tiefer, knabberte zärtlich an ihren Lippen und richtete sich wieder auf, nur um sie wieder leidenschaftlich an sich zu ziehen und zu küssen.

Er stöhnte heiser, legte eine Hand auf ihren Po und drückte

sie an sich. O Gott, er war wahnsinnig erregt. Sie wollte …

„Auf meinem Grund und Boden sind keine Obszönitäten erlaubt, ihr gottloses Gesindel.“

Lili machte vor Schreck einen Satz zur Seite und wäre fast gestolpert, wenn Tanner sie nicht aufgefangen hätte. Dann sah sie das Gewehr, das auf sie beide gerichtet war.

Sein bestes Stück war härter als ein Stahlbohrer. Heiliger Strohsack, er war in ziemlichen Schwierigkeiten.

Tanner schob Lili hinter sich. „Kumpel, steck dein Gewehr weg. Du glaubst doch selber nicht, dass du uns erschießt.“

Buddy Welch ließ sie nicht aus den Augen. Sein Finger zitterte am Abzug seiner Flinte. „Ihr habt unbefugt mein Land betreten.“

„Du weißt genau, dass das hier öffentlicher Grund ist.“

„Ich erkenne keine Regierung an, die mir mein Land stiehlt.“

Buddy Welch war ein kauziger Eigenbrötler wie aus dem Bilderbuch. Die Kopfhaut schimmerte rötlich durch sein schütteres weißes Haar, das seit dem Vietnamkrieg keinen Kamm mehr gesehen zu haben schien, sein schmutziges Gesicht war von unzähligen Falten zerfurcht, und sein grauer Bart reichte ihm bis zur Brust. Ausgewaschene Army-Hosen und eine ebensolche Jacke komplettierten den merkwürdigen Aufzug. Der Alte war ein Relikt aus dem Krieg bzw. einem der Kriege. Tanner war sich nicht sicher, aus welchem. Er wusste nur, dass Buddy Welch hier schon in seiner Hütte gelebt hatte, lange bevor Tanner hergezogen war. Er war gewissermaßen eine Institution. Allerdings hatte die Regierung ihm nicht, wie Buddy vorhin behauptet hatte, sein Land weggenommen. Die Wiese und der Wald waren immer schon öffentlicher Grund gewesen.

Und Buddy hatte auch noch nie jemanden erschossen und

würde es auch nicht tun, selbst wenn es sich um einen echten Eindringling handelte. Der alte Mann drohte nur gern. Und meistens funktionierte das.

Lili packte Tanners Schultern und versuchte, an ihm vorbeizulugen. „Bleib hinter mir", flüsterte Tanner, ohne Buddy aus den Augen zu lassen. Dann sagte er laut: „Du willst doch auch nicht, dass der Sheriff kommen muss, oder? Gresswell könnte dir deine illegale Waffe wieder wegnehmen."

„Hier ist gar nichts illegal. Meine Gewehre sind registriert, wie es das Gesetz verlangt." Er betonte das Wort extra laut und spuckte dann ins Gras.

„Na gut, dann appelliere ich an deine Ritterlichkeit. Du machst meiner Freundin Angst."

„Sie hat nicht besonders verschreckt gewirkt, als ich euch vorhin gesehen habe."

Lili versteckte sich hinter Tanners Rücken. Ob es aus Angst oder einem Gefühl der Peinlichkeit darüber war, wobei sie vorhin erwischt worden waren, wusste sich nicht so genau. Wäre Buddy fünf Minuten später aufgetaucht, hätte er sie in der Horizontalen vorgefunden.

Tanner hatte seit dem Moment, als sie vornübergebeugt im weichen Gras gekniet hatte, keinen allzu klaren Gedanken mehr fassen können.

„Tja, aber jetzt hat sie Angst. Also nimm das verdammte Gewehr runter."

Buddy hielt die Flinte in die Luft und drückte ab. Statt eines Knalls war nur ein leises Klicken zu hören. Das Gewehr war nicht geladen.

„Diese verdammten Bussarde." Buddy spuckte wieder ins Gras.

Lili schüttelte sich hinter Tanners Rücken. „Bah."

Tanner sah Buddy scharf an. „*Das* war jetzt aber nicht sehr nett."

Buddy glaubte offensichtlich, Tanner habe den furchterregenden „Schuss“ gemeint. „Nächstes Mal ist die Flinte geladen, und dann schieße ich auf lästige Vögel der menschlichen Gattung.“ Damit schulterte er sein Gewehr, drehte sich um und marschierte davon.

„Ich dachte immer, diesen sagenumwobenen Buddy gibt es in Wirklichkeit gar nicht.“ Lili kam hinter Tanners Rücken hervor und stellte sich neben ihn. Sie hatte immer noch eine Hand auf seiner Schulter.

Er legte den Arm um sie. „Alles okay?“

Sie sah ihn verschmitzt an. „Es geht.“ Sie schlug sich die Hand vor den Mund. „Oops, ich meine natürlich, es geht mir fantastisch.“

Tanner drehte sich zu ihr. Lilis Hand rutschte seinen Rücken hinunter. Er wollte nicht, dass sie ihn losließ. „Ich habe vorhin ein wenig die Beherrschung verloren …“

Sie legte ihm einen Finger auf die Lippen. Tanner spürte den Drang, ihn sofort zärtlich in den Mund zu nehmen.

„Mir hat dein Kuss gefallen. Sehr sogar. Also entschuldige dich bitte nicht dafür, okay?“

Ihre Lippen waren vom Küssen noch sichtlich gut durchblutet. Er war sich relativ sicher, dass ihre immer noch vergrößerten Pupillen nicht von der Angst vor Buddy herrührten. Und er war sich sogar verdammt sicher, dass ihre harten Brustwarzen keine Reaktion auf irgendetwas Schlimmes waren. Er strich ihr das Haar, das er vorhin arg zerzaust hatte, aus dem Gesicht.

„Du“, sagte er und seufzte, „hast etwas an dir, das mich völlig vergessen lässt, wer ich bin und was von mir erwartet wird.“

Sie schmiegte ihre Wange in seine Hand. „So geht es mir auch.“ Dann hob sie plötzlich den Kopf und sah ihn an. „Tanner, hat er *Bussarde* gesagt?“ Sie schaute zum Himmel. „O mein Gott, da sind tatsächlich Bussarde!"

Tanner hob erst langsam den Kopf – so langsam, dass er seine Nackenwirbel leise knacken hörte – und beugte dann seinen Oberkörper nach hinten. Und sah tatsächlich einen Schwarm Bussarde über dem Wald kreisen. Er spürte, wie ihm leicht flau im Magen wurde. „Es könnte irgendein Tier sein."

Aber Lili wusste, dass er nicht wirklich daran glaubte. „Wie lang sind diese Vögel denn schon hier?", flüsterte sie.

„Keine Ahnung." Bussarde waren das Allererste, wonach er Ausschau hätte halten sollen. Wenn er Lili wirklich geglaubt hätte.

Es waren nur drei, aber es waren eindeutig Bussarde. Weder Krähen, noch Blauhäher oder Spatzen. Plötzlich raste einer der Bussarde im Sturzflug senkrecht nach unten.

Nun wurde es Tanner richtig flau im Magen.

„Geh *du* nachschauen", sagte Lili und gab ihm einen kleinen Schubs.

Er wäre ohnehin nie auf die Idee gekommen, sie mitzunehmen. „Kommst du allein hier klar?"

Sie nickte. „Besser, als wenn ich mitgehe."

Er vergewisserte sich mit einem kurzen Blick über die Schulter, dass Buddy Welch bereits weit weg auf der anderen Seite der Wiese war. „Ich bin bald wieder da. Aber sollte Buddy zurückkommen, schreist du, was das Zeug hält."

„Okay."

Er sah sich die Greifvögel noch einmal genau an. Vom Boden aus war es schwer abzuschätzen, wie weit entfernt ihre Beute war. Dann ging er in den Wald hinein. Es war kühl und dunkel, und der Boden war feucht. Tanner sah sich um, ob es irgendwo im Unterholz eine Art Weg gab. Ohne Erfolg. Also bahnte er sich seinen eigenen Weg. Zwischendurch versuchte er, zwischen den dichten Wipfeln einen Blick auf den Himmel und die Vögel zu erhaschen, um die richtige Richtung beizubehalten.

Löwen, Tiger und Bären. Er musste lächeln, als er an die kleine Dorothy aus dem „Zauberer von Oz“ dachte, die mit der Vogelscheuche und dem Zinnmann in den Wald gegangen war. Das Musical war Erikas Lieblingsfilm gewesen, bis sie dann „Napoleon Dynamite“ gesehen hatte. Er musste zugeben, dass er nie verstanden hatte, wie sich ihr Geschmack derartig hatte ändern können. Außerdem hatte er nicht wirklich kapiert, worum es in dieser Teenie-Komödie eigentlich ging. Doch Erika konnte jeden Satz dieses merkwürdigen Filmes mitsprechen – sogar bevor die Schauspieler den Mund aufmachten.

Es war angenehmer, an Erika zu denken als an … Je tiefer er in den Wald geriet, desto intensiver wurden die Gerüche um ihn herum. Faulendes Laub, feuchte Erde, Exkremente diverser Tiere … und noch etwas.

Er schob einen Zweig zur Seite. Doch schon beim nächsten Schritt schlug ihm ein anderer Zweig ins Gesicht.

Dieser Geruch … was zum Teufel war das? Er konnte es regelrecht schmecken. Wie verdorbener Fisch. Oder wie …

Tanner wagte kaum zu atmen. Und er hatte fast Angst, was passieren würde, wenn er den nächsten Zweig vor sich zur Seite schieben würde. Doch er tat es.

Verdammt.

Das, was er sah, war nicht allein die Beute dreier Bussarde.

Denn die trug selten eine hellblaue Windjacke.

9. *KAPITEL*

Er war ein Mann. Er würde sich nicht übergeben. Doch etwas dermaßen Grauenhaftes hatte er noch nie gesehen. Tiere hatte sich über ... *es* hergemacht. Tanner wollte sich gar nicht vorstellen, dass es einmal ein lebendiger, atmender Mensch gewesen war. Nun waren es nur noch ... Stücke. Und sogar die waren zum Teil zerfetzt.

Tanner hob einen Stein auf und warf ihn in Richtung der Bussarde. Die Vögel flogen aufgeschreckt davon. Wenn er nicht auf der Stelle von hier verschwand, würde er gleich sein Essen der Wildnis überlassen müssen.

Lili stand an derselben Stelle, wo er sie zurückgelassen hatte. Reglos wie eine Statue. Nur ihr Haar wehte sanft im Wind. Tanner blieb im Schatten eines Baumes, wo sie ihn nicht sehen konnte, und holte sein Handy aus dem Rucksack. Er behielt Lili im Auge, während er mit der Polizei telefonierte und ihnen, so gut er konnte, beschrieb, wo sie sich befanden. Sie hatte sich nicht vom Fleck gerührt.

Als er aus dem Wald ins helle Tageslicht trat, sackte sie vor seinen Augen einfach zusammen.

Er hockte sich neben sie und half ihr, sich aufzusetzen. Sie war kreidebleich.

„Es war wirklich dort, nicht wahr?", fragte sie zitternd.

Sogar sie sprach von dem, was er gefunden hatte, als *es*. „Denk am besten gar nicht daran. Ich möchte, dass du jetzt nach Hause gehst." Halt! Er wollte nicht, dass sie allein ging. Die Vorstellung, dass sie allein hier draußen war, würde ihm keine Ruhe lassen. Alles Mögliche konnte passieren. „Nein, bleib bei mir. Die Polizei wird gleich hier sein, und dann bringe ich dich heim."

„Tanner?"

Sie sagte nur seinen Namen, sonst kein Wort. Und sah

ihn dabei an, als hätte er eine Antwort auf das, was hier geschehen war. Darauf, wie sich etwas so Entsetzliches wie ein Mord in unmittelbarer Nähe zu ihrem Zuhause hatte ereignen können.

Um Himmels willen, was hatte er angerichtet? Er hatte keine Sekunde daran gedacht, wie es für Lili sein würde, wenn sie diese Leiche tatsächlich fanden. Für ihn war die Suche doch nur ein Versuch gewesen, sie zu beschwichtigen und ihr zu beweisen, dass sie sich geirrt hatte, damit das Thema endlich erledigt war. Und zu allem Überfluss hätte er auch noch fast mit ihr geschlafen – hier, nur einen Steinwurf von einem Toten entfernt.

O Gott, Erika. Wie um alles in der Welt sollte er das alles seiner Tochter erklären? Wenn es schon für Lili ein schwerer Schock war, was für ein Trauma würde es dann erst für Erika bedeuten?

Er war der Versager des Jahrhunderts.

Dennoch sah Lili ihn so an, als müsste er eine Erklärung für diese Tragödie haben.

„Mir geht es nicht besonders gut", murmelte sie.

Er streichelte ihre Wange. Ihre Haut war feucht und kalt. „Komm her." Er nahm sie fest in den Arm.

„Ich habe nicht damit gerechnet, dass es wirklich einen toten Menschen gibt. Ich meine, ich wusste, dass Fluffy ihn gesehen hat, aber ich habe anscheinend irgendwann vergessen, dass es sich dabei um einen echten Menschen handelt." Sie weinte nicht, doch sie war kurz davor. „Es war nur ein undefinierbares Etwas für mich, das ich finden wollte", flüsterte sie. Dann hob sie den Kopf, den sie an seine Schulter geschmiegt hatte, und sah ihm in die Augen. „Ergibt das irgendeinen Sinn?"

„Ja." Durch die Brutalität, die im Fernsehen zu sehen war, stumpfte man einfach ab. Gewalt wurde zu etwas Abstraktem. Bis man selbst damit konfrontiert wurde. Tanner hatte immer noch den bestialischen Geruch in der Nase.

So hilflos hatte er sich erst ein einziges Mal in seinem Leben gefühlt, und zwar an dem Tag, als Karen gestorben war. „Was zum Teufel hat sie nur getan?“ Das war der erste Gedanke gewesen, der ihm durch den Kopf geschossen war. Der zweite: „Mein Gott, das kann einfach nicht wahr sein.“

Dennoch hatte er sich nie einem Menschen näher gefühlt als jetzt – auf dieser Lichtung, wo die Sonne schien, ein Vogel zwitscherte, Lilis Kopf an seiner Brust lag und ihr süßer, frühlingshafter Duft langsam den Geruch nach Verwesung zu vertreiben begann.

Und es war genauso Furcht einfößend wie damals, als er Erika zum ersten Mal im Arm gehalten hatte.

Auf dem Heimweg hielt sich Lili dicht hinter Tanner. Nichts war mehr so wie heute Mittag, als sie losgezogen waren. Alles war anders. Sie war nicht mehr der gleiche Mensch, der sie noch vor zwei Stunden gewesen war.

Lili konnte es nicht fassen. Es gab wirklich einen Toten. Es war kein Ding. Da draußen im Wald lag ein Mensch. Ein Mann.

Sie schloss die Augen und erschauderte.

Die Polizei hatte fünfzehn Minuten nach Spuren gesucht. Vielleicht war es auch eine halbe Stunde oder länger gewesen. Sie hatte das Zeitgefühl verloren, als immer mehr Polizisten und schließlich auch Sheriff Gresswell aufgetaucht waren. Sie hatten zwar nicht von einem Mord gesprochen, doch Lili wusste, dass es sich um Mord handelte. Und es war nun nicht mehr nur etwas, das Fluffy gesehen hatte. Sie hatte der Polizei gefühlte Millionen von Fragen beantwortet, doch als sie ansetzen wollte, von Fluffy zu erzählen, hatte Tanner ihr einen vielsagenden Blick zugeworfen. *Tu's nicht*. Das war seine unausgesprochene Botschaft gewesen – und sie hatte sie klar und deutlich verstanden. Sie wusste nicht genau, warum sie auf ihn gehört hatte. Jetzt hatte sie deswegen ein schlechtes Gewissen. Fluffy nicht zu erwähnen erschien ihr im Nachhinein wie eine Lüge. So als hätte sie etwas Wesentliches verschwiegen.

Irgendwann hatte Tanner es geschafft, dass die Polizei ihnen erlaubte, endlich nach Hause zu gehen.

Sie hatten die Wiese hinter sich gelassen und liefen nun den schmalen Waldweg entlang, der zu Lilis Garten führte. Hier im Schatten war es kühl. Lili schauderte vor Kälte.

Ihr war nicht bewusst gewesen, dass sie dabei ein Geräusch von sich gegeben hatte, doch Tanner blieb stehen und drehte sich zu ihr um. Er umfasste ihre Schulter und sah sie prüfend an. „Alles in Ordnung mit dir?"

Lili dachte daran, wie er sie im Arm gehalten hatte, bevor die Polizei gekommen war. Es hatte sich angefühlt, als wären sie beide die einzigen Menschen auf der Welt. Als würden sie einander brauchen. Dies hier war ein ganz anderer Tanner. Obwohl er scheinbar um sie besorgt war, hatte er sie ein wenig zu fest an der Schulter gefasst.

Sie setzte an, ihn zu fragen, was los war, was sich geändert hatte und warum er sie so ansah, als hätte sie etwas falsch gemacht. Doch dann schoss ihr plötzlich ein ganz anderer Gedanke durch den Kopf. „Wo ist Einstein?" Sie schlug sich eine Hand vor den Mund. „O mein Gott, ich habe sie völlig vergessen."

„Der Katze geht es gut. Sie ist …"

Als er mitten im Satz abbrach, krampfte sich Lilis Magen sofort zusammen. „Wo ist sie?"

„Glaub mir, es ist besser, wenn du es nicht weißt."

Übersetzung: Einstein treibt sich bei der … sie treibt sich am Tatort herum.

„Sie kommt bestimmt zurück“, sagte Tanner und streichelte beschwichtigend ihren Arm. Doch sein Blick war abwesend, als wäre er in Gedanken genau dort, wo Einstein war. Am Tatort.

„Warum haben wir der Polizei nichts von Fluffy gesagt?“, flüsterte sie.

Er sah sie scharf an. „Das wäre nur verwirrend.“

„Aber sie wissen nicht einmal, dass sie es mit einem Mord zu tun haben. Ich muss es ihnen sagen, sonst merken sie es erst bei der Autopsie.“

Er senkte den Kopf und hörte auf, sie tröstend zu streicheln. „Sie sind …“ Er drückte ihren Arm. „Sie können sehr viele Dinge vor der Autopsie feststellen – allein dadurch, dass sie sich die Leiche genau ansehen. Und da ich sie nicht für dumm halte, nehme ich doch stark an, dass sie das auch tun.“

„Oh.“ Lili schluckte. Tanner hatte sie für kurze Zeit auf der Wiese allein gelassen, während er den zwei Hilfssheriffs den genauen Fundort gezeigt hatte. „Oh“, sagte sie noch einmal. Mehr brachte sie nicht heraus.

„Wir sollten uns nicht zu viel einmischen, Lili.“ Er redete mit ihr wie mit einem Kind.

Und sie fühlte sich auch wie ein Kind, total unbeholfen, ratlos und durcheinander. „Sie wissen aber nicht, wo genau es passiert ist.“ Fluffy hatte auf einem Baum gesessen, der viel näher bei der Wiese stand als jene Stelle, wo Tanner die … die sterblichen Überreste gefunden hatte.

„Das werden sie bestimmt herausfinden.“

„Aber wie?“

„Frag mich das besser nicht, okay?“ Seine Stimme war nun schärfer, sein Griff fester. Offensichtlich versuchte er, ihr die grauenvollen Details zu ersparen, doch es gab nur eine Antwort: Schleifspuren. Lili hatte das Bedürfnis, sich zu übergeben. Doch sie wollte sich beherrschen. Und einfach nur nach Hause und schlafen.

Doch sie konnte vor dieser Sache nicht davonlaufen. „Fluffy ist ein Zeuge."

„Fluffy ist ein Kater, kein Zeuge." Tanner schüttelte sie. „Glaubst du allen Ernstes, dass man dir glauben wird?"

Tanner selbst hatte ihr nicht geglaubt, warum also sollte es die Polizei tun? Aus diesem Grund war sie ja auch nicht gleich zur Polizei gegangen. Doch es auf diese Weise von Tanner zu hören zu bekommen, das war, als würde jemand den Finger in die offene Wunde legen.

„Es interessiert sie einen feuchten Dreck, was Fluffy deiner Meinung nach gesagt hat. Also werden wir uns nicht weiter einmischen." Dann schien er zu merken, wie barsch und unfreundlich er geklungen haben musste, denn er begann sie wieder beruhigend zu streicheln. „Es ist am besten so. Die Polizei weiß, was sie tut."

„Ich habe kein gutes Gefühl dabei, Tanner."

Er ließ sie abrupt los und wandte sich kurz von ihr ab, sodass sie sein Gesicht nicht sehen konnte. Dann gab er ihr den verbalen Todesstoß: „Willst du, dass Erika in das Ganze hineingezogen wird?"

Plötzlich war Lili alles klar. Tanner hatte sich von Anfang an um Erika gesorgt, und sie hatte seinen Bedenken keine Beachtung geschenkt. Meine Güte, was für ein Durcheinander. Sie hatte nicht daran gedacht, welche Auswirkungen die ganze Angelegenheit haben könnte. Stattdessen hatte sie sich gefreut, dass er Roscoe und Erika erzählt hatte, was Fluffy ihr gesagt hatte. *Gefreut*. Sie war genau das, was ihr Einstein vorhin an den Kopf geworfen hatte: ein dummer Mensch. Ein Idiot.

Wie sollte Erika jemals etwas so Schreckliches verkraften? Lili konnte nichts dafür, dass es einen Mord gegeben hatte, doch dadurch, dass sie so hartnäckig auf Tanners Hilfe bestanden hatte, hatte sie den Rutlands das Grauen ins Haus gebracht.

„Wir waren spazieren, wir haben Buddy getroffen und die Bussarde gesehen, und dann bin ich in den Wald hinein, um nachzusehen", fasste Tanner die Geschichte zusammen, die sie der Polizei erzählt hatten. Er sagte es so, als müsste er sie daran erinnern. „Das sind die wesentlichen Informationen. Der Rest ist nur …"

Nur was, Tanner? Sie sprach die Frage nicht aus. Denn sie wollte gar nicht wissen, was er von ihr dachte. „Und Buddy? Vielleicht hätten wir ihn auch nicht erwähnen sollen. Was ist, wenn sie ihn des Mordes verdächtigen, nur weil er zufällig in der Nähe war?"

„Vertrau der Polizei. Die Ermittler würden mehr Beweise brauchen als das. Und vielleicht hat Buddy ja wirklich etwas gesehen. Entweder heute oder früher einmal."

Plötzlich fiel Lili Lady Dreadlock ein und wie sie damals im Gras vor ihr gelegen hatte. Doch diese Frau hatte – obwohl sie mit Tieren reden konnte – keinen furchterregenden Eindruck auf Einstein gemacht. Und wenn Lady D. jemanden umgebracht hätte, hätte sie das vor der Katze kaum verbergen können. Mit der Frau stimmte eindeutig irgendetwas nicht, aber es hatte nichts mit dem Mord zu tun – dessen war sich Lili sicher. Sie durfte der Polizei nichts von Lady Dreadlock erzählen, bevor sie nicht in aller Ruhe nachgedacht hatte, welche Folgen es haben könnte. Denn genau das war bislang bei allem, was sie getan hatte, das Problem gewesen: Sie hatte nicht überlegt, welche Folgen ihr Handeln haben würde.

Beinahe hätte sie laut – und vermutlich leicht hysterisch – aufgelacht. Sie hatte Tanner kritisiert, weil er der Polizei nichts von Fluffy erzählen wollte, und nun versuchte sie selbst, Lady

Dreadlock zu schützen. Nur weil die Frau mit Tieren reden konnte.

„Lili?“ Tanner fasste ihr ans Kinn und zwang sie, ihn anzusehen. „Wo warst du jetzt mit deinen Gedanken?“

„Ich habe nur nachgedacht.“

„Worüber?“ Auf seiner Stirn war eine tiefe Falte zu sehen. Lili konnte seinen sonst so offenen Blick nicht deuten.

„Ich habe gedacht, dass ich für Erika stark sein muss.“ Das war zwar nicht total gelogen, aber auch nicht die ganze Wahrheit. Trotzdem schaffte sie es nicht, ihm in die Augen zu sehen. „Im Augenblick kann ich an nicht viel mehr denken.“

Sein Blick war nun sehr ernst. „Ob du es glaubst oder nicht, so geht es mir auch.“

Er hörte Lilis Schritte naben sich und spürte jeden ihrer schweren Seufzer fast körperlich. Am Ende des Weges sah er bereits ihren Gartenzaun. Sie würden bald zu Hause sein, und er musste sich entscheiden, wie er Erika beibringen sollte, was geschehen war. Tanner bereute, dass er ihr erzählt hatte, was Fluffy Lilis Meinung nach gesehen hatte. Er hatte sich dazu in der – falschen – Annahme entschlossen, dass es keine Leiche gab.

Der Tote hatte alles verändert.

Ihm war zwar daran gelegen, dass seine Tochter selbstständig dachte und Entscheidungen fällte, doch er würde auf keinen Fall zulassen, dass sie auch nur in die Nähe von Ermittlungen kam, die mit einem Mord zu tun hatten.

Lili kapierte es einfach nicht. Die Ermittler würde sie nicht bitten, ihnen bei der Aufklärung des Verbrechens zu helfen, indem sie mit Fluffy redete. Sie würden sie in ihre Ermittlungen einbeziehen und vielleicht sogar verhören. Und in weiterer Folge würden sie auch Erika zu allem befragen, was von dem Augenblick an passiert war, als sie Fluffy zu Lili gebracht hatte.

Er würde nicht zulassen, dass seine Tochter vernommen wurde.

Tanner merkte, wie sehr sich seine Sicht der Dinge geändert hatte. Nun war das, was Fluffy gesehen hatte, wieder zu dem geworden, was Lili *behauptete*, dass der Kater gesehen hätte. Was Lili *gesagt* hatte. Der kurze Moment absoluter Verbundenheit, als er sich eins mit ihr gefühlt hatte, war wieder verflogen, als er mit den Polizisten in den Wald gegangen war und ihn dieser unsägliche Gestank erneut eingeholt hatte. Dieser grauenhafte Geruch des Todes.

Und in diesem Augenblick war ihm der entsetzliche Verdacht durch den Kopf geschossen, dass Lili von diesem Toten gewusst haben musste, *bevor* sie mit Fluffy geredet hatte.

Er hatte begonnen, sie während der endlos scheinenden Minuten zu beobachten, in denen sie geschwiegen hatte. Ja, sie hatte anfangs wegen des Toten einen Schock erlitten, doch je mehr Zeit danach verstrichen war, desto fragwürdiger, ja verdächtiger war ihm plötzlich ihr Schweigen erschienen. Und als sie ihm auf dem Heimweg nicht in die Augen sehen konnte, war er zu der Überzeugung gekommen, dass sie etwas vor ihm verbarg. An Erika hatte sie jedenfalls nicht gedacht, dessen war er sich sicher. Woran zum Teufel also dann?

Die Küche im Haus der Rutlands war in Hellblau gehalten, und am Fenster hinter der Spüle hingen Spitzengardinen. Der Raum war aufgeräumt und sehr modern eingerichtet. Der Kühlschrank hatte einen in die Tür integrierten Wasserspender und eine Eismaschine, die blau-weiß karierte Tischdecke passte zu den Wänden, und auf dem Tisch stand ein kleiner Marmeladentopf mit Blümchenmuster. Nicht gerade das, was man in einem von Männern geführten Haushalt erwarten würde … Andererseits war Roscoe auch kein typischer Großvater. Lili war überzeugt, dass er der kreative Raumgestalter in der Familie war.

Es war kein angenehmes Gefühl für sie, hier am Tisch mit dieser hübsch karierten Tischdecke zu sitzen, während sie alle vier über den Toten redeten. Es schien ihr, als würde dieses Gespräch die freundliche Atmosphäre dieser Küche für immer trüben. Doch was ihr ein regelrecht körperliches Unbehagen bereitete, war die Art und Weise, wie Tanner sie die ganze Zeit ansah. Seine blauen Augen fixierten sie mit eisigem Blick – dem Blick eines Raubtiers, das darauf lauerte, dass seine potenzielle Beute eine Schwäche zeigte.

Erika schien von der Spannung, die in der Luft lag, völlig unberührt. „Lili kann also wirklich mit Tieren sprechen?" Es war typisch Kind, die entsetzlichen Details zu überspringen und sich auf die unwichtigen und harmlosen Aspekte zu stürzen. „Wow, das ist ziemlich cool."

Tanner runzelte die Stirn und trommelte mit den Fingern gereizt auf dem Tisch herum. Erika sah von Lili zu ihrem Vater und wieder zu Lili. Wenn Lili sich nicht ganz täuschte, würde aus Tanners Ohren bald zischender Dampf entweichen. An seiner Stimme merkte man, wie sehr er sich beherrschen musste, ruhig zu bleiben. „Daran ist nichts cool, Erika." Er sah Lili kurz an. „*Mord* ist nicht cool."

Bei seinem Blick begannen in Lilis Kopf die Alarmglocken zu läuten. Die Tatsache, dass Tanner sich gerade relativiert hatte, bedeutete, dass er sehr wohl der Meinung war, mit Tieren zu reden sei *nicht* cool. Doch im Augenblick wollte er Lili nicht in den Rücken fallen. Erika zuliebe. „Einem Menschen ist etwas Furchtbares angetan worden. Das hier ist keine deiner Fernsehserien, das hier ist echt."

„Ich weiß", sagte Erika munter. Ihre Augen blitzten so blau wie die Tischdecke. „Irgendwo da draußen ist ein böser Mensch. Ich meine, es gibt viele böse Leute auf der Welt, aber dieses Verbrechen ist sozusagen in unmittelbarer Nähe unseres Hauses passiert. Und derjenige, der es getan hat, könnte sich immer noch hier herumtreiben."

Okay, Erika hatte es also sehr wohl verstanden.

„Aber wegen einer Sache bin ich froh."

Wie konnte derzeit irgendjemand über irgendetwas froh sein? Vielleicht hätte Lili doch nicht anbieten sollen, Tanner bei diesem Gespräch zur Seite zu stehen. Denn jetzt sah er sie erwartungsvoll an. Sie musste sich etwas Brillantes einfallen lassen, und zwar rasch.

Erika sah sie mit hochgezogenen Augenbrauen ebenfalls erwartungsvoll an.

„Worüber bist du froh?", schaffte Lili es, endlich zu fragen. O ja, das war außerordentlich *brillant* …

„Na ja, du weißt ja, wie das in Krimiserien immer ist, wenn Eltern nicht darüber hinwegkommen, dass ihr Kind entführt wurde. Sie kommen deshalb nicht darüber hinweg, weil sie nicht wissen, was mit dem Kind geschehen ist."

Lili fühlte einen Stich in der Brust. Sie selbst sah sich solche Serien nicht gern an, und es überraschte sie, dass Tanner es Erika erlaubte. „Ja."

„Tja, wenn ich in so einer Situation wäre, wüsste ich auch lieber, woran ich bin, anstatt ständig auf etwas zu hoffen, das doch nicht passieren wird."

Lili nahm aus den Augenwinkeln wahr, dass Tanner, der ihr gegenübersaß, unruhig wurde. Er schluckte, wobei sein Adamsapfel deutlich hervortrat. Dann schluckte er noch einmal. Roscoe drehte sein Glas Wasser in den Händen hin und her.

„Da hast du völlig recht." Lili tätschelte Erikas Arm. Wenn hier irgendjemand wirklich brillant war, dann war es dieses außergewöhnliche Kind. „Ich glaube, ich hätte auch lieber Gewissheit."

„Also", sagte Erika und sah jeden Erwachsenen inklusive Roscoe an, „wie werden wir helfen, diesen Mörder zu finden?"

Lili tauschte einen vielsagenden Blick mit Tanner. Er gab ihr unmissverständlich zu verstehen, dass sie den Mund halten sollte. Er würde seiner Tochter selbst antworten …

„*Wir* machen überhaupt nichts. Wir lassen die Polizei in Ruhe ihre Arbeit tun."

„Aber Dad, was ist mit all dem, was Fluffy gesehen hat?"

Lili war froh, dass Fluffy für die Dauer des Gesprächs in Erikas Zimmer verbannt worden war. Denn genau jetzt hätte Erika ihr die Katze bestimmt auf den Schoß gesetzt und von ihr erwartet, dass sie sich alle Details erzählen ließ.

Nun war es eindeutig an Tanner, mit der Wahrheit herauszurücken. „Die Polizei weiß nichts von Fluffy", sagte er.

„Aber Dad …" In Erikas Stimme schwang eine Mischung aus Fassungslosigkeit und Entsetzen mit. „Ist es nicht eine Lüge, wenn man das verheimlicht?"

In der Küche war es plötzlich mucksmäuschenstill. Erika wartete. Roscoe wartete. Und Lili hatte die Befürchtung, dass sie die Ursache für Erikas Reaktion war. Aus der Ferne war die Sirene eines Einsatzwagens zu hören. Zwar glaubte sie nicht, dass es etwas mit der Sache im Wald zu tun hatte – dafür war keine Sirene mehr nötig –, dennoch ging ihr das Geräusch durch Mark und Bein.

Tanner versuchte nicht, sich herauszureden. „Ja, und ich übernehme die volle Verantwortung für diese Lüge." Er beugte sich vor und sah Erika eindringlich an. „Ich lasse nicht zu, dass du in diese Sache hineingezogen wirst. Meine Entscheidung steht fest. Haben wir uns verstanden?"

„Ja, Dad", sagte Erika folgsam.

„Und ich möchte nicht, dass du allein im Wald spielst."

„Du hast mich ohnehin nie allein im Wald spielen lassen."

„Ich möchte, dass du in der Nähe des Hauses bleibst und

darauf achtest, dass dein Handy immer aufgeladen ist. Du weißt die Nummer des Notrufs, oder?“

Erika verdrehte die Augen. „Ich bin zwölf, schon vergessen?“

Er stützte den Kopf in seine Hände, seufzte und sah sie ernst an. Erika stützte ebenfalls den Kopf in ihre Hände und imitierte sein Seufzen. Ihre Augen hatten exakt die gleiche Farbe und Form wie die ihres Vaters und die gleichen Kreise in der Iris, die auf eine Typ-A-Persönlichkeit schließen ließen.

„Ich liebe dich, und ich will nicht, dass dir irgendetwas Böses geschieht.“ Er nahm ihre Hände in seine. „Ich würde es nicht ertragen, wenn dir etwas passiert.“

„So geht es mir bei dir auch, Dad. Es tut mir leid, wenn es so geklungen hat, als würde ich den Ernst der Lage herunterspielen.“

Lili musste beinahe lachen, weil an Erikas Antwort so deutlich wurde, wie ähnlich sie ihrem Vater war. Er hätte exakt das Gleiche gesagt. Doch sie lachte nicht, weil sie sich in diesem innigen Moment, den Tanner und seine Tochter gerade erlebten, wie ein Außenseiter vorkam.

„Ich weiß, dass du nur sehr ungern lügst“, sagte Erika, immer noch sichtlich um Ernsthaftigkeit bemüht. Doch das schalkhafte Blitzen in ihren Augen sprach eine andere Sprache. „Ich verspreche auch, dass ich dich nicht daran erinnern werde, falls *ich* mal lüge.“

„Du wirst nicht lügen“, sagte Tanner liebevoll.

Lili sehnte sich plötzlich fast schmerzhaft danach, die Hände der beiden in ihre zu nehmen und ein Teil dieses innigen Miteinanders zu sein. Kate hatte sie gefragt, ob sie sich Kinder wünschte … schwer zu glauben, dass das erst heute Morgen gewesen war. Da war die Vorstellung, ein Kind zu haben, etwas gewesen, das in ferner Zukunft lag – genauso wie die Möglichkeit, eine Leiche zu finden. Etwas Theoretisches, zu dem man keinen echten Bezug hatte. Doch als sie nun Tanner und Erika so vor sich sah, wurde aus dieser abstrakten Vorstellung ein starker Wunsch, ein Bedürfnis.

Durch ihre Gedankenlosigkeit hatte sie die Beziehung zwischen Tanner und Erika gefährdet. Zwar mochte die Bedrohung fürs Erste noch einmal abgewendet sein, doch ihr Umgang mit dem Thema Mord war gedankenlos gewesen. Dass Erika derzeit leicht zu verkraften schien, was geschehen war, bedeutete nicht automatisch, dass es nicht einen traumatisierenden Effekt auf sie haben könnte. Für Tanner hingegen hatte von Anfang die Sorge um Erika an erster Stelle gestanden – und Lili begann nun langsam zu verstehen, was es bedeutete, ein Kind zu haben. Das Glück und die Sorge. Die Angst, einen Fehler zu machen. Das Entsetzen, wenn man sein Kind nicht ausreichend beschützt hatte.

Er hatte sie gebeten, bei dem Gespräch mit Erika dabei zu sein. Doch Lili befürchtete plötzlich, dass sie keinen blassen Schimmer hatte, was sie dem Kind sagen sollte. Sie würde einen schrecklichen Schlamassel anrichten. Sie würde kläglich ...

Spam, spam, spam! Als Erstes hatte sie das Bild im Kopf, dann sah sie Einstein, die ihren Bauch an das Moskitonetz der Küchentür presste und sich mit allen vier Pfoten am Fliegengitter festkrallte.

„Was zum Teufel ...“, rief Roscoe.

Lili sprang auf. Ihr war nicht ganz klar, ob Einstein gerade übers Fressen geredet oder sich auf Lilis verworrene Gedanken bezogen hatte – fest stand, dass die Katze mit ihren Krallen dabei war, die Tür der Tanners kaputt zu machen.

Runter mit dir. Lili schickte ihrem Befehl das Bild eines Besens mit, obwohl sie noch nie ein Tier mit einem Besen verjagt hatte.

„Grandpa, du darfst nicht fluchen.“

„Das war kein Fluchen. Es war ein unwillkürlicher Schrei."

„Was natürlich nicht heißt, dass dir unwillkürliche Schreie dieser Art erlaubt sind, nur weil dein Großvater manchmal dazu neigt", warf Tanner an seine Tochter gewandt rasch ein.

Einstein ließ los, plumpste zu Boden und landete auf allen vier Pfoten auf der Veranda. Im Moskitonetz waren deutlich zahlreiche kleine Löcher zu erkennen. Einstein müsste zig zusätzliche Pfoten und Krallen haben, um so viele Löcher allein zustande zu bringen.

„Es tut mir leid, was sie mit eurer Tür gemacht hat."

„Keine Sorge", sagte Roscoe. „Fluffy krallt sich auch gern daran fest."

Tja, Katzen, Moskitonetze und Fressen ... Egal wie intelligent die Tiere sonst waren, bei diesen drei Dingen vergaßen sie alle Regeln des Anstandes.

Lili nützte Einsteins Auftritt, um sich zu verabschieden. Sie hatte genug Unheil bei den Rutlands angerichtet. „Es ist Zeit, dass die Meute bei mir drüben ihr Fressen bekommt", sagte sie, stand auf und ging zur Tür.

„Wir essen in einer Stunde", sagte Roscoe. „Möchten Sie uns nicht Gesellschaft leisten?"

Lili blickte von Erikas hoffnungsvollem Gesichtchen zu Tanner. Nun hatte er wieder diesen gewissen Blick, streng und leicht vorwurfsvoll. Die Falten auf seiner Stirn waren tiefer als gewöhnlich, seine sonst so klaren blauen Augen wirkten düster. Tanner schloss sich der Einladung also nicht an.

Lili war es gar nicht wohl in ihrer Haut.

„Vielen Dank, Roscoe, aber wenn die Katzen satt und zufrieden sind, lassen sie mich nicht gern wieder weg." Die Ausrede kam ihr sogar selbst ziemlich jämmerlich vor, doch Tanners grimmigen Blick beim Abendessen würde sie nicht ertragen.

„Wenn Sie es sich anders überlegen, kommen Sie einfach rüber. Ich mache Lasagne. Und zwar die beste der Welt." Roscoe gab Erika einen zärtlichen Nasenstüber. „Stimmt's, mein Schatz?"

„Stimmt, Grandpa."

Tanner sagte gar nichts.

Lili zog die Fliegengittertür hinter sich zu. „Danke."

Es war ein sehr merkwürdiges Gefühl, die drei Rutlands von der Veranda aus durch das Gitter hindurch zu sehen. Als würde man fernsehen. Als wäre man stiller Betrachter einer Welt, zu der man nicht gehörte. Ihr Leben war hier draußen, und das Leben von Erika, Tanner und Roscoe da drin.

Als sie sich umdrehte, wäre sie beinahe über Einstein gestolpert. Sie nahm die Katze auf den Arm und lief zum Loch in der Hecke. Nachdem sie nach drüben geschlüpft war, wurde sie von Einstein mit einer wahren Flut von Bildern überschwemmt.

Sie kamen so vehement daher, dass Lili nicht einmal in der Lage war, sie zu benennen. Doch sie wusste genau, was Einstein ihr sagte.

Sie sah der Katze ungläubig in die Augen.

„Sie wissen es also", flüsterte sie.

Es war so, wie Tanner gesagt hatte: Die Polizei war nicht dumm. Die Beamten hatten gemerkt, dass es sich um einen Mord handelte. Sie hatten die Stelle gefunden, wo es passiert war.

„Einstein, du bist die Beste. Jetzt musst du mir noch sagen, was ich wegen Tanner und Erika machen soll."

Es hätte niemandem zu Ohren kommen dürfen, was Einstein sodann über Tanner zu sagen hatte.

Roscoe ließ nachdenklich einen Daumen über den Rand seines Wasserglases kreisen. „Ist mit Lili alles in Ordnung?"

„Lili? Die Frage ist wohl eher, ob mit Erika alles in Ordnung ist."

„Erika geht es gut, Tanner."

Tanner hatte sie nach oben geschickt, damit sie sich für das Abendessen fertig machte. „Lässt du sie diese Gerichts-Shows ansehen, wenn sie nach der Schule nach Hause kommt?"

„Natürlich nicht", sagte Roscoe, den Blick starr auf sein Glas geheftet.

„Woher hat sie die Geschichte mit den Kindesentführungen dann?"

„Aus irgendeinem Zeichentrickfilm."

Was für ein Schwachsinn. Obwohl es natürlich auch brutale Zeichentrickfilme gab. Man brauchte sich nur Road Runner anzusehen, wo dieser komische Vogel die Bomben immer direkt neben Wile E. Coyote platzierte. Tanner musste allerdings zugeben, dass das, was Erika über entführte Kinder gesagt hatte, nicht ganz unrichtig war. Sie war ein kluges, vernünftiges Mädchen – genau so wie er es sich wünschte. Sie würde ihr Handy immer bei sich haben, sie würde nicht mit Fremden reden, und sie würde nicht allein durch die Gegend streunen.

Doch er hatte vorhin seiner Tochter vermittelt, dass es in Ordnung war zu lügen. Kurz war er in Versuchung gewesen, Lili dafür die Schuld in die Schuhe zu schieben, doch er wusste, dass es letztlich allein seine Entscheidung gewesen war.

Roscoe nahm einen Schluck Wasser und sagte dann: „Ist Lili klar, dass du der Polizei nichts gesagt hast, weil du sie genauso sehr wie Erika beschützen willst?"

„Das hatte nichts mit Lili zu tun."

Sein Vater zog skeptisch eine weiße Augenbraue hoch.

Die Polizei hätte nicht geglaubt, dass ein Kater Lili von einem Mord erzählt hatte, den *er* gesehen hatte. Vielmehr hätten sich die Ermittlungen auf sie konzentriert. Aus diesem Grund hatte er sich entschlossen, nichts davon zu erzählen. Er hatte geschwiegen *trotz* seiner Zweifel darüber, was Lili wusste, was sie verheimlichte und was … „Warum hat Lili wirklich gewusst, dass es eine Leiche gibt?“

Roscoe stand auf, ging zum Herd und machte den Backofen auf. Dann machte er ihn wieder zu. „Ich nehme an, dass du nicht glaubst, dass Fluffy es ihr wirklich erzählt hat.“

„Glaubst du es etwa?“

„Ich weiß es nicht, Tanner.“ Roscoe zerdrückte ein Stück Alufolie. „Aber ich weiß, dass sie nichts damit zu tun hat, wie diese Leiche dorthin gekommen ist.“

„Das habe ich auch nie behauptet.“ War ihm dieser Gedanke jemals in den Sinn gekommen? Trotz des Durcheinanders seiner Gedanken und Gefühle konnte er sich nicht erinnern, jemals so etwas gedacht zu haben. Tanner stand auf. Er brauchte Bewegung.

Roscoe warf die Alufolie in den Mülleimer unter der Spüle. „Wenn Fluffy es ihr nicht gesagt hat, ist das aber die einzige andere mögliche Erklärung, oder? Falls Lili allerdings tatsächlich etwas mit dem … damit zu tun hat, warum sollte sie uns dann davon erzählen? Dann würde sie die Geschichte doch eher für sich behalten, oder?“ Tanner fiel auf, dass Roscoe es vermied, die Wörter „Lili“ und „Mord“ in einem Satz zu verwenden.

„Nicht wenn sie damit versucht hat, uns die ganze Zeit zu beweisen, dass sie mit Tieren reden kann“, erwiderte er. Er hatte sich mehr als nur einmal gefragt, was sie persönlich davon hatte, allen diese Geschichte zu erzählen. „Was ist, wenn sie bei einem Spaziergang zufällig auf den Toten gestoßen ist und sich gedacht hat, dass dies die ideale Gelegenheit wäre, alle von ihren Fähigkeiten zu überzeugen?“

„Ich glaube nicht, dass Lili so hinterlistig ist. Warum kannst du ihr nicht einfach glauben?“

Weil er – ebenso wie seine Tochter – Beweise brauchte. Allerdings war Erika nicht im gleichen Maße misstrauisch wie er selbst. Ihr Vertrauen war mit Sicherheit nicht so weit geschwunden, dass sie Lili einen dermaßen hinterhältigen Plan zutraute. Aber die Sache mit dem Vertrauen war ein zweischneidiges Schwert. Einerseits wollte man vermeiden, dass die eigene Tochter den Glauben an die gesamte Menschheit verlor, andererseits sollte sie auch nicht auf jeden dahergelaufenen Typen hereinfallen. War das nicht der ursprüngliche Grund gewesen, weswegen er ihr Lilis Geschichte überhaupt erzählt hatte? Sollte sie nicht genau das lernen?

Der Schuss war eindeutig nach hinten losgegangen.

„Willst du wissen, warum ich vermute, dass du Lili nicht glauben willst?"

„Du wirst es mir ohnehin sagen, ob ich will oder nicht." Tanner nahm sich ein Bier aus dem Kühlschrank, das von Roscoes gestrigem Spieleabend übrig geblieben war. „Ich bin ganz Ohr."

„Sie macht dir Angst." Roscoe hob abwehrend eine Hand, als Tanner etwas erwidern wollte. „Du kannst sie nicht recht einordnen. Sie ist originell und sehr spontan, und es gelingt dir nicht vorherzusehen, was sie als Nächstes tun wird."

Ja, das war sie. Und sie hatte noch eine Menge anderer Eigenschaften, von denen er einige äußerst faszinierend fand. „Was hat das damit zu tun, ob sie mit Tieren reden kann oder nicht?"

„Nichts. Aber dass sie so spontan und originell ist, bedeutet, dass du ihr Handeln schlecht beeinflussen kannst. Und das wiederum bedeutet, dass du sie nicht beschützen kannst. Deshalb ist es leichter für dich zu glauben, sie hat irgendwelche bösen Hintergedanken."

Tanner musste sich zusammenreißen. Nein, er würde nicht wütend auf seinen Vater werden. Er würde ganz ruhig bleiben. Unoriginell, unspontan, vernünftig und ruhig. „Das ist der größte Mist, den du jemals von dir gegeben hast, Roscoe, und glaube mir, ich habe dich zeit deines Lebens schon verdammt viel Mist reden hören."

„Ich sage nur, was ich denke."

Die Bierflasche schien in Tanners Hand plötzlich heiß zu werden. Er widerstand dem Impuls, sie auf den Tisch zu knallen, sondern stellte sie ruhig ab. „Ich bin überzeugt, Lili kann sehr gut auf sich selbst aufpassen."

„Wenn sie so gut auf sich selbst aufpassen kann, warum sagst du dann der Polizei nicht, dass Fluffy ihr von der Leiche erzählt hat?" Roscoe lehnte sich an die Spüle. „Nur zu, sag, dass es nichts damit zu tun hat, dass du sie schützen willst."

Tanner gönnte sich nun einen großen Schluck Bier.

„Du hast es ihnen verschwiegen, weil du vermeiden wolltest, dass sie annehmen, Lili hätte eventuell etwas mit diesem armen Kerl zu tun, den man im Wald gefunden hat."

„Das hätten sie nicht gedacht."

„Doch, genau das hätten sie gedacht, und *du* ...", Roscoe deutete mit dem Finger auf seinen Sohn, „... wolltest, dass sie nicht auf diese Idee kommen."

„Klar, *ich* will also nicht, dass sie auf diese Idee kommen." Tanner schnaubte. „Meine einzige Sorge ist Erika und was für Auswirkungen diese leidige Angelegenheit auf sie haben könnte."

„Tja, wer macht hier wohl wem was vor?"

„Roscoe, kümmere dich um deine Lasagne. Und steck deine Nase künftig freundlicherweise nicht mehr in anderer Leute Angelegenheiten."

„So redet jemand, der eindeutig Angst davor hat, der Wahrheit ins Gesicht zu sehen." Roscoe öffnete den Backofen und warf einen kurzen Blick hinein.

Alles, was sein Vater gerade von sich gegeben hatte, war doch nur pseudopsychologisches Geschwätz. Es traf nicht einmal auf sein Verhalten zu, als er Karen davon abbringen wollte, nach Sedona zu fahren. Auch damals war es ihm nur um Erika gegangen. Warum liefen ihm jetzt bloß trotzdem kalte Schauer über den Rücken? „Vielleicht ist es einfach so, dass ich mich vor der Polizei nicht zum Vollidioten machen wollte, indem ich sage, dass mein Kater von einer Leiche erzählt hat.“

Roscoe schmunzelte. „Dich zum Idioten zu machen hat dir doch sonst auch nie etwas ausgemacht.“ Und ehe Tanner etwas erwidern konnte, fragte er rasch: „Hättest du gern Knoblauchbrot dazu?“

„Nur Salat, danke.“

Das Gespräch schien glücklicherweise beendet. Doch das Schmunzeln in Roscoes Gesicht verriet Tanner, dass das Thema noch lange nicht gegessen war.

Je eher er sich Lili vorknöpfte und fragte, was sie verheimlichte, desto besser. Vorher allerdings würde er sich erst beruhigen und wieder einen klaren Kopf bekommen müssen.

10. KAPITEL

Lili nahm einen Schluck Wein. Erst hatte sie Tanner dazu gebracht, zu lügen. Und dann war er ihretwegen im Ansehen seiner Tochter gesunken, weil er diese Lüge zugegeben hatte. Außerdem hatte sie sich nicht getraut, mit Fluffy zu reden – aus Angst, ihn möglicherweise nicht zu verstehen. Oder ihn zu verstehen und feststellen zu müssen, dass das, was er sagen würde, noch schlimmer war als seine erste Version. Alles in allem hatte sie heute nicht gerade eine Glanzleistung abgeliefert. Und je länger sie darüber nachdachte, desto mehr Dinge fielen ihr ein, die sie vermasselt hatte.

Einstein sprang auf Wanettas zerkratztes weinrotes Sofa und legte ihren Kopf in Lilis Schoß. Einstein war sonst alles andere als ein Schmusekätzchen, doch jetzt schmiegte sie sich an Lilis Bauch, schnurrte, trat – ohne die Krallen auszufahren – ein paarmal auf der Stelle, bevor sie sich hinlegte, und behielt ihre Gedanken dankenswerterweise für sich.

Ja, Einstein konnte sehr umgänglich sein, wenn sie etwas wollte. Und sie liebte Käse. Lili gab ihr zur Belohnung ein Stückchen, obwohl es schlecht für ihre Katzenzähne war.

Don Juan sprang auf die Rückenlehne der Couch und schnupperte. Als eleganter Siamese liebte er die Damenwelt, doch einem Stück Käse hin und wieder war er genauso wenig abgeneigt. Alle Katzen mochten Käse.

„Na gut, du kriegst ein Stück, aber geh runter von Wanettas Zierdeckchen."

Don Juan, nicht dumm, rutschte ein wenig auf die Seite und nahm seine Pfoten von der selbst gehäkelten Spitzendecke. Lili gab ihm den Käse.

Wanetta hatte Lili nicht nur das Haus, sondern auch die gesamte Einrichtung vererbt. Darunter jede Menge Nippes,

Häkeldeckchen, zahlreiche Blumentische mit Usambaraveilchen und schwere Vorhänge, die Lili gerade vor die Fenster gezogen hatte, weil es draußen dunkel geworden war. Wanettas Tischleuchten – Imitationen antiker Tiffanylampen – tauchten das Wohnzimmer in warmes Licht.

Bash – kurz für Bashful, die Schüchterne – stupste mit der Nase an Lilis Wade. Die mehrfarbige Glückskatze war trotz ihres Namens alles andere als schüchtern. Sie schmuste schrecklich gern. Eigentlich hätte sich für sie am leichtesten ein gutes Plätzchen finden lassen sollen, doch bislang war Lili auch in ihrem Fall gescheitert. Sie gab Bash ebenfalls ein Stück Käse, und bald hatte sich die ganze Katzenmeute um das Sofa versammelt und bettelte. Lili blieben nur zwei kleine Stücke, die sie selbst essen konnte.

Sie war gerade vom Sofa aufgestanden und auf dem Weg in die Küche, als sie jemanden klopfen hörte. Durch das Moskitonetz an der Küchentür sah sie die Umrisse eines Mannes, der auf ihrer Veranda stand. Es war nicht irgendein Mann. Es war Tanner.

Alle Katzen – bis auf Einstein – verschwanden augenblicklich. Wie die weggezauberten Assistenten des großen Houdini.

Lili bebte innerlich vor Unbehagen. Sie war überzeugt, dass er ihr einiges zu sagen hatte. Mehr als ihr lieb war.

„Ich bin eine Frau, ich stehe das durch“, flüsterte sie. Dann sagte sie mit lauter Stimme: „Komm rein, wir sind im Wohnzimmer.“

Vielleicht hätte sie nicht *wir* sagen sollen, da Einstein für Tanner vermutlich nicht als vollwertiges Familienmitglied zählte. Rasch versteckte sie ihr Weinglas hinter einem Veilchenstock auf einem der vielen kleinen Tischchen, für die Wanetta ein Faible gehabt hatte.

Sie war nicht darauf gefasst gewesen, dass er heute noch in diesem liebevoll eingerichteten, aber mit Spitzendecken und

Nippes doch etwas überladenen Wohnzimmer auftauchen würde. Er roch so unglaublich gut und war so groß, dass er den ganzen Raum mit seiner Präsenz und Ausstrahlung einzunehmen schien. Seine Anwesenheit war ... so männlich, so tröstlich. Einen Moment lang wünschte Lili, sie wären wieder auf der Wiese, wo sie sich geküsst hatten, bevor Buddy Welch sein Gewehr auf sie gerichtet hatte ... Bevor sie die Bussarde gesehen hatten ... Bevor Tanner in den Wald gegangen war ... Sie wünschte, sie würden sich immer noch küssen und alles andere wäre nie passiert.

Sie ging zu ihm und legte ihm eine Hand auf den Mund, ehe er auch nur ein Wort sagen konnte.

Die Katze starrte ihn an, zuckte unruhig mit dem Schwanz, sprang von der Couch und verdrückte sich schnell.

Gott sei Dank. Denn Lilis Berührung löste in Tanners Kopf einen Kurzschluss aus.

„Bevor du etwas sagst, muss ich etwas loswerden", sagte sie.

Himmel, sie hatte also vor, ihm ihr Geheimnis anzuvertrauen, ehe er sie überhaupt danach fragen konnte. Ihr Vertrauen rührte ihn. Obwohl er sich wünschte, sie hätte sich schon etwas früher dazu durchringen können.

„Es tut mir leid, dass du meinetwegen lügen musstest. Ich weiß, du hast es wegen Erika getan. Aber es ist trotzdem alles meine Schuld."

„Du hast keine ..."

Sie presste ihre Hand fester auf seinen Mund. Ihr blumiges Parfum, ihre Finger auf seinen Lippen und ihr ehrlicher, treuherziger Blick ließen ihn sämtliche Zweifel vergessen. Sie hatte die Vorhänge zugezogen und ein paar Duftkerzen angezündet. Dieses Wohnzimmer, das zu Wanettas Lebzeiten eine Oase der Gemütlichkeit gewesen war, hatte durch

Lili eine unglaublich verführerische Atmosphäre bekommen. Er war davon überzeugt, dass sie sich auch dessen nicht bewusst war.

„Psst“, sagte sie. „Jetzt bin ich dran. Keine Widerrede, bevor ich nicht fertig bin. Nicke, wenn du mich verstanden hast.“

Er nickte. Was blieb einem Mann in dieser Situation auch anderes übrig, als sich zu ergeben?

Sie holte tief Luft, und da sie so dicht vor ihm stand, spürte er ihren warmen Atem auf seiner Haut.

„Also, es ist folgendermaßen: Ich habe nicht daran gedacht, welche Auswirkungen die ganze Sache für Erika haben könnte. Ich wollte, dass du mir hilfst.“ Sie deutete mit dem Zeigefinger auf sich. „*Mir*. Es ging nicht um Fluffy oder Erika. Es ging darum, was *ich* wollte. Und dadurch bist du in die schreckliche Situation geraten, Erika in unsere Lüge einzuweihen. Ich weiß nicht genau, ob wir es der Polizei sagen sollen oder nicht, aber ich wollte nie, dass du etwas tun musst, was deinen erzieherischen Prinzipien widerspricht. Es tut mir furchtbar leid.“

Er wartete kurz. Doch Lili sagte nichts mehr. „Bist du fertig?“

„Ich weiß es nicht genau. Nein, warte, da ist noch etwas.“ Sie trat einen Schritt zurück und knetete nervös ihre Finger. „Ich fürchte, das, was ich zu sagen habe, könnte noch schlimmer sein.“

„Lili …“

„Warte, ich *will* es dir ja sagen.“ Sie rieb sich den Bauch, als hätte sie Schmerzen.

Er hatte vorgehabt, ihr die Leviten zu lesen. Er hatte vorgehabt, sie zur Rede zu stellen. Doch ihre Unschuld war entwaffnend. Ihm fiel kein anderes Wort ein. Sie war so unschuldig wie Erika. Was Lili auszeichnete, war das Fehlen jeglicher Form von Berechnung.

Roscoe hatte recht. Lili war nicht so hinterhältig, dass sie ihn wegen Fluffy oder der Leiche anlog. Oder wegen irgendetwas anderem.

„Spuck's aus, Lili."

„Ich habe mich gefreut, dass du Erika von meinem Gespräch mit Fluffy erzählt hast. Siehst du, jetzt habe ich es ausgesprochen. Ich habe mich *gefreut*. Was ich jedoch nicht bedacht habe, war, wie es Erika gehen könnte. Ich fasse es nicht, dass ich so reagiert habe." Sie wandte sich von ihm ab und schüttelte den Kopf, als fände sie gar kein passendes Wort für ihr indiskutables Verhalten. „Mir war klar, dass ich etwas wegen Fluffys Geschichte unternehmen musste, aber ich habe genau das Falsche getan."

Tanner legte seine Hand auf ihren Rücken und streichelte sie. Er konnte einfach nicht widerstehen, sie zu berühren. Ihre Bluse rutschte ein Stück nach oben und gab den Blick auf ein Stückchen nackter Haut direkt über dem Bund ihres Rockes frei. Sie hatte sich nach den Ereignissen des heutigen Nachmittags umgezogen, doch sie hatte es geschafft, ein ähnlich verführerisches Outfit zu wählen.

„Bist du jetzt fertig?", fragte er leise. Seine Stimme klang so rau, dass sie sich sogar für ihn selbst fremd anhörte.

Er ließ eine Hand durch ihr Haar gleiten und streichelte ihren Nacken, wo ihre Haut ungeheuer zart und weich war. Sie auf der Stelle in ihre duftende Halsbeuge zu küssen schien ihm die natürlichste Sache der Welt.

Er interpretierte ihr Schweigen als Zustimmung. „Dann bin ich jetzt dran."

Er umarmte sie von hinten und zog sie an sich. „*Ich* habe Erika von Fluffy erzählt. *Ich* habe beschlossen, es der Polizei nicht zu erzählen. *Ich* war heute ein schlechtes Beispiel für Erika. Du bist in keiner Weise schuld daran."

Tanner zog sie noch näher an sich. Er wollte ihren warmen Körper überall spüren. Wollte *sie* überall spüren.

„In manchen Fällen ist eine Lüge gerechtfertigt", fuhr er fort. „Erika ist intelligent genug zu verstehen, dass es sich hier um so einen Fall handelt."

Sie drehte ihren Kopf zu ihm und sah ihn mit ihren leuchtend blauen Augen an. „Ich weiß nicht, ob das …"

„Aber ich weiß es. Du hast keine Schuld. Ich habe gelogen, weil ich es für richtig hielt. Und ich würde es wieder so machen." Er nahm ihr Gesicht zärtlich in seine Hände.

Das musste sie ihm einfach glauben. Und alles andere war plötzlich unwichtig. Ihre Lippen waren wie Wein, nach dem er dürstete.

Sie stöhnte leise und drehte sich in seinen Armen zu ihm um. Die Bewegung erregte jede Faser seines Körpers. Er legte seine Hand in ihren Nacken, zog sie an sich und küsste sie mit einer so drängenden Leidenschaft, wie er sie seit langer, langer Zeit nicht mehr gespürt hatte. Dann hob er sie ein wenig hoch, bis sie ihre Arme um seinen Hals legte und sich seinen Küssen ganz hingab.

Ihre Lippen schmeckten einzigartig. Ganz und gar und wundervoll nach Lili, so süß und blumig wie der Strauß Feldblumen, den sie ihm geschenkt hatte.

Er ließ sie ein Stück an sich hinunterrutschen, bis sie mit den Füßen wieder den Boden berührte, und schob ihre Bluse hoch. Seine Finger streichelten die glatte Haut ihres Rückens, glitten ihre Wirbelsäule entlang bis zum Nacken und wanderten nach vorne zu ihren Brüsten und den harten Knospen. Er schob ihren BH nach oben und nahm eine Handvoll seiner weichen, warmen Lili. Einen Bissen dieser köstlichen, betörenden Lili. Ihre Lippen, ihre Zunge … Sie brachte ihn um den Verstand.

Tanner presste sich an sie, rieb sich an ihr, doch es war nicht genug. Er fuhr mit der Hand über ihren Rücken, drückte sie fest an sich und bewegte ihr Becken rhythmisch gegen seine Männlichkeit. Er raffte ihren Rock nach oben, umfasste ihren Po mit beiden Händen, doch es war immer noch nicht genug. Er würde nie genug bekommen, bis er tief in ihr wäre.

„Ich will dich spüren", flüsterte er.

Lili sprach nur durch ihre großen, dunklen Augen mit ihm. Wortlos nahm sie seine Hand und schob sie zum Bund ihres Höschens. Wie von selbst fand seine Hand den Weg unter den seidigen Stoff, als sie ein Bein um seine Hüften legte. Er spürte ihre Wärme und beugte sie ein wenig über seinen Arm, um ihre empfindlichste Stelle besser berühren zu können. Sie grub ihre Fingernägel in seinen Oberarm, ließ ihren Kopf in den Nacken fallen und stöhnte leise, als er sie zärtlich liebkoste und dann mit einem Finger langsam in sie eindrang. Tief atmete er den Geruch in ihrer Halsbeuge ein und zog eine heiße Spur kleiner Küsse auf ihrer samtenen Haut. Ihre Körper fanden einen gemeinsamen Rhythmus, den er mit seinen Fingern aufnahm. Als sie ihre Arme um seinen Hals warf, sich fest an ihn klammerte und ihr heißer Atem an seinem Ohr schneller wurde, wusste er, dass sie bald so weit sein würde. Sanft verwöhnte er sie weiter, bis Lili zu zittern begann und ihr Atem in heftigen Stößen kam.

Ihr Stöhnen, ihre Haut, ihre Hitze, ihr reines Selbst brachten ihn fast um den Verstand.

Dann biss sie zärtlich in seinen Hals und kam.

Ihr Orgasmus war dermaßen elementar, so rein und stark, dass er beinahe gleichzeitig mit ihr gekommen wäre.

Dem Himmel sei Dank, dass die Katzen vorher das Weite gesucht hatten.

Tanner strich ihr das Haar aus dem Gesicht. Lili merkte, dass sie sich immer noch an ihn klammerte, als wollte sie ihn nie mehr hergeben. Und nach diesem unglaublichen Erlebnis wollte sie es auch nicht.

Sie fuhr sich mit der Zunge über die Lippen, hob den Kopf und sah ihn an. „Ich glaube, so etwas hat noch nie jemand mit mir gemacht."

„Dich zum Orgasmus gebracht?"

„Nein." Sie runzelte die Stirn und suchte nach den passenden Worten. „Mich vergessen lassen, wo ich bin. Und worüber wir geredet haben. Und alles andere, weswegen ich mir vorhin Sorgen gemacht habe. Das hast du mit mir gemacht."

„So hat noch nie jemand bei mir empfunden."

Sie hatte immer noch ein Bein um ihn geschlungen, und Tanner hielt sie fest, damit sie nicht das Gleichgewicht verlor. Als sie schließlich wieder Boden unter beiden Füßen hatte, zog sie, ohne ihn loszulassen, ihren BH und ihr Höschen zurecht. Erst dann sah sie ihm wieder in die Augen.

„Mir ist schwindlig."

Er schmunzelte. „Mir auch."

Lili holte tief Luft. „Ich weiß nicht genau, was ich davon halten soll, was wir gerade getan haben. Vermutlich sollte es mir peinlich sein, weil ich mich so habe gehen lassen."

„Ist es dir denn peinlich?"

„Hm, eigentlich nicht. Aber sollte es nicht?"

Er küsste zärtlich ihren Hals. „Ich fände es schlimm, wenn es dir peinlich wäre. Ich ... was wir gerade getan haben, war sehr schön für mich."

„Aber was hast du gesagt, bevor wir es getan haben? Siehst du, ich weiß es nicht mehr. Es war wegen Erika, oder?" Sie verdrehte die Augen. „O Gott, nein. Es wäre furchtbar, wenn wir gerade über Erika geredet hätten und dann *so etwas* passiert."

„Es war nicht wegen Erika. Ich hatte gesagt, dass es gerechtfertigt ist, für dich zu lügen."

„Für mich? Ich dachte, wir würden lügen, um Erika zu schützen."

„Ich habe gelogen, um dich zu schützen. Wenn du sagst, dass Fluffy dir von der Leiche erzählt hat, wird Sheriff Gresswell dich in seine Ermittlungen einbeziehen."

„Du meinst, er könnte denken, ich hätte die Leiche umgebracht?"

Tanner lachte, doch es war kein fröhliches Lachen, eher ein Schnauben wegen der Absurdität ihrer Aussage.

„Ich meine natürlich, dass ich den Mann umgebracht hätte."

„Ich habe schon verstanden, was du gemeint hast. Ob er sofort diese Schlussfolgerung gezogen hätte, weiß ich nicht, aber er hätte dich bestimmt mit tausend Fragen gelöchert."

Lili sah ihn an. Ihre beiden Gesichter waren einander so nahe, dass sie seine Augen nicht gleichzeitig sehen konnte, also sah sie ihm zuerst in eines, dann ins andere. Im Gegensatz zu vorhin war deutlich zu erkennen, was er dachte.

„Ich weiß, dass die Polizei mir nicht glauben würde. Das hast du mir schon mehrmals gesagt. Aber dass sie mich verdächtigen würde …? Warum sollte sie das tun?"

Er schwieg.

„Wessen verdächtigst du mich, Tanner?"

Er seufzte. „Ich weiß es nicht."

„Doch, das tust du. Du bist zu mir gekommen, weil du mich etwas Bestimmtes fragen wolltest."

„Lili …"

„Du bist nicht zu mir gekommen, um mich im Stehen zum Orgasmus zu bringen."

Er schloss die Augen, als wäre ihm ihre Direktheit schmerzhaft unangenehm.

„Es hat mir gefallen. Doch du wolltest mir etwas sagen, und ich habe dich davon abgehalten, und ich glaube, du sagst mir jetzt besser sofort, was es war."

Auch wenn sie es nicht hören wollte.

„Spuck's aus, Tanner", flüsterte sie.

Er seufzte. „Du verheimlichst etwas, und ich will wissen, was es ist. Du warst heute Nachmittag so nachdenklich und abwesend, und ich kenne dich gut genug, um zu wissen, dass dir irgendetwas durch den Kopf gegangen ist, was du mir verschwiegen hast."

Sie löste sich aus seiner Umarmung. Ihr erster Gedanke war, es abzustreiten. Doch sie konnte es nicht. Es war nur eine Kleinigkeit gewesen, und zwar wegen Lady Dreadlock. Aber würde Tanner es auch nur für eine Kleinigkeit halten?

Er nahm ihr Gesicht in seine Hände und sah sie an. „Dein Gesicht ist wie ein Blatt Papier, auf dem alles geschrieben steht, was du denkst. Ich weiß nur nicht immer ganz genau, wie man es lesen muss. Also sag's mir."

Sie brauchte etwas Zeit, um zu überlegen, was sie ihm antworten sollte. „Möchtest du Tee?"

„Nein, danke."

„Ich brauche jetzt jedenfalls eine Tasse." Wenn sie Glück hatte, würde er ihr nicht in die Küche nachgehen, und sie könnte sich etwas sammeln.

Natürlich kam Tanner ihr nach. Lili öffnete eine Schublade und nahm den Plastikbehälter heraus, in dem sie ihre Teebeutel aufbewahrte. Leer. Sie hatte den letzten Beutel aufgebraucht und nicht nachgefüllt.

Sie öffnete einen Küchenschrank, stellte sich auf die Zehenspitzen und angelte nach dem kleinen Karton, der noch originalverpackt ganz oben im Regal stand. Wanettas Küchenschränke waren viel weiter oben angebracht als die Schränke in Lilis ehemaliger Wohnung.

Sofort war Tanner zur Stelle und holte den Karton für sie vom Regal. Sein Körper dicht neben ihrem – und seine Erektion an ihrer Hüfte – elektrisierte sie regelrecht. Ganz offensichtlich wollte er sie immer noch, und sie … oh, sie wollte ihn auch. Zumindest ihr Körper. Ob ihr Kopf und ihr Herz es auch wollten, dessen war sie sich nicht ganz so sicher.

Sie trat ein wenig zur Seite und nestelte am Cellophanpapier des Teekartons.

„Lili.“ Die Art, wie er ihren Namen flüsterte, ging ihr durch und durch – bis in ihren Schoß, bis zu ihren Brüsten, die sehnsüchtig schmerzten.

Sie schaute an sich hinunter. Es konnte Tanner trotz ihres BHs nicht entgangen sein, dass ihre Nippel unter der dünnen Bluse deutlich hervortraten. Lili wollte mehr von dem, was er ihr gegeben hatte, sie wollte ihn in sich spüren. Ganz.

Doch möglicherweise würde sie es nachher bereuen, wenn sie mit ihm schlief, denn es gab eine Frage, auf die sie noch keine Antwort bekommen hatte. Aber sie musste diese Antwort von ihm haben, bevor sie mit ihm schlief.

„Ich weiß, dass du der Meinung bist, die Polizei würde mir bezüglich Fluffy nicht glauben.“ Sie strich sich das Haar zurück und sah ihn an. „Aber glaubst du mir?“

Sein Blick wanderte über ihre Stirn, ihre Augen, ihre Wangen und blieb an ihren Lippen hängen. Die Art, wie er ihren Mund fixierte, war so erotisch, ja, so voller Begehren, dass es ihr den Atem nahm.

„Ich weiß es nicht“, sagte er.

Weder seine Stimme noch das, was er sagte, klangen in irgendeiner Weise leidenschaftlich, doch sie wusste, dass er sie sofort hier auf dem Küchenboden genommen hätte, wenn sie ihn jetzt berühren würde. Er hatte ihr einen wunderbaren Orgasmus verschafft, aber er selbst war nicht gekommen. Und er wollte. Sie spürte sein Verlangen, es lag regelrecht in der Luft und wirkte auf sie wie ein Aphrodisiakum, das ihr das Blut direkt zwischen die Beine schießen ließ.

Dass er sie begehrte, obwohl er ihr nicht ganz traute, sagte einiges über seine Gefühle aus. Und das war nicht genug für Lili. Sie musste sicher sein können, dass er ihr glaubte – und an sie glaubte –, bevor sie sich auf eine Beziehung einließ. Er hatte ihr einen verheißungsvollen Vorgeschmack gegeben, doch wenn sie sich ihm ganz hingab, stand für sie ungleich mehr auf dem Spiel.

„Wenn du nicht glaubst, dass Fluffy es mir erzählt hat, wie hätte ich deiner Ansicht nach wissen können, dass ein Toter im Wald liegt?"

Er fuhr ihr langsam mit einem Finger über ihre Unterlippe. Am liebsten hätte sie seinen Finger in den Mund genommen, hätte genommen, was er ihr anbot, und sich nachher wegen der Konsequenzen Sorgen gemacht. Stattdessen bohrte sie ihre Nägel in ihre Handflächen, damit der Schmerz sie davor bewahrte, sich ihm an den Hals zu werfen.

Er streichelte ihr übers Haar und legte dann eine Hand in ihren Nacken – fast so als wollte er sichergehen, dass sie ihm nicht entwischen konnte, wenn er ihr nun antwortete.

„Vielleicht hast du schon gewusst, wo die Leiche liegt." Als sie etwas erwidern wollte, schüttelte er den Kopf. „Nein, ich meine nicht, dass du etwas damit zu tun hattest, wie der Tote dorthin gekommen ist, aber du könntest ihn schon vorher dort gesehen haben."

„Aber warum sollte ich dann sagen, dass Fluffy ihn gesehen hat?"

„Um uns dadurch zu beweisen, dass du mit Tieren sprechen kannst."

Sie brauchte einen Augenblick, um zu realisieren, was Tanner gerade gesagt hatte. Dass er so etwas auch nur denken konnte, war viel, viel schlimmer, als einfach nur an ihren Fähigkeiten zu zweifeln.

„Das heißt, ich bin nicht nur eine Lügnerin, sondern auch

noch so niederträchtig, mein krankhaftes Bedürfnis nach Aufmerksamkeit auf Kosten eines Katers, eines kleinen Mädchens und eines alten Mannes auszuleben." Sie schob seine Hand nicht weg, ja, sie entzog sich nicht einmal seinem merkwürdig zärtlichen Griff. „Wenn ich ein so schlechter Mensch bin, frage ich mich, warum du nicht glaubst, dass ich ihn selbst umgebracht habe. Um dafür zu sorgen, dass ganz sicher eine Leiche gefunden wird."

Er verstärkte den Druck auf ihren Nacken, als versuchte er, sie zu erinnern, dass er sie festhielt und nicht loslassen würde. „Ganz so schlimm ist es nicht."

„Wie konntest du es wagen, mich anzufassen? Geschweige denn, mich zu küssen? Wie konntest du so zärtlich zu mir sein, dass ich mich vollkommen vergesse, als würde dir etwas …" Als würde ihm etwas an ihr liegen.

Er zog sie liebevoll näher zu sich und zwang sie, ihm in die Augen zu sehen. „Lili, es war ein flüchtiger Gedanke, mehr nicht. Ich habe lediglich versucht, eine Erklärung für etwas zu finden, das mir unbegreiflich ist."

Er konnte nicht fassen, was er gerade angerichtet hatte. Er hatte vorhin fast mit ihr geschlafen und sie jetzt furchtbar verletzt. Doch sie schrie ihn weder an, noch weinte sie.

„Tanner, könntest du jetzt bitte gehen? Ich würde gern meinen Tee alleine trinken und in Ruhe verdauen, was du gerade gesagt hast."

Sie würde sich das Weinen für später aufsparen, wenn sie herausgefunden hatte, ob sie das, was er ihr gerade eröffnet hatte, verkraften konnte oder nicht.

„Das ging aber schnell." Roscoe stellte Bier für die Jungs auf den Tisch.

Tanner war drüben bei Lili – aber hallo, damit, dass sich die Dinge so günstig entwickeln würden, hatte Roscoe gar nicht gerechnet –, und Erika war oben, sah fern beziehungsweise versuchte wieder einmal, Fluffy zu beruhigen. Der Kater war schon vor der Nacht im Baum ein überaus nervöses Wesen gewesen. Und als er vorhin Chesters Auto in der Einfahrt gehört hatte, war er sofort geflüchtet. Das Tier entwickelte langsam paranoide Züge.

Dass Tanner und Erika außer Sichtweite waren, kam Roscoe jetzt allerdings durchaus gelegen.

„Ich habe es im Polizeifunk gehört", sagte Linwood, schnappte sich einen Stuhl und setzte sich. „Also habe ich Chester angerufen, und dann haben wir Hiram abgeholt." In der Eile hatte er vergessen, seine Medaillen anzustecken. Er bewahrte sie in einem Holzkästchen im obersten Regal seines Kleiderschranks auf – mit der Begründung, dass sie nicht länger dem Sonnenlicht ausgesetzt werden dürften als unbedingt notwendig. Das hinderte ihn jedoch nicht daran, sie immer zu tragen – egal, wohin er ging.

„Linwood will die ganze Geschichte hören", erklärte Hiram leicht vorwurfsvoll. „Er muss sich immer überall einmischen. Man könnte meinen, der Mann hätte weibliche Gene."

„Nimm das zurück, Hiram." Linwood drohte ihm mit der Faust. „Du warst derjenige, der vorgeschlagen hat, schnellstens zu Roscoe zu fahren."

Roscoe gab allen ein Bier, zog dann den einzigen noch freien Stuhl unter dem Küchentisch heraus, stellte seinen Fuß darauf und stützte sich mit dem Ellbogen auf sein Knie.

„Ihr wollt also eine Exklusivmeldung hören. Tja, was ist euch die Sache wert?" Er genoss es, im Mittelpunkt zu stehen. Noch mehr gefiel es ihm, die Oberhand zu haben. Vor allem da Hiram sonst immer derjenige war, der sich für den Schlauesten hielt.

„Du kannst es doch gar nicht erwarten, es uns zu erzählen, du falscher Hund." Chester wischte sich ein bisschen Spucke vom Kinn.

Chester hatte recht, Roscoe brannte darauf, alles zu erzählen. Denn in dem Augenblick, als er den Kies in der Einfahrt unter den Reifen des alten Lincoln knirschen gehört hatte, war ihm eine geniale Idee gekommen. Chester und Linwood waren die größten Klatschmäuler der ganzen Stadt. Und sie liebten ihren allmorgendlichen Tratsch im „Coffee Stain".

„Nun ja, angefangen hat alles mit Lili."

„Wer ist Lili?", fragte Chester.

Roscoe musste sich beherrschen, um nicht genervt mit den Augen zu rollen. „Du hast sie gestern Abend kennengelernt. Die, die aussieht wie Deanna Durbin."

„Ach, richtig. Hübsches junges Ding."

„Und sie redet mit Tieren."

Hiram räusperte sich. Das konnte er ausgesprochen gut. „Erzähl endlich weiter."

Und Roscoe begann zu erzählen …

Morgen früh würde ganz Benton wissen, dass Lili von der Leiche gewusst hatte, bevor man sie fand. Tanner würde Stellung beziehen müssen. Denn der Sheriff würde anfangen, ihn über Lili auszufragen, und Roscoe war sich sicher, dass Tanner sie nicht einfach den Wölfen zum Fraß vorwerfen würde. Er würde sie beschützen müssen. Nicht dass Lili wirklich Schutz brauchte. Sie war ja unschuldig. Und Gresswell würde das sofort merken, wenn er mit ihr persönlich redete.

Es war ein hinterhältiger Plan. Doch sein Sohn brauchte Unterstützung, damit er endlich erkannte, dass Lili die ideale Frau für ihn war. Und die ideale Mutter für Erika.

Chester Pawson hatte seinen Lincoln hinter Tanners Sedan geparkt. Wenn der Wagen von Roscoes Kumpel nicht die Einfahrt blockiert hätte, hätte Tanner das tun können, was ihm im Moment am liebsten gewesen wäre: sich in sein Auto zu setzen und ziellos durch die Nacht zu fahren, damit er wieder einen klaren Kopf bekam.

Sie hatte nicht geweint. Sie hatte ihn nicht angebrüllt. Ihre Unfähigkeit zu reagieren zeigte, wie sehr er sie verletzt hatte. Mit nur zwei Sätzen hatte sie ihn hinauskomplimentiert. Die Lili, die er kannte, hätte dafür mindestens fünf gebraucht.

Er hätte sie anlügen sollen. Manchmal gab es gute Gründe zu lügen. Dann, wenn Ehrlichkeit kränkend war. Oder zutiefst verletzend. Wegen seines Versuchs zu rechtfertigen, warum er ihr nicht glaubte, war Lili nun am Boden zerstört.

Tanner kroch durch das Loch in der Hecke zurück in Lilis Garten. Er konnte die Situation nicht so belassen. Nicht nachdem sie in seinen Armen einen Orgasmus gehabt hatte und er total glücklich dabei gewesen war. Er klopfte an die Hintertür. Als Antwort erlosch sofort das Licht in der Küche und auf ihrer Veranda. Tanner versuchte die Tür zu öffnen. Zugesperrt.

„Lili, mach bitte auf. Wir müssen reden. Es tut mir leid." Verdammt, er hätte vorhin einfach nicht gehen sollen.

Ein undefinierbares dunkles Knäuel landete plötzlich auf der Veranda, kam auf ihn zu und blieb unmittelbar vor seinen Füßen stehen. Einstein. Tanner wich ihr aus, damit sie vorbeispazieren konnte. Doch die Katze lief nicht in den Garten und in die Nacht hinaus, sondern starrte ihn an. Ihre grünen Augen leuchteten im Mondlicht, und Tanner sah zwei lange Eckzähne aufblitzen. Ihr grauer Schwanz zuckte hin und her. Immer wieder.

Er hätte schwören können, dass sie mit ihm redete.

Du bist das Allerletzte.

Tanner konnte dem nur zustimmen.

Er musste mit Lili reden. Ihr alles erklären. Er ging um das Haus herum zum Vordereingang. Die Katze sprang auf das Geländer der Veranda und lief ihm hinterher. Lästiges Vieh. Tanner versuchte, auch diese Tür zu öffnen. Ebenfalls zugesperrt. Dann ging er ein paar Schritte in den Garten und schaute von dort zu den Fenstern im oberen Stockwerk hinauf. Erst erlosch das Licht im Vorraum, dann das im Schlafzimmer – zumindest nahm er an, dass das eine Fenster zu ihrem Schlafzimmer gehörte –, und dann war es völlig dunkel. Dunkel und grabesstill.

Bis die Katze geräuschvoll vom Geländer auf den Holzboden der Veranda sprang.

„Ich habe gedacht, das, was ich gesagt habe, wäre nicht so schlimm."

Einstein blinzelte, riss ihr Maul mit diesen spitzen, scharfen Zähnen weit auf und gähnte. Dann setzte sie sich hin, streckte ein Hinterbein in die Höhe und begann sich zu putzen.

Die Botschaft war unmissverständlich. *Leck mich am Arsch, Junge.*

Das Problem war, dass er immer noch glaubte, eine verdammt gute Erklärung dafür zu haben, wie sie von der Leiche im Wald hatte wissen können.

11. KAPITEL

Lili hatte nicht geweint, nachdem Tanner am Abend gegangen war. Es war ein befreiendes Gefühl gewesen, ihn auszusperren und alle Lichter auszumachen, und es hatte ihr geholfen, ihr seelisches Gleichgewicht einigermaßen wiederzufinden. Warum seine Worte sie dermaßen verletzt hatten, wusste sie allerdings immer noch nicht genau. Sie war an die verschiedensten Reaktionen auf ihre Fähigkeit, mit Tieren reden zu können, gewöhnt. Einige davon waren nicht besonders nett gewesen, doch bisher hatten sie diese unerfreulichen Erfahrungen nie sonderlich belastet. Warum war das bei Tanner nicht so?

Erst kürzlich hatte er ihr bei Thunfisch-Sandwich und Saft ein unglaubliches Geschenk gemacht – nämlich sie um ihre Unterstützung bezüglich Erika zu bitten. Er hatte ihr gewissermaßen den wichtigsten Menschen in seinem Leben anvertraut. Klar, die Ereignisse im Wald hatten ihn dann später durcheinandergebracht, aber das war verständlich. Lilis Welt war auf der Wiese ebenfalls aus den Fugen geraten – und sie hatte Stunden gebraucht, um sich davon zu erholen.

Doch sie hatte geglaubt, dass sie beide mittlerweile darüber hinweg wären. So wie er sie geküsst und gestreichelt hatte, mussten sie darüber hinweg sein. Aber anscheinend hatte es ihm nichts bedeutet.

Man hatte sie schon früher für merkwürdig oder verrückt gehalten, aber noch nie für einen schlechten, hinterhältigen Menschen.

Sie durfte nicht mehr so viel darüber nachdenken.

Heute Morgen hatte sie Wichtigeres zu tun, als zu grübeln, welche Meinung Tanner von ihr hatte. Deshalb schnappte sie sich um zehn nach acht Einstein, setzte sie in ihren Fahrradkorb und radelte in Richtung Stadt. Da es zwar Frühling, aber um diese Tageszeit immer noch frisch war, hatte sie einen dicken Fleece-Pulli angezogen. Ihre Beine allerdings waren über den Sportschuhen bis zum Saum ihrer Dreiviertelhosen nackt. Es war eindeutig leichter, in Hosen Fahrrad zu fahren als mit einem Rock. Meistens schaffte sie es, dass ihre Röcke sich nicht in der Fahrradkette verfingen, aber manchmal … Tja, sie hatte sich schon einige Röcke auf diese Art ruiniert.

Während Lili bergab fuhr, hielt Einstein ihre Nase in den Fahrtwind. Sie sah aus wie die Kühlerfigur eines Autos beziehungsweise eine dieser geschnitzten Galionsfiguren am Bug eines Wikingerschiffs. Sie war unterwegs, um Lady Dreadlock zu finden, und Einstein sollte sie unterstützen, falls es zu einem Gespräch kam. Lili war froh, dass sie Tanner gestern nichts von Lady D. erzählt hatte. Sie würde allein herausfinden, was es mit dieser Frau auf sich hatte. Wenn es etwas gab, was die Polizei wissen musste, würde sie es den Beamten erzählen. Dafür, das zu tun, was sie für richtig hielt, brauchte sie Tanners Erlaubnis wahrlich nicht.

Und er würde sie nicht davon abhalten können.

Lili merkte, dass sie innerlich vor Wut regelrecht kochte. Es war ein sehr ungewohntes Gefühl, und sie hasste sich dafür. Wütend zu sein brachte niemandem etwas. Überhaupt löste dieser Tanner ziemlich viele Gefühle in ihr aus, die ungewohnt waren. Das verlieh ihm viel zu viel Macht über sie.

Die Ampel am Fuße des Hügels zeigte grün. Lili nahm die letzte Kurve so schnell, dass sie fast ins Schleudern gekommen wäre. Einstein duckte sich und fluchte – bildlich.

Da es erst kurz nach acht und ein Sonntag war, war kaum Verkehr auf der Straße, die sich durch die Redwoods-Wälder schlängelte. Auf der Doppelbrücke, über die man nach Benton gelangte, gab es einen breiten Fahrradweg. Auf dem Gelände der Highschool waren einige Jogger zu sehen, und auf dem Platz vor der Kirche parkten gerade die ersten Besucher der Morgenmesse um 8 Uhr 30. Am Sonntag öffnete das „Coffee Stain“ erst um halb sieben statt wie unter der Woche um fünf. Als Lili vorbeiradelte, strömte der Duft frischen starken schwarzen Kaffees aus der Tür.

Erst die Arbeit, dann das Vergnügen in Form eines großen Cappuccinos. Sie hatte etwas Geld eingesteckt, bevor sie aufgebrochen war.

Der Parkplatz vor dem Café war voll. Jemand hatte einen jungen Hund mit der Leine an einen Baum gebunden, und eben kam ein Mann mit einem Tablett voll Kaffeebechern aus dem Lokal – doch Lady Dreadlock geisterte nirgendwo herum. Lili musste weitersuchen.

Sie radelte vorbei an den Autos, die vor dem „Copper Diner“ standen, dem einzigen anderen Lokal, das um diese Uhrzeit geöffnet hatte, und weiter bis zur Polizeistation am Stadtrand. Dann bog sie in die Maple Street ein. Die Grundstücke in dieser Seitenstraße waren kleiner als dort, wo Lili wohnte, und hatten Gärten mit gepflegtem Rasen, großen, schattigen Eichen und hübschen weißen Holzzäunen. Sie fuhr an ihrem alten Haus vorbei, in dem sie eine Wohnung im obersten Stockwerk gehabt hatte. Jemand hatte Geranien auf dem Balkon gepflanzt. Es gab ihr einen kleinen Stich in der Brust. Darauf, dass sich hier in nur einer Woche schon etwas verändert hatte, war sie nicht gefasst gewesen.

Doch sie hatte ja Wanettas Haus. Sie hatte ihr eigenes Zuhause.

Die Seitengasse endete beim Eingang zum Stadtpark. Lili hielt vor dem Wohnheim, einem Haus im viktorianischen Stil, das vor ein paar Jahren renoviert worden war.

Sie hatte sich dieses Haus für zuletzt aufgehoben, weil, tja, weil allein die Stufen zum Eingang hinaufzugehen und an die Tür zu klopfen eine ziemliche Herausforderung darstellte.

Die Fassade des Hauses war dunkelblau, die Balken weiß

gestrichen. Die Veranda, auf der helle Rattanstühle standen, war menschenleer, und auch in den drei Mansardenfestern unter dem Dach war kein Lebenszeichen zu entdecken. Nicht einmal die Gardinen flatterten im Wind.

Einstein steckte ihre Nase aus dem Korb, schnupperte und sprang elegant heraus. Dann spazierte sie Richtung Stadtpark.

„Wir sind im Moment nicht auf der Suche nach Eichhörnchen. Ich suche Lady D."

Einstein fuhr sich mit der Pfote kurz über die Barthaare und ging weiter.

„Ich hoffe für dich, dass du ihre Spur aufgenommen hast", grummelte Lili. Andererseits war sie froh, nicht an die Tür klopfen zu müssen.

Sie schob ihr Rad durch den Parkeingang, ging Einstein hinterher und ignorierte Tanners Stimme in ihrem Hinterkopf, die ihr sagte, dass sie leichtsinnig und unvernünftig war. Die Erde unter den Bäumen hier roch … erdiger. Die Wildblumen begannen gerade gelb, weiß und blau zu blühen, und hier und da blitzte orangefarbener Mohn zwischen dem üppig grünen Farn hervor. Lili hätte am liebsten gleich ein paar Blumen für ihr nächstes Kreativprojekt gepflückt.

Vergiss es, Kleines. Wir sind nicht zu unserem Vergnügen hier.

Einstein hätte sie nicht extra darauf hinweisen müssen. Schließlich war es Lilis Plan gewesen, Lady Dreadlock zu suchen. Plötzlich fielen ihr Tanners verletzende Worte wieder ein. War sie hier, weil sie ihm tatsächlich etwas beweisen musste?

Nein, sie war gewissermaßen in humanitärer Mission unterwegs. Um Lady Dreadlock vor sich selbst zu beschützen. Oder vor der Polizei? Oder vor … Himmel, warum konnte sie nicht aufhören, ständig an Tanner zu denken? An seine wunderbaren Küsse, an seine starken Hände, daran, wie männlich er gerochen hatte, und … an seine niederschmetternden Worte, als er zu verstehen gegeben hatte, was er wirklich von ihr hielt.

Sie schob ihr Rad den schmalen Weg hinter Einstein her, die ihr mit hoch aufgerichtetem Schwanz vorauslief. Nach einiger Zeit bog die Katze nach rechts ab, blieb vor dem dicken Stamm einer mächtigen Eiche stehen, schlug kurz mit dem Schwanz hin und her und setzte sich ins Gras.

Sie ist hier. Ein Bild mit Dreadlocks erschien kurz vor Lilis geistigem Auge.

Was macht sie gerade? Sie schickte Einstein ein Fragezeichen, doch die Katze hatte schon verstanden.

Finde es selbst heraus.

Sagte die Spinne zur Fliege … Lili klappte den Fahrradständer herunter, stellte das Rad ab und ging zu Einstein. Dann spähte sie an dem dicken Stamm der Eiche vorbei auf eine Lichtung.

Lady Dreadlock saß ein paar Meter entfernt im Schneidersitz am Boden. Sie hatte ihre Hände mit den Handflächen nach oben auf ihre Knie gelegt. Und, o mein Gott, sie war nackt. Wenigstens hatte sie ihnen den Rücken zugewandt. Neben ihr lag ein Häufchen Kleider. Ein großes Häufchen. Möglicherweise alles, was sie besaß.

Ich kann nicht nackt mit ihr sprechen.

Du bist nicht nackt.

Nicht ich. Sie. Lili merkte, wie ihr die Röte ins Gesicht schoss.

Für den Fall, dass du es noch nicht gemerkt hast: Ich bin auch nackt. Was ist so schlimm daran? Wenn ich mich richtig erinnere, warst du gestern pomäßig auch nicht gerade züchtig bedeckt.

Oh! Das war eindeutig ein Schlag unter die Gürtellinie.

Auf so etwas war sie von ihrer Katze nicht gefasst gewesen. Einsteins Barthaare zuckten. Dann lief sie zu der kleinen Lichtung. Lili sah sich um und vergewisserte sich, dass es hier keine Gifteichen gab. Falls doch, wäre Lady Dreadlock arm dran. Dort wo sie saß, lag jede Menge Laub und Farn am Boden. Neben ihr brannte auf einer zersprungenen Untertasse eine Kerze.

Aha, Lady D. meditierte also. Nun hörte Lili auch das leise, melodische Summen. Es klang schön und schien beinahe ein Teil des Windes zu sein, der sanft über Lilis Kopf wehte. Und es war weniger eine Melodie als eine Reihe von Tönen, die mit dem Wald um sie herum und dem Boden unter ihren Füßen verschmolzen. Lili merkte, wie die Töne sie in ihrem Innersten berührten und sich ihr Blick wie von selbst verschleierte.

Lady D. war am ganzen Körper braun – wobei Lili sie natürlich nicht von Kopf bis Fuß angesehen hatte – und dünn. Schrecklich dünn. Ihre Arme bestanden nur aus Haut und Knochen, und ihre Schlüsselbeine traten spitz unter der ledrigen Haut hervor. Für Lili waren es weniger Anzeichen für einen ausgehungerten Körper als für eine hungernde Seele.

Die Frau war ausgemergelt, weil sie sich selbst hasste. Lili konnte nicht sagen, warum sie es wusste. Von Einstein war diese Erkenntnis nicht gekommen. Vielmehr schien Lady Dreadlocks Aura direkt mit Lili zu kommunizieren. Aus dem dunklen, unruhigen Violett, das diese Frau umgab, sprach eine so tiefe Traurigkeit, eine so entsetzliche Angst, dass es Lili beinahe den Hals zuschnürte.

Einstein legte sich hin und streckte die Vorderpfoten nach vorne wie eine Sphinx. Ihr Schwanz, an dessen Ende eine Klette klebte, zuckte kurz. *Frag sie wegen des jungen Hundes.*

Welchen Hund meinst du?

Einstein schickte ihr die Narrenkappe.

Lili setzte sich ebenfalls im Schneidersitz auf den Boden und sah zu Lady Dreadlock hinüber.

„Es tut mir sehr leid wegen des jungen Hundes“, sagte sie leise, um die Stille des Waldes, die sie umgab, nicht zu zerstören.

„Ich weiß, was du warst“, sagte Lady D.

Lili legte fragend den Kopf zur Seite. Ich weiß, was du *bist.* Das war es doch, was Lady Dreadlock immer als Erstes zu ihr sagte. Aber diesmal hatte sie als Zeitform die Vergangenheit verwendet, und das war ein großer Unterschied. Sie meinte also etwas ganz Bestimmtes.

Lili sagte, was ihr am unverfänglichsten erschien: „Ich wollte dem Hund nicht wehtun.“

„Gott hat dich beobachtet.“

Schon wieder diese merkwürdige Vergangenheitsform. Lady Dreadlock hatte sie mit einem jungen Hund gesehen. Richtig, Lili erinnerte sich nun daran, als sie von ihr zum ersten Mal angesprochen worden war. Lili hatte mit einem Hund vor dem „Coffee Stain“ geredet. Der arme Kleine hatte nicht verstanden, warum er mit der Leine an einen Baum gebunden worden war, als würde man ihn nicht mehr lieb haben.

„Sie haben gewusst, was ich gemacht habe, nicht wahr?“ Lilis Stimme war immer noch sanft und ruhig.

„Gott war der Meinung, dass du böse bist.“

„Weil ich mit dem Hund geredet habe?“

Lady Dreadlock sah Lili nun mit ihren dunklen, tiefgründigen braunen Augen an. Zum ersten Mal empfand Lili den Blick nicht als vorwurfsvoll.

„Pass auf, dass Gott dich nicht bestraft.“

Lili verstand genau, was Lady Dreadlock damit sagen wollte, obwohl sie es nicht ausgesprochen hatte.

Pass auf, dass Gott dich nicht bestraft, so wie er es mit mir getan hat. Das war es, was Lady D. meinte.

„Gott hat Sie nicht bestraft, weil Sie mit Tieren reden können. Es ist eine Gabe Gottes. Einstein, los, sag es ihr."

Lady D. legte den Kopf schief und sah Einstein an. Dann schloss sie die Augen, und ihr Kopf bewegte sich ganz leicht und rhythmisch hin und her. Es war ein höchst merkwürdiger Anblick. Zuerst wusste Lili nicht, was vor sich ging, doch dann verstand sie plötzlich, dass es genau so für andere Leute aussehen musste, wenn sie selbst mit Tieren kommunizierte. Nicht bei Einstein, weil sie einander schon lange kannten und sich schnell verständigen konnten, aber bei anderen Tieren. Bei jenen, auf die sich Lili konzentrieren musste, bei denen sie in sich gehen und alles um sie herum ausblenden musste. Mit dem Ergebnis, dass sie für alle anderen dabei aussah, als sei sie verrückt.

Plötzlich wurde Lili bewusst, wie seltsam Einstein, Lady D. und sie selbst im Augenblick auf einen Außenstehenden wirken würden. Nun war ihr auch klar, wie es für Tanner geklungen haben musste, als sie über Tiere und den Bigfoot geredet hatte.

Einstein warf Lili einen vielsagenden Blick zu. *Sie glaubt uns nicht.*

Selbstverständlich glaubte sie ihnen nicht. Lady Dreadlock redete vermutlich schon ebenso lange mit Tieren wie Lili, und ihre geringe Meinung über sich selbst hatte sich bereits in ihrem Kopf festgesetzt.

Lili hatte keine Ahnung, wie sie ihr helfen sollte. „Sie sind nicht böse oder schlecht, und Gott weiß das, echt."

Einstein maunzte wegen ihres armseligen Reimes. Lili musste zugeben, dass es doof geklungen hatte, doch es war ihr einfach herausgerutscht.

Lady D. blinzelte nur kurz. So wie Einstein es immer tat.

„Okay, auf diese Weise funktioniert es offenbar nicht.

Vielleicht sollten Sie mir Ihren Namen sagen, damit ich Sie nicht immer in Gedanken Lady Dreadlock nennen muss."

Es war, als redete man gegen eine Wand. Lady Dreadlocks Wortschatz war anscheinend nur darauf beschränkt, dass Lili böse und Gott wütend war.

Vielleicht sollte Lili mit Lady Dreadlocks Sozialarbeiter reden. Sie war sich ziemlich sicher, dass es in dem Wohnheim Sozialarbeiter gab.

Himmel, sie sah bildlich vor sich, was passieren würde, wenn sie erklärte, dass Lady Dreadlock nur deshalb so durchgeknallt wirkte, weil sie mit Tieren reden konnte. Sie würden Lili selbst auch gleich ins Heim stecken.

Tja, sie würde sich diese Sache also noch einmal in aller Ruhe durch den Kopf gehen lassen müssen. Rom wurde auch nicht an einem Tag erbaut, und eine psychische Krankheit ließ sich nun mal nicht durch ein halbstündiges aufmunterndes Gespräch im Park kurieren.

Im Moment gab es ein anderes wichtiges Thema.

„Haben Sie gesehen, dass auf der Wiese ein Verbrechen passiert ist?"

Keine Reaktion.

„Schick ihr ein Bild, Einstein."

Es war höchst skurril, den beiden bei ihrer seltsamen Art der Kommunikation zuzusehen. Lili kam sich fast wie ein Voyeur vor. Außerdem wünschte sie, Lady Dreadlock wäre angezogen – denn ihre Nacktheit potenzierte die Absurdität der Situation.

Lili empfing ein Bild von Fluffy als kastriertem, sprich jämmerlich entmanntem Kater. Meine Güte, Einstein musste wirklich langsam das Problem, das sie mit Fluffy hatte, in den Griff bekommen.

„War das in der fraglichen Nacht?" Lili stellte fest, dass sie sich anhörte wie ein Anwalt.

Das kann ich nicht genau sagen.

Lili presste die Lippen zusammen. Lady Dreadlock hatte also Fluffy gesehen, und da Fluffy die letzten drei Tage nicht von Zuhause weg gewesen war, musste diese Begegnung früher stattgefunden haben. Irgendwann in der besagten Nacht. Oder als der Kater am Morgen nach Hause gelaufen war.

„Haben Sie es gesehen?“, fragte sie Lady Dreadlock leise. „Wissen Sie, was passiert ist? Wissen Sie, wer es getan hat?“

Lady D. erzitterte, schloss die Augen, beugte sich vor und blies die Kerze aus.

Lili sah Einstein an. Einstein sah sie an.

Lady Dreadlock wusste etwas. So ungern Lili dieser armen Frau auch Schwierigkeiten bereitete – ganz zu schweigen von den Problemen, die es im Wohnheim geben würde –, sie würde die Polizei informieren müssen.

„Wie geht’s dir heute, mein Schatz?“

Erika brummte verschlafen unter ihrer dicken Daunendecke.

Tanner setzte sich aufs Bett und zog die blaue Decke zurück, damit er sie sehen konnte. Doch statt seiner Tochter kam Fluffy zum Vorschein, der ihn finster ansah. Tanner verkniff sich einen Kommentar. Er hatte nicht erlaubt, dass das Tier bei Erika im Bett schlief. Allerdings war der gestrige Tag – gelinde gesagt – wirklich ungewöhnlich gewesen, und seine Tochter brauchte offensichtlich Fluffys Trost genauso wie der Kater ihren.

„Wo bist du?“ Tanner schob das Durcheinander aus Kissen und Bettdecke beiseite.

Endlich tauchte der blonde Schopf seiner Tochter auf. Mit den dunklen Schatten unter ihren Augen sah sie wie ein Zombie aus. Ihr Blick war so finster wie der des Katers.

„Alles in Ordnung, Liebling? Du hast ganz schön lange

geschlafen." Normalerweise war Erika sonntagmorgens als Erste wach. Doch als die Standuhr im Wohnzimmer heute acht geschlagen hatte, hatte Tanner beschlossen, nach ihr zu sehen.

„Es hat eine Weile gedauert, bis Fluffy sich gestern Abend beruhigt hat." Sie kraulte dem Kater das Köpfchen. „Aber jetzt geht es ihm besser."

Allerdings. Er wurde ja nicht wie ein Tier, sondern wie ein König behandelt. „Ich weiß, wie sehr du dich um ihn sorgst."

„Ich mache mir auch um Lili Sorgen."

„Um Lili?"

„Ich habe gehört, worüber du und Grandpa gestern geredet habt. Glaubst du, die Polizei wird sie in Verbindung mit dem Mord bringen?"

Verdammt. Seiner Tochter entging rein gar nichts. Er hätte es wissen müssen und den Mund halten sollen, solange sie in der Nähe war. Kein Wunder, dass sie beim Abendessen kaum ein Wort von sich gegeben hatte. Als er sie später ins Bett brachte, hatte er zwar versucht, sie zu beruhigen – doch ihm war nicht bewusst gewesen, welche Dinge ihr durch den Kopf gegangen waren.

Er hatte an etwas anderes gedacht, verflucht. An Lili.

Wenn Erika ihn so ernst ansah, wirkte sie sehr erwachsen. Lili hatte recht. Seine Tochter stand an der Schwelle zum Frausein, und er hatte es nicht mitgekriegt. Er wollte nicht, dass sie erwachsen wurde. Er wollte nicht, dass sie schon dreizehn wurde. Mit zwölf war sie immer noch ein Kind. Wenn sie in die Pubertät kam, würde die Hölle los und sie nicht mehr sein kleines Mädchen sein.

Was sollte er ihr bloß sagen, wenn sie – oje – so weit war und *es* anfing? Er war nicht einmal in der Lage, besagtes Wort auszusprechen, wie also sollte er dann mit ihr darüber reden?

Er musste dafür sorgen, dass es – wie Lili ihm geraten hatte – in Erikas Leben eine Frau gab, der sie vertraute. Allerdings war er nicht mehr davon überzeugt, dass Lili die Richtige dafür war. Seit er sie gestern um ihre Unterstützung gebeten hatte, war viel zu viel passiert. Vielleicht sollte er sich besser an den Verein der „Big Sisters" wenden, der junge Mädchen mit „großen Schwestern" zwecks Diskussion genau dieser heiklen Themen in Kontakt brachte. Vielleicht sollte diesen Job wirklich jemand übernehmen, der älter und vernünftiger war und nicht mit Fluffy reden konnte.

„Du glaubst, dass die Polizei sie verdächtigen wird, stimmt's?"

„Was glaubst *du*, Erika? Was wird die Polizei annehmen?"

Sie kuschelte sich in ihre Kissen und zog Fluffy an sich. Der Kater streckte sich ausgiebig und rollte sich dann ein. „Hm, im Fernsehen sucht die Polizei immer nach versteckten Motiven", antwortete sie und guckte ihren Vater über den gewaltigen Bauch des Katers hinweg an.

„Das hier ist keine Fernsehserie."

„Aber *du* glaubst doch, dass sie irgendein Motiv hat."

Da hatte seine Tochter nicht ganz unrecht. „Weißt du noch, was ich gestern zu dir gesagt habe, bevor Lili und ich losgezogen sind? Du musst selbst entscheiden, was du glaubst. Ich kann dir nicht sagen, was du von Lili halten sollst. Und ich weiß nicht, welche Schlüsse die Polizei ziehen wird." Er nahm Erikas Hand. „Was ich allerdings sehr wohl weiß, ist, dass ich nicht will, dass man Lili wehtut. Und das war einer der Gründe, warum ich der Polizei nichts gesagt habe." Tanner war sich bewusst, dass er gestern streng zu seiner Tochter gewesen war und ihr alles Mögliche verboten hatte. Doch was Erika jetzt brauchte, waren Erklärungen – vor allem deshalb, weil er sie in seine Lüge eingeweiht hatte.

„Tja, wenn man sie kennenlernt, kommt sie einem zuerst

ein bisschen unvernünftig und leichtsinnig vor. Aber dann merkt man, dass noch viel mehr in ihr steckt. Ich glaube wirklich, dass Lili ein guter Mensch ist. Und wenn es ein klein wenig gibt, was für jemanden spricht, und ein klein wenig, was gegen ihn spricht, muss man sich auf sein Bauchgefühl verlassen und diesem Menschen eine Chance geben."

Seine Tochter war ein besserer Mensch als er selbst. Hätte er so gedacht wie sie, dann hätte er Lili gestern Abend nie dermaßen verletzt. Vielleicht wäre er dann sogar niemals auf den Gedanken gekommen, sie auch nur ansatzweise zu verdächtigen.

„Ich bin stolz auf dich, weil du dir deine eigene Meinung auf der Basis von so vernünftigen Überlegungen bildest." Auch wenn ihr Bauchgefühl eine Rolle bei diesem Prozess gespielt hatte. In manchen Situationen war Instinkt tatsächlich das Wichtigste. In anderen Situationen wiederum nicht.

„Okay", sagte Erika. „Also sollten wir alles tun, um ihr zu helfen."

„Das machen wir, Schatz."

„Dann solltest du ihr sagen, dass Grandpa gestern Chester, Linwood und Hiram erzählt hat, dass Lili von der Leiche wusste, bevor du sie gefunden hast."

Tanner sprang auf, als wäre eine Bombe unter ihm explodiert. „Was?"

„Das heißt, dass es die Polizei auch bald erfahren wird."

Die nächste Leiche, die man im Wald fand, würde Roscoe sein. Weil Tanner den Kerl nämlich umbringen würde.

„Bist du von allen guten Geistern verlassen, Roscoe?"

Roscoe schwang seinen Pfannenwender, und ein paar Tropfen Waffelteig spritzten auf den Küchenboden. Er beschloss, sie später aufzuwischen. „Sie sagen es nicht weiter. Ich habe ihnen ausdrücklich gesagt, dass es geheim ist."

„Sie können doch ihren Mund *nie* halten."

„Hast du etwas gegen meine Freunde?"

„Sie sind schon in Ordnung, aber Chester und Linwood sind wie zwei alte Klatschweiber. Normalerweise ist das ja harmlos, aber in diesem Fall ..." Tanner schwieg vielsagend und sah Roscoe grimmig an.

Wie wahr, wie wahr. Hiram war nicht so schlimm wie die beiden anderen. Was größtenteils daran lag, dass er durch seinen Job an der Uni zu einem gewissen Maß an Diskretion verpflichtet war, aber Chester und Linwood ... o ja, diese beiden würden Roscoes Plan zweifelsohne verlässlich umsetzen.

„Du machst dir zu viele Sorgen, Tanner. Wenn du so weitermachst, bekommst du irgendwann einen Herzinfarkt. Ich mache übrigens gerade Waffeln. Hättest du gern Sahne dazu?"

„Und wenn ich Waffeln mit Sahne esse, bekomme ich keinen Herzinfarkt?" Tanner fuhr sich nervös über sein frisch rasiertes Kinn. „Roscoe, worüber haben wir gestern geredet? In Bezug auf Lili und dass man sie beschützen muss, erinnerst du dich?"

Hehe, das lief ja wie geschmiert. Tanner verhielt sich exakt so, wie Roscoe es geplant hatte. „Für Lili besteht keine Gefahr. Sie hat ja nichts Schlimmes getan. Wo sollte es also ein Problem geben? Die Polizei wird sie schon nicht abführen und unter grellem Scheinwerferlicht verhören, bis sie unter Zwang ein Geständnis ablegt."

„Ich kann es nicht fassen, dass ich das jetzt zu dir sage, aber sogar Erika versteht den Ernst der Lage besser als du", schnaubte Tanner. „Ich gehe jetzt zu Lili und warne sie. Und während ich drüben bin, wirst du deine Kumpels anrufen und ihnen sagen, dass sie es mit mir zu tun bekommen, wenn sie den Mund nicht halten."

Roscoe wischte die Teigspritzer auf. „Wird gemacht. Warum lädst du Lili nicht gleich auf ein paar Waffeln ein?"

Tanner sah seinen Vater grimmig an und stürmte nach draußen.

Gut so. So verstört, wie sein Sohn gestern Abend von seinem Besuch bei der lieben Lili zurückgekehrt war, dürfte drüben wohl irgendetwas schiefgelaufen sein.

Roscoe würde dafür sorgen müssen, dass Erika, der kleine Schlaumeier, mit ihm an einem Strang zog. Beinahe hätte sie mit ihrer großen Klappe seinen Plan verdorben. Ihm hatte vorgeschwebt, dass Tanner von der ganzen Sache erst durch das Gerede der Leute in der Stadt erfuhr. Roscoe lächelte. Der Zweck heiligte in diesem Fall wirklich die Mittel. Und er war überzeugt, dass Erika Feuer und Flamme für seinen Plan sein würde.

Immerhin hatte sie dieses Buch, das Roscoe einmal zufällig hinter der Couch gefunden hatte, regelrecht verschlungen. Und wenn sie mitspielte, tja, dann würde der Titel des Buches bald „Erikas neue Mom" lauten.

Als Nächstes musste er dafür sorgen, dass Tanner Lili zu dem Ausflug an den Strand einlud, den sie anlässlich des Beginns von Erikas Schulferien machten, die morgen begannen.

Wenn Tanner es nicht tat, würde Roscoe die Einladung eben höchstpersönlich aussprechen.

Ja, sie würde zur Polizei gehen, aber vorher brauchte sie zur Stärkung dringend einen Cappuccino. Lili rollte im Leerlauf zum „Coffee Stain" hinunter, hielt vor dem Lokal und stellte ihr Fahrrad ab.

Sie beugte sich zu Einstein. „Ich bin gleich wieder da. Lass dich nicht von fremden Leuten ansprechen."

Was ist mit Leuten, die ich kenne?

„Mach dich nicht so wichtig." Dann kraulte sie Einstein

hinter den Ohren und gab ihr einen Kuss auf die Nasenspitze.

Im Lokal wurde es von einer Sekunde auf die andere totenstill, als Lili eintrat. Das war eine beachtliche Leistung, denn es waren immerhin zehn Leute, die gleichzeitig verstummten. Manny und die Mädchen hinter der Theke nicht mitgerechnet. Lili schwante wenig Erfreuliches.

Hinten im Lokal sah sie Chester und Linwood an einem Tisch für zwei sitzen. Hey, vielleicht war das ja die ideale Gelegenheit, den beiden Cy und Rita zu vermitteln. Aber erst, wenn sie ihren Cappuccino endlich in Händen hielt. Lili winkte den beiden zu und lächelte. Sie starrten sie mit weit aufgerissenen Augen an.

Die Leute an den anderen Tischen begannen zu flüstern. Eine Frau zückte ihr Handy, ohne den Blick von Lili abzuwenden. Wie würde sie die Nummer eintippen, wenn sie sie nicht aus den Augen ließ? Egal. Lili schüttelte den Kopf. Sie kannte hier zwar kaum jemanden namentlich, doch die meisten Gesichter waren ihr vertraut. Bald würden Ausflügler in Scharen das Lokal bevölkern, doch im Moment waren hauptsächlich Einheimische hier.

Lili zwängte sich zwischen den großen Fikus und ein Pärchen, das sich an der Theke für Filterkaffee anstellte. Der köstliche Duft von Kaffee ließ ihr das Wasser im Mund zusammenlaufen. Das Paar mittleren Alters – die einzigen Gäste, die sie hier noch nie gesehen hatte – starrte sie an.

Sie schlängelte sich an der Vitrine mit Plunderschnecken vorbei und stellte sich in der Cappuccino-Schlange hinter einen großen Mann, der, wie sie wusste, ein Lieferant war. Sie hatte seinen Zustellwagen draußen stehen sehen. Zwei andere Kunden stellten sich vor ihm an – ein Mann und ein Mädchen im Teenageralter mit einem Nasenring.

Plötzlich hörte sie Mannys dröhnende Stimme. „Wir können doch nicht zulassen, dass unser Promi sich anstellen muss. Und hey, Schätzchen, dein Cappuccino geht heute aufs Haus. Ich mache dir sogar einen dreimal so starken." Manny winkte sie nach vorn, und die drei Kunden, die vor ihr gestanden hatten, wichen zurück, bis sie mit dem Rücken an dem Kühlschrank mit den Getränken anstießen, um Lili Platz zu machen. Als wäre sie ein Rockstar. Oder ein mutmaßlicher Serienkiller.

„Einen großen Cappuccino mit Milchschaum für die Dame, Zuckerpuppe."

„Zuckerpuppe" hatte einen tätowierten Delfin über der Pobacke und trug so tief sitzende Hüfthosen, dass er auch gut sichtbar war. Lili hatte keine Ahnung, wie sie wirklich hieß.

„Also, Schätzchen, sag mir, warum du mir nichts davon erzählt hast."

Lili merkte, dass sie ihre Augen so weit aufriss wie Chester und Linwood vorhin. *Bitte, lieber Gott, mach, dass das nicht wahr ist.* „Was habe ich dir nicht erzählt?"

„Komm schon, hör auf, mich zu verscheißern. Du wirst demnächst in der Talkshow bei Oprah Winfrey sitzen. Bald bist du eine dieser berühmten Geisterjäger, die sich die Leute aus dem ganzen Land für viel Geld kommen lassen, damit sie die Geister aus ihrem Haus vertreiben. Die fahren meistens total teure Schlitten."

Lili begann, in dem dicken Fleece-Pulli, den sie heute Morgen übergezogen hatte, zu schwitzen. „Manny, ich weiß nicht, wovon du sprichst." Doch sie wusste es sehr wohl. Tanner war dabei, sie zu vernichten.

„Süße, hör auf, dich dumm zu stellen. Du hast die Leiche hinter Buddy Welchs Haus gefunden, weil dir ein Kater erzählt hat, dass sie dort liegt." Manny hob die Hände, als stünde er auf einer Kanzel und nicht hinter der Kasse des „Coffee Stain". „Leute, hättet ihr so etwas je für möglich gehalten? Ein Kater hat ihr gesagt, dass ein Mord verübt wurde, und sie ist losgezogen und hat die Leiche gefunden. Und den Mörder gleich dazu."

Manny machte sich lustig über die ganze Sache und trug dabei so dick auf, wie Einstein es gern mit Erdnussbutter tun würde. Doch Lili spürte jemandes Atem in ihrem Nacken. Der große Lieferant. Sie klammerte sich an der Theke fest und merkte, wie ihre Schläfen heftig zu pochen begannen. Das Pärchen, das sich beim Filterkaffee angestellt hatte, schnappte seine erst halb vollen Pappbecher und die dazugehörigen Deckel und verließ eilig – und offenbar aus Angst, Lili auch nur eine Sekunde aus den Augen zu lassen – im Rückwärtsgang das Lokal.

„Die Bullen", fuhr Manny fort, „haben jetzt Buddy Welch im Visier. Er ist ja tatsächlich eine Gefahr für die Allgemeinheit. Ich wette, jemand hat unbefugt seinen Grund und Boden betreten und er hat dem Typen den Schädel weggepustet. Du bist eine Heldin, Süße."

Du lieber Himmel, es war schlimmer, als sie befürchtet hatte. „Er wurde nicht erschossen."

Manny hörte nichts und niemanden außer sich selbst und redete mit noch lauterer Stimme weiter, um die Espressomaschine zu übertönen. „Ich bin davon überzeugt, dass die Sheriffs ihn sofort festnehmen, sobald sie aus der Kirche kommen." Er beugte sich über die Theke und streichelte sie unter dem Kinn. „Ich werde nie wieder an etwas zweifeln, was du sagst. Wenn du mir das nächste Mal erzählst, dass dich in meinem Lokal ein Lustmolch angequatscht hat, bekommt er es mit mir zu tun."

„Das mit dem Lustmolch war doch nur Spaß." Doch woher wusste Manny von der Leiche? Und von Buddy? Und überhaupt von der ganzen Sache? Es war noch nicht einmal halb zehn. Lili drehte sich langsam um und sah sich im Lokal um, bis ihr Blick an einem verdächtig leeren Tisch hängen blieb. Chester und Linwood waren weg. Und die beiden waren Roscoes Freunde. Und Roscoe wusste, dass …

Tanner hatte vor, sie *und* Roscoe zu vernichten.

Etwas stieß gegen Lilis nackte Unterschenkel. Ein flauschiger Katzenkopf. Einstein sah zu ihr hinauf und grinste. O ja, Katzen konnten grinsen, sogar sehr, sehr breit. Der kleine Gauner hatte Spaß daran, dass sie in dieser misslichen Lage steckte.

„Habe ich dir nicht gesagt, du sollst im Korb bleiben?"

„Seht ihr?! Sie macht es gerade, direkt vor euer aller Augen."

Ich würde vorschlagen, du verschwindest von hier. Und zwar schleunigst. Lili sah sich bei Einsteins bildhafter Empfehlung wie der Blitz durch die Tür des „Coffee Stain" zischen.

Sie klopfte entschlossen auf die Theke. „Weißt du, Manny, ich sollte heute vielleicht besser auf meinen extrastarken Cappuccino verzichten. Zu viel Koffein. Ganz zu schweigen von der vielen Schokolade obendrauf."

Als Lili sich zum Gehen umdrehte, sah sie durch ein Fenster Tanner vor dem Lokal stehen. Neben ihrem Fahrrad. Er starrte sie durch die Scheibe an. Und es war kein sonderlich gut gelaunter Blick. Doch sie würde sich von ihm jetzt nicht einschüchtern lassen.

Allerdings galt es, sich zu wappnen.

„Ich habe es mir anders überlegt, Manny. Könntest du mir einen extraextrastarken Kaffee machen?"

12. KAPITEL

Lili war es nun trotz des warmen Pullis kalt im Freien. Sie wärmte ihre Hände an dem großen Becher Kaffee. Vielleicht umklammerte sie ihn auch deshalb so fest, weil sie angesichts Tanners offensichtlichem Zorn etwas zum Festhalten brauchte.

War er tatsächlich so ein Unmensch? Zumindest verhielt er sich ihr gegenüber so.

Es war nicht richtig kalt, doch die Frische des Frühlingsmorgens würde sich erst gegen Mittag legen. Lili blies in das kleine Loch im Deckel des Kaffeebechers, ohne Tanner aus den Augen zu lassen. Dann nahm sie einen Schluck.

„Was für ein Zufall, dass du auch hier bist", sagte sie.

„Kein Zufall. Ich habe die Katze gesehen."

Einstein blinzelte kurz und verzog sich zwischen die Hauswand und den Vorderreifen von Lilis Fahrrad. Dann guckte sie zwischen den Speichen hervor wie aus einem Käfig. Vielleicht dienten die Speichen ihr aber auch als Schutz vor dem bevorstehenden Donnerwetter. Die Katze war vorhin – mit gesträubtem Nackenfell – aus dem Fahrradkorb gesprungen, noch bevor Tanner aus seinem Auto gestiegen war.

Tanner war unmittelbar nach seinem Gespräch mit Roscoe zu Lili gegangen. Die Tür war verschlossen gewesen, und als er gemerkt hatte, dass ihr Fahrrad nicht auf der Veranda vor dem Haus stand, war eine maßlose Wut in ihm hochgestiegen. Er hatte sich erstens darüber geärgert, wie Lili nur so dumm sein konnte, aus dem Haus zu gehen, wo doch ein Mörder hier frei herumlief. Und dieser Mörder wusste wegen Roscoes idiotischer Geschwätzigkeit zweifelsohne bereits, dass Lili ihn – wenn auch nur durch die Augen eines Katers – gesehen hatte. Und wenn er es noch nicht wusste, würde er es auf jeden Fall bald wissen. Gut, Lili hatte keine Ahnung, was Roscoe getan hatte, aber sie wusste sehr wohl, dass ein Verbrecher hier frei herumlief. Zweitens ärgerte er sich, dass er selbst sich über etwas in Wahrheit absolut Lächerliches aufregte – denn was würde es jemanden, der halbwegs bei Sinnen war, interessieren, was Fluffy gesehen hatte? Warum also regte er sich so auf, verdammt? Drittens war er wütend, weil er nicht aufhören konnte, an Lili zu denken, und weil er bereute, was er gestern Abend zu ihr gesagt hatte. Und weil er bereute, nicht mit ihr geschlafen zu haben, als er die Gelegenheit dazu hatte.

Seine Wut war allerdings mittlerweile, nachdem er eine halbe Stunde durch die Gegend gefahren war und sie gesucht hatte, wieder halbwegs verflogen.

Lili spielte mit dem Ende ihres Haarzopfes. Es löste etwas ganz Merkwürdiges in ihm aus, wie sie sich damit ständig über die Wange fuhr, hin und her, hin und her. Tanner starrte wie hypnotisiert auf das Zopfende.

„Ich glaube, du solltest es erfahren“, sagte sie.

Tanner unterbrach sie. „Ich weiß es schon.“

„Woher?“

„Von Roscoe. Und weil ich ein bisschen kombiniert habe.“

„Aber ist das, was du weißt, das Gleiche, was ich glaube, das du weißt?“

Trotz der angespannten Stimmung lachte Tanner plötzlich laut auf.

Sie starrte ihn mit ihren unschuldigen blauen Augen an. „Das war nicht witzig gemeint.“

„Ich weiß. Lass uns ein bisschen gehen.“ Im Moment standen sie für alle Gäste des „Coffee Stain“ gut sichtbar direkt vor dem großen Fenster des Lokals, als wären sie Kandidaten in der neuesten Realityshow.

Sie gingen ein paar Schritte, bis Lili vor dem „Mane Man“-Friseurladen neben dem Café wieder stehen blieb. „Das ist weit genug.“

Einstein kroch langsam vom Vorderreifen zum Hinterreifen, um die beiden nicht aus den Augen zu verlieren. Die Katze mochte Tanner tatsächlich nicht. Oder sie hatte Lili einfach schrecklich lieb. Oder beides.

„Also, sag mir, was du glaubst, das ich weiß", sagte Tanner immer noch schmunzelnd.

Sie legte ihren Kopf schief, als wüsste sie seine Bemühungen, sie zu verstehen, zu schätzen. „Im ‚Stain' wissen alle Bescheid über Fluffy und mich."

„Du hast recht, das wusste ich tatsächlich schon."

„Aber weißt du, dass es die Polizei auch schon weiß? Manny behauptet es zumindest."

Tanner beherrschte sich. Er wollte wirklich nicht wütend werden, aber wie zum Teufel hatten die Neuigkeiten sich so schnell herumsprechen können? Oh, natürlich, Chester und Linwood an einem Sonntagmorgen im „Coffee Stain" … das reichte als Erklärung völlig aus.

Lili sah ihn erstaunt an. „Du wirst gar nicht wütend."

„Ich beginne ein neues Leben."

Lili strahlte ihn an. Ihre Augen leuchteten tatsächlich wie zwei 100-Watt-Glühbirnen. „Das ist ja wunderbar."

Alles, was gestern Abend geschehen war, schien vergessen. Lili verhielt sich ihm gegenüber so, als wäre sie weder zuerst mit ihm im siebten Himmel noch danach in ihren Gefühlen zutiefst verletzt gewesen. Letzteres war gut, Ersteres geradezu ein Skandal. Er wollte keinesfalls, dass sie sich daran erinnerte, was er zu ihr gesagt hatte, doch er wollte verflucht noch mal, dass sie wenigstens irgendein Gefühl wegen dieser anderen Sache hatte, die sie gemacht hatten.

„Also, es geht um Folgendes …"

Sie war unverbesserlich, unverdrossen und unbezähmbar. Und unwiderstehlich. Tanner holte tief Luft und atmete langsam wieder aus.

„Entschuldige bitte, ich habe vergessen, dass ich diesen Satz nicht sagen soll.“

„Spuck’s aus, Lili.“ Verdammt, er wollte noch viel mehr von ihr. Er wollte sie, begehrte sie – und das trotz seines eigenen familiären Durcheinanders und obwohl dieser Mordfall alles überschattete.

„Ich hätte dir gestern sagen sollen, dass ich Lady Dreadlock auf der Wiese begegnet bin, als ich vorgestern allein unterwegs war. Aber ich habe Zeit gebraucht, um in Ruhe darüber nachzudenken, ob ich es überhaupt irgendjemandem sagen soll – also nicht nur dir. Heute früh haben Einstein und ich uns mit ihr unterhalten, und jetzt weiß ich, dass ich es nicht für mich behalten darf.“

Tanner zog sie an sich und küsste sie direkt auf den Mund. Fest.

„Warum hast du das getan?“, fragte sie, als er sie wieder losgelassen hatte, und sah ihn mit großen Augen und ziemlich verklärtem Blick an.

„Wenn ich es nicht getan hätte, hätte ich dich anbrüllen müssen. Und mir ist nicht nach Brüllen, obwohl ich zugegebenermaßen sauer bin.“ Er schwankte immer noch zwischen dem Bedürfnis, sie unsanft zur Vernunft zu bringen und sie solange zu küssen, bis sie nicht mehr klar denken konnte. Beziehungsweise er wieder klar denken konnte. „Warum zum Teufel hast du mir das nicht schon gestern gesagt?“

Doch in Wahrheit wusste er die Antwort. Tief in ihrem Inneren traute Lili ihm nicht. Sie vertraute weder darauf, dass er ihr glaubte, noch darauf, dass er sie beschützen würde, und auch nicht darauf, dass er ihr nicht wehtun wollte.

Sie würden sich darüber unterhalten müssen, was er gestern Abend zu ihr gesagt hatte. Aber nicht hier und jetzt, direkt vor dem „Mane Man“. Die Sonntagmorgenmesse war vorbei, die Straße füllte sich mit Autos, und aus allen Richtungen kamen Menschen – Spaziergänger, Radfahrer und Skateboarder.

„Vergiss meine Frage. Es ist mir im Augenblick egal, warum du es mir gestern nicht gesagt hast. Wer ist diese Lady Dreadlock?“

Als sie es ihm erklärt hatte, war er verwirrter als zuvor. Lili hatte diese Gabe, einen Mann völlig durcheinanderzubringen.

„Lass es mich zusammenfassen. Diese verrückte Frau …“

„Sie ist nicht richtig verrückt.“

Er hob abwehrend die Hand. Lili verstummte. „Diese verrückte Frau hat dich monatelang belästigt, doch du hast es der Polizei nicht gemeldet. Dann bist du ihr an jenem Abend begegnet, als du dich allein auf die Suche nach der Leiche gemacht hast. Und jetzt hat sie dir gesagt, dass sie mit Tieren redet und dass sie Fluffy am Morgen nach jener Nacht gesehen hat, als mein Kater Zeuge eines Mordes war. Habe ich dich richtig verstanden?“

„Fast. Außer dass Lady D. es nicht mir, sondern Einstein erzählt hat. Und Einstein hat es dann mir erzählt.“

Tanner hätte am liebsten mehrere Male hintereinander mit dem Kopf gegen die Hauswand des „Mane Man“ geschlagen. Wenn er schon Probleme damit gehabt hatte, dass Fluffy Lili von einem Mord erzählte – wie sollte er mit dem Rest der Geschichte umgehen, die sie ihm gerade eröffnet hatte?

Doch er würde nicht die Beherrschung verlieren. „Ist das jetzt alles?“

Lili biss sich auf die Lippe. „Hm, ja, ich glaube, das war alles.“

„Du hast nicht absichtlich etwas ausgelassen?“

„Ganz bestimmt nicht. Das war alles. Aber du redest mit mir wie mit einem Kind.“

„Du hast recht, tut mir leid. Es war unangebracht.“

„Das glaube ich dir nicht.“
„Lili …“
„Wir reden später darüber.“
Allerdings würden sie das! Denn Tanner würde auch gerne ein paar Themen seiner Wahl zur Sprache bringen. „Na gut, dann gehen wir jetzt zur Polizei.“
Sie sah ihn entgeistert über den Rand ihres Kaffeebechers hinweg an.
„Was ist?“
„Flippst du gar nicht aus? Brüllst du mich nicht an?“
„Nein.“
„Warum nicht? Vielleicht habe ich mir das mit Lady Dreadlock ja nur ausgedacht, um mehr Aufmerksamkeit zu bekommen.“
Sieh an. Sie hatte also seine Unterstellung von gestern nicht vergessen. Er hätte nie gedacht, dass sie so gut darin war, sich ihre Gefühle nicht anmerken zu lassen.
„Lili, wegen gestern Abend …“
Sie presste eine Hand auf ein Ohr, den Kaffeebecher auf das andere. „Ich will es nicht hören. Von gestern Abend habe ich genug. Los, gehen wir zum Sheriff.“
Sie mochte genug davon haben, aber Tanner wusste, dass es bei ihm nicht der Fall war. Er hatte nicht genug. Noch lange nicht.

Sheriff Gresswells Schreibtisch hatte die gefühlte Größe einer Briefmarke, und sein Büro wirkte, bildlich gesprochen, wie eine Postkarte in einem DIN-A4-Kuvert. Wäre der Sheriff größer als einsfünfundfünfzig und schwerer als siebzig Kilo, hätte er vermutlich nicht durch die Tür gepasst. Andererseits war die Polizeistation ja auch nur in einem einstöckigen Gebäude untergebracht, in dem sich links noch das Büro eines Steuerberaters und rechts die Praxis eines Allgemeinmediziners befanden. Es gab hier auch kein Gefängnis – Verbrecher wurden ins Amtsgebäude von Benton gebracht –, und wenn ein Sondereinsatzkommando angefordert wurde, musste sich das Team am Parkplatz versammeln. Dort wiederum reichte der Platz auch nicht für viel mehr als den Einsatzwagen. Als die nicht konfessionsgebundene Bibelrunde auf der anderen Straßenseite sich darüber beschwert hatte, hatte der Stadtrat das Einsatzkommando gebeten, sich doch vor dem Turnsaal der Highschool zu treffen. Das wiederum lenkte jedoch die Schüler zu sehr ab, weshalb man wieder auf den Parkplatz zurückgekehrt war. Die Kirchengemeinde musste also weiterhin leiden.

Gott sei Dank war heute kein Einsatzkommando vor Ort.

Sheriff Gresswell fuhr sich durch sein kurzes und ungewöhnlich dicht gelocktes graues Haar. Er trug immer noch seinen Sonntagsanzug.

Er wandte sich an Tanner. „Ich wollte heute Nachmittag ohnehin bei Ihnen vorbeikommen, um noch ein paar offene Fragen zu klären."

Offene Fragen? Lili schluckte. Warum hatte Tanner vorhin nicht die Beherrschung verloren und sie angebrüllt? Dann ginge es ihr jetzt besser. Stattdessen hatte er sie geküsst, und sie wusste nicht, was das bedeutete. Außerdem hätte sie sich wohler gefühlt, wenn sie allein mit Sheriff Gresswell hätte reden können. Aber Tanner hatte sich durchgesetzt. Statt ihr Fahrrad in seinem Kofferraum zu verstauen, hatten sie es im Hinterzimmer des Blumenladens abgestellt, der sonntags geschlossen war und in dessen Schaufenster nun Einstein zwischen den Blättern des Philodendrons hockte und auf die Straße hinausguckte.

Tanner war der Meinung, dass es in Lilis Situation nicht hilfreich wäre, in Begleitung einer Katze beim Sheriff aufzutauchen, womit er wahrscheinlich recht hatte.

„Haben Sie schon einen Hinweis, wer der Tote ist?“, fragte Tanner.

„Nein, noch nicht. Der Pathologe konnte uns nur sagen, dass es sich um einen Mann weißer Hautfarbe Anfang zwanzig handelt. Wir haben seine Fingerabdrücke abgenommen.“ Mit einem Seitenblick auf Lili fuhr er fort: „Zumindest das, was davon noch übrig ist.“

Du lieber Himmel, sie wollte sich gar nicht vorstellen, was *nicht mehr* da war.

Sheriff Gresswell wandte sich wieder an Tanner. „Wir lassen seine Fingerabdrücke gerade durch die Datenbank laufen, aber bis jetzt gab es noch keinen Treffer.“

Dann lächelte er Lili an. Es war ein sehr freundliches Lächeln, bei dem seine schönen weißen Zähne aufblitzten und eine beachtliche Zahl von Lachfältchen um seine Augen sichtbar wurde. Man sah ihm an, dass er viel Zeit im Freien verbrachte, doch sein wettergegerbtes Gesicht war nicht so sorgenzerfurcht, wie man es bei jemandem erwarten würde, der seine Tage und Nächte damit verbrachte, sich mit prügelnden Ehemännern oder mit Teenagern herumzuschlagen, die Drogen ausprobierten. Oder mit Leichen, die schon so lange im Freien lagen, dass sie die Aasfresser anlockten.

Vielleicht hatte er ja eine liebevolle Ehefrau, die ihm die Sorgenfalten wegstreichelte? Vielleicht konnte er aber auch eine Katze gebrauchen? Bash würde hervorragend zu ihm passen. Nach einem anstrengenden Tag im Zeichen der Verbrechensbekämpfung würde er sich bestimmt freuen, wenn zu Hause eine Katze auf ihn wartete, deren einziger Wunsch es war, zu lieben und geliebt zu werden. Im Augenblick allerdings war nicht der richtige Zeitpunkt, das Gespräch auf Bash zu bringen.

„Da Sie gerade von offenen Fragen geredet haben, Sheriff …“, sagte Lili und trommelte mit den Fingern auf der

Lehne ihres Stuhls herum. Zwar hatte Gresswell seine offenen Fragen schon vor ein paar Minuten erwähnt, doch Lili schien die Formulierung ein guter Anknüpfungspunkt. „Da ist etwas, was ich gestern im Gespräch mit Ihren Beamten vergessen habe.“ Das war nicht gelogen. Lady Dreadlock war ihr erst wieder eingefallen, als Tanner und sie auf dem Heimweg gewesen waren.

Tanner setzte sich eine Spur aufrechter hin und legte seinen Ellbogen auf die Armlehne. Er saß so nahe neben ihr, dass sie die Wärme seines Körpers spüren konnte. Es war ein äußerst tröstliches Gefühl. Sheriff Gresswell zog eine buschige graue Augenbraue hoch.

Was Lili jetzt gebraucht hätte, wäre ein großer Schluck starken Kaffees gewesen. Doch sie redete weiter. „Mir ist jemand begegnet, als ich Freitagabend im Wald war. Eine Frau. Ich weiß nicht, wie sie heißt, aber sie wohnt im Wohnheim in der Marple Street. Sie war in der Nähe jener Stelle, wo wir die ...“ Lili schluckte. „... tja, Sie wissen schon, was ich meine. Jedenfalls wäre es möglich, dass sie etwas gesehen hat, was Ihnen weiterhelfen könnte.“

Sheriff Gresswells Gesichtsausdruck war schwer zu deuten. Kein Lächeln, kein Stirnrunzeln. Er verdrehte nicht einmal genervt die Augen. „Wie sieht dieser Jemand denn aus?“

Übersetzung: Die Existenz dieses Jemands ist für mich so glaubwürdig wie der Bigfoot und die kleinen grünen Männchen.

Lili antwortete trotzdem. „Sie hat jede Menge Dreadlocks.“ Sie beschrieb mit den Händen eine beachtliche Haarfülle rund um ihren eigenen Kopf, als helfe das dem Sheriff, sie zu verstehen. „Wissen Sie, diese verfilzten langen Strähnen.“ Wie Rattenschwänze, dachte sie, aber sie sprach es nicht aus. „Und sie trägt viele Schichten Kleider übereinander.“

Lili überlegte gerade, wie sie ihm die Sache mit den Schichten beschreiben sollte, als Sheriff Gresswell sagte: „Das ist Patricia." Dann lächelte er. „Wir nennen sie liebevoll Patsy."

Lili brauchte einen Moment, um das zu verdauen. Wow, nach all den Monaten, die sie Lady D. mittlerweile kannte, hatte die Frau endlich einen Namen. Obwohl sie für Lili mehr wie eine Lady Dreadlock aussah als eine Patricia oder gar eine Patsy. Und der Sheriff glaubte ihr. Zumindest dass es Lady Dreadlock wirklich gab und sie kein Bigfoot oder ein kleines grünes Marsmännchen war.

„Wieso glauben Sie, dass Patsy etwas gesehen haben könnte?" Er hätte fragen können, was Lili glaubte, das Lady D. gesehen hätte, aber er verzichtete darauf.

Sein Pokerface gab ihr keinen Hinweis darauf, was er gerade dachte. Hatte Manny recht? Wusste der Sheriff bereits über sie und Fluffy Bescheid? Hatte sich die Nachricht in nur einer einzigen Stunde wie ein Lauffeuer vom „Coffee Stain" über die Kirche bis zur Polizeistation verbreitet? Andererseits wusste sie nicht, wie früh Chester und Linwood schon im Lokal gewesen waren. Gut möglich, dass sie bei Tagesanbruch aufgestanden und im „Stain" gewesen waren, als es gerade aufgemacht hatte. Manche alten Leute brauchten ja nicht besonders viel Schlaf.

Nicht dass das wichtig gewesen wäre. Wenn der Sheriff sie etwas fragte, würde sie alles erklären müssen – angefangen damit, was sie im Wald gemacht hatte, als sie beinahe über Lady Dreadlock gestolpert war. Sonst würde der Rest der Geschichte keinen Sinn ergeben. Lili wünschte, sie hätten Einstein nicht im Blumenladen gelassen. Sie hätte ein bisschen moralische Unterstützung gut gebrauchen können. Verstohlen sah sie zu Tanner. Ihr Herz klopfte heftig vor Aufregung. Sie war auf einen Blick gefasst, der ihr bedeutete, sie solle endlich sagen, was zu sagen war, und es hinter sich bringen. Stattdessen war sein Blick voller Wärme. Ihr Herz klopfte heftiger.

Vielleicht glaubte er selbst ihr ja nicht, doch hier, im Büro des Sheriffs, stand er hinter ihr. Einen Moment lang versank sie in seinen blauen Augen.

Dann begann sie – mit einigem Stottern – ihre Geschichte zu erzählen. „Tja, wissen Sie, ich war im Wald unterwegs, weil ich so ein Gefühl hatte, dass da draußen irgendetwas sein könnte. Weil … wissen Sie … es ist so …“ Okay, wie sollte sie es wirklich erklären?

Tanner ergriff das Wort. „Was Lili sagen will, ist, dass sie auf telepathischem Wege mit Tieren kommuniziert und dass der Kater meiner Tochter ihr zu verstehen gegeben hat, dass er Mittwochabend im Wald etwas beobachtet hat. Lili wollte sich am nächsten Tag im Wald davon überzeugen, ob das, was der Kater erzählt hat, stimmt.“ Er drehte sich zu Lili und sah sie eindringlich an, bevor er fortfuhr: „Was nebenbei bemerkt nicht besonders klug von ihr war. Jedenfalls hat sie auf diesem Spaziergang diese Patsy getroffen. Nachdem Lili aber nicht gefunden hat, wonach sie suchte, sind wir gestern gemeinsam losgezogen, und unsere Suche war erfolgreich.“

Lili stellte sich vor, wie er an einem großen, voll besetzten Konferenztisch saß und den Anwesenden sagte, was sie zu tun hatten. Und alle tanzten nach seiner Pfeife.

Sie konnte den Blick nicht von ihm abwenden. Er sah sie an und lächelte. Lilis Herz klopfte noch schneller, noch heftiger und so laut, dass sie das Blut in ihren Ohren pochen hörte. Er hatte ihr zu verstehen gegeben, dass er ihr glaubte. Als stünde einfach fest, dass es stimmen musste, weil *sie* es ihm so erzählt hatte.

Es spielte keine Rolle, dass Tanner ihr nicht glaubte. Das, was er gerade getan hatte, bedeutete ihr umso mehr, weil er ihr eben *nicht* glaubte.

Sheriff Gresswell stützte sich mit den Ellbogen auf die Lehnen seines Schreibtischsessels und legte die Fingerspitzen seiner Hände aneinander. „Sie sind also nicht zufällig bei einem Spaziergang über das Mordopfer gestolpert?“

Tanner antwortete, ohne auch nur mit der Wimper zu zucken: „Nein, wir haben eine Leiche gesucht.“

„Doch das haben Sie weder meinen Beamten noch mir gesagt, als wir uns unterhalten haben.“

Es war keine Frage, doch Tanner antwortete so, als wäre es eine: „Zu diesem Zeitpunkt dachte ich, dass man die Informationen meines Katers nicht unbedingt für zweckdienlich halten würde.“

„Was zweckdienlich ist, können Sie ruhig mir überlassen.“ Sheriff Gresswell wandte sich an Lili. „Was genau hat Ihnen der Kater gesagt?“

Mit Tanner an ihrer Seite hatte Lili den Mut, ihm alles zu erzählen. „Fluffy hat mir nicht direkt etwas gesagt, als mir vielmehr etwas in einem Bild mitgeteilt. Wir kommunizieren über Bilder.“

Der Sheriff lächelte ihr aufmunternd zu. „Dann sollten Sie sich nicht scheuen, auch mir diese Bilder mitzuteilen.“

Sein Lächeln wirkte auf Lili echt. „Er saß in einem Baum auf einer Wiese und hat von dort aus einen Mann mit Helm gesehen, der mit einem Stock auf etwas einschlug, das am Boden lag. Er, ich meine Fluffy, hatte schreckliche Angst.“

Sheriff Gresswell kratzte sich nachdenklich am Kinn. Er starrte kurz auf seinen Schreibtisch hinunter und sah dann wieder Lili an. „Einen Armeehelm? Oder eher ein Motorradhelm?“

Lili griff sich an den Kopf. „Ich weiß es nicht genau. Es war kein Vollvisierhelm, sondern er sah eher so aus wie diese blumentopfartigen Helme, die die Harley-Fahrer tragen und bei denen man das Gesicht sieht.“

Der Sheriff presste die Lippen aufeinander, als wäre das, was sie eben gesagt hatte, eine Art Hinweis. Auch gut möglich war, dass er sich wegen ihrer Beschreibung das Lachen verkneifen musste. Hoffentlich beschrieb sie niemals einen Harley-Helm mit diesen Worten beim Bikertreff am Stadtrand. „War sonst noch etwas Besonderes an diesem Helm?“

„Er wirkte von der Farbe her grau. Aber Katzen sehen anders als Menschen, und deshalb kann ich nicht mit Sicherheit sagen, ob er wirklich grau war.“

Der Sheriff nickte. „Kommen wir zu diesem Stock, den Sie erwähnt haben. Können Sie ihn genauer beschreiben?“

„Es war ein Ast mit einer Verdickung am Ende.“ Nichts, was sie hier berichtete, würde einen Durchbruch bei den Ermittlungen bedeuten. „Es tut mir leid, ich bin wohl keine große Hilfe.“

„Doch, das hilft uns sehr wohl weiter, glauben Sie mir.“

Glauben Sie mir. Das bedeutete, dass der Sheriff auch ihr glaubte. Oder?

„Gibt es sonst noch etwas, was Sie mir mitteilen möchten?“ Er sah sie mit prüfendem Blick an. So als wären seine Augen Sonden, mit denen er ihr direkt ins Gehirn sehen konnte.

„Ich glaube, dass Lady Dreadlock, ich meine Patsy, auch am Morgen nach dem Mord auf der Wiese gewesen sein könnte. Vorhin habe ich sie im Stadtpark getroffen, und als wir uns ein bisschen unterhalten haben, habe ich den Eindruck gewonnen, dass sie dort war.“ Lili hoffte inständig, dass Lady D. wenigstens ihre Kleider angezogen hatte, falls der Sheriff sie später dort finden würde.

„Äußerst interessant.“ Er klopfte mit der Hand auf die Tischplatte und erhob sich. „Ich bin Ihnen für den Tipp bezüglich Patsy sehr dankbar. Für mich hat es oberste Priorität, mit ihr zu reden.“ Dann reichte er zum Abschied zuerst ihr, dann Tanner die Hand.

„Aber das muss für Sie alles sehr unglaubwürdig geklungen haben“, wandte sie ein.

„Sie wären überrascht, was für mich wirklich unglaubwürdig klingt. Sie brauchen sich nur die Gegend hier anzusehen, wo wir leben.“

Ja, es stimmte, hier gab es die meisten Spinner auf der ganzen Welt. Doch deshalb liebte Lili es so, hier zu leben. Vor allem deshalb, weil sie selbst zu diesen Spinnern gehörte.

Eines musste sie den Sheriff noch fragen. „Manny vom ‚Coffee Stain‘ drüben meint, Sie glauben, dass Buddy Welch etwas mit der Sache zu tun hat ...“

„Ich ziehe nie voreilige Schlüsse, wenn ich keine entsprechenden Beweise habe.“ Er lächelte herzlich. Zumindest so herzlich, wie ein Bulle es eben konnte. „Wenn ich es täte, würden bei mir sofort die Alarmglocken läuten, wenn jemand mir eröffnet, dass ein Kater ihm von einem Mord erzählt hat.“

Lili hatte plötzlich Mühe zu schlucken.

Tanner nahm sie an der Hand. „Dann sind wir wirklich froh, dass Sie keine voreiligen Schlüsse ziehen, nicht wahr, Lili?“

„Übrigens“, sagte Gresswell, „Sie haben der Schwester meines Schwagers mit ihrer Ziege geholfen, die jeden zweiten Tag durchgebrannt ist. Ich nehme an, das ist ein Faktum, das ich berücksichtigen muss. Warum versuchen Sie also nicht noch einmal, mit unserem vierbeinigen Zeugen zu reden? Vielleicht erfahren Sie ja etwas Neues von ihm. In der derzeitigen Situation können wir jede Hilfe gebrauchen.“

Glaubte der Sheriff Lili wirklich? Oder hatte er sich vorhin nur nichts anmerken lassen und würde nun, da sie weg waren, schleunigst alle Leute in der Stadt befragen, was sie über sie wussten?

Es war bei Weitem das merkwürdigste Gespräch, bei dem Tanner jemals dabei gewesen war. Nicht einmal die allererste

Unterhaltung mit Lili in ihrer Küche konnte da mithalten.

Damals war er immerhin darauf vorbereitet gewesen, dass es merkwürdig werden könnte.

Aber auf die sachliche Reaktion des Sheriffs, seine einfachen Fragen und das Fehlen jeglicher Skepsis war er nicht gefasst gewesen.

Trotz seiner eigenen Vorbehalte wäre Tanner Lili zu Hilfe gekommen, wenn der Sheriff auch nur eine Andeutung gemacht hätte, dass sie entweder schon vorher gewusst haben könnte, wo sich die Leiche befand, oder – Gott behüte – dass sie etwas mit dem Mord zu tun hatte. Stattdessen war nichts dergleichen passiert. Tanner war – gelinde gesagt – verdutzt.

Wer hätte gedacht, dass das ausgerechnet einer Ziege zu verdanken war? Oder vielleicht hatte es ja an Lili selbst und ihrer absolut unschuldigen Ausstrahlung gelegen.

Lili schloss die Tür des „Flowers By Nature“ auf und ging vor ihm in den Laden. „Er hat mir geglaubt“, sagte sie, als sie hinter sich wieder zusperrte.

Und du nicht. Er wusste, dass es das war, was sie dachte, obwohl sie es nicht aussprach.

Einstein saß noch immer an derselben Stelle neben dem Philodendron im Schaufenster und starrte ihn grimmig an, als hätte sie Lilis unausgesprochene Bemerkung gehört.

Lili warf der Katze einen Kuss zu. „Alles ist wunderbar verlaufen“, sagte sie, und Tanner war sich ziemlich sicher, dass sie nicht mit ihm, sondern mit der Katze redete.

Im Laden war es kühl, und es roch nach Blumen und feuchter Erde. Er folgte Lili durch den grünen Dschungel bis ins Hinterzimmer, wo sie ihr Fahrrad abgestellt hatten.

Auf der Schwelle drehte sie sich zu ihm um. „Es war sehr lieb von dir, dass du mir zu Hilfe gekommen bist, als ich Probleme hatte, alles der Reihe nach zu erzählen. Bei dir hat es so …“ Sie zuckte die Achseln. „… so plausibel geklungen.

Der Sheriff hat mir nur deshalb geglaubt, weil du es so gut erklärt hast."

„Lili, ich …"

Sie fiel ihm ins Wort. Tanner hatte den Verdacht, dass sie einfach nicht hören wollte, was er zu sagen hatte. „Ich glaube, wir sollten uns über den gestrigen Abend unterhalten", sagte sie. „Nicht über den ersten Teil, sondern den zweiten, kurz bevor ich dich gebeten habe zu gehen." Sie drehte sich um, fuhr mit einer Hand über die Kante des Arbeitstisches und wandte sich dann wieder ihm zu. „Mir ist klar, wie schwer es für dich sein muss, alles, was ich gesagt habe, einfach zu akzeptieren."

„Lili, ich …"

Sie sah ihn scharf an. Niemals hätte er ihr einen derartig aggressiven Blick zugetraut. Wenn Lili etwas zu sagen hatte, wollte sie es tun, ohne unterbrochen zu werden. Tanner hob entschuldigend die Hände.

„Ich habe das, was du gesagt hast, aufgefasst, als wäre es die Meinung eines Menschen, der mich kennt. Aber dann habe ich nachgedacht. In Wahrheit kennst du mich überhaupt nicht. Auch der Sheriff kennt mich nicht, aber er ist eine andere Art von Mensch als du, und ich bin sicher, ihm ist im Laufe seines Berufslebens schon alles Mögliche untergekommen. Tja, und dir …" Sie zuckte die Achseln. „… dir nicht."

„Suchst du eine Entschuldigung für das, was ich zu dir gesagt habe, Lili?"

„Ich denke daran, was du Erika immer predigst."

„Und das wäre?" Er wusste beim besten Willen nicht, was sie meinte, denn es gab ziemlich viele Dinge, die er Erika immer wieder predigte. Das gehörte zu seinem Job als Vater.

„Verwechsle nicht die Bemühungen mit dem Ergebnis. Das sagst du ihr zum Beispiel immer."

„Und was hat das jetzt mit dem Sheriff zu tun?"

„Es hat insofern damit zu tun, als dass du in Wahrheit mit diesem Satz meinst, dass es egal ist, wie sehr sich ein Mensch bemüht. Wichtig ist nur das Ergebnis. Und das ist nun mal ziemlich engstirnig gedacht."

„Ich bin nicht engstirnig." Obwohl er gestern das Gleiche gedacht hatte. Er war – bei gewissen Dingen – tatsächlich engstirnig.

Sie lächelte, doch es war ein trauriges Lächeln. Wie das eines Tierfreundes, der gerade entdeckte, dass seine alte Katze ihr Geschäft schon wieder neben dem Klo verrichtet hatte.

Die Diskussion würde zu nichts führen. „Schön, dann bin ich eben engstirnig. Aber ich habe immer noch keinen blassen Schimmer, was mein Grundsatz – mit dem ich übrigens völlig recht habe – mit dem Sheriff zu tun hat."

„Deine Engstirnigkeit hat damit zu tun. Es geht im Leben nicht nur um das Ergebnis. Es geht darum, wie sehr sich jemand bemüht und anstrengt, auch wenn er nicht das gewünschte Ergebnis damit erzielt."

„So meine ich es doch gar nicht. Was ich sagen will, ist, dass man ohne ein Maximum an Anstrengung nicht zu dem Ergebnis kommt, das man gerne hätte, und dann die ganze Arbeit umsonst wäre."

Aber hatte Erika es auch in diesem Sinn verstanden? Sie war intelligent, strengte sich wahnsinnig an, und er war unglaublich stolz auf sie. Aber war das Resultat all *seiner* Anstrengungen, sie zu hundertprozentigem Einsatz zu motivieren, dass Erika zu sehr unter Leistungsdruck stand?

Vielleicht. Möglich. Du lieber Himmel, was tat er seiner Tochter nur an?

Er sah Lili lange an. Und ihm fiel ein, was Erika heute Morgen gesagt hatte. Dass Lili nur auf den ersten Blick ein bisschen unvernünftig und leichtsinnig wirkte. Vielleicht tat sie es auch auf den zweiten und dritten Blick, doch hinter ihrer dunklen Mähne und den Augen, die eine so ungewöhnliche Farbe hatten, steckte ein kluger Kopf, der eine äußerst tiefgründige Sicht der Dinge hatte.

„Egal", fuhr sie fort, als hätte sie nicht schon wieder seine Weltsicht auf den Kopf gestellt. „Egal, wir haben vom Sheriff geredet und wie aufgeschlossen er ist. Und darüber, wie engstirnig du bist – was natürlich nicht heißt, dass du ein schlechter Mensch bist. Worauf ich hinauswollte, ist, dass es mir viel mehr bedeutet, dass du mir zu Hilfe gekommen bist, als dass du mir glaubst."

„Ich wollte die Sache nur ein bisschen beschleunigen." Er hatte versucht, sie zu beschützen und die Aufmerksamkeit des Sheriffs für den Fall, dass es ungemütlich werden könnte, auf sich zu lenken.

„Aber du hättest ihm sagen können, was du wirklich denkst."

Wenn er nur ungeschehen machen könnte, was er gestern Abend gesagt hatte … Doch es war passiert, und deshalb musste er nun von ihr erfahren, wie schlimm es für sie geklungen hatte. „Was denke ich denn wirklich?"

Sie schnaubte. „Dass Fluffy mir überhaupt nichts erzählt hat, dass ich alles schon vorher gewusst habe und dass ich dich überredet habe, mit mir die Leiche suchen zu gehen, damit alle glauben, dass ich mit Tieren reden kann und ich ganz viel Aufmerksamkeit bekomme."

Tanner holte tief Luft, um etwas zu erwidern. Dann klappte er seinen Mund wieder zu. Was auch immer herauskäme – es würde falsch sein.

„Gestern Abend hat mich das gekränkt." Sie griff nach ihrem Zopf. „Aber ich hatte Zeit, darüber nachzudenken. Wenn du also nicht daran glaubst, dass die Welt voller Magie ist, nur weil du es nicht erkennst, tja, dann ist es natürlich naheliegend, dass du immer nur das Schlechteste annimmst."

Er legte seine Hand auf ihre Wange, strich ihr übers Haar und zog sie an sich. Ihr Ohr war ganz kalt, aber zumindest ihr Nacken wurde warm unter seiner zärtlichen Berührung. Sie roch nach Zimt und Schokolade und nach frischer Frühlingsluft.

„Ich glaube nicht, dass du so hinterhältig gehandelt hast."

Sie riss die Augen auf. „Tust du nicht?"

„Erika und ich haben uns heute Morgen darüber unterhalten. Sie meint, es habe zwei Möglichkeiten gegeben. Entweder sie glaubt dir nicht, dass du mit Tieren reden kannst, oder sie entscheidet sich dafür, dass du ein guter Mensch bist."

„Oh", sagte Lili verdutzt.

„Möchtest du wissen, was sie noch gesagt hat?"

Lili schluckte. „Ja."

„Sie meinte, sie möchte dir glauben, weil du ein guter Mensch bist."

„Oh", sagte Lili wieder. Nun hatte sie feuchte Augen.

„Erika hat völlig recht."

„Du glaubst mir also?"

„Ich habe beschlossen, die Alternativen nicht zu akzeptieren. Du könntest nie jemandem wehtun und würdest niemals einen Kater oder einen ermordeten Menschen instrumentalisieren, um in den Augen anderer Leute etwas Besonderes zu sein."

„Aber du kennst mich doch erst seit Donnerstag."

Es kam ihm viel länger vor. Er zog sie an sich und nahm ihr Gesicht in seine Hände. „Vier Tage sind lang genug, um zu erkennen, dass ich an den Menschen glaube, der du bist."

13. KAPITEL

Tanner streichelte ihren Nacken. Dann zog er sie zärtlich an ihrem Zopf.

Lili brachte kein Wort heraus. Das war das Allerschönste gewesen, was jemals ein Mensch zu ihr gesagt hatte. Immer war sie die Frau gewesen, die mit Tieren reden konnte – beziehungsweise die glaubte, es zu können. Als wäre sie ein Objekt und kein Mensch. Doch Tanner glaubte ihr, weil sie genau so war, wie sie nun mal war.

Wenn es Magie gab – und Lili war überzeugt davon –, dann war das der zauberhafteste, wundersamste Moment, den sie je erlebt hatte.

Als Tanner das Haargummi von ihrem Zopf streifte, wurde Lili plötzlich bewusst, dass sie sich fest an ihn geschmiegt hatte.

„Ich verzeihe dir, was du gestern gesagt hast“, flüsterte sie.

„Ich war ein Idiot.“

„Und jetzt bist du kein Idiot mehr?“

Er schmunzelte. „Vielleicht bin ich immer noch einer. Es ist schwierig, diese Angewohnheit von heute auf morgen aufzugeben.“

Er fuhr ihr durchs Haar, bis es ihr offen über die Schultern fiel.

„Ich liebe dein Haar.“ Er vergrub sein Gesicht in ihrer Mähne.

Das hatte noch nie ein Mann bei ihr getan. Es war ebenfalls ein magisches Gefühl.

„Es duftet nach Sommerregen“, murmelte er.

„Das macht das Shampoo, das ich benutze. Es heißt ‚Sommerregen‘.“

Tanner lachte. Dann küsste er sie. Lili spürte, wie ihr heiß wurde und ihre Nippel sich aufrichteten. In ihrem Kopf begann sich alles zu drehen, und sie war erregt, feucht und bereit für … alles, was er wollte.

Sie wollte etwas sagen, doch alles, was ihr über die Lippen kam, war sein Name.

Er fuhr wieder durch ihr Haar. Dann nahm er ihr Gesicht in seine Hände. „Ich werde dir nie mehr wehtun."

Ehe sie erwidern konnte, dass er ihr nichts versprechen sollte, küsste er sie. Sie wollte keine Versprechungen. Aber, Himmel, sie wollte das, was er gerade mit ihr machte.

Sie umarmte ihn und erwiderte seinen Kuss. Es war so wie gestern Abend, nur noch schöner. Er ließ sich mehr Zeit, erforschte zärtlich mit seinen Lippen und seiner Zunge ihren Mund. Dann küsste er sie tief und leidenschaftlich – so als wäre dieser Kuss und ihre Hingabe alles, was er sich je ersehnt hatte.

Wäre da nicht das harte Zeichen seiner Erregung gewesen, das sie deutlich an ihrer Hüfte spürte.

Lilis Herz raste. Sie legte den Kopf in den Nacken und sah in seine unglaublich blauen Augen.

Er gab ihr einen sanften Nasenstüber. „Mir ist klar, dass jetzt nicht der richtige Zeitpunkt und hier auch nicht der passende Ort ist, aber ich begehre dich trotzdem. Ich will, dass du das weißt. Und ich vermute, du weißt es."

„Du meinst, mich zu küssen ist nicht genug?"

Er knabberte an ihrem Ohr. „Nein, dich zu küssen ist nicht genug."

„Es hat sich so angefühlt, als hättest du mich eben sehr gern geküsst."

„So war es auch. Und so ist es immer noch. Ich habe nie eine Frau lieber geküsst als dich." Er hob eine Hand. „Ich schwöre." Seine Hände wanderten ihren Rücken hinunter bis zu ihrem Po. Dann zog er sie fest an sich. „Ich möchte, dass du so kommst wie gestern."

Lili legte einen Arm um seinen Hals, stellte sich auf die Zehenspitzen und küsste ihn leidenschaftlich. Dann sagte sie: „Nein."

Tanner stutzte. „Nein?"

Sie biss ihn sanft ins Ohrläppchen. „Ich möchte dich schmecken", flüsterte sie.

Tanner wusste, dass sie nicht von einem weiteren Kuss redete. „Nein", sagte er rasch.

„Warum nicht?"

„Weil das nichts ist, was ein Gentleman eine Lady tun lässt, wenn er auf einem nasskalten Steinboden in einem Hinterzimmer steht."

Es war etwas, was sich jeder Mann von seiner Geliebten wünschte. Doch obwohl er gesagt hatte, dass er ihr Haar und ihren Duft liebte, konnte sie sich nicht als seine Geliebte bezeichnen.

Sie würde es nicht ertragen, wenn er sagte, es wäre nur Sex.

„Warum macht es einen Unterschied, ob ich es mache oder du? Es würde ja im gleichen Raum passieren." Sie ließ ihren Blick über die Arbeitstische, die Kühlschränke und … tja, den Steinboden schweifen.

„Es macht sehr wohl einen Unterschied, Lili."

„Ich bin eine Lady, Tanner, und ich habe mir trotzdem nie etwas sehnlicher gewünscht. Ich will es für dich tun."

Er löste sich aus der Umarmung. „Ich will nicht, dass du es für mich tust."

„Na gut, dann lass es mich für mich tun. Weil ich es will."

„Lili …"

Sie schmiegte sich wieder an ihn und legte ihm eine Hand auf den Mund. „Ich werde mich so dabei fühlen, wie du dich gestern Abend gefühlt hast, als ich es dir erlaubt habe." Sie streichelte seine Wange. „Es ist das Gleiche." Dann stellte sie sich auf die Zehenspitzen und küsste ihn auf seine gesenkten

Augenlider. „Es war wunderschön. Und es war wunderschön für dich, als du mich glücklich machen konntest. Ich möchte das Gleiche empfinden."

Er sah sie lange an. Sein Blick wanderte über ihre Stirn, ihre Wangen und blieb schließlich an ihren Lippen hängen. Dann sah er ihr wieder in die Augen. Ohne den Blick abzuwenden, nahm er ihre Hand und legte sie direkt auf die harte Ausbuchtung seiner Hose. Dann rieb er sich in ihrer Handfläche.

„Bitte, Lili, mach mich glücklich", flüsterte er, legte den Kopf in den Nacken und schloss die Augen,

Lili spürte, wie unheimlich erregt er war.

Sie löste seinen Gürtel und machte den Reißverschluss seiner Kakihosen auf. Das Gefühl, seinen pulsierenden Penis in ihrer Hand zu spüren, war überwältigend. Überwältigend und magisch. Ohne den Blick von seinen Augen zu wenden, kniete sie sich vor ihm hin.

Er schmeckte himmlisch. Heiß, süß, salzig, bitter und männlich. Sie schloss die Augen und genoss seinen Geschmack, genoss es, ihn keuchen zu hören, als er ihr Haar packte und seine Hüften nach vorne presste. Sie umschloss ihn mit ihren Lippen und ließ ihn tief in ihren Mund gleiten. Tief und ganz.

Dann zog sie ihren Kopf sanft zurück, umkreiste mit ihrer Zunge die Spitze, dann küsste und liebkoste sie ihn mit ihren Lippen, und schließlich saugte sie ihn wieder tief in ihren Mund. Immer wieder, immer wieder, bis er zu zucken begann.

Als er aufschrie und sich zurückziehen wollte, presste sie ihn fest an sich. Sie würde ihn nicht hergeben. Nicht jetzt.

Sie wollte alles. Und in der nächsten Sekunde gab er ihr alles.

Obwohl er nicht gewollt hatte, dass sie in einem kalten Arbeitsraum auf einem schmutzigen Boden kniete, war es das Schönste gewesen, was er jemals gesehen hatte. Auch das Schönste, was er jemals erlebt hatte.

Sie stand auf und küsste ihn auf den Mund. Tanner schmeckte sich selbst, schmeckte Lili und wusste, dass er rettungslos verloren war. Sie passte so überhaupt nicht zu ihm und war doch genau die Richtige.

Lili erweckte Gefühle in ihm, die er schon lange nicht mehr empfunden und vor deren Wiederkehr er regelrecht Angst gehabt hatte. Wie hatte sich sein Vertrauen in sie und die Entscheidung, ihr zu glauben, dass sie ihm wegen ihrer wunderlichen telepathischen Fähigkeiten nichts vormachte, plötzlich in … in *so etwas* verwandeln können? Er hatte völlig die Kontrolle verloren.

Und doch überschlug sich sein Herz allein dadurch beinahe vor Glück, dass er sie jetzt fest im Arm halten konnte.

„War es schön?“, fragte sie leise und schmiegte ihren Kopf an seinen Hals.

„Und wie.“

Die Art und Weise, wie sie nun den Kopf hob und ihn ansah, sagte ihm, dass sie mehr wollte. „Ich … äh.“ Er musste erst einmal versuchen, wieder einigermaßen normal Luft zu bekommen. „Ich bin total durch den Wind. Als hätte man mir das letzte bisschen Verstand aus dem Hirn geblasen.“ Oh, das war wohl etwas zweideutig ausgedrückt. „Was ich sagen will, ist, dass ich …“

Sie legte ihm eine Hand auf den Mund. Langsam begann ihm diese Geste zu gefallen. Sie bewahrte ihn davor, etwas zu sagen, das einmal mehr beweisen würde, was für ein Idiot er war.

Wobei es ja nicht so war, dass er sonst zölibatär lebte. Er hatte Sex, und genau diese besondere Spielart hatte er dabei immer besonders genossen. Aber bei Lili wurden Gefühle in ihm wach. Er fühlte sich magisch von ihr angezogen, er musste sie einfach berühren und küssen – doch nun, da es vorbei war, schien er tatsächlich keinen klaren Gedanken fassen zu können. Und jedes Wort, das er sagen würde, wäre unpassend und falsch.

Er konnte die Gefühle, die er für sie empfand, nicht recht einordnen. Sex, bei dem Gefühle im Spiel waren, hatte er schon verdammt lange nicht mehr erlebt.

„Ich verspreche, dass ich die Bemühungen nicht mit dem Ergebnis verwechsle“, sagte sie ernsthaft.

Tanner legte seine Stirn an ihre und lächelte. „Du bekommst eine Eins plus für die Bemühungen und eine Eins plus mit Sternchen für das Ergebnis.“ Sanft streichelte er ihr über die Wange.

Es dauerte einen Moment, doch dann lächelte sie ebenfalls. Es war ein breites, strahlendes und stolzes Lächeln. „Das heißt, ich bin eine Musterschülerin.“

„Es war wunderschön, Lili. *Du* bist wunderschön.“ Er zog ihr Haargummi aus seiner Hosentasche. „Ich gebe es dir zurück, aber ich möchte, dass du keinen Zopf mehr machst.“ Er legte seinen Kopf an ihren Hals, schloss die Augen und sog den Duft ihres Haars tief ein. „Du gefällst mir so, wie du jetzt bist.“

„Gut.“ Ihr Lächeln war nicht weniger strahlend als vorhin, doch Tanner bemerkte die Ernsthaftigkeit in ihrem Blick. „Denn ich bin so, wie ich jetzt bin.“

Dessen war er sich nur allzu bewusst. Vielleicht war genau das Teil seines Problems. Doch jetzt darüber nachzudenken würde nur bedeuten, dass er sich den Kopf über Dinge zerbrach, die noch gar nicht passiert waren, und dass er Lili Gefühle zuschrieb, die sie eventuell gar nicht hatte.

Ausnahmsweise würde er diesen Augenblick einfach genießen, statt sich darüber Sorgen zu machen, wie er mit dem nächsten zurechtkommen sollte.

Tanner hatte ihr nicht erlaubt, mit dem Rad nach Hause zu fahren, also hatten sie es in seinen Kofferraum gehievt und die Heckklappe mit einem Seil fixiert, das sie im Laden gefunden hatten.

Einstein saß auf dem Rücksitz und verbrachte die Fahrt damit, entweder böse zu knurren, ihre Krallen in Tanners Ledersitze zu bohren oder Lili unschöne Bilder zu schicken.

Lili ignorierte sie. Zumindest bis sie zu Hause angekommen waren. Tanner in seinem Haus, Lili in ihrem. Er hatte gemeint, er müsste etwas mit Erika besprechen, doch Lili vermutete, dass sein rascher Fortgang eher eine Flucht war.

Vielleicht war er noch nicht bereit … *dafür*.

Das war ekelhaft. Einstein machte ihrer Empörung nun Luft.

Lili schob ihr Fahrrad zur Veranda. „Hast du etwa zugesehen?“

Einstein blinzelte nur.

„Es ist nicht besonders nett, jemanden heimlich zu beobachten.“

So laut, wie er in diesem Hinterzimmer war, dachte ich, du bringst ihn um. Es war meine Pflicht nachzusehen, was da los ist.

„Lügnerin.“

Ich bin schwer traumatisiert. Einstein schickte ein Bild von sich selbst, auf dem ihr das Fell so extrem zu Berge stand, als wäre sie mit dem Schwanz in eine Steckdose geraten. Sie sah tatsächlich wie der echte Einstein aus.

„Ich fürchte, er hat das Gleiche gedacht. Obwohl er dann versucht hat, es wiedergutzumachen.“

Die Katze stupste mit ihrer Nase an Lilis Unterschenkel und strich ihr dann versöhnlich um die Beine. Manchmal wusste sogar Einstein, wann genug einfach genug war. Dann waren Zärtlichkeiten angesagt.

Lili hob Einstein hoch und ging mit ihr zur hinteren Haustür. Das Schloss an der Vordertür machte manchmal Mucken, und im Moment war Lili nicht danach, lang mit dem Schlüssel herumzufummeln.

Als Kate vorgeschlagen hatte, dass Lili Tanner verführen sollte, damit er ihr half – war das erst vor drei Tagen gewesen? –, war es nur ein Scherz gewesen. Zugegeben, sie hatte genug Fantasie, um sich die eine oder andere Sache in den leuchtendsten Farben vorstellen zu können. Sie hatte sich ausgemalt, wie es wäre, ihn zu küssen, und sie hatte es sogar wirklich getan, um abzuchecken, ob er dazu fähig war, ein bisschen Lebensfreude, ein bisschen *joie de vivre* zu empfinden.

Nur war sie dabei in ihre eigene ... Falle getappt.

Sie hatte *diese Sache* noch nie mit einem Mann gemacht. Nicht die ganze Sache, nicht *alles*. Nie hätte sie sich gedacht, dass sie sich dadurch so sehr eins mit einem Mann fühlen würde.

Oder so einsam, wenn es vorbei war.

„Okay, Schluss mit dem Selbstmitleid."

Einstein nieste zustimmend.

Beinahe wäre sie Serenity auf die Pfoten getreten, die auf der Verandatreppe kauerte.

„Was machst du denn hier?"

Serenity war eine Hauskatze. Das bedeutete, dass sie nur ins Freie ging, um ihr Geschäft zu verrichten, und danach sofort wieder ins Haus flüchtete.

Lili empfing das Bild eines großen, dicken, behaarten schwarzen Bigfoot.

Oder war es ein Mann, der einen Trenchcoat trug und eine Skimütze übers Gesicht gezogen hatte, die nur zwei Augenschlitze frei ließ?

Einstein fixierte Lili und fletschte die Zähne. *Ein Mann, du Dummkopf, ein Mann.*

Sobald Lili die Tür aufgesperrt hatte, war Serenity nur noch ein dunkler Blitz, der über das Schachbrettmuster des Küchenbodens huschte. Dann kam Don Juan hereingeschlichen. Sein Bauch streifte beinahe den Boden, doch seine Augen suchten furchtsam jeden Winkel der Küche ab.

Als Nächste kamen Rita und Ghost. Dann folgte der Rest der kleinen Meute. Alle Katzen waren im Freien gewesen und hatten offenbar darauf gewartet, dass Lili nach Hause kam. Lili fühlte sich geradezu überschwemmt von ihren unruhigen Auren, die allesamt dunkel, schmutzig und voller Angst waren. Genau wie bei Fluffy.

Lili ging über die Schwelle und blieb stehen, um Einstein hinunterzulassen. Dann legte sie den Kopf zur Seite und lauschte. Nur das kratzende Geräusch von Kittys Krallen am Fußboden war zu hören.

Doch Lili spürte es. Jemand war in ihrem Haus gewesen. Und er war möglicherweise immer noch hier.

Tanner konnte nicht definitiv feststellen, ob tatsächlich ein Fremder in Lilis Haus gewesen war. Jedenfalls war niemand mehr da, und nichts war in Unordnung gebracht worden. Auch Lili war nichts aufgefallen. Als sie durch das Haus gegangen waren, hatte sie genau darauf geachtet, ob irgendein Gegenstand an einem anderen Platz als vorher stand. Doch sie konnte es nicht mit Sicherheit sagen.

Im Haus roch es immer noch nach Wanetta. Nach Rosenwasser, Puder und ganz schwach muffig, als hätte die alte Dame zu viele alte Zeitungen im Flur im oberen Stockwerk gestapelt.

Im Schlafzimmer allerdings merkte man, dass hier Lili zu Hause war. Auf dem Messingbett lagen ein cremefarbener Bettüberwurf und ein Berg von Kissen. Tanner hatte das starke Bedürfnis, sie auf der Stelle in diesen riesigen Kissenberg zu werfen, um dann darin nach ihr zu suchen. Und sie zu finden. Zentimeter für Zentimeter.

Er räusperte sich und zog seine Hosen zurecht.

Im Badezimmer war es auch nicht unbedingt leichter für ihn. Der Raum war erfüllt vom Duft ihres Sommerregen-Shampoos, und auf dem Rand des Waschbeckens und dem kleinen weißen Korbtisch daneben lagen jede Menge Pflegeprodukte. Er hatte sie eher so eingeschätzt, dass sie davon nur das Allernötigste hatte, doch sie schien jedes nur erdenkliche Tiegelchen und Töpfchen zu besitzen, das auf dem Markt war.

Er stellte sich vor, wie er auf dem Rand ihrer Badewanne saß und ihr zusah, wie sie sich morgens fertig machte. Und zwar nackt und innerhalb der Reichweite seiner Hände, seines Mundes und seiner Zunge.

Reiß dich zusammen. Jemand ist bei ihr eingebrochen, kurz nachdem sie eine Leiche gefunden und die ganze Stadt davon erfahren hatte. Tanner unterdrückte die Panik, die plötzlich in ihm hochstieg. Es ging ihr gut, sie war in Sicherheit; er war bei ihr.

Er drehte sich rasch um. Lili war ihm gefolgt und stand unmittelbar vor ihm. Viel zu nah. Sein Vater und seine Tochter waren unten und versuchten, die Katzen zu beruhigen. Er konnte wohl schlecht mit einer deutlich sichtbaren Erregung nach unten gehen. Verdammt.

Er legte ihr die Hände auf die Schultern und schob sie ein paar Schritte hinaus auf den Flur. Der Geruch alter Zeitungen war im Augenblick besser für ihn als Lilis Badezimmerdüfte.

„Es war also ein Mann, der so groß wie der Bigfoot ist, einen Trenchcoat und eine Skimütze mit Sehschlitzen trägt."

„Ich weiß nicht, ob er so groß wie der Bigfoot war, aber auf die Katzen hat er offenbar groß gewirkt."

„Auf Katzen wirkt jeder Mensch groß."

„Deshalb sind sie auch schlechte Zeugen. Es ist schwer zu sagen, was sie meinen, weil sie die Dinge anders sehen als wir."

„Das klingt vernünftig."

Tanner hatte seine Bemerkung völlig harmlos gemeint, doch Lili ging sofort in Verteidigungsposition und verschränkte die Arme vor der Brust. Eine entwaffnende Geste, fand Tanner und hätte am liebsten sofort mit ihr geschlafen. Hier, im Stehen an der Wand, dort auf dem Teppich, in ihrem Bett, in der Badewanne … Verflucht, er musste aufhören, mit dem Schwanz zu denken. Lili war in *Gefahr*.

„Du glaubst mir nicht", sagte sie mit zusammengekniffenen Augen und leicht aggressivem Tonfall.

„Doch, ich glaube dir." Was er nicht glauben konnte, war, wie er selbst drauf war. Sex war Sex. Seit wann hatte diese Sache sich zur Sucht entwickelt? Seit Lili.

Tanner glaubte ihr tatsächlich. Er konnte es sich nicht erklären, warum es so war. Irgendetwas lief eindeutig schief. Er musste fast lachen. Sie färbte auf ihn ab. Er begann sogar schon so zu denken wie sie.

„Tanner, beweg deinen Arsch hier runter, und sieh dir das an." Roscoes Stimme dröhnte aus dem Erdgeschoss herauf.

Er lief Richtung Treppe. Dann drehte er sich um. Lili hatte sich nicht von der Stelle gerührt.

„Ich spüre es auch", sagte er.

Ihre Augen wurden dunkel vor Angst. „Wirklich?"

„Ja, Lili." Und er würde alles dafür tun, damit ihr nichts geschah. „Komm, sehen wir uns an, was Roscoe uns zeigen möchte."

Er lehnte zu ihr zurück und streckte ihr seine Hand entgegen. Lili nahm sie und ging wie ein verschrecktes Kätzchen mit ihm. Sie fanden Roscoe und Erika in der kleinen Waschküche hinter der Küche.

Roscoe deutete auf die Tür. „Jemand hat sie mit einem Brecheisen aufgebrochen."

Tatsächlich. Außer den Kratzspuren der Katzen war das Holz der Tür auf Höhe des Schlosses abgesplittert.

Tanner besah sich den Schaden. „Hat die Tür heute Morgen schon so ausgesehen?"

Lili schüttelte den Kopf. „Ich schließe sie jeden Abend zu, damit keine Marder ins Haus kommen, und erst morgens schließe ich sie wieder auf. Die Tür hat nicht so ausgesehen, als ich heute weggegangen bin."

Also war es passiert, während sie in der Stadt gewesen war. Tanner spürte, wie sich sein Magen zusammenzog. „Hast du niemanden gesehen, Roscoe?"

„Ich habe die Speisekammer aufgeräumt."

Die Waschküche lag auf der hinteren Seite des Hauses. Lilis Tür war von Tanners Küche aus nicht zu sehen. Und Roscoe war in der Speisekammer gewesen.

„Und Erika hat ihre Hausaufgaben gemacht", ergänzte Roscoe. „Wir waren nicht draußen."

Verwechsle nicht die Bemühungen mit dem Ergebnis, dachte Tanner. Lieber Himmel, er hatte seine Tochter in eine Maschine verwandelt. An einem sonnigen Tag wie heute hätte sie im Freien spielen sollen. Nicht im Haus sitzen und Hausaufgaben machen. Außerdem hatte sie nächste Woche Ferien. Welches Kind machte seine Hausaufgaben eine Woche im Voraus? *Sein* Kind. Das Kind, das er aus Erika gemacht hatte. Doch mit Erika und ihren Hausaufgaben oder besser gesagt mit seinem Sinneswandel bezüglich dieses Themas würde er sich ein andermal auseinandersetzen.

Er griff nach seinem Handy und rief Sheriff Gresswell an.

Dann wandte er sich Lili zu. „Machen wir, was der Sheriff vorgeschlagen hat. Rede noch einmal mit Fluffy."

Es war sehr nett von Tanner, diesen Vorschlag zu äußern. Aber alles, woran Lili denken konnte, war, wie Lady Dreadlock ausgesehen hatte, als sie mit Einstein geredet hatte. Total komisch und befremdend. Gut, Lady Dreadlock – Lili konnte sich nicht daran gewöhnen, sie Patricia oder zumindest Patsy zu nennen – war dabei zusätzlich auch noch die ganze Zeit nackt gewesen.

Außerdem fiel ihr ein, wie Roscoe reagiert hatte, nachdem sie sich das erste Mal mit Fluffy unterhalten hatte. Er war sichtlich besorgt um sie gewesen. Allerdings musste Lili zugeben, dass sie an diesem Donnerstagnachmittag wegen Fluffys Bildern kurz unter Schock gestanden hatte.

Schlimmer noch war, dass sie nicht glaubte, dass Fluffy nun plötzlich alle möglichen Zusatzinformationen preisgeben würde. Seit dem ersten Gespräch waren ihre Versuche immer gescheitert. Sie würde vor Tanners Augen auf der ganzen Linie versagen.

Die bevorstehende Sitzung mit Fluffy beschäftigte sie noch mehr als die Tatsache, dass jemand in ihr Haus eingedrungen war. Die Katzen waren immer noch völlig verwirrt. Wie hatte jemand sie dermaßen in Angst und Schrecken versetzen können? Sie unterdrückte ein Schaudern, denn sie wollte nicht, dass Tanner merkte, wie furchtbar sie beim Anblick des aufgebrochenen Türschlosses erschrocken war. Sie durfte immer noch nicht daran denken.

„Soll Einstein uns nicht helfen?“, fragte Erika, als Tanner Lilis Katze gerade die Küchentür vor der Nase zumachen wollte.

Wenn eine Katze wie ein Kind aussehen konnte, das kurz vor einem Zornausbruch stand, dann Einstein in just diesem Moment. Ihre Augen waren tiefgrün, die schwarzen Pupillen nur ein schmaler Streifen; ihr Schwanz klopfte wie ein Presslufthammer auf den Holzboden der Veranda, und ein tiefes Knurren – eindeutig *kein* Schnurren – vibrierte in ihrer Kehle.

Ihr hatte schon nicht gefallen, dass sie vorhin allein im Blumenladen hatte bleiben müssen, während Lili und Tanner zum Sheriff gegangen waren. Als ihr nun auch noch drohte, dass man ihr die Tür vor der Nase zuschlug, riss ihr der Geduldsfaden. Sie war offensichtlich sogar zu wütend, um sich Lili mit einem sarkastisches Bild mitzuteilen.

„Äh, tja, ich glaube, wir sollten sie hereinlassen." Lili wollte es später nicht mit Einstein zu tun bekommen, falls sie draußen bleiben musste.

Tanner erwiderte Einsteins erzürnten Blick mit einem … nun ja, man konnte es nur als menschliches Knurren bezeichnen. Er hatte die Augen zusammengekniffen und guckte die Katze böse an. Dann hielt er ihr die Tür auf, verbeugte sich übertrieben elegant und winkte Einstein mit einer einladenden Handbewegung herein.

Einstein stolzierte in die Küche, nicht ohne im Vorbeigehen mit einer Pfote – und ausgefahrenen Krallen – Tanners Hosenbein zu streifen.

„Deine Katze mag mich nicht."

„Fluffy kratzt Tanner hin und wieder auch", sagte Roscoe. „Das hält ihn auf Linie." Dann wandte er sich an Erika. „Ist Fluffy oben in deinem Zimmer?"

Die Kleine sah die drei Erwachsenen irritiert an. „Leute, ich glaube, ihr nehmt die Sache zu wenig ernst. In Lilis Haus wurde eingebrochen, und Fluffys Aura ist eine Katastrophe. Wir müssen dem Sheriff helfen, so gut wir können."

Tanner strubbelte ihr liebevoll durch ihr blondes Haar. „Wir wissen, dass die Angelegenheit ernst ist, Liebes, aber man sollte trotzdem den Humor nie ganz vergessen."

„Oh, mit Humor meinst du wohl euer nervöses Lachen."

„Nein, ich meine ein Lachen, durch das sich die nervöse

Anspannung etwas löst.“

Lili hatte nicht den Eindruck, dass sie herumgealbert hätten. Sie fühlte sich zwar komisch, aber nicht in einem erfreulichen Sinn. „Lass uns beide nach oben gehen und Fluffy suchen, Erika.“ Was für eine ausgezeichnete Idee. Auf diese Weise würde Tanner nicht sehen, wie sie mit Fluffy „redete“.

Er würde vielleicht denken, sie wäre ein bisschen verrückt. Gut, das glaubte er ohnehin schon, aber zumindest hatte er noch kein anschauliches Bild davon serviert bekommen.

Erika nahm sie an der Hand und zog sie aus der Küche und die Treppe hinauf. Lili wurde es warm uns Herz. Erika war so ... so voller Vertrauen. Lili bemühte sich, nicht über das Geländer nach unten und nach Tanners Gesichtsausdruck zu schielen.

Einstein raste ihnen in Erikas Zimmer nach, sprang mit einem riesigen Satz mitten aufs Bett und rollte sich sofort zwischen den beiden Kissen zusammen.

Anders als in Lilis früherem Kinderzimmer gab es hier zwar nicht Hunderte von Stofftieren, doch die insgesamt sehr mädchenhafte Einrichtung des Raumes verblüffte sie.

Das dunkle Rosa der Daunendecke passte farblich genau zum Bettüberwurf und den gerafften Gardinen. Der Teppich, ebenfalls im gleichen Rosa, hatte weiße Fransen. Der Schreibtisch, die Kommode und der kleine Tisch waren aus weißem Holz mit goldenen Streifen an den Kanten. Kein einziges Kleidungsstück lag am Boden oder auf dem Stuhl in der Ecke.

„Ein sehr schönes Zimmer.“

„Dunkelrosa ist meine Lieblingsfarbe. Aber sieh dir bitte den Schreibtisch nicht genau an. Er ist ein einziges Durcheinander.“

Lili hätte den Schreibtisch, an dessen Beinen Erikas Lieblingsrucksack lehnte und auf dem ein paar offene Schulbücher und ein Notizblock lagen, nicht als Durcheinander bezeichnet. Er war nur ein Beweis dafür, dass hier jemand fleißig lernte.

„Ich sehe nicht hin, ich schwöre. Also, wo ist Fluffy?"

Erika legte sich bäuchlings auf den Boden, hob den Bettüberwurf hoch und lugte unter das Bett. „Er ist hier. Nachdem er heute Morgen kurz wegen seines Geschäfts draußen war, hat er sich hier verkrochen. Er geht nicht mehr gern nach draußen."

„Das kann ich gut verstehen." Lili legte sich neben Erika. Sie starrten beide unter das Bett.

Weit und breit war keine Staubmaus zu sehen. Nur Fluffy hockte in einer Ecke im Dunkeln. Seine gelben Augen schimmerten unruhig wie die Flamme einer Kerze, und seine schmutzig blaue Aura vibrierte.

„Komm her, Fluffy", lockte Erika ihn. „Mutz, mutz."

Fluffys gelbe Augen waren einen Moment lang nicht zu sehen. Er hatte kurz geblinzelt.

Nun versuchte Lili, ihn zu bewegen herauszukommen. „Komm, wir tun dir nicht weh. Wir möchten dir nur helfen. Lass es uns versuchen, okay?"

Fluffy bewegte sich keinen Zentimeter aus seinem Versteck.

„Erika, du bleibst hier, und ich gehe auf die andere Seite des Bettes und scheuche ihn in deine Richtung." Lili kroch auf allen vieren um das Bett herum. Es war einfacher, als erst aufzustehen und sich dann gleich wieder auf den Teppich zu legen.

Unterwegs bedachte sie Einstein mit einem vorwurfsvollen Blick. „Du könntest wenigstens ein bisschen helfen."

Der Typ ist einfach nur ein frustrierter Mann. Ich mische mich da nicht ein.

„Hab doch ein bisschen Mitleid mit ihm."

Einstein schnaubte verächtlich und schloss die Augen. Lili hatte das Gefühl, dass Einstein selbst seit einer Woche ziemlich frustriert war, weil der Kater sie die ganze Zeit ignorierte. Sie war es gewohnt, als Katzendame hofiert zu werden wie eine Königin.

Lili zwängte ihren Kopf und ihre Schultern unter das Bett. „Entschuldige, dass ich das erste Mal vielleicht nicht einfühlsam genug war, Fluffy. Ich verspreche, dieses Mal wird es besser." Sie versuchte, ihm beruhigende Bilder zu schicken: die Rückenlehne einer Couch, die in warmes Sonnenlicht getaucht war, ein weicher Lehnsessel mit einer paar Kratzern im Bezug, eine große Schüssel voll leckerer Brekkies …

„Vielleicht solltest du ganz zu ihm nach hinten kriechen."

Lili fuhr hoch und stieß mit dem Kopf an den Lattenrost. Du lieber Himmel, wie lange sah *er* denn schon zu?

„Dad, deinetwegen hat sich Lili den Kopf gestoßen."

„Das tut mir leid."

Dann legte er sich neben sie auf den Boden. So dicht, dass die Hitze seines Körpers sie regelrecht elektrisierte. Er grinste sie an, und seine Zähne leuchteten im Dunkeln unter dem Bett wie die der Grinsekatze aus „Alice im Wunderland".

Kurz entschlossen nahm er die Situation in die Hand. „Fluffy, ich hab die Nase voll von deinem Rumgezicke. Beweg deinen Hintern und komm raus."

„Dad, du machst alles nur noch schlimmer."

„Er braucht kein Mitleid. Er braucht liebevolle Strenge." Er bedachte Lili wieder mit einem Grinsekatzen-Grinsen. „Pass auf", flüsterte er. Er richtete seinen Zeigefinger streng auf den Kater. „Komm sofort her."

Lili schnaubte verächtlich. „Ja, klar … als würde das funktionieren."

Fluffy stand einfach auf und lief in Tanners ausgestreckte Hände. Der packte ihn am Nackenfell, rutschte unter dem

Bett hervor und nahm den Kater auf den Arm. Lili tauchte gerade rechtzeitig auf, um zu sehen, wie er Fluffy aufs Bett plumpsen ließ.

Der Kater begann sofort heftig zu knurren, als er bemerkte, dass Einstein es sich genau dort gemütlich gemacht hatte, wo vermutlich *sein* Lieblingsplätzchen war.

„Benimm dich." Tanner sah ihn streng an. Und Fluffy verstummte.

„Das war phänomenal." Lili war total fasziniert. Bis jetzt hatte Tanner nicht das geringste Talent gezeigt, mit Tieren zu reden – nicht einmal mit Fluffy.

Tanner sah seine Tochter an, die ihn mit leuchtenden Augen anstrahlte. „Stockholm-Syndrom", sagten beide gleichzeitig.

Erika lachte. Tanner lächelte. Und Lilis Herz machte einen Freudensprung, als Tanner sich lächelnd umdrehte und sie ansah.

Gestern war sie noch eine Außenstehende gewesen. Heute schloss Tanner sie in sein Lächeln ein. Und Lili ging das Herz auf.

14. KAPITEL

Weil seine Tochter im selben Raum war, hatte Tanner keine erotischen Fantasien, als Lili sich auf Erikas Bett legte und dabei ein Stückchen Haut über dem Bund ihrer Hosen aufblitzte.

Nein, er hatte keine erotischen Fantasien.

Lili strich mit einem Finger über Fluffys Kopf, dann zwischen den Augen entlang und über seine Nase, während sie beruhigend auf ihn einredete. Ihre Stimme war ganz sanft und – in Tanners Ohren – unwiderstehlich sexy.

Erika legte sich bäuchlings aufs Bett und stützte ihr Kinn in die Hände. Roscoe lehnte sich an den Türrahmen und verschränkte die Arme. Nur Tanner nahm die gespannte Stimmung wahr, die im Raum lag. Er nahm an, die Erwartung, dass irgendetwas Unangenehmes passieren würde, entsprang größtenteils seinem eigenen Denken.

Er nahm am Kopfende des Bettes Platz, stopfte sich ein Kissen in den Rücken, lehnte sich zurück und beobachtete das Spektakel auf dem überfüllten Bett vor sich. Plötzlich hörte man ein leises, tiefes Knurren. So leise, dass man zuerst schwer sagen konnte, woher es kam. Einstein starrte ihn von ihrem Platz zwischen den Kissen so aggressiv an, als würde sie ihm gern ein Stück seiner Hand abbeißen.

Er merkte, dass er das Tier in Gedanken als eine Sie bezeichnet hatte. Und *sie* schickte ihm offenbar eine Warnung. Wenn er es nicht besser gewusst hätte, hätte er vielleicht gesagt, dass die Katze mit ihm kommunizierte. Doch er hatte keine Ahnung, was Einstein ihm mitteilen wollte, außer *Ich beobachte jede deiner Bewegungen.*

Lili sah ihn verstohlen über Fluffys Rücken hinweg an. Zuerst betrachtete sie seinen Mund, dann sah sie ihm in die Augen. Ihm schien, dass sie weniger über seinen Mund an sich nachdachte als darüber, welche Worte demnächst über diese Lippen kommen würden.

„Leg einfach los, Lili."

Sie sah ihn erst unschlüssig an. Dann nickte sie. Sie legte den Kopf auf einen Arm, schloss die Augen und streichelte Fluffys rosa Pfoten. Der Kater hatte es sonst nicht besonders gern, wenn man mit seinen Pfoten spielte, doch bei Lili hielt er still, ja, er schien es sogar zu genießen.

Jetzt war sogar schon Fluffy ein Er.

„Dad", flüsterte Erika.

Tanner legte einen Finger auf den Mund und schüttelte den Kopf.

Lili wirkte völlig entspannt. Wären da nicht ihre Finger gewesen, mit denen sie Fluffy unaufhörlich streichelte, hätte man meinen können, sie sei eingeschlafen. Kommunizierten die beiden miteinander? Er hatte eher erwartet, dass es so aussehen würde wie die Gespräche mit dieser vorlauten Einstein. Obwohl er ja davon immer nur einen Teil mitbekam und Lili ihm die Antworten der Katze übersetzt hatte.

Fluffy lag ebenfalls ganz ruhig da. Keiner bewegte sich. Die Situation war höchst merkwürdig. Von draußen hörte man das Zwitschern der Blauhäher und das Keckern der Eichhörnchen. Roscoe klopfte mit seinem Schuh leise auf den Boden.

Man hörte jeden Einzelnen im Raum atmen. Roscoe tat es gut hörbar durch die Nase. Erika hielt offenbar vor lauter Anstrengung, keinen Laut von sich zu geben, zwischendurch immer wieder die Luft an, um dann zischend auszuatmen. Einstein schnaufte.

Ich schnaufe nicht.

Er hatte es nicht wirklich gehört. Es war nicht einmal eine Stimme in seinem Kopf. Er wusste einfach, dass es das war, was die Katze sagen *würde*. Schön, langsam kannte er sie genauso gut wie Lili. Nun ja, selbstverständlich nicht in jeder Hinsicht.

Tanner sah, dass Lili nun rascher zu atmen begann und ihre Augen sich unter den geschlossenen Lidern schnell hin und her bewegten. Ihr Körper zuckte ganz leicht. Du meine Güte, sie war eingeschlafen und träumte jetzt wohl. Es war ein merkwürdiges Gefühl, sie dabei zu beobachten. Als lägen all ihre Geheimnisse offen vor ihm. Das Blut pochte in seinen Ohren, und als er schluckte, merkte er, wie trocken sein Mund war. Im Zimmer war es plötzlich ziemlich heiß.

Nicht dass er in Anwesenheit seiner Tochter an Sex gedacht hätte. Nein, es war eine Reaktion auf Lili, wie sie auf diesem Bett lag und alle sie beobachteten ... als wären sie Teilnehmer einer spiritistischen Sitzung. Man bekam eine Gänsehaut und konnte vor Nervosität kaum atmen. Tanner hatte in seinem Leben ein einziges Mal an einer Séance teilgenommen – Karen hatte ihn darum gebeten –, und damals hatte er überhaupt nichts gespürt. Weder waren ihm kalte Schauer über den Rücken gelaufen, noch hatte er Geister reden gehört. Doch wenn er etwas gespürt *hätte*, hätte es sich bestimmt genau so angefühlt wie jetzt in diesem Augenblick.

Tanner rieb sich die Gänsehaut auf seinen Armen weg und konzentrierte sich auf den erfreulichen Anblick, den Lili bot. Er hatte das höchst seltsame Bedürfnis, in sie hineinzukriechen – nein, das war keine erotische Fantasie –, um zu sehen, was sie sah, und zu empfinden, was sie empfand. Um das Leben aus ihrer Perspektive zu erleben.

Plötzlich öffnete Lili die Augen, hob den Kopf, stützte sich auf einen Ellbogen und drückte ihre Nase in Fluffys Gesicht.

Sie schielte die Katze an. Vielleicht lag darin irgendeine Mitteilung.

„So, wir sind fertig."

Tanner sah auf seine Armbanduhr. Kaum zu glauben, dass ganze zehn Minuten vergangen waren. Vielleicht war er in eine Zeitschleife geraten. Oder vielleicht lag es daran, dass er Lili ewig so hätte ansehen können.

Ewig? *Reiß dich zusammen.*

Erika stützte wieder das Kinn in die Hände und vergrub ihre Finger in ihren Bäckchen. „Was hat er gesagt?"

Lili legte sich ebenfalls auf den Bauch und rutschte zu ihr.

„Es war irgendwie düster."

„Wie, düster?"

„Alles war in sehr dunklen Farben gehalten. Nicht so, als wäre es Nacht, sondern eher so, als wäre alles, was Fluffy wahrnimmt, dunkel. Als würde er schwarzsehen. Als würde er alles als negativ empfinden. Du weißt schon, so wie wenn jemand morgens aufwacht und merkt, dass es draußen regnet, und sich denkt, verdammt, jetzt muss ich meine Galoschen und den Schirm rauskramen, und später kommt auf der nassen Straße bestimmt irgendein Auto ins Schleudern, weil der Fahrer zu schnell unterwegs ist, und überfährt mich …", Lili holte kurz Luft, „… im Gegensatz zu jemandem, der sich sagt, hey, toll, dass es regnet, damit die Blumen endlich Wasser bekommen und nächste Woche blühen, und, hey, ich kann es gar nicht erwarten aufzustehen."

Mindestens drei Sekunden lang sagte Erika kein Wort. Diese Sekunden schienen länger als die zehn Minuten zu sein, in denen Lili mit Fluffy kommuniziert hatte. „Was sind Galoschen?"

Lili brauchte ebenso lang für ihre Antwort. „Ich weiß es nicht. Irgendwo habe ich das Wort wohl mal gelesen."

„Es sind dünne Gummischuhe, die man bei Regen oder Schnee über die normalen Schuhe anzieht." Roscoe streckte ihnen einen Fuß samt Schuh entgegen, als veranschauliche das seine Erklärung.

Erika legte den Kopf schief und sah Roscoe skeptisch an. „Aber warum sollte man sie über die Schuhe anziehen? Dann trüge man ja zwei paar Schuhe. Warum zieht man nicht einfach Gummistiefel an?"

„Weil eine hübsche, gepflegte Dame nicht mit Gummistiefeln im Büro aufkreuzen kann, wo sie als Geschäftsführerin arbeitet. Sie möchte auch bei Regen ihre eleganten High Heels tragen."

„Ich werde nie High Heels tragen", grummelte Erika. „Sie sehen für mich so aus, als würden sie wehtun."

„Aber was ist, wenn du zum ersten Mal tanzen gehst?", fragte Lili. „Oder wenn du heiratest oder ..."

Tanner klopfte aufs Bett. „Hallo! Wir haben zu tun. Keine Zeit, um wegen Galoschen und Schuhen so vom Thema abzuschweifen." Außerdem war er nicht ganz überzeugt davon, dass man Galoschen über hochhackige Schuhe anziehen konnte, und irgendwie schweifte man – schweifte er – wegen Lili ohnehin schon ständig vom Wesentlichen ab.

Er schloss die Augen und schüttelte den Kopf. *Ich kann nicht glauben, dass ich das gerade gesagt habe.* Heute Morgen im Blumenladen war er auch ganz schön ... abgeschweift. Nein, er hatte keine erotischen Fantasien im Zimmer seiner Tochter, nicht einmal erotische Erinnerungen.

Als er die Augen wieder öffnete, waren drei Augenpaare auf ihn gerichtet. Vier, wenn man Einstein mitzählte. „Du kannst jetzt weitererzählen, Lili."

„Oh, herzlichen Dank", sagte sie ironisch und strafte ihn damit für seine herablassende Art. „Wie schon gesagt, bevor wir zu den Galoschen abgeschweift sind ... Fluffy ist nicht gut drauf. Er hat mir im Prinzip das Gleiche mitgeteilt wie letztes Mal ..." *Den Baum, den Helm, den Stock und den Mann am Boden.* „... aber diesmal habe ich ihn gefragt, ob er Lady Dreadlock gesehen hat." Sie sah Tanner eindringlich an. Vielleicht weil er der Einzige war, der wissen konnte, von wem sie redete.

„Was hat er geantwortet?“, fragte Tanner, als sie keine Anstalten machte weiterzureden.

„Er hat gesagt, dass er sich lange mit ihr unterhalten hat.“

„Und?“ Tanner war nun sichtlich ungeduldig.

„Das war alles.“

„Er hat dir nicht gesagt, worüber sie geredet haben?“

„Sollte er versucht haben, es mir zu sagen, habe ich es jedenfalls nicht verstanden.“

„Aber wenn du auf telepathischem Wege mit ihm kommunizierst, müsstest du doch hören, was die beiden geredet haben.“

„Sie haben sich nicht laut miteinander unterhalten. Es ist über gedankliche Bilder erfolgt.“

„Welcher Art waren diese Bilder?“

Sie sah zu Fluffy hinunter. „Sie waren … seltsam.“

Zu Galoschen hätte sie vorhin jede Menge zu sagen gewusst … ganz im Gegensatz zu jetzt, wo es schwer war, die richtigen Worte zu finden. Doch dann sprudelte es plötzlich nur so aus ihr heraus. „Es hat sich alles um Teufel und um Feuer gedreht, da Lady D., glaube ich, befürchtet, in der Hölle zu landen, weil sie mit Tieren redet. Doch das Merkwürdige war, dass Fluffy keine Angst hatte. Man hätte meinen können, dass er vor lauter Angst gezittert hätte, aber ich hatte nicht das Gefühl, als sei er *ihretwegen* beunruhigt gewesen.

„Wer ist Lady D.?“, fragte Roscoe, als Lili ihren Redeschwall unterbrach, um Luft zu holen.

„Erzähle ich dir später“, sagte Tanner und wandte sich sofort wieder Lili zu. „Hast du irgendetwas erfahren, was wir dem Sheriff mitteilen könnten?“

„Tja, ich würde wetten, dass Lady Dreadlock viel mehr

aus Fluffy herausbekommen hat als ich.“ Sie sah ihn wieder so unschlüssig an wie vorhin. „Ich glaube, sie kann besser mit Tieren kommunizieren.“

Sie sah zu Einstein, und Tanner hätte schwören können, dass die beiden gleichzeitig kurz die Augen schlossen. Dann ließ sie einen Finger über dem Bettüberwurf kreisen und zupfte einen losen Faden heraus. Das Eingeständnis schien sie eine große Überwindung gekostet zu haben – als wäre die Tatsache, dass sie mit Tieren reden konnte, das Einzige, was sie von der Masse abhob.

„Ist es wichtig, ob sie es besser kann? Die Frau ist verrückt. Vermutlich kann sie es dem Sheriff nicht einmal erklären.“

„Dad, du hast gesagt, dass ich niemanden als verrückt bezeichnen darf. Du hast gesagt, es heißt ‚geistig verwirrt‘.“

„Du hast recht, Schatz. Sie ist geistig verwirrt und kann deshalb Fluffys Bilder anderen Leuten nicht so gut erklären wie Lili.“

„So ist es besser, Dad.“

„Genau, Dad“, sagte Lili sarkastisch. „Wir sind nicht verrückt, nur geistig verwirrt.“ Dann bedachte sie ihn mit einem zuckersüßen Lächeln.

Roscoe sah um die Ecke auf den Flur hinaus und lauschte. Dann sagte er im gleichen Moment, als Tanner das knirschende Geräusch von Reifen in der Einfahrt hörte: „Der Sheriff ist da.“

Erika rollte sich schwungvoll vom Bett und landete – wie eine Katze oder ein Artist – mit den Füßen zuerst auf dem Boden. Dann nahm sie eilig Fluffy auf den Arm. „Ich lasse den Sheriff herein.“

„Ich gehe mit“, fügte Roscoe hinzu, als die Kleine an ihm vorbei zur Treppe zischte.

Einstein erhob sich von ihren bequemen Kissen und dehnte und streckte sich ausgiebig. Lili rieb ihre Nase zwischen Einsteins Augen. „Klar, okay“, sagte sie, „aber ärgere Fluffy nicht.“

Die Katze sprang vom Bett und stolzierte mit hoch aufgerichtetem Schwanz aus Erikas Zimmer. Lili stand ebenfalls auf und zog ihren Pulli zurecht. Nach einem kurzen Blick zur Tür und auf den leeren Flur sah sie Tanner an.

„Sie hat gesagt, dass sie Fluffy nicht ärgern wird.“

„Das habe ich schon verstanden.“ Alle Leute redeten mit ihren Tieren. Nur, bei Lili redeten auch die Tiere. Trotz allem, was zwischen ihnen gewesen war, durchschaute er das Ganze immer noch nicht wirklich.

Ein paar Sekunden standen sie sich schweigend gegenüber. Dann sagte Lili: „Hm, Tanner, ich muss dir noch etwas erzählen, was ich vor Erika nicht sagen wollte.“

Immerhin, ihm gegenüber rückte sie also mit der Sprache heraus. „Was denn?“

„Fluffy hat Lady Dreadlock mitten in der Nacht gesehen.“ Sie schielte auf den Boden und betrachtete die blauen Schnürsenkel ihrer Tennisschuhe. „Ich wette, sie hat den Mord gesehen.“

„Hat Fluffy das ausdrücklich gesagt?“ Tanner entging nicht, dass die Frage implizierte, dass er das Reden seines Katers nun nicht anzweifelte.

„Nicht direkt.“ Ihre Schnürsenkel schienen außerordentlich interessant zu sein. „Als Fluffy und ich uns unterhalten haben, habe ich gemerkt, dass ihm kalt war.“ Sie sah ihn durch ihre dichten Wimpern hindurch an. „Er hat gefroren. Wäre es Morgen gewesen, wäre die Sonne schon aufgegangen. Die Schatten waren auch alle irgendwie merkwürdig – als wäre es Nacht und nicht Tag gewesen. Ergibt das irgendeinen Sinn für dich?“

Nicht wirklich. „Woher weißt du, in welcher Nacht er Lady D. getroffen hat?“

„Weil er da den Mord schon gesehen hat und er seither

nachts nicht mehr im Freien war. Also muss es diese eine Nacht gewesen sein."

„Gut." Warum sollte er es anzweifeln? Vielmehr wollte er sogar akzeptieren, dass es so gewesen sein könnte. Er wollte ihr glauben.

„Sollen wir es dem Sheriff sagen?", fragte sie und sah ihn mit zur Seite geneigtem Kopf und verschränkten Armen an. Die klassische Verteidigungshaltung. Sie wartete darauf, dass er sie hängen ließ. Himmel, er hatte sie in den paar Tagen, die sie sich kannten, ja tatsächlich schon einige Male hängen gelassen. Erst hatte er sie um ihre Hilfe wegen Erika gebeten und in weiterer Folge das Thema nie mehr erwähnt. Er hatte sie beim Sheriff unterstützt, aber wenn es hart auf hart kam, konnte er ihr nicht sagen, dass er ihr glaubte.

Was zum Teufel sollte sie anderes erwarten, als wieder von ihm hängen gelassen zu werden?

„Ja", sagte er, „wir sagen's ihm."

Das klang zwar nicht besonders enthusiastisch, aber es war auch keine Abfuhr.

„Gut." Lili lächelte ihn nicht an und fügte diesem kurzen „gut" auch keine fünf weiteren Sätze zur Erklärung hinzu. An der Art, wie sie sich wieder der Betrachtung ihrer Schnürsenkel widmete, merkte er, dass sie enttäuscht war.

Die Abschweifung vom Thema vorhin schien das Problem zwischen ihnen auf einen Nenner gebracht zu haben. Er war der Typ Mensch, der bei strömendem Regen seine Galoschen überzog, und sie war der Typ, der sich auf die Frühlingsblumen freute.

Sheriff Gresswell betrachtete über den Rand seiner Lesebrille hinweg die Kratzer an Lilis Tür in der Waschküche. „Oh, tatsächlich, sieht so aus, als wäre jemand eingebrochen."

„Rufen Sie denn niemanden von der Spurensicherung?

Wegen der Fingerabdrücke?" Erika wippte wichtig auf ihren Tennisschuhen vor und zurück.

Der Sheriff, der sich mit einer Hand auf sein Knie abstützte und sich vorbeugte, um das demolierte Türschloss genauer anzusehen, warf Erika einen kurzen Blick über seine Brille hinweg zu und sagte kein Wort.

„Ich vergleiche gerade das, was ich im Fernsehen gesehen habe, mit dem, was die Polizei wirklich macht", flüsterte Erika Lili zu. „Dad sagt, dass man nie alles glauben darf, was man im Fernsehen sieht. Man muss sich von allem ein eigenes Bild machen."

„Und Dad hat recht." Tanner beobachtete das Geschehen mit verschränkten Armen und einem schwer zu deutenden Gesichtsausdruck. Seine Augen waren hinter einer Sonnenbrille versteckt, die er aufgesetzt hatte, da sie alle – Roscoe inbegriffen – im Freien warteten, während der Sheriff die Tür unter die Lupe nahm.

Lili fühlte sich wieder wie ein Störenfried. Trotz seiner Sonnenbrille wusste sie, dass er sie beobachtete und ihm nichts entging, was sie sagte oder tat – so als habe er vor, ihr später alles vorzuhalten.

Seit Tanner war ihr Leben ein wahres Wechselbad der Gefühle. In einem Moment machte er sie unglaublich glücklich und stand voll hinter ihr, im nächsten war er kühl, distanziert, misstrauisch und kritisch. Im Augenblick schien es, als hätte es dieses intime Erlebnis im Blumenladen nie gegeben. Andererseits bedeuteten Männern solche Dinge bekanntlich ja auch nicht so viel wie Frauen.

Lili war sich sehr wohl bewusst, dass sie eigentlich Angst haben müsste. Doch sie war nie jemand gewesen, der unbedingt das empfand, was man empfinden müsste. Sie sorgte sich eher darum, ob sich die Katzen je wieder von dem Schrecken erholen würden, den sie wegen des Einbrechers bekommen hatten. Es war ihr Revier, in das jemand eingedrungen war. Gerade hatten sie begonnen, sich nach ihrem Umzug hier heimisch zu fühlen, und nun das …

Tanner machte sie immer nervöser. Sie zeigte nicht jene Reaktion, die sie unter den gegebenen Umständen hätte zeigen sollen. Wenn er sie nicht so prüfend angestarrt hätte, hätte sie sich wegen des Einbruchs möglicherweise elender gefühlt. Wenn etwas im Haus weggekommen oder zerstört worden wäre, hätte sie vielleicht so reagieren können, wie Tanner es offensichtlich von ihr erwartete.

Und dann war da noch diese Sache mit Einstein. Das war überhaupt das Merkwürdigste. *Ihre* Einstein saß mit unruhig zuckendem Schwanz neben Tanners Füßen, sah alle paar Augenblicke zu ihm hoch und blinzelte. Noch merkwürdiger wurde alles dadurch, dass Tanner auch hin und wieder zu ihr hinuntersah, fast so als würden die beiden … kommunizieren.

Erst hatte sich herausgestellt, dass Lady Dreadlock Lili in ihren telepathischen Fähigkeiten übertraf, und nun auch noch das hier. Es war kaum auszuhalten.

Lili trat näher zu Erika. „Wir sollten uns im Hintergrund halten und den Sheriff seine Arbeit machen lassen." Und ihn nicht verärgern. Denn sie brauchte seine Unterstützung. Tanner hatte ihr zugesichert, dass er ihr den Rücken stärken würde, wenn sie dem Sheriff von Fluffy und Lady D. erzählte, und sie würde ihn beim Wort nehmen – auch wenn Tanner sich ihr gegenüber derzeit so distanziert verhielt.

„Ich möchte aber zusehen", quengelte Erika. Lili hatte die Kleine vorher noch kein einziges Mal quengeln gehört – aber gut, niemand war perfekt.

Roscoe nahm Erika am Arm und ging mit ihr ein paar Meter weiter weg. „So nah musst du nun auch wieder nicht dran sein, Süße. Lass dem Sheriff wenigstens ein bisschen Luft zum Atmen. Die braucht er, um seine Arbeit machen zu können."

„Was er macht, könnte sehr lehrreich sein, Grandpa.“ Dann sah sie ihren Vater mit ihren großen blauen Augen Hilfe suchend an. „Dad, du sagst mir immer, dass ich mich möglichst intensiv mit Dingen auseinandersetzen soll, die neu für mich sind.“

Sheriff Gresswell drehte sich um. „Kleines Fräulein, mir gefällt deine Art zu denken.“ Er legte den Kopf schief und sah Erika interessiert an. „Sag, seid ihr eigentlich alle im Haus gewesen?“

Erika nickte eifrig.

„Habt ihr alle den Türknauf angefasst?“

Erika nickt wieder. Sie freute sich sichtlich, von einem Erwachsenen so viel Aufmerksamkeit zu bekommen.

„Und welche Auswirkungen hat das deiner Meinung nach auf meinen Tatort?“

Erika starrte ihn mit offenem Mund und weit aufgerissenen Augen an. „Die Spuren wurden verwischt?“

„Ganz genau.“

„Das tut uns leid, Sheriff.“

Lili legte den Arm um Erika. „Wir wussten nicht, dass es ein Tatort ist, als wir ins Haus gegangen sind.“

Der Sheriff schob sich den Hut aus der Stirn. Er trug nun nicht mehr seinen Sonntagsanzug, sondern seine hellbraune Uniform. „Ich werde die Jungs trotzdem anrufen. Es ist zwar unwahrscheinlich, dass wir einen Fingerabdruck finden, aber vielleicht fällt uns sonst irgendetwas auf, was sich später als wichtig herausstellen könnte.“ Dann wandte er sich direkt an Lili. „Einen Tag nachdem Sie eine Leiche im Wald gefunden haben, ereignet sich ein Einbruch, bei dem nichts gestohlen wird. Finden Sie nicht, dass das ein merkwürdiger Zufall ist?“

Lili kam sich vor wie bei einem Verhör. „Hm, doch, ja. Aber Tanner und ich haben überall im Haus nachgesehen, und es fehlt tatsächlich nichts. Es wurde auch nichts durcheinandergebracht.“ Und doch hatte sie bei der Frage des Sheriffs aufgehorcht. Es könnte wirklich einen Zusammenhang zwischen dem Einbruch und dem Mord geben. Wie dumm von ihr, dass sie nicht selber daran gedacht hatte.

„Das war nicht irgendein Junkie, der mal schnell etwas klaut, damit er zu Geld kommt. Deshalb werden wir auch keine Fingerabdrücke finden, die jemandem in unserer Datenbank gehören.“ Dann zuckte er die Achseln. „Ach, verdammt, was soll’s, vielleicht haben wir ja doch Glück. Aber ich bezweifle es.“

„Sheriff, man sagt nicht …“

Roscoe bohrte Erika seinen Daumen in den Arm. „Wir wollen den Sheriff nicht bei seinen Überlegungen stören.“

Doch Sheriff Gresswell dachte gar nicht daran, sich stören zu lassen. Er verschränkte die Arme und wandte sich an Lili.

„Haben Sie Patsy gesehen?“

Einen Moment lang wusste Lili nicht, wen er mit „Patsy“ meinte. „Oh, Lady Dreadlock! Nein, nicht seit heute Morgen im Park.“

„Interessant.“

Lili sah verstohlen zu Tanner. Sein teilnahmsloser Gesichtsausdruck schien genau das auszudrücken, was sie schon heute Morgen im Büro des Sheriffs erwartet hatte: Sieh zu, wie du allein zurechtkommst. Und es würde auch nichts daran ändern, wenn er seine Sonnenbrille abnähme.

„Haben Sie sie schon gefunden?“, fragte sie. Hoffentlich war Lady D. nicht nackt gewesen.

„Nein. Überhaupt niemand hat sie gesehen, seit Sie ihr begegnet sind.“

Lili hatte plötzlich ein flaues Gefühl im Magen, und sie wusste auch weswegen. Sheriff Gresswell hatte das Wort ‚Sie‘ ein ganz klein wenig stärker betont als nötig – so als würde er ihr möglicherweise nicht glauben.

Tanner stand völlig regungslos mit vor der Brust verschränkten Armen daneben und hörte zu. Nur sein Bizeps zuckte.

Lili fasste sich ein Herz und redete weiter. „Ich glaube, sie hat gesehen, wie der Mord verübt wurde, Sheriff. Das hat mein Gespräch mit Fluffy vorhin ergeben. Aus seiner Perspektive war alles ein bisschen undeutlich und düster, aber ich wette bei meinem Leben …" O weh, das klang nicht besonders gut. „… ich wette, dass Lady Dreadlock dabei war, als es passiert ist."

Du lieber Himmel, das hatte sich gerade so angehört, als würde sie versuchen, von sich selbst abzulenken und die Schuld Lady D. in die Schuhe zu schieben.

„Zum Teufel, dann haben wir jetzt ja zwei Zeugen."

„Ja." Einen Kater und eine *psychisch gehandicapte* Frau. Am liebsten hätte Lili Tanners Hand genommen. Vorhin in Erikas Zimmer war er noch so nett gewesen, aber jetzt?

Was war geschehen? Wohin hatte er sich verdrückt, emotional gesehen?

„Es wäre großartig, wenn Sie sie fänden und mit ihr reden könnten." Nach diesem im Grunde völlig belanglosen Satz fühlte Lili sich wieder überflüssig und fehl am Platz. Sie hatte bei Fluffy – ja, bei dieser ganzen Mord-Geschichte – kläglich versagt. Lady D. musste es besser hinkriegen. Sogar jemand, der nicht mit Tieren reden konnte, würde es besser hinkriegen. Sie sah Einstein an, die erst blinzelte und sich dann mit einer Hinterpfote heftig hinterm Ohr kratzte.

Was vermutlich bedeutete: *Was juckt mich dein Problem?*

Langsam begann Lili, sich regelrecht demoralisiert zu fühlen. Vielleicht sogar geistig verwirrt.

Sie hatte damit gerechnet, dass der Sheriff sie mit allen möglichen Fragen zu Lady Dreadlock löchern würde und dass er wissen wollen würde, was diese mögliche Zeugin Lilis Meinung nach gesehen hatte. Stattdessen wechselte er das

Thema. „Erzählen Sie mir doch mehr von diesem Helm, von dem Sie sagen, dass Fluffy ihn gesehen hat."

„Über den Helm?"

„Den Sie auf dem Kopf des Killers gesehen haben."

„Erika, geh ins Haus." Langsam und ohne den Blick vom Sheriff abzuwenden, deutete Tanner auf das Loch in der Hecke. Das Wort „Killer" zeigte offenbar seine Wirkung.

„Da-ad."

„Mr. Rutland, Kinder können eine große Hilfe sein. Sie sind gute Beobachter, und ihnen fällt manchmal viel mehr auf als uns Erwachsenen. Ihre Tochter könnte vielleicht etwas sehr Wichtiges zu diesem Fall beitragen. Wenn es Ihnen also nichts ausmacht … Ich verspreche, dass ich auf meine Ausdrucksweise achte. Kein ‚zum Teufel' oder ‚Verdammt' oder ‚Sch…'"

Tanners Kiefermuskeln zuckten. Dann hob er resigniert eine Hand. „Na gut."

Der Sheriff wandte sich wieder Lili zu. „Sie meinten, es wäre eher ein Harley-Helm als ein Vollvisierhelm gewesen."

„Ja, ein Blumentopf."

„Hätte es auch eine andere Art Helm sein können?"

„Welche Art Helm denn?"

„Das frage ich ja Sie."

„Oh! Sie versuchen, mich nicht zu beeinflussen."

„Ich versuche es, aber es scheint mir nicht sonderlich gut zu gelingen, verdammt noch m…" Mit einem Blick auf Erika schlug er sich wie ein Kind schnell eine Hand vor den Mund. Es passte so überhaupt nicht zu seiner Funktion als Sheriff, dass Lili unwillkürlich lächeln musste. „Oops, 'tschuldigung", sagte er. „Was ich sagen will … könnte es etwas anderes gewesen sein, irgendetwas anderes?"

„Hm, es waren keine Dreadlocks, falls Sie das meinen."

„Das war mir schon klar." Er zog eine buschige Augenbraue hoch. „*Irgendetwas* anderes?"

Lili wusste, dass ihr Blick völlig verständnislos wirken musste.

Der Sheriff seufzte. „Könnte es ein Armeehelm gewesen sein?"

Lili wiegte nachdenklich den Kopf hin und her. „Das wäre möglich. Man sieht solche Dinger öfter in den Dokus über den Zweiten Weltkrieg auf dem History Channel."

„Buddy Welch sammelt solchen Kram." Erstmals beteiligte sich auch Tanner an dem Gespräch. „Darauf wollten Sie also hinaus."

„Ich will auf gar nichts hinaus, Mr. Rutland. Ich versuche einfach, ein paar Informationen zu bekommen."

„Linwood Daniels hat einen Helm, der zu seinen Orden aus dem Koreakrieg gehört." Erika machte einen Satz zur Seite und starrte Roscoe verdutzt an. „Grandpa, warum trittst du mir so fest auf die Zehen?"

Roscoe beachtete sie nicht, sondern begann sofort, seinen Freund in Schutz zu nehmen. „Ich bezweifle, dass Linwood diesen Stock, von dem Lili dem Sheriff erzählt hat, auch nur aufheben könnte. Ganz abgesehen davon, dass er niemals in der Lage wäre, sich bis nach Mitternacht wach zu halten."

„Ja, aber wir reden von Verdächtigen, Grandpa, und da darf man nichts und niemanden außer Acht lassen. Nicht einmal dich. Außerdem bleiben Linwood, Chester und Hiram manchmal länger als bis Mitternacht bei dir."

Der Sheriff schmunzelte nachsichtig. „Kleines Fräulein, es gibt etwas, das heißt Motiv. Welches Motiv könnte Linwood denn haben?"

Erika legte die Stirn in Falten und dachte nach. „Da Sie nicht wissen, wer das Opfer ist, haben Sie auch keine Ahnung, was das Motiv sein könnte. Tja, es könnte alles Mögliche sein. Vielleicht war dieser Mann Linwoods verloren geglaubter Sohn, den er seit dessen Geburt nicht mehr gesehen hat und der überall verzweifelt nach seinen leiblichen Eltern gesucht hat. Und dann sind sie in Streit darüber geraten, warum Linwood ihn als Kind im Stich gelassen hat."

Der Sheriff sah Erika lange an. Dann wandte er sich an Tanner. „Wird sie mal Schriftstellerin oder so etwas Ähnliches?"

„Sie sieht zu viel fern", erklärte Tanner rasch. Doch Lili war das stolze Lächeln nicht entgangen, das bei der Frage des Sheriffs über sein Gesicht gehuscht war.

„Ich werde Geschäftsführerin eines großen Unternehmens. Zum Beispiel von Exxon, was sich besonders anbieten würde, wenn der Ölpreis weiterhin so stark steigt. Selbstverständlich sorge ich dafür, dass jeder sich Benzin und Heizöl leisten kann und der Konzern auch Geld in die Forschung bezüglich alternativer Energiequellen steckt."

Lili starrte Erika mit offenem Mund an. Tanners Lächeln wurde breiter. Allerdings war da auch eine Falte auf seiner Stirn zu sehen. Er wirkte, als könnte er sich nicht recht entscheiden, ob Erikas erstaunliche Art zu denken etwas Gutes oder Schlechtes darstellte.

„Das ist sehr sozial von dir gedacht." Die Worte des Sheriffs wollten nicht recht zu seinem verständnislosen Gesichtsausdruck passen. „*Wie* alt bist du noch mal?"

„Ich bin zwölf."

Roscoe verdrehte die Augen. „Und wirst bald dreizehn", ergänzte er.

Erika war wirklich äußerst intelligent, keine Frage, doch es hatte auch etwas Trauriges an sich, wenn einem Kind – die Betonung lag auf *Kind* – die Leitung eines Großkonzerns als Lebensziel vorschwebte. Auch dann, wenn es Geld in die Forschung stecken wollte. Es wäre besser, wenn Erika gesagt hätte, sie würde die alternativen Energiequellen selbst entdecken. Das hätte von Fantasie gezeugt. Kinder in ihrem Alter *mussten* unrealistische Ziele und Wünsche haben.

„Ich kann dich beruhigen“, sagte der Sheriff mit nun wieder höchst ernsthafter Miene, „Linwood Daniels ist im Augenblick ganz sicher nicht unser Hauptverdächtiger. Aber du hast recht, bevor wir nicht wissen, wer das Opfer ist, darf man nichts ausschließen.“ Er sah Erika über den Rand seiner Brille an. „Vielleicht solltest du eine Karriere als Kriminalkommissarin in Erwägung ziehen.“

Tanner hüstelte. „Bitte setzen Sie ihr keine Flausen in den Kopf, Sheriff.“

„Es war nur so eine Idee von mir. Ihre Tochter hat Talent.“ Sheriff Gresswell nahm die Brille ab und steckte sie in seine Hosentasche. „So, Leute, ich rufe jetzt die Jungs von der Spurensicherung, dann sehen wir weiter. Wenn ihr euch also bitte vom Tatort fernhalten würdet … Allerdings rechne ich nicht damit, dass man viel finden wird.“ Er besah sich die ramponierte Tür noch einmal aus einiger Entfernung. „Kein Mensch betreibt so viel Aufwand, um einzubrechen und dann nichts mitgehen zu lassen.“

Lili erschrak. Wenn jemand in ihr Haus eingebrochen war und nicht das gefunden hatte, was er gesucht hatte, war es gut möglich, dass er wiederkam. Und wer war „er“? Die Vorstellung, dass es der Mörder sein könnte, war grauenhaft.

„Wenn sich Patsy hier in der Gegend herumtreibt, möchte ich sofort informiert werden.“ Der Sheriff drohte ihr mit dem Zeigefinger. „Ich möchte es nicht erst erfahren, wenn es sich schon in der ganzen Stadt herumgesprochen hat.“

„Aber Sie glauben nicht, dass Patsy etwas damit zu tun hat, oder?“ Dieser Gedanke begann Lili langsam zu beunruhigen. War es möglich, dass Lady Dreadlock – Patsy – der Einbrecher war? Aber warum? Vielleicht war sie in Wahrheit gar nicht so verrückt, wie sie immer tat.

Lilis Nervosität und ihre Angst wuchsen mit jeder Frage.

Der Sheriff sah wieder zur Tür, dann zu Lili. „Ihr wäre es

eher zuzutrauen, dass sie eine Fensterscheibe einschlägt. Ich wäre Ihnen übrigens sehr verbunden, wenn Sie nicht herumerzählten, dass Ihre Katze sagt, dass Patsy den Mörder gesehen hat."

„Das war nicht Lilis Katze. Fluffy ist mein Kater."

Der Sheriff zeigte nun mit dem Finger auf Erika. „Dann erzähl *du* es nicht herum. Wir wollen nicht, dass Patsy in Gefahr – in Lebensgefahr – kommt."

Erika riss die Augen auf und biss sich auf die Lippe. Dann nickte sie heftig.

Nun richtete sich Gresswells drohender Zeigefinger auf Roscoe. „Und Sie erzählen diesmal Linwood und Chester kein Wort."

Sheriff Gresswell hatte also längst kombiniert, wer als Erster alles ausgeplaudert hatte.

Roscoe pfiff betont unschuldig vor sich hin.

Eines musste Lili noch loswerden. „Möchten Sie wissen, was mich in Fluffys Erzählung darauf gebracht hat, dass Lady D., ich meine Patsy, Zeugin des Mordes war?"

Der Sheriff hob abwehrend die Hände und senkte den Kopf wie ein Stier kurz vor dem Angriff. Auch seine Geduld schien Grenzen zu haben. „Nein, Ma'am, ich suche Patsy selbst und lasse es mir von ihr persönlich erzählen."

Lil schluckte. War Lady Dreadlock selbst in Gefahr, oder war sie eine Verdächtige? Trotz der Andeutung, die der Sheriff Erika gegenüber gemacht hatte, war Lili sich unsicher.

„Wow", sagte Erika, „das ist alles wie bei ‚Law and Order', wo sie die Verbrechen allein dadurch aufklären, dass sie jede Menge Fragen stellen."

Gresswell lächelte. „Genau. So ähnlich ist das. Ich sehe mal, was ich tun kann, damit dich dein Vater mal mit auf Streife gehen lässt."

15. KAPITEL

Es würde Tanner nicht überraschen, wenn der Sheriff ihnen bald wieder einen Besuch abstatten würde. Gresswell hatte die ganze Zeit keine Miene verzogen. Entweder glaubte er ihnen, oder er hatte ein perfektes Pokerface aufgesetzt.

Tanner tippte eher auf ein Pokerface. Der Mann war brillant darin, sich nichts anmerken zu lassen. Warum vergeudete er hier in Benton sein Talent? Er sollte in Tahoe oder besser noch in Las Vegas sein.

Doch das war alles unwichtig. Wichtig war im Moment nur eines: dass seine Tochter *nicht* mit dem Sheriff auf Streife fuhr.

Als Erika mit Lili und Roscoe ins Haus gehen wollte, hielt er sie zurück. „Wir müssen kurz reden, Schatz."

„Ich bereite schon mal das Abendessen vor. Lili könnte mir helfen ..." Roscoe wandte sich an seine Nachbarin. „Dieses Mal können Sie nicht kneifen. Sie können jetzt ja schlecht zu sich nach Hause gehen."

„Ich mache mir Sorgen um die Katzen."

„Ich bin sicher, es geht ihnen gut." Roscoe schob sie in die Küche und zog die Tür hinter ihr zu.

Tanner hatte Lili ihre Geschichte erzählen lassen, ohne sie zu unterbrechen. Es wäre ein Fehler gewesen, sich einzumischen. Er selbst hatte die ganze Zeit darüber nachgedacht, welche Auswirkungen die letzten paar Tage auf Erika haben würden. Wieder und wieder fragte er sich, was für ein Vater er geworden war.

Setzte er sie zu sehr unter Druck? Zugegeben, er war ungeheuer stolz darauf, wie klug sie war und dass sie, als sie vorhin über ihr Berufsziel gesprochen hatte, sowohl unternehmerisch als auch sozial gedacht hatte.

Aber sie war erst zwölf. Vielleicht war das doch ein klein wenig zu jung, um solche Pläne zu haben. Sie sollte sich eher mit ... nein, nicht mit Puppen beschäftigen. Erika hatte sich nie sonderlich für Puppen interessiert. Er wusste nicht, womit sie sich beschäftigen sollte, er wusste nur, womit nicht. Das Internet und Webseiten wie MySpace beispielsweise schienen ihm für seine Tochter gefährlich. Er wusste nicht einmal mehr, ob die Art und Weise, wie er Erika bislang erzogen hatte, gut oder schlecht war.

Genau darin lag die Schwierigkeit, Vater – oder Mutter – zu sein. Man war sich nie sicher, ob man es richtig machte. Er wollte die Kontrolle über das Leben seiner Tochter haben, aber gleichzeitig wünschte er sich, dass sie selbstständig war. Einerseits wollte er immer darüber informiert sein, was sie machte und mit wem sie redete, andererseits wollte er, dass sie lernte, sich eine eigene Meinung zu bilden. Als Elternteil musste man die Balance zwischen einer engen Beziehung und der Fähigkeit loszulassen finden. Je älter Erika wurde, desto schwieriger wurde genau diese Balance.

„Gehen wir schaukeln“, sagte Tanner und ging vor in den Garten hinter dem Haus. Das Gras war hoch; letzten Monat hatte es viel geregnet, und er hatte den Rasen seither nicht gemäht. Viele Leute hier in der Gegend ließen dem Wildwuchs auf ihren Grundstücken freien Lauf, doch Tanner wollte, dass Erika einen richtigen Garten zum Spielen hatte. Er hatte die riesigen alten Eichen und Föhren stehen lassen, aber einen Rasen angelegt und Kirschbäume, Azaleen und Rhododendren gepflanzt.

Erika hatte vor Jahren ein Klettergerüst mit zwei Schaukeln bekommen. Tanner konnte sich nicht erinnern, wann er sie das letzte Mal darauf sitzen gesehen hatte. War sie schon zu alt dafür? Wenn man ein Teenager wurde, betrachtete man alles, was man früher gern getan hatte, als Kinderkram, doch als Erwachsener wünschte man, man hätte die Zeit, sich auf eine Schaukel zu setzen und in den Himmel hinaufzuschwingen.

Tanner hatte nicht mehr geschaukelt, seit er zehn gewesen war. Und er konnte sich tatsächlich nicht erinnern, wann er seine Tochter das letzte Mal dabei erlebt hatte.

„Dad, sie ist zu klein für dein Hinterteil."

Wie wahr. „Wenn ich nicht wüsste, was du meinst, wäre ich jetzt beleidigt. Komm, setz dich auf die zweite Schaukel und rede mit mir."

Erika setzte sich, stieß sich mit ihren Tennisschuhen vom Boden ab und begann zu schaukeln. „Ich weiß, dass es kein Spiel ist, Dad. Mord ist eine sehr ernste Angelegenheit. Glaub mir, ich kenne den Unterschied zwischen Fernsehen und Wirklichkeit." Sie legte den Kopf zur Seite. „Außer bei Reality-TV. Das ist im Grunde ein Oxymoron, meinst du nicht?"

Oxymoron? Wo hatte sie dieses Wort gelernt – und wie man es richtig anwendete? Er griff mit einer Hand nach der Metallkette seiner Schaukel und betrachtete Erika erstaunt. Er würde ihr so furchtbar gern sagen, was für ein bemerkenswerter, außergewöhnlicher Mensch sie war. Sie verblüffte ihn jeden Tag, jede einzelne Minute aufs Neue, und er dankte dem lieben Gott täglich, dass er sie ihm und nicht jemand anderem geschenkt hatte, der nicht zu schätzen wusste, was für ein wunderbarer Mensch sie war.

„Du weißt, wie lieb ich dich habe."

Sie verdrehte die Augen und schubste mit einem Fuß die Schaukel wieder an. „Ich weiß, Dad", sagte sie. Und so als hätte Tanner seinem letzten Satz ein „aber" hinzugefügt, fuhr sie fort: „Ich kann doch nichts dafür, dass alles, was der Sheriff gesagt hat, für mich total interessant war."

„Du wirst nicht Hilfssheriff spielen und ihn begleiten,

wenn er auf Streife geht."

„Dad, er hat einen Witz gemacht. Sogar *ich* habe das kapiert."

Wann hatte er in den Augen seiner Tochter den Humor verloren? „Ich wollte nur sichergehen, dass du es verstanden hast. Aber ..." Tanner zögerte. Er wusste, was er für seine Tochter wollte. Er wusste, welche Frau sie einmal werden sollte. War das auch, was *sie* wollte? „Interessiert dich die Arbeit des Sheriffs?"

Gott bewahre, dass sie wirklich Polizistin oder FBI-Agentin werden wollte. Ihn schauderte schon, wenn er diese Möglichkeit nur im Ansatz in Betracht zog. Was zum Teufel sollte er also sagen, wenn ihre Antwort „ja" war?

„Ich weiß es nicht, Dad, aber ich glaube, ich habe noch viel Zeit, um mir Gedanken darüber zu machen. Und ich nehme an, ich kann meine Meinung noch mindestens achtmal ändern und trotzdem meinen Collegeabschluss in der vorgesehenen Zeit machen."

Sie war so vernünftig. Genau so wie er es sich wünschte. Doch hatte sie auch Spaß am Leben? Was war mit Tanzen und Jungs? Mit besten Freundinnen und Schlafanzugpartys? Waren Schlafanzugpartys überhaupt noch in, wenn man über zwölf war? Vielleicht galt das auch schon als Kinderkram.

Über all diese Dinge hatte er bis jetzt noch nie nachgedacht. Vielleicht deshalb, weil er ein Mann war. Doch das klang irgendwie nach einer allzu lahmen Ausrede für die Tatsache, dass er sich keine Gedanken gemacht hatte, welche Bedürfnisse seine Tochter hatte.

„Ich habe mir überlegt, ob es nicht schön für dich wäre, wenn du eine ältere Freundin hättest. Eine Frau, mit der du reden kannst." Er scharrte ein wenig verlegen mit dem Fuß im Gras. „Du kommst jetzt in das Alter, in dem du einiges vielleicht nicht mehr unbedingt mit mir besprechen möchtest."

„Du meinst, wenn ich zum Beispiel meine Periode bekomme?“

Er bemühte sich sehr, sich nichts anmerken zu lassen – aber ihm wurde leicht schwindlig. Himmel, was würde erst sein, wenn sie ihn fragte, ob sie Stringtangas und BHs anziehen durfte, deren Riemchen unter der Bluse hervorlugten? „Genau, so was in der Art meine ich.“

„Solche Themen besprechen wir in der Schule, Dad. In Gesundheitserziehung.“

„Aber manchmal ist eine Lehrerin nicht genug. Du brauchst vielleicht jemanden wie, tja, jemanden wie Lili. Eine Frau, die einerseits alt genug ist, um einen Rat geben zu können, und andererseits jung genug, um deine Probleme zu verstehen.“ Er atmete durch. Himmel, das war schlimmer als seinerzeit das Gespräch über Bienen und Blumen.

„Du meinst, du willst Lili heiraten?“

Tanner wäre beinahe von seiner Schaukel gefallen, weil sie tatsächlich zu klein für sein Hinterteil war und seine Tochter zweifellos manchmal eine gar zu große Klappe hatte. Sein Herz hämmerte wie ein Presslufthammer. Ja, er mochte und begehrte Lili, aber von Heirat war deshalb doch noch lange nicht die Rede.

„Ich hatte eher an eine Freundin für *dich* gedacht, an so etwas Ähnliches wie eine von den ‚Big Sisters‘ oder an eine Art Beraterin.“

„Aber du hast ausdrücklich Lili erwähnt. Das muss doch einen Grund haben.“

Erika war wirklich ein erstaunliches Kind. Sie ließ nicht locker.

„Ja, weil sie in der Nähe wohnt und du sie schon kennst.“

„Wenn du sie heiratest, wohnt sie noch näher.“

O Gott, in was hatte er sich bloß hineingeritten? Aber er war ein Mann, und als Mann musste man den Stier bei den

Hörnern packen, wenn er direkt vor einem stehen blieb und angriffslustig mit dem Kopf wackelte. „Hättest du denn gern, dass ich heirate? Ich habe oft gehört, dass Teenager eine Stiefmutter oder einen Stiefvater als unerwünschten Eindringling empfinden." Dieses Argument klang irgendwie nachvollziehbar ... obwohl er nie wirklich darüber nachgedacht hatte, weil er nie die Absicht gehabt hatte zu heiraten. „Theoretisch gesprochen natürlich."

„Theoretisch gesprochen ist Lili ziemlich cool. Sie könnte mir eine alternative Sicht der Dinge beibringen, und ich könnte ihr helfen, auf dem Boden der Tatsachen zu bleiben, wenn sie Gefahr läuft abzuheben."

Verdammt, Erika hatte allen Ernstes schon darüber nachgedacht. Er hatte immer angenommen, dass sie mit ihrem Leben zufrieden wäre, und merkte ja erst seit Kurzem, dass es ihr alles andere als gut ging. Aber heiraten? Lili? „Kleines, ich kann nicht einfach heiraten, nur weil du das gerne hättest."

„Das weiß ich, Dad. Aber du magst Lili doch."

„Ja, ich mag sie, aber das heißt noch lange nicht, dass ich ans Heiraten denke."

Das Blut begann in seinen Ohren zu pochen. Seine Tochter war klug für ihr Alter und außerdem – wie auch der Sheriff vorhin gemeint hatte – eine gute Beobachterin. Tanner war sich nicht ganz sicher, wie viel Erika von seiner Zuneigung zu Lili mitbekommen hatte. Gut möglich, dass er in den letzten Tagen gelegentlich etwas neben sich gestanden hatte.

„Ich glaube, sie wäre gut für dich, Dad. Du solltest dich auf jeden Fall öfter mit ihr treffen. Du müsstest es auch nicht heimlich tun."

Er starrte sie entgeistert an. „Heimlich?"

„Ich meine, du würdest sie nicht verstecken müssen wie deine anderen Freundinnen, weil wir Lili ja schon kennen."

„Ich verheimliche doch nicht vor dir, dass ich mich hin und wieder mit Frauen treffe."

„Aber du bringst sie nie mit nach Hause."

„Weil ich nicht will, dass du eine von ihnen zu sehr ins Herz schließt."

„Aber ich will vielleicht jemanden ins Herz schließen."

Oh, verdammt. „Aber ich will es nicht, Erika. Und genau deshalb bringe ich keine Frau mit nach Hause – außer wenn ich mir irgendwann bei einer sehr, sehr sicher bin."

„Tja, ich bin mir sehr, sehr sicher bei Lili. Und ich bin überzeugt, dass wir es schaffen würden, dass Einstein und Fluffy miteinander klarkommen. Aber was machen wir mit den vielen anderen Katzen?"

„Sollte Lili nicht ein gutes Plätzchen für Wanettas Katzen finden?" Tanner hätte sich am liebsten selbst geohrfeigt, weil er mit dieser Frage Erika eventuell Hoffnungen gemacht hatte. „Was ich sagen will, ist, dass Lili nicht von heute auf morgen Teil unserer Familie werden kann – unabhängig davon, was sie mit ihren Katzen anstellt."

„Ich dachte nicht an heute oder morgen, Dad. Du musst eine Weile mit ihr ausgehen, und dann werden wir ja alle sehen, wie es mit euch läuft. Aber wenn du der Sache nicht einmal eine Chance gibst, ist es wie mit dem fehlenden Glied in der Geschichte der Menschheit. Dem Missing Link zwischen Mensch und Affe."

„Wie bitte?"

„Wenn man nie nach dem fehlenden Glied sucht, wird man es auch nie finden."

„Lili ist kein fehlendes Glied."

„Da-ad! Es ist eine Metapher. Oder ein Vergleich. Ich vergesse immer, was genau was ist."

Tanner hätte am liebsten die ganze Sache vergessen. „Liebling, hör mal, was ich sagen will, ist …"

Erika seufzte und ließ den Kopf hängen. Dann stupste sie mit dem Fuß ihre Schaukel wieder an und schwang bald schnell neben ihm auf und ab.

Seine Tochter hatte recht. Er hatte schon vor langer Zeit aufgehört, nach seinem Missing Link zu suchen.

Die Wahrheit war, dass er nicht mehr daran glaubte, dass es so etwas gab. Zumindest nicht für ihn.

Sie hatte erwartet, dass die Spurensicherung mit einem großen Lkw, ausgestattet mit modernstem technischen Schnickschnack, kommen würde. Doch das Auto, das sie durch das Küchenfenster der Rutlands in ihrer Einfahrt stehen bleiben sah, war ein bescheidener Viertürer. Ein älterer Herr stieg aus. Er trug etwas, das wie ein Arztkoffer aussah.

Es war ziemlich unspektakulär. Lili hatte befürchtet, dass die Katzen wieder vor Angst ausflippen würden, wenn ein Fremder ins Haus ginge – doch dieser Besucher war eindeutig harmlos. Die Katzen hatten sich trotzdem schon vorsorglich im Garten unter diversen Büschen und der Gipsskulptur versteckt, auf die Wanetta so stolz gewesen war.

„Sie reiben den Käse und schneiden die Tomaten." Roscoe reichte Lili ein riesiges Stück Käse und drei Tomaten. Die letzten zehn Minuten hatte sie damit zugebracht, zu erklären, was es mit Lady D. auf sich hatte und was sich heute Morgen ereignet hatte. Was im Blumenladen passiert war, hatte sie nicht erzählt. Das gehörte nur ihr allein.

Sie schnitt den Käseblock in handlichere Stücke. „Was gibt es zum Abendessen?"

„Tostadas à la Roscoe. Sie schmecken göttlich, wenn ich das mal so sagen darf." Er sah nach dem Hackfleisch, das er zum Auftauen in die Mikrowelle gegeben hatte.

Lili deutete mit dem Messer auf seinen Bauch. „Wie schaffen Sie es, so schlank zu bleiben, wenn Sie ständig solche Köstlichkeiten essen?"

„Das Geheimnis ist zu essen, nicht zu fressen. Früher, als ich noch Koch war, habe ich gelernt, dass man beim Kochen nie öfter als ein einziges Mal kosten darf."

„Sie waren Koch?"

„Koch in einem Schnellimbiss. Aber ich habe die besten Eggs Benedict gemacht, die man sich nur vorstellen kann. Sie wissen schon, pochierte Eier auf Muffins mit knusprigem Speck und leckerer Soße."

„Aber ich dachte, Sie waren ein Komponist?" Das hatte ihr zumindest Wanetta erzählt.

Roscoe lächelte und zerteilte das Hackfleisch, das immer noch nicht ganz aufgetaut war. „Ich musste ja meine Familie ernähren. Und ich habe sie sogar ziemlich lecker ernährt." Er warf die Tür der Mikrowelle zu. „Was meinen Sie, worüber die da draußen sich gerade unterhalten?"

Lili wusste sofort, wer mit „die" gemeint war. Tanner hatte vorhin die ganze Zeit vermieden, sie anzusehen; er hatte regelrecht durch sie hindurchgesehen. Und nun sagte er vielleicht gerade seiner Tochter, dass sie sich von ihr fernhalten sollte. Kurz nachdem Tanner sie gebeten hatte, ihm mit Erika zu helfen – vielleicht hat das mit dem Toten zu tun, den ihr gefunden habt?! –, waren die Dinge ziemlich entgleist. Und während Lili noch immer hoffte, dass es wieder besser würde, verschlimmerte sich alles nur noch.

Lili war so in Gedanken versunken, dass ihre Fingerspitzen beinahe der Käsereibe zum Opfer gefallen wären. Sie begann ein neues, größeres Stück zu reiben. „Ich habe keine Ahnung, worüber sie reden."

Roscoe schüttelte den Kopf, seufzte und legte das aufgetaute Hackfleisch in die Bratpfanne. „Wahrscheinlich predigt er ihr das Evangelium nach Tanner."

Lili konnte sich bestens vorstellen, worum es in dieser

Predigt ging. *Das Allerwichtigste ist: Verwechsle nicht die Bemühungen mit dem Ergebnis.*

„Ich liebe meinen Sohn, aber er trichtert dem armen Mädchen so viel Stuss ein. Sie haben es ja gehört. Erika will Geschäftsführerin werden. Welches Kind will denn Geschäftsführerin werden? Das ist doch nicht normal."

Lili hatte in Erikas Alter Superheld werden wollen. „Nun ja, sie ist sehr intelligent."

„Ihre Freundinnen laden sie nicht mehr zu Schlafanzugpartys ein. Sie halten sie für eine Streberin."

„O Gott, das ist furchtbar. Sie ist keine Streberin."

„Ich weiß, dass sie keine ist, und Sie wissen es auch – aber sonst weiß es niemand. Tanner richtet das Kind zugrunde."

Diesmal lief Lili trotz des kleinen Käsestücks nicht Gefahr, mit ihren Fingern in die Reibe zu geraten. Sie hörte auf zu reiben und sah Roscoe vorwurfsvoll an. „Das ist nicht fair. Ich kenne kein Kind, das besser erzogen, intelligenter und warmherziger ist als Erika. Bei Ihnen klingt es, als würde Tanner sie körperlich oder verbal bestrafen. Er hat sie unglaublich lieb – und sie ihn auch." Sie nahm das Tomatenmesser und deutete drohend damit auf Roscoe. „Und erzählen Sie mir nicht, dass es das Stockholm-Syndrom ist."

Roscoe konzentrierte sich auf die Avocado, die er gerade aushöhlte, und schnaubte. Oder war es ein Schniefen? Schwer zu sagen.

„Ich weiß, dass Sie sie auch lieben, Roscoe, aber Sie müssen auch anerkennen, wie sehr Tanner sie liebt. Er ist ein fantastischer Vater – auch wenn Sie nicht alles an seiner Erziehung gutheißen." Lili merkte, dass sie das Gegenteil dessen sagte, was sie selbst vor zwei Tagen gedacht hatte. Genau genommen hatte sie exakt das gleiche Urteil über Tanner gefällt wie Roscoe. Doch Tanner liebte seine Tochter über alles und würde alles für sie tun.

Wenn Erika nur nicht diese dunklen Schatten unter den Augen hätte …

„Sie müssen beiden helfen, Lili. Erika hat Sie sehr gern."

„Sie kennt mich doch kaum."

„Kinder brauchen nicht sehr lange, um jemanden ins Herz zu schließen. Und Tanner ist dermaßen von Ihnen hingerissen, dass er kaum einen klaren Gedanken fassen kann."

„Hingerissen?"

„Ja. Der Junge steht so sehr auf Sie, dass Sie ihn jederzeit um den kleinen Finger wickeln und ihn dazu bringen könnten, alles für Sie zu tun."

„Roscoe!"

„Aber es ist die Wahrheit. Sie müssen es ausnützen und meiner Enkelin helfen."

„Sie schlagen vor, dass ich Ihren Sohn verführe, um Erika zu helfen?"

„Ich schlage vor, dass Sie ihn heiraten."

Nun hatte sie tatsächlich die Spitzen ihrer beiden längsten Fingernägel mitgerieben. Verdammt, sie würde mit dem Käse wieder von vorn anfangen müssen.

„Ich glaube, Sie tun Tanner unrecht, wenn Sie behaupten, seine Tochter käme emotional zu kurz."

„Nein, ich versuche lediglich, dieser Familie das zu geben, was ihr fehlt." Er tippte ihr mit dem Finger liebevoll auf die Nase. „Und das sind Sie."

Lilis Herz klopfte wie wild, und in ihrem Kopf drehte sich alles. Ob Erika wirklich Probleme hatte, wusste sie nicht mehr so genau. Doch was sie sehr wohl wusste, war, dass Tanner Rutland – wie anscheinend überhaupt die meisten Männer – ein lösungsorientierter Mann war. Doch wenn er von der Lösung erfuhr, die Roscoe vorschwebte, bekäme er auf der Stelle einen Herzinfarkt, von dem er sich möglicherweise nie mehr erholen würde.

Tanner hatte sich nicht einverstanden erklärt, Lili zu heiraten oder mit ihr auszugehen, aber er hatte zugestimmt, dass Erika mehr Zeit mit ihr verbringen durfte.

Während des Gesprächs mit seiner Tochter war es ihm vorgekommen, als stünde er auf einem riesigen Ameisenhügel. Beim Abendessen hatte er dann das Gefühl gehabt, er sitze darauf.

Danach war Lili nach Hause gegangen, und Tanner hatte Erika mit dem Kater nach draußen zum Spielen geschickt, während er und Roscoe die Küche aufräumten. Das Kind brauchte mehr frische Luft. Es brauchte überhaupt etwas, aber Tanner hatte keine Ahnung, was zum Teufel es war. Der Sheriff und seine Leute waren da gewesen und wieder gegangen. Sie hatten außer der beschädigten Tür nichts Verdächtiges gefunden. Laut Lili wurde diese Tür von ihr selten benutzt – sie diente nur als Katzentür –, und an der Außenseite hatte man keinen einzigen Fingerabdruck gefunden. Und auch an der Innenseite, wo zumindest eine paar Abdrücke sein müssten, hatte man nichts entdeckt.

Jemand hatte sich die Mühe gemacht, die Tür abzuwischen.

Es war kein primitiver Einbruch gewesen. Und genau das machte Tanner Angst. Mehr Angst als das komische Gefühl, auf einem Ameisenhügel zu sitzen.

„Du kannst Lili doch nicht ganz allein die Katzen füttern lassen. Sie könnte ermordet werden, ehe sie überhaupt die Chance hat, um Hilfe zu rufen."

„Es geht ihr gut, Roscoe." Doch bei der Vorstellung, was Lili passieren könnte, lief Tanner ein kalter Schauer über den Rücken. Er stellte den letzten Teller in die Spülmaschine und legte einen Tabs ein.

„Sie könnte auch vergewaltigt werden." Roscoe schüttelte sich theatralisch. „Dir ist hoffentlich klar, dass du sie nicht allein da drüben schlafen lassen kannst."

Tanner sah Roscoe entgeistert an. „Was? Du erwartest von mir, dass ich mich mit meinem Schwert in der Hand vor ihr Bett lege und die Angreifer abwehre?"

Zum Teufel, genau danach war ihm. Nur sinngemäß natürlich.

Roscoe hob eine Augenbraue. „Eigentlich dachte ich eher daran, dass sie die Nacht hier im Gästezimmer verbringt."

„Oh. Oh, natürlich! Genau das Gleiche habe ich mir auch gedacht."

Dass Lili im Zimmer neben seiner Tochter übernachtete, war nicht gerade das, was ihm vorgeschwebt hatte. Falls sie neben Erika schlief, falls sie überhaupt über Nacht hier im Haus blieb, war sie tabu für ihn. Doch trotz all seiner guten Vorsätze wurde Tanner das Bild von Lili, wie sie nackt in seinem Bett lag, nicht los. Oder in ihrem Bett. Oder auf dem Teppich im Wohnzimmer, in der Badewanne, auf dem Wohnzimmertisch oder wo auch immer er mit ihr schlafen konnte. Er bekam das Bild nicht mehr aus dem Kopf, wie sie ihn mit ihrem Mund verwöhnt hatte. Allein bei der Erinnerung daran begann das Blut heftiger in seinen Adern zu pulsieren.

Man hätte meinen sollen, dass die Erwähnung des Wortes „Heirat" diese Gedanken sofort weggeblasen hätte. Zu dumm, dass dem nicht so war.

„Wenn du nicht rübergehst und sie holst, mein Sohn, dann gehe eben ich." Roscoe zog das große Fleischmesser aus dem Messerblock. „Das nehme ich für alle Fälle mit."

„Die Chance ist größer, dass du sie versehentlich damit erstichst. Oder dich selbst. Gib das Ding her." Er schob das Messer zurück in den Block. „Warum beziehst du nicht einfach das Gästebett frisch?"

„Ich weiß nicht, darin hat doch seit ewigen Zeiten niemand mehr geschlafen."

„Genau aus diesem Grund könnte frische Bettwäsche nicht schaden.“

Die Wahrheit war, dass er niemals vorgehabt hatte, Lili allein in ihrem Haus bleiben zu lassen. Gestern hatte sie eine Leiche gefunden. Seit heute wusste die ganze Stadt, dass ihr ein Kater von einem Mord berichtet hatte. Und nun war auch noch in ihr Haus eingebrochen worden. Man musste kein Genie sein, um zu erkennen, dass Lili eventuell in Gefahr sein könnte.

Man musste auch kein Genie sein, um zu merken, dass das, was er von Lili wollte, viel komplizierter war als nur Sex. Und viel gefährlicher als die paar Dates, die seine Tochter vorgeschlagen hatte.

Lili stand an der Spüle und wusch die Fressnäpfe der Katzen ab. Tanner, der sie durch das Moskitonetz der Küchentür beobachtete, war überrascht, dass sie sich nicht eingesperrt hatte. Den dicken Pulli hatte sie längst ausgezogen, da es tagsüber deutlich wärmer geworden war, und sie trug ein langärmeliges, weit ausgeschnittenes Hemd.

Beim Abendessen war ihm aufgefallen, wie sehr dieses enge Oberteil ihre Brüste betonte. Und ja, er hatte seine Augen nicht von ihr abwenden können. Ein allzu üppiger Busen hätte gar nicht zu ihrer schlanken Figur gepasst. Auf Busen war er ohnehin nie besonders abgefahren. Er stand auf schöne Beine, und Lili hatte wunderschöne lange Beine, von denen er sich sehnsüchtig wünschte, dass sie sich wieder um ihn schlangen.

Er klopfte. Lili machte einen Satz, und eine Katzenschüssel fiel klirrend in die Spüle. Eine weitere kullerte über den Boden.

Tanner trat ein und schnappte die Schüssel, bevor sie unter den Küchentisch rollen konnte.

„Du hast mich erschreckt."
„Das habe ich gemerkt."
Sie strich sich das Haar aus dem Gesicht. „Ich muss dir etwas sagen."
„Immer bist du als Erste dran. Diesmal fange ich an."
„In Ordnung." Es klang fast erfreut.
„Ich habe mit Erika über unseren Plan geredet."
Lili schaute nach rechts, dann nach links und biss sich auf die Lippen. „Welchen Plan?"
„Dass ihr beide euch öfter unterhaltet. Von Frau zu Frau." Tanner musste ein unwillkürliches Schaudern unterdrücken.
Lili seufzte erleichtert. „Ach so, ich dachte, es wäre etwas Unangenehmes."
Er fuhr sich durchs Haar. „Warum rechnet die gesamte Familie ständig damit, dass ich jedem den Kopf abreiße, der mir über den Weg läuft? Ich bin doch kein Ungeheuer."
Ihre Augen schimmerten wie der Rand der untergehenden Sonne, bevor sie hinter dem Horizont verschwand.
„Was ist?" Er musste nachfragen, denn sie hatte kein Wort gesagt.
„Ich gehöre nicht zu deiner Familie."
„Es war nur so dahingesagt." In Wahrheit war es alles andere als das. Roscoe und Erika waren schuld. Mit ihrem Lili-Gerede. Er selbst war schuld. Weil er sie so sehr begehrte. Seit Jahren hatte er nur oberflächliche Beziehungen gehabt und sie als völlig ausreichend empfunden. Doch in Wahrheit hatte es schon lange nicht mehr gereicht. Er hatte es lediglich verdrängt. Daran, dass Lili diejenige war, nach der er unbewusst schon lange suchte, wollte er auch nicht denken.
„Ich bin kein Unmensch."
„Ich weiß, aber du wirkst manchmal so missbilligend." Dann legte sie ihm die Hände auf die Schultern. „Das soll keine Kritik sein. Und ich freue mich, dass du mich Erika hel-

fen lässt. Niemand hat mir jemals etwas so Wichtiges zugetraut."

Diese Frau schaffte es immer wieder, ihn zu verwirren und gleichzeitig wie ein König – und ganz und gar nicht wie ein Unmensch – fühlen zu lassen.

Aber es stimmte schon, er hatte wirklich etwas leicht Diktatorisches an sich, und deswegen würde er aufs Ganze gehen und ihr sagen, was er mit ihr vorhatte. Nun ja, nicht alles. Zumindest nicht jetzt in diesem Augenblick. „Du schläfst heute Nacht bei uns, weil ich nicht erlaube, dass du allein hierbleibst. Hast du ein Problem damit?"

Sie lehnte sich an die Spüle, verschränkte die Arme und sah ihn durch ihre dichten Wimpern an.

„Was ist?" Wieder musste er nachfragen.

„Ich denke gerade darüber nach, ob ich ein Problem damit habe."

„Es war nur eine rhetorische Frage. Ich erwarte keine Antwort. Auch keinen Widerspruch."

„Was ist, wenn ich dir aber widersprechen will?"

„Es würde dir nichts helfen. Ich setze mich durch."

„Gewinnst du eigentlich immer, Tanner?"

Gute Frage. Gegen Karen hatte er nie gewonnen. Stattdessen hatte er versucht, sie zu ändern, hatte versucht, sie von ihrer seltsamen Vorstellung, ein Medium zu sein, abzubringen. Nein, verdammt, das stimmte nicht. Er hatte nicht versucht, sie zu ändern. Er hatte in gewissen Bereichen einfach nur Grenzen gezogen. Zum Beispiel als sie ihre noch sehr kleine Tochter Erika damals sechs Wochen alleine lassen wollte. Es war ihm nicht darum gegangen, zu gewinnen. Sondern darum, was das Beste für Erika war. Er glaubte immer noch, dass er das Beste getan hatte, ganz egal, wie das Ergebnis aussah.

Verwechsle nicht die Bemühungen mit dem Ergebnis.

Er hatte nichts verwechselt. Er hatte sich einfach nicht

durchgesetzt. Warum zum Teufel war Lili der Auslöser, dass er über all das nachdachte?

„Nein, ich gewinne nicht immer. Ich muss nicht gewinnen." Er wollte nicht glauben, dass er jemand war, der gewinnen musste. „Aber dieses Mal setze ich mich durch. Weil es um deine Sicherheit geht."

„Glaubst du wirklich, dass ich in Gefahr bin? Der Einbrecher hat doch nichts mitgehen lassen. Er hat auch nichts kaputt gemacht, sondern lediglich den Katzen einen fürchterlichen Schrecken eingejagt, weil er in ihr Revier eingedrungen ist."

„Es geht nicht darum, was der Einbrecher heute gemacht hat, sondern darum, was er machen könnte, wenn er wiederkommt. Wo sind übrigens die Katzen?"

„Irgendwo im Haus. Sie haben sich nach dem Fressen aus dem Staub gemacht." Lili seufzte. Dann stampfte sie mit dem Fuß auf. „Gerade hatte ich sie so weit, dass sie sich nicht mehr ständig im Haus verkrochen haben, und jetzt kann ich wieder von vorn anfangen. Sie sind total verstört. Katzen mögen es gar nicht, wenn ihr Alltag durcheinandergerät. Du hast meine Frage nicht beantwortet."

„Ja, weil ich vergessen habe, was du gefragt hast." Das stimmte zwar nicht, doch wenn Lili redete, konnte man so manches vergessen. In Ihrer Nähe vergaß er manchmal sogar seinen Namen.

Sie presste die Lippen aufeinander.

„Ich weiß nicht, ob du in Gefahr bist, aber ich möchte kein Risiko eingehen."

„Wenn ich in deinem Haus übernachte, muss ich die Katzen hier alleine lassen. Und überhaupt, was ist mit Einstein? Sie kann nicht ohne mich schlafen."

Gerade war ihm wieder eingefallen, was er vorhin zu Roscoe gesagt hatte. Ob er mit dem Schwert in der Hand neben Lilis Bett am Boden liegen sollte. Niemals. Sie würden immer beide *in* ihrem Bett liegen – egal ob in seinem Haus oder in ihrem.

„Einstein kann mitkommen, aber die anderen werden hierbleiben müssen. Ich bin sicher, sie kommen ohne dich zurecht. Und ich möchte nicht, dass Fluffy völlig ausflippt. Ich bin mir nicht einmal sicher, ob er Einstein tolerieren wird." Er zog eine Augenbraue hoch. „Wo ist mein kleiner Liebling übrigens?"

Normalerweise war die Katze immer irgendwo in der Nähe und guckte ihn böse an.

Lili deutete auf einen Stuhl, der unter den Tisch geschoben war. „Da."

Tanner dreht sich um. Einstein starrte ihn durch die Stäbe der Rückenlehne an. Es sah so aus, als säße sie hinter Gittern. Als er vorhin im Garten gewesen war, während Sheriff Gresswell sich die Tür angesehen hatte, hatte er sich einen Moment lang der Katze sehr verbunden gefühlt. Als wären sie beide gleicher Meinung und als hätten sie ein gemeinsames Ziel, nämlich Lili zu beschützen. Als Einstein ihn nun anblinzelte, hatte er das ungute Gefühl, die Katze würde schon wieder mit ihm kommunizieren. Diesmal ging es darum, dass Lili *nicht* allein hier schlief.

„Ich nehme an, Einstein schläft im Bett."

„Sie schläft, wo es ihr gerade passt. Es ist schwer, einer Katze klarzumachen, dass sie sich nicht einfach mitten in der Nacht an einen kuscheln soll. Außerdem ist sie so schön warm und weich."

Verdammt. Warum musste sie ausgerechnet so etwas sagen? Es ließ seine Libido sofort in ungeahnte Höhen schnellen. Er wollte derjenige sein, der sich an Lili kuschelte. Und nicht nur das.

Sie schmunzelte. „Okay, du hast gewonnen."

„Es war gar nicht schwer."

„Außerdem habe ich selbst Angst davor, hier allein zu sein."

Es ging doch nichts darüber, der große Beschützer zu sein. Welcher Mann hatte nicht das Bedürfnis, sich eine wehrlose Frau kurzerhand unter den Arm zu klemmen und sie in Sicherheit zu bringen. Es war ein Urinstinkt. Und hatte den Nebeneffekt, dass man als Mann die eigene Angst unterdrücken musste.

Sein momentaner Urinstinkt allerdings sagte ihm, dass er schleunigst vor Lili die Flucht ergreifen sollte. Gleichzeitig zwang ihn alles andere, was ihn als Mann ausmachte, zu bleiben.

„Ich hole schnell ein paar Sachen." Sie deutete auf die Treppe im Flur und bewegte sich langsam und seitlich gehend darauf zu, als habe sie Angst, ihm den Rücken zuzukehren.

„Ich kontrolliere in der Zwischenzeit, ob alle Türen zugesperrt sind."

Sie huschte an ihm vorbei und sprang rasch die Treppe hinauf.

Tanner ging in die Waschküche. Auf dem Knauf und dem weißen Holz der Tür befanden sich noch Reste des Grafitpulvers der Spurensicherung. Er versicherte sich, dass die Tür zugesperrt war, und schob zusätzlich den Riegel vor.

Als er zurück in die Küche kam, sprang Einstein von ihrem Stuhl, setzte sich mitten in der Küche hin und damit ihm in den Weg. In diesen grünen Augen war eine Botschaft. Bloß welche? Blinzeln, starrer Blick, Blinzeln, starrer Blick.

„Ich passe gut auf sie auf, versprochen."

Blinzeln, starrer Blick.

„Was willst du denn noch von mir?"

Starrer Blick, Blinzeln. Dann stand Einstein auf und schlenderte gemächlich aus der Küche.

„Du hast gerade mit einer Katze geredet und allen Ernstes eine Antwort erwartet", murmelte Tanner, schüttelte den Kopf über sich selbst und ging zur vorderen Haustür. Lili hatte sie bereits abgesperrt.

Er legte eine Hand auf die Treppenspindel und überlegte, ob er nach oben gehen sollte. Er brauchte nicht hinaufzugehen. Er brauchte ihr nicht wie ein Spürhund nachzulaufen, der ihre Witterung aufgenommen hatte.

Auch als er schon im oberen Stockwerk angekommen war, versuchte er immer noch, es sich auszureden. Als er vor ihrer Schlafzimmertür stand, hatte er es aufgegeben.

Lilis Stimme war bis auf den Flur hinaus zu hören. „Ich kann nicht glauben, dass du das gerade tatsächlich gesagt hast."

Einstein saß bei ihr im Zimmer. Ihr Schwanz zuckte auf dem Parkettboden unruhig hin und her. Lili drückte ihr Kosmetiktäschchen an die Brust. Als sie Tanner in der Tür stehen sah, wurden ihre Wangen feuerrot.

„Darf man fragen, was sie gesagt hat?"

Lili sah ihn an. „Etwas, das ich unmöglich wiederholen kann."

„Das macht mich erschreckenderweise noch neugieriger."

Sie schüttelte den Kopf. Ihre Ohrringe klimperten wie zwei Windspiele. „Ich kann es dir trotzdem nicht sagen."

Er ging an Einstein vorbei und blieb dicht vor Lili stehen. Seine Brust stieß an ihre Kosmetiktasche. „Spann mich doch nicht dermaßen auf die Folter."

„Neugier hat schon so manche Katze getötet", sagte sie mit einem Lächeln auf ihren vollen, verführerischen Lippen.

„Einstein erfreut sich noch bester Gesundheit."

„Das wird nicht so bleiben, wenn du erfährst, was sie eben gesagt hat."

Er kniff die Augen zusammen. „Hat sie mir mit Kastration gedroht?"

„Nein, es ging ihr eher um das Gegenteil."

Tanner wurde schwindlig von Lilis betörendem Duft. „Was ist das Gegenteil von Kastration?“

„Sie hat gesagt, ich soll … äh, ich soll dich aus deiner Not erlösen und das beenden, was wir heute Morgen begonnen haben.“

Die Katze war auf seiner Seite.

Kaum hatte er realisiert, dass es tatsächlich so sein musste, sah Lili ihn von unten durch ihre dichten Wimpern keck an. „Komisch, nicht wahr? Ich hatte den Eindruck, du bist fertig geworden.“

Tanner fuhr mit einem Finger über ihre Wange, weiter bis zu ihrem Kinn und den Hals entlang nach unten. „Wir sind noch lange nicht fertig.“

Er wusste, dass es so war, seit er sie das erste Mal berührt hatte. Er hatte es auch gewusst, als er ein Kondom in seine Brieftasche gesteckt hatte, bevor er zu ihr gegangen war.

So gern er auch von sich behauptet hätte, es ginge ihm um Lilis Sicherheit, ihre Katzen, ihr Haus, seine Tochter und so weiter – letztlich lief es doch auf eins hinaus: Er wollte sie, sie wollte ihn, und das, was nun geschehen würde, hatte einfach so kommen müssen.

16. KAPITEL

In Wahrheit hatte Einstein gesagt, dass Lili sich wie eine rollige Katze benahm und gefälligst etwas dagegen tun sollte, damit Einstein nicht versehentlich einen von Lilis nicht jugendfreien Gedanken mitbekam. Denn die wären eindeutig erst ab achtzehn. Das war die Quintessenz von Einsteins erbostem Schimpfen gewesen.

Sollte sie es tun oder nicht?

Hach, Tanner roch so gut. Die Art, wie er ihren Mund betrachtete und ihren Hals streichelte, ließ sie innerlich zittern. Was kümmerte sie schon, was man besser nicht tun „sollte", wenn man solche Gefühle hatte?

„Warum verrätst du mir nicht, was du noch alles beenden möchtest?" Ihre Finger spielten mit den Knöpfen seines Poloshirts. Sie wusste, dass ihre Frage ziemlich anzüglich und kokett klingen musste. Normalerweise redete sie nicht so, doch in diesem Fall bewahrte es sie davor, ihn auf der Stelle auf den Boden zu werfen und sich auf ihn zu stürzen.

Tussi.

„Einstein, du verlässt sofort das Zimmer."

Die Katze stolzierte indigniert hinaus, doch ihr aufgerichteter Schwanz zuckte als Antwort einmal frech hin und her.

Tanner rieb seine Nase an Lilis Wangen. „Will ich es wissen?"

„Nein. Aber ich schwöre, es ging nicht um Kastration."

Er hauchte einen Kuss auf ihre Wimpern. „Du solltest im Moment nicht über Kastration reden." Er legte eine Hand auf ihren Rücken und zog sie fest an sich. Dann lehnte er sich ein wenig nach hinten und sah sie an. Lili spürte seine Erregung an ihrem Bauch.

„Ich möchte deine Brustwarzen in den Mund nehmen und an ihnen saugen, bis du vor Lust schreist."

Lili sehnte sich so sehr danach, dass ihre Nippel beinahe schmerzhaft hart wurden. Sie schlief nicht wahllos mit Männern. Sie war zwar keine Unschuld vom Lande, doch normalerweise ging sie nicht mit einem Mann ins Bett, ohne sich über seine Absichten im Klaren zu sein.

Bei Tanner, der sie mit seinen Worten und seinen Zärtlichkeiten um den Verstand brachte, schienen ihr diese Absichten egal zu sein. Was er körperlich mit ihr vorhatte, war ohnehin unmissverständlich.

Er drückte seine Hüften an sie und rieb sich zärtlich an ihrem Bauch.

„Und dann“, fuhr er fort, „möchte ich dich aufs Bett werfen, deine Beine spreizen und dich schmecken.“

Oh, o ja, bitte. Sie atmete schnell und heftig. Ihre Haut war rosig durchblutet und heiß. Innerlich war sie noch heißer. Sie war so feucht, dass sie bei einer einzigen Berührung durch ihn sofort hätte kommen können.

Tanner küsste sie auf den Hals. Dann wanderte sein Mund weiter zu ihren Brüsten.

„Und dann will ich endlich in dir sein“, flüsterte er. Sein heißer Atem brannte auf ihrer Haut. „Du kannst dir gar nicht vorstellen, wie oft ich davon schon geträumt habe.“

Oh, das konnte sie durchaus. Sie hatte es sich heute selbst mindestens tausendmal vorgestellt. Und das war nur leicht übertrieben.

Seine Hände glitten unter ihr Top, schoben es nach oben, höher, höher, bis er es ihr über den Kopf zog. Dann schleuderte er es zum Fußende des Bettes und legte die Hände auf ihre Brüste.

„Du bist wunderschön.“

„Mein Busen ist klein.“ Normalerweise machte sie sich deshalb keine Gedanken, doch für Tanner wäre sie gern vollkommen gewesen. Er öffnete den Verschluss ihres BHs zwischen ihren Brüsten und streifte die Spitzenträger über ihre Schultern.

„Diese beiden“, murmelte er, während er mit dem Fingernagel über eine harte Brustwarze strich, „sind genau so, wie ich es mag. Nicht größer, nicht kleiner.“ Das Blau seiner Augen war nun so dunkel wie ein stürmischer Ozean. Die Art, wie er ihren Körper ansah, nahm ihr fast den Atem.

Dann hob er sie hoch, legte ihre Beine um seine Hüften und drückte sie fest an sich. Als er sie auf den Mund küsste, spürte sie, dass ihr ganzer Körper wie elektrisiert reagierte.

Sie zog seinen Kopf an ihre Brüste und bewegte ihr Becken rhythmisch hin und her. Als er einen Arm unter ihren Po schob und ihre Bewegungen verstärkte, konnte sie ein tiefes, sehnsüchtiges Keuchen nicht mehr unterdrücken. Tanner stöhnte ebenfalls und warf sie auf das Bett.

Er kniete sich über sie und begann, den Reißverschluss ihrer Caprihosen aufzumachen.

Lili versuchte, seine Hand wegzuschieben. „Ich kann nicht nackt sein, wenn du es nicht auch bist.“ Sie wirkte fast verletzlich, als sie es sagte.

Tanner sah sie lächelnd an. Seine Augen waren nun beinahe schwarz. „O doch, das kannst du.“

Er schob ihr die Hose und den Slip bis zu den Schuhen hinunter. Eigentlich hätte es ihr peinlich sein müssen, so vor ihm zu liegen – nackt und mit leicht gespreizten Beinen –, aber da küsste er sie schon auf die Innenseite ihrer Oberschenkel. Küsste, leckte, saugte ihre weiche Haut, bis sie vergaß, dass es ihr peinlich sein sollte. Dann hörte sie, wie ihre Schuhe vom Bett auf den Boden fielen. Sie hatte nicht einmal bemerkt, wie er sie ihr ausgezogen hatte.

Und dann hatte sie überhaupt keine Zeit mehr zu denken, weil er ihre Beine auseinanderschob und mit der Zunge an ihrem Oberschenkel entlang nach oben fuhr. Sie vergrub ihre

Hände im Laken, rief seinen Namen und keuchte im Rhythmus seiner Zärtlichkeiten. Er packte ihren Po und zog sie dicht an sein Gesicht. Lili wandte sich unter ihm, stöhnte und schrie schließlich laut auf, als er mit einem Finger tief in sie eindrang.

Sie schrie weiter, obwohl sie wusste, dass sie nicht so laut sein sollte. Sie konnte nicht anders. Genauso wenig konnte sie nicht anders, als ihre Hände in seinem Haar zu vergraben und mit ihren Schenkeln seinen Kopf fest zu umklammern. Und dann spürte sie nur noch, wie eine brennend heiße Welle ihren Körper durchströmte und sie mitriss.

Lili drehte sich auf den Bauch und versuchte, vor ihm davonzukriechen, doch Tanner ließ sie nicht entkommen. Er trug immer noch sein Hemd, seine Hosen und seine Schuhe, doch er kroch ihr nach, warf sich auf sie und presste sich so fest an ihren Po, bis er dachte, er würde explodieren.

Sie keuchte und wandte sich unter ihm. Ihr Haar verfing sich in den Knöpfen seines Poloshirts, und ein Ohrring klimperte. Den anderen hatte sie bereits verloren. Tanners Sinne waren wie benebelt vom Geruch ihrer heißen Erregung, dem blumigen Duft dieser Frau, die ihn begehrte. Er fegte die Kissen beiseite, schob einen Arm unter Lili und drehte sich auf den Rücken, sodass sie auf ihm zu liegen kam. Dann vergrub er seine Finger erneut in den dunklen Locken zwischen ihren Beinen. Sie warf den Kopf in den Nacken und rief wieder seinen Namen.

Sie kam wie eine Löwin – heftig und intensiv. Noch nie hatte Tanner einen so kraftvollen Orgasmus bei einer Frau erlebt. Er drückte ihren bebenden, stöhnenden, schreienden Körper fest an sich.

Danach streichelte er ihren Bauch und biss ihr zärtlich ins Ohr, wobei er spürte, wie sie erschauerte.

„Sind wir jetzt fertig mit dem, was wir begonnen haben?“, flüsterte sie, legte den Kopf an seine Schulter und schmiegte ihre Wange an sein Gesicht.

„Was glaubst du?“, fragte er.

„Ich glaube, du lässt dir zu viel Zeit, dich auszuziehen“, antwortete sie und seufzte sehnsüchtig.

Sie rutschte unter ihm heraus, legte ihre Hand auf seinen Penis und massierte ihn durch den Stoff seiner Hosen, bis er so steif war, dass er es beinahe nicht mehr aushielt. Als sie seinen Gürtel löste, befürchtete er, dass es bei der ersten Berührung sofort um ihn geschehen sein würde.

Es war ein Wunder, dass er in der Lage gewesen war, sich zu beherrschen, als sie gekommen war.

Er zog ihre Hand weg. „Mach das nicht. Ich bin zu erregt.“

Sie sah ihn an, als hätte sie noch nie gehört, dass so etwas möglich war. Tanner selbst hätte es auch nie für möglich gehalten, und er hatte es noch nie an sich erlebt, doch es war tatsächlich so. Sie würde es schaffen, dass er in dem Augenblick kam, wenn ihre Zunge ihn auch nur minimal berührte.

Er setzte sich auf, zog sein Shirt über den Kopf und warf es auf das Fußende des Bettes. Dann sah er sie an. Sie war umwerfend, sie war nackt, sie gehörte ihm. Lange Beine, ungeheuer erotische, dunkle Brustwarzen, seidiges schwarzes Haar und ebenso seidige Locken zwischen den Beinen. Immer noch hatte er ihren Geschmack auf der Zunge, und er wollte mehr. Mehr von ihrem Geruch, mehr von ihrer feuchten Hitze. Mehr von Lili.

„Die Schuhe“, flüsterte sie. Ihre Augen waren groß und dunkel.

Er streifte die Schuhe ab und schob sie ans Fußende des Bettes. Sie plumpsten auf den Boden.

„Die Hose“, murmelte sie.

Er knöpfte sie auf und zog sie aus.

„O Gott." Sie fuhr sich mit der Zunge über die Lippen und starrte ihn an. „Ich glaube, er ist noch größer als heute Morgen."

Auf jeden Fall fühlte er sich größer, härter und verdammt bereit an. Tanner griff in seine Hosentaschen, zog ein Kondom heraus und warf den Rest seiner Kleidungsstücke aus dem Bett.

Mit einer Hand hielt er das Kondom in die Höhe, mit der anderen umfasste er Lilis Kinn und drehte ihren Kopf zu sich. „Ich weiß, wonach das aussieht."

„Wonach sieht es denn aus?"

„Als hätte ich es geplant."

„Hast du nicht?"

„Doch, aber nicht, weil ich glaubte, dass du …" Er schwieg. Ihm fiel kein passendes Wort ein.

„Dass ich leicht zu haben bin?"

Weder an ihrem Ton, der leicht spöttisch war, noch an ihrem beinahe koketten Lächeln war für ihn zu erkennen, wie sie diese Frage meinte. Doch er sah es ihr an ihren Augen an, die viel dunkler waren als sonst. Dieses Funkeln bedeutete Begehren. Begehren und noch etwas anderes – etwas, das ein ganz klein wenig traurig in ihnen schimmerte.

Er nahm ihr Gesicht in seine Hände und fuhr ihr mit dem Daumen über die Lippen. „An dir ist gar nichts leicht zu haben." Dann küsste er sie auf den Mund, öffnete seine Lippen und begann mit der Zunge das gleiche Spiel, das er vorhin zwischen ihren Beinen gespielt hatte. Sein Herz machte einen Sprung vor Glück, und seine Leidenschaft wurde noch größer. „Ich wollte dich von dem Moment an, als du gesagt hast, du wärst ein fleischfressendes Raubtier."

Sie lachte. Was dieses traurige Schimmern auch gewesen sein mochte, nun war es verschwunden. „Noch nie hat mir jemand gesagt, dass er mich begehrt, weil ich ein Fleischfresser bin."

Er nahm ihre Hand, ließ sich zurücksinken und zog sie auf sich. „Ich würde dich ja bitten, mich aufzuessen, weil du Fleisch so gern magst, aber ich vermute, ich würde es nicht aushalten." Er legte seine Hände auf ihre Brüste und spielte mit ihren Nippeln. „Ich möchte jede deiner Bewegungen sehen." Er wollte die Erinnerung daran für kalte, dunkle Nächte bewahren, wenn er nicht in ihrem Bett lag.

Lili riss das Tütchen auf und streifte ihm das Kondom über. Dann beugte sie sich vor und nahm ihn in den Mund.

Seine Hüften bewegten sich auf und ab.

„Ich schmecke gar kein Aroma."

„Beim nächsten Mal." Er schob eine Hand zwischen ihre Schenkel und streichelte ihre Klitoris. „Mmm, du bist bereit", sagte er, als er merkte, wie feucht sie war.

Sie stützte sich mit den Händen auf seine Schultern und ließ sich langsam auf ihn gleiten. Als sie spürte, dass er tief in ihr war, warf sie den Kopf in den Nacken und begann zu seufzen. „Es ist so schön. Ich habe schon vergessen, wie schön das ist", stöhnte sie.

Ihm ging es nicht anders. Es war lange her, dass eine Frau diesen elementaren Moment des Eindringens so tief und stark empfunden hatte. Lili fand schnell ihren Rhythmus. Während sie auf ihm ritt, fiel ihr Haar über sein Gesicht und seine Brust, und ihr weiblicher, erdiger Duft und ihr heißer, nasser Körper umhüllten ihn. Er legte seine Hände auf ihre Hüften und bewegte sich im Auf und Ab ihres Beckens mit, schob sich tief in sie, wenn sie sich auf ihn gleiten ließ, noch tiefer, noch tiefer, bis er den Kopf zurückfallen ließ und die Augen schloss. Es war so verdammt gut.

„Sieh mich an", flüsterte sie.

Er öffnete die Augen. Lili war ein wildes, dunkles Tier

über ihm, das ihn in Besitz nahm, ihn bezwang und ihm alles abrang, was er an Kraft hatte. Sie ritt ihn wild und schnell, biss sich auf die Lippen, bis sie dunkelrot wurden, und stöhnte seinen Namen.

Das Blut schoss ihm in die Lenden, und in seinen Ohren hämmerte es. Sein Schwanz pochte heiß in ihr.

„Komm jetzt“, befahl er.

Sie atmete keuchend ein, ihre Augen wurden dunkel, und ihr ganzer Körper spannte sich an. Doch sie hörte nicht auf, ihn anzusehen, als sie schließlich aufschrie, ein Schauer sie durchlief und sie auf ihm kam.

Und er verlor sich endgültig in ihr.

Als sie wieder zu sich kam, lag sie unter der Bettdecke in seinen Armen. Sie wusste nicht, wie sie dahin gekommen war. Zumindest nicht genau.

Sie lagen Bauch an Bauch. Lili spürte Tanners Atem an ihrem Ohr. Sein Penis pochte noch schwach in ihr. Es war ein wundersamer, ein ganz und gar magischer Moment. Lili ließ sich auf der sanften Welle der Verzauberung treiben.

Bis Tanners Stimme sie wieder zurückholte. „Was ist das?“

Er hatte mit ihr geschlafen und war noch in ihr? Meinte er das? „Was ist was?“, murmelte sie.

„Auf dem Nachttisch.“

Sie sah über die Schulter nach hinten. Dann legte sie ihren Kopf wieder an seinen Hals. „Ein Kater.“ Weiß. Reglos. Es war Ghost, der nicht oft sein gemütliches Plätzchen verließ. Er musste einen leichten Hang zum Voyeurismus haben.

„Wie lange sitzt er schon hier?“

„Keine Ahnung.“ Gott sei Dank war es nicht Einstein, sonst hätte sie sich ewig vorhalten lassen müssen, was gerade passiert war. Von Einstein, nicht von Tanner. Obwohl er auch ein bisschen verschreckt wirkte.

„Ich fühle mich ein wenig beobachtet.“

Sie lachte und küsste seinen Hals. Dann verstummte das Lachen ebenso schnell, wie es gekommen war. Sie hätte ihn so gern gefragt, was es bedeutete. War es Liebe oder nur Sex? Anfangs war es ihr egal gewesen, was es bedeutete. Sie hatte ihn einfach begehrt. Doch jetzt, da es zu spät war, um noch etwas daran zu ändern, jetzt war ihr wichtig, was es bedeutete. Wenn er sagte, es wäre nur Sex wie mit seinen anderen Bekannten, würde sie sterben.

Er zog sie näher an sich und kuschelte sich in die Kissen. Wenig später wurde sein Atem ruhiger, und er schlief ein.

Er war eingeschlafen, während er immer noch in ihr war.

Sicherlich bedeutete das irgendetwas. Lili hatte nur das ungute Gefühl, dass es nichts Gutes war.

„Jetzt sind sie aber schon schrecklich lange drüben, Grandpa.“ Erika hatte sich mit den Händen auf den Rand der Spüle gestemmt, ließ die Beine baumeln und starrte durchs Fenster zu Lilis Haus hinüber.

„Lili hat viele Katzen zu füttern. Und dein Vater wollte sich noch einmal gründlich im Haus umsehen, ob wirklich nichts gestohlen wurde. Sie müssen in jedem Winkel, in jeder Ecke nachgucken, und das dauert nun mal sehr, sehr lange.“

Erika sah ihn über die Schulter an. „Grandpa, ich weiß nicht, wie diese Sache funktionieren soll. Die meisten Leute tun genau das Gegenteil dessen, was man ihnen sagt. Wenn ich Dad also sage, er soll Lili heiraten, wird er es extra nicht tun.“ Erika seufzte, sprang auf den Boden und schlug sich entsetzt eine Hand vor den Mund. „Was ist, wenn er jemand anderen heiratet?“

„Schatz, du machst dir zu viele Gedanken. Es geht darum, dass man ein Samenkorn setzt. Erst beginnt es zu keimen, dann zu wachsen, und plötzlich hat man eine prächtige

Pflanze, die in voller Blüte steht. Auch die Liebe beginnt zu blühen, wenn man sie sorgfältig und geduldig pflegt."

„Tja, dann hoffe ich mal, dass der Schuss für uns nicht nach hinten losgeht."

Roscoe schüttelte traurig den Kopf. „Oh, du kleine Zweiflerin. Komm, gehen wir Kekse backen."

Sie mussten sich irgendwie beschäftigen, denn Roscoe hatte den Verdacht, dass Tanner noch eine ganze Weile bei Lili sein würde.

Lili wurde durch das laute Klopfen an der Haustür aus dem Schlaf gerissen. O mein Gott, sie war eingeschlafen. Sie sprang aus dem Bett und tapste im Dunkeln über ihre und Tanners Kleider, die am Boden lagen.

Tanner rührte sich nicht. Nicht einmal, als zum zweiten Mal jemand donnernd an die Tür schlug.

Lieber Himmel, vielleicht war es Roscoe, der sich fragte, warum um alles in der Welt das Füttern von ein paar Katzen so lange dauerte. Ihr Haar war völlig durcheinander, ihre Haut noch immer rosig und gut durchblutet, und sie war noch nicht ganz bei sich.

Roscoe würde sofort merken, was los war.

Sie fuhr eilig in ihre Hosen, machte den Reißverschluss zu, kämpfte mit dem Hosenknopf, zog sich einen Pulli über den Kopf und schlüpfte in ein paar Sandalen, die neben der Kommode standen. Für einen BH war keine Zeit. Das Klopfen würde Tanner jeden Moment aufwecken, und ihm *und* Roscoe fühlte sie sich derzeit nicht gewachsen.

Du meine Güte, was hatten sie bloß getan? Was hatte *sie* getan? Sie war so dumm. Sie wollte unbedingt mit ihm schlafen und hatte keine Sekunde darüber nachgedacht, wie es danach weitergehen sollte. Na gut, sie hatte sehr wohl darüber nachgedacht, doch alle Bedenken letztlich über Bord geworfen. Für sie war es ein emotionales Erdbeben gewesen, aber Tanner war ein Mann. Männer hatten keine emotionalen Erdbeben beim Sex und dachten nicht gleich daran, von nun an immer und ewig mit einer Frau wie ihr zusammenzubleiben – einer geistig verwirrten Katzenfrau.

Ihre Sandalen machten wahnsinnigen Krach auf der Treppe, aber das laute Klappern ließ sich leider nicht vermeiden. Hinter dem Milchglas der Haustür war schemenhaft ein Mann zu erkennen. Aber warum kam Roscoe nicht durch die Hintertür zur Küche?

Sie riss die Tür auf und wusste sofort, was für ein Idiot sie war.

Buddy Welch stand auf der Veranda – zwar ohne Gewehr, aber das Fehlen seiner Knarre trug nicht wirklich dazu bei, dass Lili sich wohler fühlte. Sein weißes Haar – zumindest das, was davon noch übrig war – stand ihm zu Berge, und sein langer Bart sah so aus, als hätte er noch nie einen Kamm gesehen. Sofern man einen Bart überhaupt kämmte. Seine Wangen waren entweder von der kalten Nachtluft oder von zu vielen Flaschen Bier ziemlich rot. So wie er gerade aussah, hätte man ihn ohne Weiteres als Verrückten bezeichnen können. Wären da nicht diese Augen gewesen. Buddy Welch sah, analysierte, verstand und speicherte alle Informationen in seinem Kopf. Ihm entging nichts.

Lili kam sich wie ein Kaninchen vor, Auge in Auge mit dem Jäger.

„Ich habe gehört, Sie erzählen überall, dass ich den Typen umgebracht habe."

Sie hielt sich an der Tür fest, bereit, sie ihm sofort vor der Nase zuzuwerfen, falls er sich auf sie stürzte. „Nein, so etwas habe ich nie gesagt."

„Aber Sie haben der Polizei gesagt, dass Ihr Katzenvieh gesehen hat, wie ich ihn umgebracht habe."

„Das habe ich auch nicht gesagt."

Buddy Welch zog erst fragend eine weiße Augenbraue hoch – alles, was ihm an Haar am Kopf fehlte, schien üppig über den Augen zu sprießen –, dann verengten sich seine Augen zu Schlitzen. „Was zum Teufel haben Sie dann erzählt?"

„Dass wir Sie auf der Wiese getroffen haben, kurz bevor wir es entdeckt haben. Die Leiche, meine ich."

„Warum sagt dann Gresswell, dieser miese Schnüffler, dass er meine Waffensammlung sehen will?"

„Hm ..." Sie zuckte mit den Achseln. „Keine Ahnung."

Buddy Welch spreizte seine von Arthritis verkrümmten Finger. Dann ballte er die Hände zu Fäusten. Lili wusste nicht, ob es ein Zeichen von Aggression war oder ob Buddy seine steifen Finger einfach zwischendurch öfter lockern musste.

„Fluffy ist nicht Lilis Kater, sondern meiner."

Sie hatte Tanner nicht kommen gehört. Doch Gott sei Dank war er da. Und angezogen. Sogar mit Schuhen. Lili wusste zwar nicht, was ihm die intimen Momente mit ihr bedeutet hatten, doch sie war froh, dass sie nicht mehr allein mit Buddy Welch war.

„Ich habe der Polizei erzählt, dass du gestern auf der Wiese warst. Wenn du also mit jemandem ein Hühnchen rupfen möchtest, bin ich derjenige, Buddy."

Tanner schob seine Hand durch Lilis Haar und legte sie ihr auf den Nacken. Dann zog er sie zurück und an sich. Sie kam sich unglaublich hilflos und wunderbar beschützt vor. Es war schön, einen Mann im Haus zu haben. Genauer gesagt war es schön, Tanner hierzuhaben.

Sie sollte sich besser nicht zu sehr daran gewöhnen. Tanner konnte heißblütig, dann aber sofort wieder kühl sein.

„Ich sage lediglich", fuhr Buddy fort, „dass ich nicht erfreut darüber bin, dass man mich verdächtigt, nur weil ich zufällig Waffen im Haus habe. Charlton Heston war Präsident der Nationalen Schusswaffenvereinigung und hat trotzdem Moses gespielt."

Lili wurde nicht recht schlau daraus, was Gewehre und Moses miteinander zu tun haben sollten. Tss, und da behaupteten die Leute immer, *sie* wäre unlogisch. Da Buddy jedoch immer noch böse dreinguckte, mussten Moses und diese Schusswaffenvereinigung in seinem Leben wohl etwas Wichtiges bedeuten.

Tanner erwiderte seinen wütenden Blick. „Deine Gewehre interessieren uns nicht. Aber Miss Goodweather fühlt sich von dir bedroht, und wenn du nicht sofort von dieser Veranda verschwindest, rufe ich die Polizei."

„Ich bedrohe sie doch nicht."

„Du hast gestern deine Knarre auf sie gerichtet."

„Sie war nicht geladen."

„Betonen die Typen von der Schusswaffenvereinigung nicht immer, dass man niemals eine Waffe auf eine unschuldige Person richten soll? Egal ob sie geladen ist oder nicht?"

Buddy stutzte. „Meinst du, dass die Waffe geladen ist oder die Person?"

„Ersparen wir uns doch solche Wortspielereien, Mr. Welch."

Bring ihn zu Fluffy.

Lili drehte sich um und sah Einstein auf der untersten Treppenstufe sitzen.

Wenn Fluffy faucht und schreit, heißt das, dass er Angst vor dem Alten hat. Obwohl er ja bei allem und jedem herumjammert, weil er nun mal ein Schlappschwanz ist …

Einstein sah Lili eindringlich und mit einer hochgezogenen Augenbraue an – was für eine Katze ein recht unübliches mimisches Kunststück war. Einstein hatte offensichtlich begonnen, sich die menschliche Körpersprache anzueignen.

„Mr. Welch“, sagte Lili und sah den alten Mann entschlossen an. „Wie wäre es mit einem kleinen Test?“

Buddy starrte Lili argwöhnisch an. „Was für ein Test?“

„Wir lassen Fluffy an Ihnen schnüffeln, und wenn er nicht vor lauter Angst durchdreht, wissen wir vielleicht, dass Sie nicht der Mörder sind.“

„Definieren Sie ‚durchdrehen‘.“

Lili seufzte. „Wenn er nicht faucht, kratzt oder die Flucht ergreift.“

Buddy kniff die Lippen zusammen und dachte kurz nach. „Einverstanden. Aber wehe, er schnüffelt an meinem Gemächt herum.“

„Ich bin sicher, für Ihr, äh, Gemächt besteht keinerlei Gefahr.“

„Wenn er mich dort kratzt, sehe ich schwarz, was meine Nachkommen angeht.“

Er war mindestens siebzig. Wenn nicht noch älter. Lili befürchtete, dass es keine Nachkommen geben würde, wenn er bislang noch keine in die Welt gesetzt hatte.

„Abgemacht“, sagte Tanner.

Also gingen sie zu dritt zum Haus der Tanners. Einstein blieb ihnen dicht auf den Fersen.

O Mann, Fluffy wird ausflippen. Wenn Katzen grinsen könnten, wäre Einstein die perfekte Parodie eines Honigkuchenpferds.

Die Sonne war längst untergegangen, und es war windig. Lili war froh, dass sie ihren Pulli anhatte. Sie wünschte, sie hätte Zeit gehabt, auch den BH anzuziehen. Ohne Unterwäsche im Haus der Familie Tanner aufzutauchen, kam ihr höchst verräterisch vor.

Besonders nach dem, was sie getan hatten. Sie rechnete mit dem Schlimmsten. Was war, wenn Erika und Roscoe Röntgenaugen hatten und die Situation sofort durchschauten?

Trug sie einen BH? Wegen dieses dicken Pullis war es schwer zu sagen. Verdammt, er sollte sie ohnehin besser nicht so anglotzen.

Der Duft von Roscoes Keksen ließ Tanner das Wasser im Mund zusammenlaufen. Der Duft von Lili war immer noch überall auf ihm und schuld daran, dass er schon wieder mit ihr schlafen wollte. Eigentlich hätte das, was sie getan hatten, seine Leidenschaft stillen sollen, aber nein, je mehr er von ihr gehabt hatte, desto mehr wollte er. Es war wie eine Sucht. Sie waren nicht fertig mit dem, was sie im Blumenladen begonnen hatten. Zum Teufel, sie hatten gerade erst angefangen.

Er konnte sich gar nicht erinnern, wann er das letzte Mal – wenn auch nur kurz – so tief und fest geschlafen hatte. Er war davon aufgewacht, dass die Wärme ihres Körpers plötzlich fehlte. Aufgestanden war er allerdings erst, als er Buddy Welchs Stimme gehört hatte.

Die zwei heimlichen Stunden, die sie sich gestohlen hatten, waren jedenfalls vorbei. Heute würde er nicht mehr zurück in Lilis Bett kriechen und noch einmal mit ihr schlafen können.

Die Wirklichkeit hatte sie wieder. Falls „Wirklichkeit" überhaupt das richtige Wort dafür war, dass man einen Kater an einem alten Mann schnüffeln ließ, um festzustellen, ob er ein Mörder war.

Roscoe hatte geklagt, dass seine Kekse möglicherweise verkohlen würden, weil er ihnen nun nicht die entsprechende Aufmerksamkeit widmen konnte. Erika war sofort nach oben gerannt, um Fluffy zu suchen, der sich – wie immer – irgendwo verkrochen hatte.

Nun hockte sie sich mit dem Kater auf dem Arm auf die Veranda, während Buddy Welch am Fuß der Verandatreppe wartete. Erika drückte Fluffy fest an sich, ihr ganzer Körper war angespannt – wie eine Gazelle, die jeden Moment die Flucht ergreifen würde. Der Abendwind blies ihr durchs Haar.

„Sollen wir das wirklich machen, Dad?“

„Liebes, wir sind alle hier und beschützen Fluffy.“

„Es war Einsteins Idee“, fügte Lili hinzu. „Ich bin überzeugt, dass sie ihre Gründe hat. Sie hat immer einen guten Grund, obwohl sie eine Katze ist. Außerdem ist sie sehr intelligent. Ich glaube wirklich, dass sie in ihrem früheren Leben jemand wie Marie Antoinette oder Kleopatra war.“

„Diese Damen wurden beide enthauptet“, sagte Tanner sarkastisch.

„Die Todesursache bei Kleopatra“, widersprach Erika schnell, „war ein Biss.“

„Erika, achte auf das, was du sagst.“

„Nicht Schiss, Dad, Biss. Sie wurde von einer Natter gebissen.“

„Hmm, einen Moment lang dachte ich, du hättest einen Sprachfehler. So, setz jetzt Fluffy auf den Boden. Sehen wir mal, wie er reagiert.“

Je schneller das hier vorbei war, desto schneller konnte er … tja, er konnte leider nicht das tun, wonach er sich so sehr sehnte.

Er hätte eigentlich schon das, *was* er getan hatte, besser nicht gemacht. Es war nicht nur etwas Körperliches. Nicht nur sein Körper sehnte sich nach ihr, sondern er selbst. Er war süchtig nach Lili. Das war die einzige Erklärung dafür, dass er sich auf nichts anderes mehr konzentrieren konnte.

Erika stand auf und ließ den Kater mit einer Bewegung aus ihrem Arm auf den Boden springen, die aussah, als hätten sie sie oft geübt. Fluffy glitt geschmeidig hinunter, während Erika seine Hinterbeine langsam durch ihre Finger gleiten ließ. Dann landete er sanft mit den Vorderpfoten zuerst auf der Veranda.

Entspannt schlenderte er zur Treppe, sprang, zwei Stufen auf einmal nehmend, in den Garten und begann, um Buddys Beine zu streichen.

„Er kennt Sie." Lili sah vom Kater zu Buddy, der triumphierend lächelte.

Buddy hatte nicht genau gewusst, was der Kater tun würde, als Erika ihn herausgebracht hatte. „Er streunt ständig durch den Wald und über mein Grundstück." Er bückte sich und kraulte Fluffy den Kopf. Das laute Schnurren war nicht einmal für Tanner zu überhören.

Buddys Haus – sofern man seine Hütte überhaupt so nennen konnte – lag von hier aus genau am anderen Ende der Wiese. Für einen Kater also wirklich nur einen sprichwörtlichen Katzensprung entfernt.

„Ich dachte", sagte Tanner, „du magst es nicht, wenn jemand dein Grundstück betritt."

„Tiere sind keine schmutzigen, nichtsnutzigen Menschen, die die Umwelt zerstören", verteidigte Buddy sich.

„Also", sagte Tanner und sah Lili fragend an, „ist das nun ein überzeugender Beweis?" Sofern ein Beweis überhaupt überzeugend sein konnte, bei dem ein Tier einen Geruchstest machte …

„Seine Aura scheint in Ordnung zu sein." Sie schloss die Augen. Tanner konnte ihre unsichtbaren Antennen, die sich auf Fluffy richteten, beinahe wirklich sehen. Wieder hatte er dieses seltsame Gefühl wie in Erikas Zimmer, als er Lili bei ihrer Unterhaltung mit Fluffy beobachtete hatte. Jetzt merkte er, dass sie fast den gleichen Gesichtsausdruck hatte wie kurz vor ihrem Orgasmus. Lili machte alles mit ihrer ganzen Kraft und höchster Hingabe – und so war sie auch in seinen Armen gekommen.

Sie öffnete die Augen und sah ihn an. Ihr Blick ging ihm durch und durch. Es war wie in dem Moment, als sie ihren

Höhepunkt gehabt und ihn gezwungen hatte, gleichzeitig mit ihr zu kommen.

„Derzeit geht es ihm ganz gut“, sagte sie.

Nichts war gut. Seit dem Moment, als er sie das erste Mal gesehen hatte, war sein Leben nicht mehr das gleiche. Nach heute Abend gab es kein Zurück mehr.

Im Augenblick allerdings hatte er keine Zeit, darüber nachzudenken, was das bedeutete – für Lili, für ihn selbst und für Erika.

„Was hat Fluffy gesagt?“ Warum hatte er immer ein komisches Gefühl, wenn er ihr diese Frage stellte?

„Er besucht Buddy ständig. Ich bin mir nicht ganz sicher, aber ich glaube, er kam gerade von Buddy, als er dann vom Baum aus den Mörder beobachtet hat.“

Tanner drehte sich zu Buddy. „Hat der Kater dir am Mittwoch einen Besuch abgestattet?“

„Ich weiß es nicht genau. Ich führe nicht darüber Buch, was passiert. Aber er hat eine Weile jeden Tag bei mir reingeguckt, und dann, wusch ...“ Buddy fuhr mit der Hand durch die Luft. „Dann war er plötzlich weg.“ Er versetzte dem Kater mit dem Fuß einen kleinen Schubs. „Wenn ich nicht hergekommen wäre, hätte ich nicht einmal erfahren, dass *er* derjenige ist, der mir einen Mord unterstellt.“

„Ich habe Ihnen doch schon erklärt, dass er das nicht behauptet hat.“ Lili beherrschte sich nur mühsam. Sie mochte es nicht, wenn man ihr ständig widersprach.

Fluffy stellte seine Vorderpfoten auf Buddys Bein, streckte sich genüsslich und vergrub seine Krallen in den Armeehosen des alten Mannes. Der Stoff war jedoch eindeutig so dick, dass die Krallen nichts, was sich darunter befand, beschädigen konnten.

Lili wickelte sich eine lange Haarsträhne um den Finger. „Mr. Welch, hätten Sie gern eine Katze?“

„Ich füttere doch schon jede Menge wilde Katzen."

„Aber wäre es nicht schön, eine eigene zu haben, die man streicheln kann und die bei Ihnen zu Hause ist? Die sogar neben Ihnen schläft?"

Buddy wiegte den Kopf hin und her. „Vielleicht."

„Ich habe das perfekte Tier für Sie."

„Einen Kater? Ich will keinesfalls eine zickige Katze, die versucht, das Kommando im Haus zu übernehmen."

„Ich schwöre, es ist keine zickige Katzendame. Er heißt Ghost, weil er nur ganz selten aus seinem Versteck herauskommt. Er liebt Mäuse und Eidechsen. Vögel wiederum interessieren ihn überhaupt nicht. Und er ist kastriert. Ich bin überzeugt, dass er bei jemandem, der ihn liebt, bald merkt, dass er sich nicht immer verstecken muss."

„Möglich. Aber wenn er nervt, gebe ich ihn zurück."

„In Ordnung."

Ghost. Tanner hatte bis jetzt noch nie gehört, dass Lili ihn erwähnt hätte. „Ist das der Weiße?"

Um ihren Mund zuckte es verräterisch. „Richtig, der Weiße."

Lili wusste genau, woran Tanner gerade dachte.

Immer noch lächelnd wandte sie sich wieder an Buddy. „Ich gebe ihm noch die Gelegenheit, sich von den anderen zu verabschieden, und dann bringen wir ihn morgen oder übermorgen zu Ihnen, wenn es Ihnen recht ist."

„Sie müssen dem Sheriff sagen, dass ich es nicht getan habe."

Sie lächelte. „Ich sage ihm, dass Sie Fluffys vollstes Vertrauen genießen."

Roscoe erschien in der Tür. „Möchte jemand Milch und Kekse?"

Erika stürmte, gefolgt von Fluffy, ins Haus. Einstein spazierte unauffällig hinterher.

„Du bist herzlich willkommen, Buddy“, sagte Tanner.

Buddy räusperte sich und kam die Verandatreppe hoch.

Lili zögerte und sah Tanner dann fragend an. Als er ihr einfach seine Hand entgegenstreckte, erschien ein strahlendes Lächeln auf ihrem Gesicht.

Verdammt, er hatte sich schon zu weit auf sie eingelassen. Er würde nie mehr da rauskommen, ohne jemandem – in diesem Fall vor allem Lili – wehzutun. Doch sie so lächeln zu sehen wie jetzt und dabei ihre Hand in seiner zu spüren, das war alles, was ihm momentan wichtig war.

Er wusste nur nicht, wie viel mehr er wollte. Für einen Mann, der sich rühmte, immer zu wissen, was man tun musste – und es auch tat –, war diese Unfähigkeit, eine Entscheidung zu treffen, ziemlich nervtötend.

17. KAPITEL

Tanner würde zu spät zur Arbeit kommen, doch er wollte Lili auf keinen Fall mit dem Fahrrad zum Blumenladen fahren lassen. Er war sich bewusst, dass er übervorsichtig und auch leicht irrational agierte – aber er hatte fast die ganze Nacht wach gelegen und sich in seiner Fantasie abwechselnd ausgemalt, Lilis nackten Körper in seinem Bett oder aber tot draußen im Wald vorzufinden.

Und so saß er nun an einem Montagmorgen, halb neun, mit ihr in seinem Auto und war eingehüllt in den Duft ihres blumigen Parfums und den Klang ihrer Stimme. Sich darauf zu konzentrieren, was sie sagte, war so lange kein Problem, bis sie es sich bequem machte, eines ihrer langen Beine anzog und sich draufsetzte. Ihr durchscheinender, dünner Rock bedeckte sie zwar bis zu ihren Wanderschuhen, doch er betonte auch, was sich darunter befand. Den umwerfend schönen Körper nämlich, den er gestern Abend gestreichelt hatte.

Verdammt, er durfte nicht die ganze Zeit daran denken.

„Ich habe die ganze Nacht darüber nachgedacht", sagte sie.

Er hatte auch die ganze Nacht darüber nachgedacht. Über jede ihrer Bewegungen, jeden Seufzer und jedes lustvolle Stöhnen.

„Und jetzt ist mir alles klar", fuhr sie fort.

Er sah sie kurz an, dann richtete er den Blick wieder auf die Straße. Er hatte den leisen Verdacht, dass sie nicht über das Gleiche nachgedacht hatte wie er.

„Ich habe lange über Fluffys Reaktion auf Buddy nachgedacht. Und plötzlich war mir klar, dass Fluffy den Mörder finden kann. Er kann an Leuten schnüffeln, und wir können an seiner Reaktion erkennen, wer der Schuldige ist." Sie strahlte. „Was hältst du davon?"

Er hielt es für das Absurdeste und Lächerlichste, was er je gehört hatte. Sollten sie vielleicht mit Fluffy durch die Stadt spazieren und ihn an allen Leuten schnüffeln lassen? Und falls das nichts brachte, würden sie dann von Tür zu Tür gehen und anklopfen?

Er hielt an der Ampel am Fuße des Hügels. „Ich bin mir nicht ganz sicher, ob du bei dieser Idee alle Probleme mitbedacht hast, die sich ergeben könnten." Das war diplomatisch genug ausgedrückt, oder?

Sie strich sich das Haar hinter die Ohren. „Mir ist klar, dass man viel Zeit dafür aufwenden muss und dass es unter Umständen ein wenig merkwürdig wirken könnte, aber wir müssen Sheriff Gresswell doch bei seinen Ermittlungen unterstützen."

Auf der Fahrt in die Stadt war wenig Verkehr. Die Schüler hatten Ferien, und so waren auch keine Mütter unterwegs, die ihre Kinder zur Schule brachten.

„Du nimmst also an, dass es jemand aus Benton war", sagte er mit – für die Umstände – vernünftig und souverän klingender Stimme. „Eigentlich ist es wahrscheinlicher, dass es ein Fremder war. Kein Mensch bringt jemanden in seiner unmittelbaren Umgebung, praktisch hinter dem eigenen Haus, um."

„Und was war mit Reggie Demming?"

Gresswells Hilfssheriffs waren wegen unerlaubten Verbrennens von Abfällen zu Demming gefahren und hatten in den Flammen seinen toten Nachbarn vorgefunden.

„Das war eine Ausnahme."

„Unser Fall ist auch eine Ausnahme." Sie sah ihn von unten durch ihre dichten Wimpern an, und er musste daran denken, wie sie beim Orgasmus ausgesehen hatte.

Gott sei Dank waren sie schon fast beim Blumenladen. So musste er dieses Gespräch nicht weiterführen. Er war niemand, der Dinge auf die lange Bank schob, doch er tat sich auch schwer damit, sofort Nein zu ihrem Plan zu sagen. Das hatte er in letzter Zeit allzu oft gemacht. „Wir reden heute Abend noch einmal darüber."

„Ich würde lieber gleich heute anfangen. Darum werde ich Kate fragen, ob sie mich früher gehen lässt. Wir haben keine Zeit zu verlieren. Ein Mörder läuft frei herum, und es ist unsere Bürgerpflicht, unsere moralische Pflicht als *Mensch* ..."

Er würde ein Machtwort sprechen müssen. „Nein."

„Nein? Wie meinst du das?"

Er fuhr in eine Parklücke und stellte den Motor ab. „Lili, das hat doch keinen Sinn."

„Doch, und ob! Es ist das Einzige, was wir tun können."

„Was wir tun können, ist, Sheriff Gresswell seine Arbeit machen zu lassen. Und genau das werden wir auch."

„Aber Tanner ..."

„Aber Lili." Er sah sie eindringlich an. „Roscoe hat einen Ausflug zum Boardwalk-Vergnügungspark geplant, weil Erika Ferien hat. Und den werden wir auch unternehmen. Wir schleifen Fluffy nicht durch die ganze Stadt, damit er Leute beschnüffelt."

Sie biss sich auf die Lippen, als müsste sie sich eine sehr wortreiche Erwiderung verkneifen. „Einverstanden."

Das war das Erschreckendste an der ganzen Sache. Dass Lili so leicht nachgab und akzeptierte, was er sagte. „Versprich mir, dass du nicht auf die Jagd nach dem Mörder gehst."

„Ich verspreche es."

„Diese Antwort kam jetzt etwas zu schnell."

Sie machte einen Schmollmund und klimperte mit den Wimpern. „Ich verspreche, dass ich mit Fluffy heute keine Schnüffeltests mache."

„Vielen Dank. Ich hole dich abends um sechs ab."

„Kate kann mich nach Hause bringen."

Kam gar nicht infrage. Er vertraute nicht so recht darauf, dass sie nach der Arbeit wirklich heimging, wenn er nicht persönlich dafür sorgte. „Ich hole dich ab, weil ich heute nicht bis in die Nacht arbeite." Das hatte er bereits mit Roscoe so ausgemacht. Er musste den Finanzbericht durchsehen, dann hatte er einen Termin mit dem Rechnungsprüfer, und später kam ein Investmentbanker zu ihm – doch oberste Priorität hatte heute Erika. Außerdem hatte Roscoe den Ausflug seit Wochen geplant. Erika rechnete fest mit ihrem Vater, und Tanner würde rechtzeitig zu Hause sein. Komme, was wolle.

„Erika hätte gern, dass du zum Boardwalk mitkommst."

Lili hatte eine Hand schon am Griff der Autotür, mit der anderen presste sie ihre Handtasche an die Brust. Ihre Augen waren starr auf den Türgriff gerichtet. „Und wie ist es mit dir?"

„Es wäre der erste Schritt unseres Plans, dass du die weibliche Bezugsperson für sie wirst."

Lili nickte. Ihr Gesicht war versteckt hinter ein paar Haarsträhnen. „Bis später also."

Dann stieg sie schnell aus. Tanner blieb mit dem Gefühl zurück, dass er in diesem Gespräch alles andere als siegreich gewesen war.

Lili würde das Versprechen halten, das sie ihm bezüglich Erika gegeben hatte. Doch für ihn selbst schien es – so angestrengt er auch nachdachte – kein Hintertürchen zu geben, wie er aus dieser Sache wieder herauskommen könnte.

Das hat doch keinen Sinn.

Übersetzung: Das mit *ihr* hatte keinen Sinn. Das war es, was Tanner gemeint hatte.

Und wegen dieses ganzen Debakels würde sie wahrscheinlich auch bald ihren Job verlieren.

Lili schob die Kassenlade zu. „Das tut mir alles so leid, Kate. Ich weiß nicht, was mit den Leuten los ist."

Kate steckte sich ihren Druckbleistift hinters Ohr. „Hey, Süße, es war doch super fürs Geschäft."

Den ganzen Vormittag hatten sich Kunden unaufhörlich die Türklinke in die Hand gegeben, und es war nicht anders gewesen, als Lili nach dem Mittagessen wieder in den Laden gekommen war. Alles, wonach sie sich in ihrer Pause gesehnt hatte, war ein Moment Ruhe gewesen. Doch kaum war sie im Freien, war sie an jeder Straßenecke angesprochen worden. Im Laden fühlte sie sich trotz allem sicherer.

Zu allem Überfluss hatte sie erfahren, dass Sheriff Gresswell Lady Dreadlock nicht gefunden hatte.

„Die meisten haben nicht einmal etwas gekauft. Sie interessieren sich alle nur für den Mord."

Kate machte die Kassenlade wieder auf. „Mehr als die Hälfte hat etwas gekauft, auch wenn es meistens nur eine einzige Blume war."

Und schon wieder bimmelte das Glöckchen über der Tür. Lili schloss die Augen und versuchte sich zu entspannen. Sie war eine Art Zirkusattraktion, eine Kuriosität, die sich alle ansehen kamen. Es wäre leichter gewesen, damit klarzukommen, wenn Tanner sie nicht in genau dieselbe Schublade gesteckt hätte.

„Nein." Kates strenger Ton holte Lili aus ihrem Selbstmitleid heraus.

Lili machte die Augen auf.

„Nein bedeutet nein, Joe." Kate knöpfte sich gerade Joseph Swann vor. Lili war sich ziemlich sicher, dass er noch kein einziges Wort gesagt hatte. Aber zumindest hatte Kate mittlerweile begonnen, ihn Joe zu nennen.

In seinem dunklen Anzug sah er aus wie der Inbegriff eines konservativen Bestattungsunternehmers, um seinen Mund jedoch spielte ein spitzbübisches Lächeln, und seine tiefblauen Augen funkelten amüsiert.

„18 Uhr", sagte er. „Ich hole Sie hier ab."

„Ich sagte Nein."

„Aber Sie haben es nicht gemeint."

Kate verschränkte die Arme und zog mit der Spitze ihrer High Heels einen kleinen Kreis auf dem Boden. „Sie sind ein echter Quälgeist."

Lilis Blick flog von einem zum anderen wie bei einem Tennismatch.

„Ich weiß, und weil Sie mich loswerden wollen, werden Sie Ja sagen. Ich verspreche, dass ich Sie nicht mehr fragen werde, wenn Ihnen der Abend heute nicht gefällt."

Kate war sichtlich verdutzt. „*Nie* mehr?"

Er nickte immer noch lächelnd. „Nie mehr."

„Sie haben gewonnen." Kate kniff die Augen zusammen und richtete einen Zeigefinger drohend auf ihn. „Ich mache das nur, damit ich Sie ein für allemal los bin."

„Sie sind eine komplizierte Frau."

„Warum fragen Sie mich dann ständig, ob ich mit Ihnen ausgehe?"

„Mir gefällt die Herausforderung", erwiderte er lächelnd.

Lili war regelrecht geblendet von seinem Lächeln. Mit Tanner konnte Mr. Swann jedoch nicht mithalten. Wenn Tanner ihr nicht gerade Vorschriften machte …

Als Kate und sie Joe nachschauten, wie er den Laden verließ, verschränkten sie beide gleichzeitig die Arme. Es war ein verdammt schöner Anblick.

Lili trommelte mit dem Zeigefinger auf ihrem Arm herum. „Warum wehrst du dich so dagegen, mit ihm auszugehen? Abgesehen von der Sache mit dem Tod?"

Das Glöckchen über der Ladentür war längst verstummt, als Kate endlich antwortete. „Irgendetwas stimmt nicht mit ihm. Kein normaler Mann holt sich sechsmal eine Abfuhr und versucht es dann noch einmal."

„Ich finde ihn ziemlich süß."

Kate verdrehte die Augen. „Klar tust du das."

„Was soll das denn bitte bedeuten?" Lili war normalerweise nicht schnell beleidigt, doch heute war es ihr schwer ums Herz und ihre seelische Verfassung ziemlich labil.

„Das war doch nur so dahingesagt, Lili. Sag schon, was ist los mit dir? Es kann nicht nur daran liegen, dass die ganze Stadt da war, um einen kurzen Blick auf dich zu erhaschen."

Lili konnte sich nur mühsam beherrschen. „Ich habe es satt, die Zirkusattraktion zu sein. Ich bin auch ein Mensch, verstehst du?"

Kate sah sie aus den Augenwinkeln argwöhnisch an, als hätte Lili endgültig den Verstand verloren. Dann ging sie, ohne sie aus den Augen zu lassen, ein paar Schritte zurück und rief in den Arbeitsraum: „Sasha, könnest du ein paar Minuten auf den Laden aufpassen? Lili und ich müssen etwas Privates besprechen."

„Es gibt nichts zu besprechen, Kate."

Die Glocke über der Ladentür bimmelte erneut. Sasha kam mit wehendem, rosa gefärbtem Haar herbeigeeilt. Mit ihrem Engagement stellte sie jeden Gebrauchtwagenverkäufer mühelos in den Schatten. Sasha war begeisterte Floristin, aber sie genoss auch den Umgang mit Kunden.

„O doch, das gibt es." Kate nahm Lili am Arm und zog sie in den Arbeitsraum. Dann schob sie sie durch die Hintertür des Ladens nach draußen.

Im Hof roch es ganz schwach nach Abfällen. „Drinnen wäre die Luft besser gewesen."

„Es braucht keiner mitzukriegen, was wir reden."

Trotz Kates hoher Absätze – wie sie es schaffte, den ganzen Tag auf diesen Dingern zu arbeiten, war Lili immer ein

Rätsel gewesen – war Lili immer noch fünf Zentimeter größer, doch Kate schaffte es, dass sie sich unter ihrem strengen Blick winzig vorkam.

„Was ist bloß in dich gefahren? Ich weiß, dass die Geschichte mit dem Mord schrecklich ist, aber Lili, du machst mir Angst. In all den Jahren, die wir uns kennen, habe ich dich kein einziges Mal so negativ erlebt."

„Ich bin nicht negativ. Ich habe es nur satt, dass mich die Leute anstarren, als wäre ich ein Freak. Und dass sie mir nicht glauben. Und mir sagen, was ich zu tun habe. Und mich …" Sie unterbrach sich rasch, um nicht zu verraten, wie sehr die Sache mit Tanner sie mitnahm.

„Lili, du musst dich so akzeptieren, wie du bist. Manchmal kommt es mir vor, als ob du dich für dein Talent schämst."

Kates Blick konnte furchtbar durchdringend sein. Sie hatte Joseph Swann so angesehen, und nun hatte sie diesen Blick wieder. Lili spürte, wie er bis zu ihrem wahren Problem durchdrang. Nämlich *Tanners* Unfähigkeit, sie so zu akzeptieren, wie sie war. Als er gestern gesagt hatte, dass er ihr vertraute und an sie glaubte, hatte sie es als wundersame Entwicklung aufgefasst. Heute allerdings hatte er sie schon wieder bevormundet.

„Kate, glaubst du, dass ich mit Tieren reden kann?" Lili hatte Kate noch nie so direkt gefragt. Manchmal hatte sie den Eindruck, dass Kate bloß Mitleid mit ihr hatte. Einerseits hatte Kate ihr nie widersprochen, andererseits hatte sie auch nie wirklich ihre Meinung dazu geäußert. In allen Gesprächen war es darum gegangen, was Lilis Meinung über sich selbst war, nicht darum, was Kate glaubte.

Kate war eine Frau, die mit den Augen ausdrückte, was sie empfand. Nicht durch Mimik oder Gesten. Auch jetzt nicht. „Ich mag dich. Und ich vertraue dir. Wenn mich jemand aus einem reißenden Fluss ziehen müsste, würde ich mir wünschen, dass du diejenige bist."

Lili gab es einen Stich ins Herz. „Danke, Kate. Aber glaubst du mir auch?"

Lili spürte mit jeder Faser ihres Körpers, dass Kate das Gleiche sagen würde wie Tanner. *Ich glaube, dass du glaubst, es zu können.* Oder so etwas Ähnliches. Es bedeutete nicht dasselbe, wie ihr wirklich zu glauben. Sie kämpfte gegen die aufsteigenden Tränen.

Und dann machte Kate, die kein Freund großer Gesten war, etwas sehr Ungewöhnliches. Sie nahm einfach Lilis Hand. „Ich glaube dir, wenn du mir sagst, dass etwas wahr ist. Und darum glaube ich, dass du mit Tieren reden kannst."

Wow. „Ohne irgendeinen Beweis?"

„Ich weiß nicht, wie du es mir beweisen könntest, Lili. Es ist wie mit Außerirdischen oder mit Geistern – man kann den Leuten alles so präsentieren, dass es echt aussieht." Sie streichelte Lilis Arm. „Aber ich kenne dich, und ich glaube dir."

Lili musste wieder mit den Tränen kämpfen, doch diesmal waren es Tränen der Rührung. „Das ist das Schönste, was je irgendjemand zu mir gesagt hat."

„Du hättest mich schon viel früher fragen müssen, Liebes."

„Ja, das hätte ich wahrscheinlich." Es war erstaunlich, wie unglaublich gut es tat, dass Kate hinter ihr stand.

„Ich habe mir immer gedacht, dass du dich als Tierflüsterer selbstständig machen solltest wie der Mensch im Fernsehen. Du könntest sicher gut davon leben."

„Ich kann doch kein Geld dafür nehmen!"

„Warum nicht? Sollten Ärzte deiner Meinung nach auch kein Geld für ihre Arbeit nehmen? Und was ist mit Polizisten oder Feuerwehrmännern? Oder dem Typ, der die Jauchegrube reinigt? Sollen die ihre Arbeit alle aus purer Mildtätigkeit umsonst machen?"

„Sie haben einen Beruf erlernt. Gut, der Jauche-Mensch vielleicht nicht."

„Man muss doch von etwas leben, Lili." Kate zuckte die Achseln. „Ich sage ja nicht, dass du Unsummen verlangen sollst, aber wenn du dich selbstständig machst und deine Arbeit mit Anzeigen in der Zeitung bewirbst, könntest du doch viel mehr Menschen helfen als jetzt. Wäre es das nicht wert?"

„Darüber habe ich noch nie nachgedacht."

„Tja, ich schon. Obwohl ich es dir nie sagen wollte, weil es dein Leben ist und du selbst entscheiden sollst, was du daraus machst. Jedenfalls glaube ich, dass du dir eine Chance entgehen lässt."

„Ich lasse es mir durch den Kopf gehen." Lili tat sich schwer mit der Vorstellung, sich als Tierflüsterin selbstständig zu machen. Hoffentlich vergaß Kate die ganze Sache wieder. Aber leider vergaß Kate ja nie etwas.

Kate – ganz Unternehmerin – begann schon, Pläne zu schmieden. „Du könntest damit werben, dass du Hausbesuche machst." Sie legte nachdenklich einen Finger auf den Mund. „Wir müssen uns einen guten Namen für deine Firma einfallen lassen." Sie tippte Lili auf die Schulter. „Lass mich überlegen ... es muss etwas Griffiges, Unverwechselbares sein. Dann besorgen wir uns noch ein paar Referenzen von Leuten, deren Tieren du geholfen hast, und du musst ein Gewerbe anmelden. Wir sollten übrigens besser schleunigst wieder hineingehen, ehe Sasha die Pfingstrosen mit ihrer schwarzen Magie zum Welken bringt."

Lili hatte wegen des Gewerbes, der Anzeigen und des griffigen Namens so ihre Bedenken. Sie war keine Unternehmerin wie Kate. Aber sie war schrecklich dankbar, dass Kate ... sie mochte und ihr helfen wollte.

„Habe ich dir jemals gesagt, dass du die beste Chefin bist, die man sich nur vorstellen kann?"

„Ja, hast du. Und zwar immer dann, wenn du früher gehen willst." Kate schmunzelte. Dann verzog sie das Gesicht. „Dieses Mal musst du für mich den Laden schließen, während ich mir diesen lästigen Joseph Swann vom Hals schaffe."

„Er ist nur hartnäckig."

„Er ist eine richtige Plage." Kate grinste hinterlistig. „Und ich habe das perfekte Gegenmittel dafür."

Etwas später rief Kate Joe in seinem Büro an und teilte ihm mit, er solle sie um sechs Uhr in ihrer Wohnung abholen. Sie ging um 17 Uhr. Lili hatte immer noch keine Ahnung, was dieses „Gegenmittel" sein würde.

Als Tanner Lili abholte, war er nur fünf Minuten zu spät dran, doch als sie schließlich beim Vergnügungspark am Strand ankamen, war es bereits nach sieben.

Der Boardwalk war gerammelt voll mit Menschen. Lichter funkelten, aus den Lautsprechern dröhnte laute Musik, und die kühle Abendluft roch würzig nach Senf, Ketchup und Pommes frites. Lili lief das Wasser im Mund zusammen.

Sie mochte das alles furchtbar gern.

„Dad, darf ich mir Zuckerwatte kaufen?"

Erika nahm Tanners Hand und deutete auf eine Imbissbude mit zwei Maschinen, aus denen riesige Mengen rosafarbenen und blauen gesponnenen Zuckers quollen. Sie trug pinkfarbene Hosen, die zu ihrer Windjacke passten, hatte ihr Haar mit zwei rosa Schleifen zu frechen Zöpfen gebunden und strahlte übers ganze Gesicht. Kein Wunder, sie hatte drei Erwachsene an ihrer Seite, deren einzige Funktion es war, dafür zu sorgen, dass sie einen tollen Abend hatte.

Lili konnte ihre Augen nicht von Erika abwenden. Endlich war sie ein kleines Mädchen und keine Erwachsene im Körper eines Kindes. Der Vergnügungspark tat ihr sichtlich gut.

„Zuckerwatte ist schlecht für die Zähne“, sagte Tanner geduldig.

„Och, komm schon, Dad, mach eine Ausnahme. Es ist ein besonderer Abend, weil Lili auch bei uns ist, und du sagst doch immer, dass man alles darf, solange man es nicht übertreibt.“

Och, komm schon, Tanner. Lili verkniff sich den Satz. Sie war nicht in der Position, sich einzumischen.

Tanner lächelte. „Ich nehme an, du hättest auch gern einen Hotdog und Pommes.“

Erika wippte auf ihren Tennisschuhen vor und zurück. Ihre Zöpfe wippten mit. „Nur einen Hotdog. Sonst ist mir morgen schlecht.“

„Hey, und was ist mit mir? Ich will rosa Zuckerwatte.“ Roscoe stellte sich schnell neben Erika. Er war genauso sehr Kind wie seine Enkeltochter.

„Bringt Lili auch welche mit“, rief Tanner ihnen nach.

„Es ist schlecht für meine Zähne.“

„Komm schon, es ist doch ein besonderer Abend.“

Sie bemühte sich, nicht zu viel in sein Lächeln und seine leuchtenden Augen hineinzuinterpretieren. Auf der Fahrt hierher hatten sie nicht viel miteinander geredet. Wahrscheinlich hatte er einen harten Tag und viel Stress gehabt, um pünktlich gehen zu können. Und pünktlich bedeutete bei Tanner, früher als sonst zu gehen.

Das Thema Fluffy hatte sie bewusst nicht mehr angeschnitten. Durch Kate war ihr vieles über sich selbst klar geworden. Sie würde sich beruflich zwar vielleicht nie als Tierflüsterer selbstständig machen, aber sie würde weiterhin mit Tieren reden. Und die Sache mit Fluffy würde sie durchziehen müssen, egal was Tanners Meinung zu dem Schnüffel-Test war. Sie *musste* es einfach tun. Doch der heutige Abend gehörte Erika. Fluffy war morgen dran.

„Kriege ich auch einen Hotdog?“ Lili bemühte sich, es fröhlich und scherzhaft klingen zu lassen. Tanner hatte jede Menge Tickets für den Autoscooter gekauft, und sie hatten die kleinen Elektroautos kräftig aneinanderkrachen lassen. Lili hatte dafür gesorgt, dass das Heck von Tanners Scooter mehrfach ordentlich eins abbekam.

„Nur wenn du versprichst, dass dir dann morgen nicht schlecht ist.“

Tanner sah sie die ganze Zeit an. Trotz der kleinen Falte zwischen seinen Augenbrauen fühlte sich Lili zum ersten Mal nicht unwohl unter seinem prüfenden Blick. Was er bedeutete, wusste sie allerdings nicht.

Gerade wollte sie ansetzen, ihn danach zu fragen, als Roscoe ihr eine Portion rosa Zuckerwatte in die Hand drückte.

Erikas Lippen waren schon ganz rosa und klebrig. Sie leckte sich genüsslich die Finger ab. „Dad, das schmeckt toll.“ Sie hielt Tanner ein Stück Watte entgegen. „Willst du wirklich nichts?“

„Ich stehe mehr auf die blaue.“

Roscoe und Erika hatten rosa Zuckerwatte. Nur die von Lili war blau. Sie hielt ihm ihre Portion hin. „Da, reiß dir ein Stück ab.“

Erika zupfte ihren Großvater am Ärmel. „Grandpa, gewinnst du für mich ein Plüschtier?“

Roscoe ließ sich – am nun klebrigen rosa Ärmel – zu einer Bude mit Delfinen, Seesternen, Kraken, Fischen und einem riesigen Plüschhai ziehen.

Lili hielt Tanner immer noch ihre Zuckerwatte vor die Nase.

„Ich möchte keine klebrigen Finger kriegen“, sagte Tanner mit merkwürdig leiser Stimme. „Reiß du mir ein Stück ab.“

Er sah ihr tief in die Augen. Trotz der vielen bunten Lichter des Vergnügungsparks hätte sie schwören können, dass seine Augen ganz dunkel geworden waren.

Sie riss ein Stück ab und hielt es ihm hin. Ihr Herz klopfte so heftig, dass das Blut in ihren Ohren rauschte und das Schreien und Lachen der Leute um sie herum übertönte. Tanner nahm ihre Hand, führte sie an seinen Mund und leckte ihr die Zuckerwatte vom Daumen. Dann nahm er den Finger in den Mund und leckte ihn mit seiner Zunge sauber, ohne den Blick auch nur eine Sekunde von Lilis Gesicht abzuwenden.

Ihr wurde heiß und schwindlig, und die Beine gaben ihr nach. Genauso hatte er sie gestern Abend angesehen, als er tief in sie eingedrungen war.

Lili hatte das Gefühl, als könnte sie jeden Moment ohnmächtig werden.

„Das war lecker", flüsterte er.

Grundgütiger, er war mit allen Wassern gewaschen. Vielleicht hatte er das, was sie gerade beinahe um den Verstand gebracht hatte, getan, damit sie nicht ständig an den Mord, an die Leiche und Fluffys Schnüffel-Test dachte.

Andererseits war es gut möglich, dass er einfach nicht hatte widerstehen können.

Sie war wie hypnotisiert von seinem Blick. „Wir sollten rübergehen und Roscoe dabei zusehen, wie er diesen Hai gewinnt." Sie wies mit weit ausholender Geste über ihre Schulter zur Bude.

Und traf den Mann hinter sich dabei mitten ins Gesicht.

Es riss sie aus ihrer Hypnose. Sie fuhr herum und schlug sich entsetzt eine Hand vor den Mund. „O mein Gott, es tut mir furchtbar leid."

„Nichts passiert, Miss Goodweather."

Lili schnappte nach Luft. Joseph Swann sah in diesem langärmeligen Rugby-Shirt genauso gut aus wie in seinem dunklen Anzug. Und viel weniger steif. Besonders mit dieser

Frau am Arm, die in unglaublich hohen Plateauschuhen neben ihm hertrippelte.

Sie hatte schwarzen Lidschatten und so dick Mascara aufgetragen, dass ihre Wimpern bei jedem Blinzeln kurz aneinanderklebten. Das Gesicht war weiß gepudert, die Lippen schwarz geschminkt. Das einzig Natürliche an ihr war ihr blondes Haar, das sie sich mit einem schwarzen Band zusammengebunden und hochgesteckt hatte. Ihre vollen Brüste drohten fast aus dem weit ausgeschnittenen Top zu springen, und ihr Rock war extrem kurz. Beinahe nicht vorhanden. Lili sah Joe an.

„Wo ist Kate?" Die Frage platzte einfach so aus ihr heraus.

Joe lächelte schelmisch und deutete mit den Augen auf die Frau an seiner Seite.

Plötzlich sah Lili Kates blaue Augen durch die dicke schwarze Wimperntusche blitzen. Du lieber Himmel. Lili brachte kein Wort heraus. Kate nahm einfach Joes Hand, ließ ihre Finger zwischen seine gleiten und stolzierte mit Joseph Swann davon.

Es dauerte mindestens eine Minute, bis Lili die Sprache wiederfand. Und das war ihr bisher noch nie passiert.

18. KAPITEL

War das deine Chefin?"

Lili war wie betäubt. Mit offenem Mund sah sie der Gruftie-Frau nach. Tanner hätte schwören können, dass der Name ihrer Chefin Kate war, doch diese Gestalt war so gar nicht das, was er sich unter einer Kate vorstellte.

„Ich weiß es nicht", flüsterte Lili. Sie starrte dem Paar noch immer nach.

Sie war völlig perplex. Allerdings ging es ihm angesichts der Tatsache, dass er ihr gerade etwas Zuckerwatte vom Finger geleckt hatte, nicht viel anders. Es war einfach mit ihm durchgegangen, und er hatte keine Ahnung, was in diesem Moment über ihn gekommen war.

Stimmte gar nicht. Er wusste es sehr wohl. Lili war über ihn gekommen. Den ganzen Tag war sie ihm nicht aus dem Kopf gegangen. Wenn er die Augen auch nur für eine Sekunde zumachte, hörte er sie stöhnen und seufzen und hatte das Bild vor sich, wie sie ihn zum Orgasmus brachte. Und das Büro hatte er deshalb pünktlich verlassen, weil er nicht nur sein Versprechen gegenüber Erika wegen des Ausflugs halten wollte, sondern auch weil er sich nach Lili sehnte.

Er musste zugeben, dass er seine Tochter schon lang nicht mehr so lebendig erlebt hatte. Ihr und Lili hatte es einen Riesenspaß gemacht, seinen Autoscooter zu rammen, und Erika hatte gekreischt vor Vergnügen. Und immer wenn sie sich für eine nächste Runde angestellt hatten, war sie in ihren Tennisschuhen aufgeregt und ungeduldig herumgezappelt, hatte sich vorgedrängt, um gleich wieder zurückzuspringen, ihn an der Hand zu nehmen und zu sagen, er solle sich doch beeilen.

Vielleicht hatte er sie zu lang unter Druck gesetzt, überall die Beste und Fleißigste zu sein und an die Zukunft zu denken. Sie hatte vergessen, wie man Kind war. Lili konnte es ihr zeigen. Lili tat ihr gut. Bei dem Gedanken, dass Lili auch ihm guttat, wurde ihm plötzlich ganz warm ums Herz.

Endlich riss Lili sich vom Anblick des seltsamen Paars los, das langsam in der Menge verschwand. „Ich hätte dich vorstellen sollen“, sagte sie entschuldigend. „Aber es wäre peinlich gewesen, wenn sie es nicht gewesen wäre.“

Peinlich war, dass er ihr schon wieder ein Wölkchen Zuckerwatte vom Finger lecken wollte. Sie riss abwesend ein Stück ab, drückte es zusammen und steckte es sich in den Mund, ohne eine Vorstellung davon zu haben, wie eng es ihm in seiner Jeans wurde.

Was nicht so toll war, wenn die eigene Tochter in der Nähe war.

Erika kam mit wippenden Zöpfen durch die Menschenmenge auf sie zugesprungen. „Dad, Grandpa hat überhaupt nichts gewonnen.“

Roscoe tauchte aus einer Gruppe Teenager auf. Er hatte die Hände in den Hosentaschen vergraben. „Es geht nicht ums Gewinnen oder Verlieren. Dabei zu sein ist alles. Und ich war spitze. Habt ihr gehört, wie mich alle angefeuert haben?“ Seine Augen funkelten vor Begeisterung.

Tanner wusste gar nicht, dass die Augen seines Vaters so funkeln konnten. Vielleicht hatte er es aber auch in all den Jahren einfach übersehen. Lili zeigte ihm, das Leben aus einem anderen Blickwinkel zu betrachten.

„Grandpa war ganz knapp dran, alle haben geschrien und ihn angefeuert.“ Erika zeigte ihnen, was sie in der Hand hielt. „Und schaut mal, der Mann hat mir als Trostpreis einen Schlüsselanhänger geschenkt.“

Es war ein billiges Plastikding, eine durchsichtige Kugel, in der ein paar Seepferdchen schwammen.

Verwechsle nicht die Bemühungen mit dem Ergebnis. Plötzlich hatte dieser Satz eine völlig andere Bedeutung, einen negativen Beiklang, der ihm bis jetzt noch nie aufgefallen war. Roscoe hatte keinen riesigen Plüsch-Hai für Erika gewonnen, doch er hatte ihr etwas viel Wichtigeres geschenkt: Er hatte ihr sich selbst geschenkt. Und genau das hatte er immer schon getan.

„Dann kriegt er eine Eins, weil er sich so angestrengt hat, stimmt's, Schatz?" Tanner strubbelte Erika durchs Haar und bemühte sich, Roscoe und Lili nicht anzusehen, die ihn beide mit offenem Mund anstarrten.

Erika zupfte Tanner mit ihrer vom vielen Zucker ganz klebrigen Hand am Arm. „Wir müssen uns bei der Achterbahn anstellen."

„Ich pausiere eine Runde", sagte Roscoe.

„Grandpa ...", rief Erika enttäuscht.

„Diese verdammten Scooter rütteln mir das Hirn und die Knochen durch. Lili fährt mit dir."

„Aber dann muss Dad ganz alleine fahren."

„Er ist ja schon ein großer Junge, er schafft das schon." Roscoe setzte sich auf eine Bank an der Uferpromenade und winkte ihnen nach.

Während der zehn Minuten, die sie sich in der langen Schlange anstellen mussten, plapperte Erika fröhlich vor sich hin, presste ihre Nase an die Fenster, um die vorbeiratternden Wagen zu beobachten, und kreischte laut auf, wenn die ganze Tribüne bei jedem Rums wackelte.

Inmitten des Trubels und Lärms, bei dem man sein eigenes Wort nicht verstehen konnte, nahm Tanner Lilis Hand und zog sie an seine Lippen. Als sie ihn mit großen Augen fragend ansah, beugte er sich dicht zu ihr und flüsterte ihr etwas ins Ohr. Nur ein Wort. „Danke."

Er wusste nicht, ob sie ihn überhaupt gehört hatte, aber

ihre Augen leuchteten auf. Sie sah erst zu Erika, dann lächelte sie.

„Magie", sagte sie tonlos. Und Tanner verstand es, obwohl sie nur ihre Lippen bewegte.

Als sie endlich für die nächste Achterbahnfahrt an der Reihe waren, lief Erika ganz nach vorne zum ersten Wagen des Zugs und winkte Lili aufgeregt zu sich.

Tanner setzte sich hinter die beiden. Kurz darauf kletterte ein ungefähr sechzehn- oder siebzehnjähriger Junge neben ihn, und ein Mädchen kontrollierte ihre Sicherheitsbügel – nicht ohne dem Jungen einen schmachtenden Blick zuzuwerfen. Tanner als alter Knacker schien sie überhaupt nicht zu interessieren; ihn hätte es vermutlich hinausschleudern können, wenn es nach ihr gegangen wäre.

Der geradezu anbetungsvolle Blick, mit dem sie den Jungen ansah, glich wahrscheinlich seinem eigenen, wenn er Lili betrachtete. Eine erschreckende und gleichzeitig umwerfende Erkenntnis. Seine Gefühle für Lili gingen weit über sexuelles Begehren hinaus. Mit erotischer Anziehung hatte er kein Problem. Man konnte sie kontrollieren, und irgendwann war sie erloschen und somit die ganze Sache zu Ende. Was das Ende dieser Gefühle war, die er für Lili hatte, wusste er allerdings nicht.

Aber es gefiel ihm verdammt gut, hier zu sitzen und zuzusehen, wie Erika und Lili vor ihm ihre Köpfe zusammensteckten und wie kleine Kinder furchtbar viel zu kichern hatten.

Die Achterbahn setzte sich in Bewegung, und der Junge neben ihm riss die Arme in die Höhe, noch bevor sie überhaupt richtig in Fahrt gekommen waren. Dann streckten Erika und Lili ihre Arme in die Höhe. Seine Tochter begann sofort zu kreischen, als sie durch einen Tunnel steil hinauffuhren. Und sie hörte gar nicht mehr auf zu kreischen.

Vor einem Monat noch, ja, sogar noch vor einer Woche

hätte er sich wahrscheinlich vorgebeugt und ihr befohlen, die Arme herunterzunehmen. Jetzt stiegen ihm bei ihrem ausgelassenen Lachen beinahe Freudentränen in die Augen.

Der Wagen raste aus dem Tunnel in das blendende Licht hinaus. Der Vergnügungspark lag dreißig Meter unter ihnen. Dann donnerten sie steil nach unten. Lilis offenes Haar flatterte im Fahrtwind, Erika kreischte wieder, und beide rissen die Arme in die Luft.

Der Jung neben ihm machte es genauso.

Streck deine Arme in die Luft, Tanner. Es ist umso schöner, wenn du dich nicht festklammerst. Lass los, Tanner.

Er ließ los, und im gleichen Moment holte ihn die Erinnerung so schnell ein, als habe sie all die Jahre am höchsten Punkt dieser Achterbahn auf ihn gewartet.

Das erste Rendezvous. Mit Karen. Sie waren an einem Valentinstag Achterbahn gefahren. Es hatte geregnet, und er hatte schon befürchtet, dass dieses Date nicht so verlaufen würde, wie er es geplant hatte. Kate jedoch hatte jede Sekunde genossen. Sie waren die einzigen beiden Menschen gewesen, die sich nicht vom miesen Wetter hatten abschrecken lassen, sie hatten sich bei der Achterbahn nicht anstellen müssen, und der Mann, der die Tickets verkaufte, hatte sie jedes Mal einfach durchgewunken. Sie waren so lange gefahren, bis sie bis auf die Haut durchnässt gewesen waren, sie hatten so viel gelacht und gekreischt, bis sie heiser und schließlich vom ständigen Rattern und Ruckeln ganz wackelig auf den Beinen gewesen waren. Er war so glücklich gewesen wie noch nie zuvor. Auf dieser Achterbahn hatte er sich verliebt.

Er konnte sie riechen, als säße sie immer noch neben ihm. Ihr regennasses Haar, ihr dezentes Parfum, das „Eternity" geheißen hatte. Frisch und doch unglaublich verführerisch. Er konnte ihr perlendes Lachen hören. Sie klang wie Erika. Er spürte, wie sein Körper in den Sitz gedrückt wurde, spürte das schaurig schöne Prickeln, den Kick der Geschwindigkeit und wie aufregend es war, sie an seiner Seite zu haben. Er erinnerte sich an alles.

Lass los, Tanner. Er hatte losgelassen. Zum ersten Mal in seinem Leben.

Als die Fahrt zu Ende war und der Zug stehen blieb, öffnete Tanner seine Augen und war wieder in der Gegenwart. Etwas desorientiert von der Reise in die Vergangenheit und von dem gleißenden Licht des Vergnügungsparks kletterte er aus der Bahn. Dann streckte er Erika seine Hand entgegen.

Sie sprang ohne seine Hilfe heraus. „Das war klasse, Dad. Können wir noch mal fahren? Bitte, bitte."

Er lächelte. Mehr schaffte er im Moment nicht. Dann hielt er Lili die Hand hin.

„Hat es dir Spaß gemacht?", flüsterte sie ihm zu und sah ihn skeptisch an, als könnte sie nicht glauben, dass er sich tatsächlich amüsiert hätte. Als wäre er dazu nicht fähig.

Lili war wie Karen. Sie würde sich im Leben immer holen, was sie wollte. Und wenn das durch eine Laune des Schicksals nicht möglich war, würde sie eben bis zur Neige das genießen, was das Leben ihr schenkte.

Er schob die beiden die Rampe der Achterbahn hinunter nach draußen, wo auf einem Monitor bereits die Bilder zu sehen waren, die während der Fahrt aufgenommen worden waren. „Schau, Dad, das sind wir! Können wir das Foto kaufen?", rief Erika aufgeregt.

Der Schnappschuss zeigte Erika, wie sie mit weit aufgerissenem Mund und hochgerissenen Armen vor Vergnügen aufschrie. Lili war von der Seite fotografiert worden, wie sie sich gerade lächelnd umdrehte. Nach ihm umdrehte.

Dann erschien sein Bild auf dem Monitor.

„Deines sieht ja Scheiße aus, Dad. Das sollten wir besser

nicht kaufen, glaube ich."

Er vergaß, sie zu tadeln. Auf dem Foto hatte er zwar die Arme in die Luft gestreckt, doch sein Gesicht war … ausdruckslos. Als fühlte er überhaupt nichts.

Und genauso war es auch gewesen. Er hatte nichts empfunden. Jahrelang waren das Einzige, was er von Karen in Erinnerung gehabt hatte, der letzte Streit und das Telefongespräch danach gewesen. Er hatte nur Wut und Trauer empfunden, bis er schließlich alle Gedanken an sie verdrängt hatte, damit er nicht verrückt wurde. Danach hatte er alles andere vergessen. Die schönen Zeiten, die sie geteilt hatten, das erste Date am Boardwalk. Alles.

Erika zupfte ihn am Ärmel. „Dad?"

Wortlos drückte er ihr einen Geldschein in die Hand.

Lili legte ihre Hand auf seinen Arm. „Alles in Ordnung, Tanner? Du bist blass wie ein Laken und siehst aus, als hättest du ein Gespenst gesehen. Dir ist auf der Achterbahn doch nicht schlecht geworden, oder?"

Doch, das war es. Er hatte selbst dafür gesorgt, dass es ihm schlecht ging. Zehn Jahre lang hatte er alles verdrängt, was gut gewesen war, und sich den schlechten Erinnerungen hingegeben. Er hatte sich von einer Affäre in die nächste gestürzt und hatte seiner Tochter kein einziges Mal eine dieser Frauen vorgestellt. Seine Beziehungen hatten nie länger als drei Monate gedauert, damit er sich alles Negative, alle Schwierigkeiten ersparte. Doch er hatte auch das Schöne nicht mehr gespürt – die Freude, die Euphorie, das Glück.

Bis er Lili getroffen hatte.

Ihr Haar war vom Fahrtwind zerzaust, ihre Wangen gerötet, und ihre Augen strahlten. Am Kinn war ein kleiner Schmutzfleck. Tanner wischte ihn weg.

„Nein, mir ist nicht schlecht", sagte er und sah sie an. Er schien sie förmlich mit den Augen zu trinken.

Ein Kind rempelte Lili an. Er nahm ihren Arm und stützte sie.

Lass los, Tanner.

Er hatte losgelassen, und eine Weile war alles vollkommen gewesen.

Das Problem war, das alles Vollkommene einmal zu Ende ging. Zum ersten Mal wurde ihm bewusst, dass er nicht wollte, dass die Zeit mit Lili jemals zu Ende ging.

Auf der Heimfahrt schwieg Tanner. Erika, die mit Lili hinten im Wagen saß, plapperte die ganze Zeit fröhlich vor sich hin. Nach dem aufregenden Tag würde sie sofort einschlafen, sobald sie im Bett lag.

Lili lauschte aufmerksam jedem ihrer Worte und lächelte. Nun ja, fast jedem ihrer Worte – wenn sie nicht gerade darüber nachdachte, was mit Tanner auf der Achterbahn geschehen war. Anfangs war er fröhlich und großzügig gewesen und hatte Erika jeden Wunsch erfüllt. Ab dem Augenblick, als die Achterbahnfahrt zu Ende gewesen war, hatte er abwesend gewirkt. Nur Erika hatte es geschafft, zu ihm durchzudringen, wenn auch nur für kurze Zeit. Danach hatte er sich wieder in sich zurückgezogen, als wäre er in Gedanken in einer anderen Welt.

Was beschäftigte ihn so sehr?

Das Auto bog in die Einfahrt ein. Die Reifen knirschten auf dem Kies, dann hielt der Wagen, und sie stiegen aus. Erika schlang ihre Arme um Lili und drückte sie. „Danke. Es hat so viel Spaß gemacht." Dann umarmte sie Roscoe und schließlich ihren Vater. „Es war so schön."

Fast schien es, als könnte sie nicht fassen, dass Tanner mit ihr in den Vergnügungspark gegangen war. Vielleicht hatte er es vorher noch nie getan.

Tanner sagte zum ersten Mal seit … oh, seit ungefähr einer

Stunde wieder etwas. „Ich helfe Lili noch mit den Katzen."

„Aber ...", erwiderte Erika.

Er legte ihr einen Finger auf den Mund. „Wir sind gleich wieder da", ergänzte er. „Ich möchte nur sichergehen, dass bei ihr drüben nichts passiert ist, während wir weg waren."

Im Gegensatz zu Tanner entging Lili Roscoes erstaunter Blick nicht, als sein Sohn sie durch die Hecke nach drüben zog.

„Wo ist dein Schlüssel?"

Sie zog den Schlüssel für die Hintertür aus der Tasche ihres Rocks und gab ihn ihm. Eine Handtasche hatte sie nicht mitgenommen, weil man sie auf den vielen Karussells so leicht verlieren konnte.

„Das ist nicht nötig, Tanner. Ich bin überzeugt, dass niemand eingebrochen und mit den Katzen alles in Ordnung ist." Okay, sie war vielleicht nicht wirklich überzeugt davon, doch sie hatte kein ungutes Gefühl, wie es letztens der Fall gewesen war. Außerdem kauerten auch keine verängstigten kleinen Fellbündel auf der Veranda wie damals.

„Du hättest das Licht anlassen sollen." Er versuchte im Dunkeln, das Türschloss zu finden. „Es kommen keine Einbrecher, wenn das Licht an ist."

Dann sperrte er auf, zog sie ins Haus und schob die Tür mit dem Fuß zu. Er schaltete kein Licht ein, sondern drückte Lili einfach an die Wand und küsste sie leidenschaftlich.

Als er seine Lippen von ihren löste und Lili wieder Luft bekam, war alles, was sie herausbrachte, sein Name.

„Das wollte ich schon den ganzen Abend tun", murmelte er.

Dann nahm er ihr Gesicht in seine Hände und küsste sie wieder, doch diesmal zärtlicher, sanfter und doch heißer. Er leckte ihre Lippen, knabberte an ihnen und küsste sie dann wieder voller Leidenschaft. Lili vergrub ihre Finger in seinem Haar und zog ihn an sich.

Irgendwo im Dunkeln nieste Einstein.

Tanner legte seine Stirn an ihre und atmete rasch und heftig. Der unmissverständliche Beweis seiner Erregung drückte sich hart gegen ihren Bauch.

„Was sagt Einstein jetzt?“, flüsterte er.

„Sie sagt gar nichts.“ Lili hörte das Geräusch von sich entfernenden Katzenpfoten. Einstein verließ die Küche.

„Gut.“ Er hielt ihr Gesicht in seinen Händen. „Ich möchte nämlich nicht, dass sie dazwischenfunkt und dir sagt, dass du das nicht tun sollst.“

„Was denn?“, flüsterte sie.

„Mit mir schlafen. Hier und jetzt.“

„Wirklich hier?“

„Ja.“ Wieder küsste er sie. „Ich will dich. Es sind wieder mal der falsche Ort und der falsche Moment, und wir haben nicht viel Zeit, aber ich brauche dich. Jetzt.“

Brauchen. Nicht wollen. Brauchen.

Rasch küsste er sie, damit sie nichts erwidern konnte. Doch sie erwiderte seinen Kuss und gab sich seinen Lippen und seiner Zunge hin. Er öffnete den Reißverschluss ihrer Fleecejacke, ließ seine Hände unter den weichen Stoff gleiten und streichelte ihre Brüste. Lili schob ihre Finger in seine Gürtelschlaufen.

Tanner knöpfte ihre Bluse auf, streichelte ihre nackte Haut und schob seine Hände unter ihren BH. Lili war wie elektrisiert, als er zärtlich ihre Brustwarzen drückte. Dann packte er ihre Hand und legte sie auf die Ausbuchtung seiner Hose.

„Es tut weh“, murmelte er. „Mach, dass das aufhört.“

Sie hatte das Bedürfnis, ihn zu fragen, warum er sie *jetzt* wollte, nachdem auf der Achterbahn offensichtlich etwas mit ihm geschehen war, das ihn für den Rest des Abends zum

Roboter hatte werden lassen. Doch ihre Finger gruben sich in den Stoff seiner Hosen – und sie wollte und konnte nicht aufhören.

Sie würde ihn später fragen. Danach. Vielleicht.

Er stöhnte dicht an ihrem Mund, während sie ihn streichelte. Dann löste er seinen Gürtel und knöpfte seine Hose auf.

„Nimm ihn, Lili. Bitte."

Noch nie hatte ein Mann sie auf diese Weise begehrt. Sie lehnte ihren Kopf an die Wand und beobachtete ihn, während sie ihre Hand unter den Gummizug seiner Boxershorts schob.

Er stöhnte leise. „Das fühlt sich so gut an. Alles mit dir fühlt sich so gut an."

Er bewegte sich in ihrer Hand hin und her und stöhnte. Lili spürte einen ersten Lusttropfen in ihrer Handfläche.

„Trägst du einen Slip?"

„Ja."

„Zieh ihn für mich aus."

Hier in der Küche an der Wand zu lehnen hatte etwas Verbotenes, ja etwas Unanständiges an sich. Doch Lili konnte Tanner nicht widerstehen. Von einem Mann so sehr begehrt zu werden, dass er nicht mehr warten konnte, bis sie im Bett waren oder sie sich zumindest ausgezogen hatte, war ein machtvolles, ein elementares Gefühl.

Sie ließ ihn los und schob ihren Roch hoch.

Er zog ihre Hand weg. „Nein, warte, lass mich das machen."

Er kniete sich hin und zog ihr das Höschen hinunter. Dann hob er sie hoch, streifte den Slip über ihre Füße und küsste die nackte Haut unter ihrem Nabel. Seine Lippen wanderten weiter nach unten, noch weiter, bis sie seine Zungenspitze zwischen ihren Beinen spürte. Sie vergrub ihre

Hände in seinem Haar, zog seinen Kopf an sich und bebte bei jeder Bewegung seiner Lippen.

Tanner stand auf und küsste sie auf den Mund. Er schmeckte nach ihr selbst. Sie spürte seinen Körper fest an ihrem, spürte seine Muskeln. Dann hörte sie, wie er eine Packung aufriss und das Kondom überstreifte.

Lili legte ihre Arme um seinen Hals und ließ sich von ihm hochheben. Er legte ihre Beine um seine Hüften, drückte sie an die Wand und drang langsam in sie ein. Dann verharrte er in ihr.

„Du fühlst dich so verdammt gut an", keuchte er.

Er hielt ihren Po fest und begann, sich in seinem – in ihrem – Rhythmus zu bewegen. Lili schlang ihre Beine fester um seine Hüften und drückte sich ihm mit all ihrer Kraft entgegen. Noch nie hatte jemand so etwas mit ihr gemacht, noch hatte jemand ihr das Gefühl gegeben, etwas Besonderes zu sein. Jemand, den man begehrte und brauchte. Eigentlich hätte es sich unanständig, zumindest unromantisch anfühlen müssen, was sie hier taten. Doch Tanner in sich zu spüren wischte alle Bedenken fort.

Sie stöhnte, sie biss ihn und schrie jedes Mal laut auf, wenn er tief in sie eindrang und sie mit jedem Stoß noch mehr in Besitz nahm.

In der Sekunde, als er in ihr kam, gab sie sich ihm ganz hin. Sie gehörte ihm, und es gab kein Zurück mehr. Als sie dann gemeinsam auf den Boden glitten, presste er sie fest an sich und drückte ihren Kopf an seine Brust und sein rasendes Herz.

Zum ersten Mal in ihrem Leben war Lili verliebt.

Er hatte sie so animalisch genommen wie ein Höhlenmensch, aber es war so verdammt schön gewesen. Lili jetzt, nachdem der Sturm sich gelegt hatte, im Arm zu halten war Glückseligkeit. Pures Glück. Sie roch nach Zuckerwatte und wildem Sex. Die Hitze ihres Körpers brannte auf seiner Haut.

Plötzlich überwältigte ihn das Gefühl, dass er sie für immer verlieren würde, wenn er sie nicht jetzt, exakt in diesem Augenblick, festhielt. Als existierte diese Gelegenheit nur einen kurzen Moment und würde sich in der nächsten Minute als Chimäre entpuppen und wieder verschwinden. Nachdem sie aus der Achterbahn ausgestiegen waren, hatte er sie ständig angesehen, jede ihrer Bewegungen in sich aufgesogen – den melodischen Klang ihrer Stimme, ihr Lachen. Er begehrte sie, wie er noch nie in seinem Leben jemanden begehrt hatte. Er war diesem Begehren erlegen, hatte nicht warten können, mit ihr nach oben zu gehen und sie auszuziehen. Hatte nicht einmal an ein auch noch so kleines Vorspiel gedacht.

Er konnte nur hoffen, dass Erika nicht mitbekommen hatte, was mit ihm los war. Doch die Chance war gering, denn dafür war sie einfach zu intelligent. Roscoe jedenfalls hatte es sehr wohl bemerkt.

„Alles in Ordnung?"

Lili schmiegte sich an ihn. „Ja."

„Habe ich dir wehgetan?"

„Nein."

Was denkst du von mir? Beinahe musste er lachen. Er klang wie ein Teenager, der seine Freundin nach dem ersten Mal fragte, wie er gewesen war.

Sie hob kurz den Kopf von seiner Brust und sah ihn mit verklärtem und fast verschlafenem Blick an. „Du hast eindeutig das Zeug zum Fleischfresser."

Tanner lachte. „Soll ich das als Kompliment auffassen?"

„Ja, ich fühle mich von dir verschlungen." Dann hauchte sie ihm einen Kuss in die Halsbeuge. „Und es hat mit gefallen."

„Mir hat es auch gefallen." Mehr als das. Und er wollte, dass es auch ihr mehr als nur gefiel. Über seine eigene Leidenschaft musste er erst noch nachdenken. Er musste analysieren, was seine Gefühle bedeuteten, und dann entscheiden, was er mit ihnen machen sollte.

Er streichelte ihre Arme. „Ich muss dein Bad benutzen." Er musste das verdammte Kondom loswerden.

Sie setzte sich auf und fuhr sich mit den Händen durch ihr Haar. Dann streckte sie sich genüsslich. Wie eine ihrer Katzen.

Ihr Anblick erregte ihn schon wieder. Bereits die kleinste Bewegung ihres Körpers weckte sofort die Leidenschaft in ihm.

Er stand auf und zog sich die Hosen hoch.

„Den Gang hinunter, auf der rechten Seite", sagte sie.

Er fand es, ohne Licht zu machen. Ihm ging es zu schnell, was er für sie empfand. Er konnte mit seinen eigenen Gefühlen nicht Schritt halten. Er war sich nur einer Sache sicher – dass er sie in seinem Bett haben wollte. Heute Nacht. Morgen Nacht. Viele Nächte. Er wollte morgens neben ihr aufwachen, sie ansehen, wenn sie schlief, und sie morgens mit einem Kuss wecken.

Doch das war etwas, was nicht möglich war. Schon vor langer Zeit hatte er beschlossen, keine Frauen über Nacht mit nach Hause zu nehmen, und auch er selbst übernachtete nicht außer Haus. Seine Bedürfnisse zu befriedigen funktionierte unkompliziert und schnell. Er ersparte seiner Tochter dadurch etwaige peinliche Situationen. Außerdem konnte sich Erika auf diese Weise keine wie auch immer gearteten Hoffnungen machen. Der Status quo blieb erhalten.

Ab dem Augenblick, als Lili in sein Leben getreten war, schien sich alles verändert zu haben, doch Tanner war nicht bereit, sich mit Konsequenzen dieser Veränderungen auseinanderzusetzen. Noch nicht.

Er brauchte Zeit zum Nachdenken. Mit kühlem Kopf.

Ohne dass ihr Duft seinen Verstand außer Kraft setzte.

Um gegen seine Trauer und seine Wut anzukämpfen, hatte er viele negative Erinnerungen verdrängt. Gleichzeitig hatte er aber auch das Positive so tief in seinem Herzen begraben, dass es praktisch gänzlich vergessen war. Jetzt hatte er das Bedürfnis, neue Erinnerungen zu schaffen. Viele Erinnerungen – mit Lili.

Er wusste nur nicht, wie er damit umgehen sollte, wenn alles schiefging. Und was noch wichtiger war, er wollte nicht, dass sich seine Tochter an jemanden gewöhnte, der vielleicht irgendwann wieder aus ihrem Leben verschwand.

Kate klimperte mit den Wimpern. Wegen der Mascara, die sie so dick aufgetragen hatte, blieben sie kurz aneinander kleben. „Vielen, vielen Dank für diesen wunderschönen Abend." Sie blinzelte wieder, und dieses Mal blieb nichts kleben.

„Färbt dein Lippenstift ab, wenn ich dich küsse?"

Sie lächelte Joe angriffslustig an. „Ja, du wärst von oben bis unten verschmiert. Ich würde es also besser nicht versuchen."

Eigentlich war er kussecht. Aber so üppig, wie sie ihn aufgetragen hatte, musste er abschreckend wirken. Das billige Parfum, das sie literweise über sich verteilt hatte, schien sich ebenfalls als äußerst wirksames Gegenmittel gegen eventuelle Annäherungsversuche bewährt zu haben. Er hatte jedes Mal niesen müssen, wenn er ihr zu nahe gekommen war. Ihr Outfit samt der Kriegsbemalung war ein billiger Trick, ein Überbleibsel einer Halloweenparty bei ihrer ehemaligen College-Freundin, zu der man sie letztes Jahr geschleppt hatte. Joe hatte sie allerdings erzählt, dass das wirklich ihre Art war, sich schick zu machen, wenn sie nicht arbeitete.

Sie war nicht ganz überzeugt, dass er sich an der Nase hatte herumführen lassen.

Zumindest vor sich selbst musste sie zugeben, dass sie gerade nicht gelogen hatte. Der Ausflug zum Boardwalk, der Joes Idee gewesen war, hatte wirklich Spaß gemacht. Vor allem auch wegen Lilis entsetztem Gesichtsausdruck. Einfach köstlich. Und erst der Blick dieses attraktiven Mannes an Lilis Seite! Der mysteriöse Tanner Rutland. Wirklich ein heißer Typ, genau wie Lili gesagt hatte. Aber nicht ganz so heiß wie Joe.

Nicht dass Kate Joes Sex-Appeal interessiert hätte. Das Date war ein Experiment gewesen, um ihm zu zeigen, dass sie nicht zueinander passten. Bis auf das einmalige, harmlose Händchenhalten hatte er sie nicht angefasst. Das Experiment war also gelungen. Und der Kuss? Nur ein halbherziger Versuch. Hätte er sie wirklich küssen wollen, hätte er es getan – ohne Wenn und Aber oder Angst vor schwarzem Lippenstift.

Kate kramte in ihrem paillettenbesetzten Handtäschchen nach ihren Schlüsseln. Dann sah sie ihn an. „Gute Nacht."

Ehe sie den Schlüssel ins Schloss stecken konnte, packte Joe sie am Arm. „Ich riskiere es."

Sie schüttelte den Kopf. „Großer Fehler. Du wirst es nachher bereuen."

„Ich werde es viel mehr bereuen, wenn ich es nicht tue."

Er nahm ihr den Schlüssel aus der Hand und fasste sie am Kinn.

„Du wirst niesen müssen", sagte sie und unterdrückte bei seiner zärtlichen Berührung ein unwillkürliches Zittern.

Er streichelte zart ihre Wange. „Daran habe ich mich schon gewöhnt."

Das stimmte. Im Auto hatte er kein einziges Mal mehr geniest. „Joe …"

„Kate."

„Tu es nicht."

„Doch."

Sein Gesicht schob sich vor den Schein der Lampe, die sie vor ihrer Wohnungstür hatte brennen lassen, und senkte sich langsam über ihres. Dann küsste er sie zart auf den Mund. Die sanfte Berührung nahm ihr den Atem. Joe leckte sich die Lippen.

„Es schmeckt nur wunderbar nach dir", flüsterte er.

Der heisere Klang seiner Stimme ließ ihr einen Schauer über den Rücken laufen. „Falsch", erwiderte sie sachlich, „du bist voller Lippenstift und hast jetzt einen großen schwarzen Schnurrbart. Es sieht schrecklich aus."

„Dann gibt es keinen Grund mehr, vorsichtig zu sein."

Sie legte eine Hand auf seine Brust und drückte ihn von sich. Ihre Handtasche plumpste auf den Boden.

Joe ließ sich nicht aufhalten. Er nahm ihr Gesicht in seine großen, warmen Hände und küsste sie fest und leidenschaftlich.

Seine Zunge zeichnete den Rand ihrer Lippen nach, dann drängte sie zärtlich in ihren Mund. Er küsste sie so leidenschaftlich, dass sie alles um sich herum vergaß, ihn an den Armen packen und sich an ihm festhalten musste.

Er schmeckte süß nach der Schokolade des Eisbechers, den sie sich geteilt hatten, und roch nach Abendwind und dem erotischen Kick der Achterbahnfahrt. Sie dachte keine Sekunde daran, sich zu wehren, als er sie hochhob und an sich drückte, sondern legte ihre Arme um ihn und gab sich ganz dem heißen, köstlichen Verschmelzen ihrer Münder hin. Ihre Brustspitzen wurden hart und schmerzten vor Verlangen. Ihr Körper zerschmolz regelrecht. Nun küsste nicht mehr er sie, sondern sie ihn. Fordernd und voller Begehren nach seinem kraftvollen, maskulinen Körper.

Bis sie nicht mehr atmen konnte, ihr schwindlig wurde und sie nach diesem Moment des Abhebens schließlich wieder den Boden unter den Füßen spürte.

Sie wäre umgefallen, wenn er sie nicht an sich gedrückt hätte. Sanft strich er mit seiner Zunge über ihre Lippen. Kate erbebte.

„Nichts ist verwischt“, murmelte er.

Seine Augen waren gar nicht tiefblau, wie Lili einmal behauptet hatte. Sie waren mitternachtsblau und wahnsinnig verführerisch. Kate lehnte sich an die Wohnungstür.

Sie holte tief Luft. „Tja.“ Dann musste sie ausatmen. Sie hoffte, dass es nicht zu sehr nach Seufzen klang. „Nun sind wir also miteinander ausgegangen und haben bewiesen, dass wir nicht zusammenpassen.“ Sie hielt ihm die Hand hin. Als sie merkte, wie sehr sie zitterte, hätte sie am liebsten versucht, sie schnell hinter ihrem Rücken zu verstecken. „Meine Schlüssel, bitte.“

Er hielt ihre Hand fest. In seinen Augen war ein seltsames Glitzern. Hoher Blutdruck.

„Nochmals vielen Dank.“

Er ließ ihre Hand nicht los. „Wir haben lediglich bewiesen, dass ein Kuss erst der Anfang ist.“

Obwohl er nur ihre Hand hielt, spürte sie die Hitze seines Körpers überall. Sein Geschmack war noch auf ihren Lippen, sein Geruch in ihrer Nase. „Das ist das *Ende* des Abends, Joe.“

Er neigte den Kopf zur Seite. Seine sinnlichen Lippen, mit denen er sie eben noch geküsst hatte, lächelten. „Wann sehen wir uns wieder?“

„Du hast gesagt, du willst *ein* Date. Dieses Date haben wir hinter uns.“

„Und du hättest gern, dass ich mich jetzt vornehm zurückziehe?“

„Das würde einem Gentleman entsprechen, ja.“

Er streichelte mit dem Daumen ihr Handgelenk. „Ich bin ein Gentleman.“

Dann neigte er sich vor und leckte über die zarte Haut an der Innenseite ihres Handgelenks. Kate spürte das Prickeln vom Kopf bis in die Zehenspitzen – und in jeder erogenen Zone dazwischen.

Als er sich wieder aufgerichtet hatte, sah er sie mit diesen betörend mitternachtsblauen Augen an. „Game over. Ich habe verloren", flüsterte er.

Er legte die Schlüssel in ihre Hand und drückte sie noch einmal. Dann ließ er sie los. Kate hatte sich gerade noch so weit unter Kontrolle, nicht auf der Stelle neben der Tür zusammenzusacken. „Danke, dass du meinen Wunsch respektierst."

„Ich respektiere dich und deine Wünsche immer." Dann deutete er eine Verbeugung an. „Gute Nacht, Miss Carson", sagte er leise und ging.

Was genau das war, was sie gewollt hatte.

Kate legte einen Finger auf die Lippen.

Das war es doch, was sie wollte, oder? „Warte!"

Joe, der erst auf halbem Weg zu seinem Auto war, drehte sich um und kam zurück. Kate machte sich auf ein süffisantes Lächeln und einen triumphierenden Blick gefasst. Stattdessen legte er den Kopf schief und sah sie skeptisch an.

„Ja, Kate?"

Sie zögerte einen Moment lang. „Da es sieben Versuche gebraucht hat, mich zu einem Date zu überreden, war ein einziger Kuss vielleicht nicht genug, um mich zu überzeugen, noch einmal mit dir auszugehen." Was für ein mickriges Argument – aber immer noch besser, als zuzugeben, dass sie es möglicherweise bereuen würde, wenn sie ihm nicht noch eine Chance gab.

Er schmunzelte und war mit zwei Schritten wieder so nah bei ihr, dass sie sich in seinem Duft verlor. „Wie viele Küsse?", fragte er.

„Weiß nicht …“

„Sieben?“

So viele würde sie nie überleben. Nach sieben seiner Küsse würde sie ihn anflehen, dass er mit ihr schlief – selbst wenn es in einem Sarg oder auf einem Aufbahrungstisch wäre. Und dafür war sie – ganz ehrlich – doch noch nicht bereit.

Als sie tief einatmete, wanderte sein Blick zu ihrem Busen. Die Luft um sie herum schien elektrisch so stark aufgeladen, dass die Härchen auf ihren Armen sich aufstellten. Unter diesen Bedingungen würde es nicht einmal einen einzigen Kuss brauchen, bevor sie für nichts mehr garantieren konnte.

Aber es gab etwas, das Selbsterhaltungstrieb hieß. Sie legte eine Hand auf seine Brust und schob ihn zumindest so weit von sich, dass sie wieder klar denken konnte. „Ich habe gelogen.“

„Wobei?“, fragte er, den Blick auf ihre Lippen geheftet.

„Der erste Kuss hat überzeugend bewiesen, dass wir noch mindestens einmal miteinander ausgehen sollten.“

Er schmunzelte erst, dann lachte er laut heraus. „Du genießt es, einen Mann zu quälen, stimmt’s?“

Sie versuchte nicht einmal, ihr Lächeln zu verbergen. „Ich habe noch nicht einmal angefangen, dich zu quälen.“

Er nahm ihre Hand von seiner Brust und zog sie an seine Lippen. Statt eines galanten Handkusses nahm er ihren Zeigefinger in den Mund und saugte zart daran. Zwischen ihren Schenkeln wurde es so heiß, dass sie beinahe jetzt schon gebettelt hätte, er solle sie nehmen. Wer quälte hier wohl wen?

Langsam ließ er ihre Finger aus seiner Hand gleiten und machte zwei Schritte zurück. „Was für ein Glück, dass ich nicht so schnell aufgebe. Bis Sonntag also. Zieh dir etwas Bequemes – und Warmes – an.“

Als sie ihm nachsah, wie er zum zweiten Mal an diesem Abend zu seinem Auto ging, fragte sie sich, ob er nach dem einzigen Kuss wirklich aufgegeben hätte oder sie einfach ausgetrickst hatte. Nicht dass es eine Rolle spielte … Sie wollte diese nächsten sieben Küsse. Und mehr.

19. KAPITEL

Als Lili und Tanner zurückkamen, herrschte gerade große Aufregung im Hause Rutland.

„Dad, mit Fluffy stimmt etwas nicht. Schon wieder."

Über Erikas Wange kullerte eine dicke Träne. Lili legte einen Arm um die Kleine.

Tanner wandte sich sofort an Roscoe. „Was ist denn nun schon wieder passiert?"

Roscoe zog ratlos sowohl die Achseln als auch die Augenbrauen hoch. „Keine Ahnung. Ich habe wohl versehentlich das Wohnzimmerfenster offen gelassen, und er hat anscheinend mit den Krallen ein Loch ins Moskitonetz gerissen. Wir haben ihn völlig verschreckt unter der Veranda gefunden." Er deutete mit dem Daumen über seine Schulter nach hinten in eine Ecke der Küche. „Besser gesagt, Einstein hat ihn gefunden. Wir haben sie bis ins Haus fauchen gehört."

Lili hatte die Katzentür nicht geschlossen, als sie aus dem Haus gegangen waren. Sie machte sie immer nur nachts zu, bevor sie ins Bett ging, um nicht ungebetenen Besuch von Waschbären zu bekommen. Wenn sie nicht zu Hause war, konnte sie die Katzen nicht eingesperrt lassen. Nachdem Einstein gesehen hatte, welches Spektakel sich mit Tanner in Lilis Küche anzubahnen drohte, hatte sie sich nicht nur in ein anderes Zimmer verzogen, sondern den Schauplatz gänzlich verlassen.

Nur war es eben kein „Spektakel" gewesen. Es war vielmehr ein bedeutender Moment in Lilis Leben. Sie wusste nur nicht genau, was er bedeutete. Außer dass es Tanner gefallen hatte. „Gefallen" war eine ebenso unsinnige Bezeichnung wie „nett"; zwei völlig nichtssagende Wörter, die einer Frau keinen Hinweis darauf gaben, was ein Mann wirklich empfand.

Tanner fuhr sich durch sein dunkelblondes Haar. „Zeig mir das Moskitonetz.“

„Es ist das Fenster neben dem Kamin.“ Alle folgten Roscoe ins Wohnzimmer.

Tanner hockte sich vor das Fenster und untersuchte das zerrissene Netz. Dann wandte er den Kopf und sah seinen Vater an. „Die Risse stammen nicht von einer Katze. Das Netz wurde aufgeschnitten. Warum hast du mich nicht sofort geholt, als du es entdeckt hast?“

Roscoe zog wortlos seine Augenbrauen hoch. Lili merkte, wie sie knallrot wurde. O Gott, Roscoe hatte etwas gemerkt.

Tanner wurde nicht rot. Er stand einfach auf, nahm das Telefon vom Couchtisch und wählte die Nummer des Sheriffs.

Nach einer halben Stunde war Gresswell da. Lady Dreadlock war verschollen, der Ermordete noch immer nicht identifiziert, und die Durchsuchung des Hauses der Rutlands ergab das Gleiche wie gestern in Lilis Haus: nämlich nichts. *Sind Sie sicher, dass das Loch nicht schon vorher im Netz war?* Tanner quittierte die Frage des Sheriffs nur mit einem indignierten Blick.

Er schien so … distanziert. So gar nicht wie der Mann, der ihr den Rock hochgeschoben und sie im Stehen genommen hatte, weil er es nicht mehr hatte erwarten können, in ihr zu sein. Sie konnte dem Auf und Ab seiner Gefühle nicht folgen.

Ab diesem Augenblick jedenfalls ging es steil bergab.

In dieser Nacht schlief Fluffy bei Erika, Einstein bei Lili, und Tanner schlief allein. Am Morgen gab es Befehle für Roscoe, Befehle für Erika und im Kommandoton ausgesprochene Anweisungen für Lili.

Du verlässt den Garten nicht, Erika.

Hol Sheriff Gresswell, wenn dir irgendetwas Merkwürdiges auffällt, Roscoe.

Bleib im Laden, bis ich dich abhole, Lili.

Und, Lili, komm nicht auf die Idee, mit Fluffy schnüffeln zu gehen.

Hätte Tanner nicht diesen herrischen Ton an den Tag gelegt, hätte sie vielleicht nicht beschlossen, dass sie es tun musste. Lili vergaß also rein zufällig, ihm zu sagen, dass sie heute nur halbtags arbeitete. Mit ihr zu schlafen gab Tanner keinerlei Rechte. Auch wenn sie in ihn verliebt war – um überhaupt auf irgendetwas ein Recht zu haben, musste *er* in *sie* verliebt sein.

Auf der Fahrt zum Blumenladen sprachen sie kaum ein Wort. Er sah sie nicht an, und zum Abschied bekam sie keinen Kuss. Wie konnte sich ihre wundervolle Zweisamkeit in weniger als zwölf Stunden bloß so in Nichts auflösen?

Da Kate den ganzen Vormittag über Termine hatte, kam Lili nicht einmal dazu, sich nach Joe oder Kates wahrlich grauenvollem Outfit und der Kriegsbemalung zu erkundigen. Nicht dass sie Kate gesagt hätte, dass es grauenvoll ausgesehen hatte.

Um ein Uhr mittags ließ sich Lili von Oscar, der für Kate nachmittags Blumen auslieferte, nach Hause fahren.

Nun musste sie nur noch Roscoe überreden, dass er ihr Fluffy „borgte". Der Kater würde in ihrem Fahrradkorb sitzen und … schnüffeln, während sie mit ihm durch die Stadt fuhr.

Okay, sie würde sich einen besseren Ausdruck dafür einfallen lassen müssen. Tanner würde Augen machen, wenn sie triumphierend mit dem Namen des Mörders im Gepäck wieder nach Hause kam! Oder mit irgendetwas anderem. Zuerst allerdings galt es, sich um die Katzen zu kümmern. Die beste Methode, ihre Aufmerksamkeit zu gewinnen, war, eine Dose zu öffnen.

Einstein tauchte als Erste auf. Lili verteilte das Futter in den Schüsselchen, stellte sie auf den Boden und gab Einstein den Rest der Dose.

Sie zählte die Köpfe durch. Alle anwesend. Hoppla. Verdammt, Ghosts Anblick erinnerte sie daran, dass sie den Kater behutsam auf sein neues Zuhause bei Buddy Welch vorbereiten musste. Leider war so viel passiert, dass sie noch nicht einmal damit begonnen hatte. Und es würde wieder warten müssen.

Einstein, die ihr Futter in einer knappen Sekunde vertilgt hatte, leckte sich das Mäulchen. *Ziemlich geizig heute, was?*

„In vier Stunden gibt es Abendessen. Das war ein kleiner Snack zwischendurch. Außerdem frisst du ohnehin zu viel und wirst sonst zu dick."

Einstein bedachte sie mit einem finsteren Blick, und Lili widmete sich dem Rest ihrer Schützlinge. Dann bemerkte sie, dass sich im Garten etwas bewegte.

Lady Dreadlock stand hinter dem Gartenzaun und starrte zu Lilis Haus herüber.

„O mein Gott." Lili raste durch die Hintertür in den Garten. Plötzlich blieb keine Zeit mehr, darüber nachzudenken, ob es klug war, was sie jetzt tat. Noch war Zeit, sich an Tanners Unmenge von Befehlen zu erinnern – wobei ohnehin fraglich war, ob ein Mensch so viele Befehle überhaupt im Kopf behalten konnte. Doch Lady D. war schon im Wald verschwunden.

„Neeein. Warten Sie!" Sie durfte diese Frau nicht entwischen lassen.

Stopp.

Lili ignorierte Einsteins Warnung. Sie raffte ihren Rock hoch und rannte durchs Gartentor in Richtung Wald, doch Lady Dreadlock war nicht mehr zu sehen.

„Warten Sie bitte." Sie war dermaßen außer Atem, dass sie nicht mehr als ein Flüstern zustande brachte.

Fast wäre sie über eine Wurzel gestolpert, doch sie lief weiter. Zweige schlugen ihr ins Gesicht, die kalte Luft brannte in ihrem Hals, und ihr Rock verfing sich ständig im Geäst.

Wohin konnte Lady D. so schnell verschwunden sein? Lili begann sich zu fragen, ob sie sich getäuscht und vielleicht eine Art Erscheinung gesehen hatte. Lili glaubte an Geister. Wenn man mit Tieren redete, musste man sich bewusst sein, dass es alle möglichen übersinnlichen Phänomene gab. Ein Geist. O Gott, Lady Dreadlock war vielleicht tot.

Oder sie lockte Lili tiefer in den Wald hinein. Und immer weiter weg von ihrem Haus.

Lili duckte sich, weil sie sonst mit der Stirn fast in einen herabhängenden Ast gerannt wäre. Sie wusste nicht einmal mehr, ob sie noch den richtigen Weg entlanghetzte. Es gab unzählige schmale Wege, die zu den Gärten anderer Häuser, hinüber zur Straße beziehungsweise weg von der großen Wiese führten.

An der nächsten Weggabelung blieb Lili stehen, stützte sich auf die Knie und verschnaufte. Ihr Rock war zerrissen und verdreckt, und in ihren Ohren rauschte das Blut so laut, dass sie nicht einmal gehört hätte, wenn sich im Gebüsch oder hinter den Bäumen etwas gerührt hätte. Der Weg, der nach links abbog, war kaum mehr als ein Trampelpfad.

Vor ihrem inneren Auge tauchten jede Menge Narrenkappen auf. Einstein strich um ihre Beine.

„Sag mir einfach nur", keuchte sie, „in welche Richtung ich gehen soll."

Einstein reckte die Nase in die Luft, schickte Lili das unmissverständliche Bild einer großen, silbern glänzenden Katze mit einer bunten Narrenkappe auf dem Kopf und machte zwei Katzenschritte nach links.

„Ja, stimmt, wir sind Idioten", flüsterte Lili, „aber wenigstens sind wir zwei davon." Sie lief wieder los, wich Ästen aus und sprang über Wurzeln. Auf diesem Weg hier gab es noch mehr Hindernisse als vorhin.

Gott sei Dank bestand für Einstein keine Gefahr, sich den Kopf an herunterhängenden Ästen anzuschlagen. Lili hetzte weiter. Nach einer Wegbiegung blieb sie abrupt stehen.

Drei Meter entfernt stand Lady Dreadlock reglos auf einer kleinen Lichtung. Die Sonne fiel auf ihr Haar. In ihren Rasterlocken hatten sich kleine Zweige verfangen, doch ihre Arme waren durch die dicke Jacke, die sie trug, geschützt. Lilis Haut war total zerkratzt, ihre Baumwollbluse zerrissen.

Einstein hielt sich dicht neben Lili. Die Muskeln ihrer Hinterläufe waren angespannt, und sie zitterte am ganzen Körper. Dann bemerkte Lili den Stock, auf den sich Lady Dreadlock stützte. Ein Spazierstock aus lackiertem Holz mit silbernem Knauf.

Genau der gleiche, den Fluffy ihr beschrieben hatte.

„O mein Gott, Sie haben ihn getötet."

„Gott bestraft alle bösen Menschen." Lady Dreadlock klopfte mit dem Stock zweimal auf den Boden.

„Warum war er böse?", fragte Lili. „Was hat er getan?"

„Es gefällt Gott nicht, wenn wir etwas kaputt machen."

„Hat der Mann Ihnen wehgetan? Haben Sie ihn deshalb umgebracht?" Lili trat langsam zurück. Schritt für Schritt.

Lady Dreadlock hob den Stock. „Man musste Gerechtigkeit walten lassen."

Lili machte einen weiteren vorsichtigen Schritt zurück. Ihr Schuh stieß an eine Wurzel. „Ich bin überzeugt, er wird im Himmel sein gerechtes Urteil bekommen. Sie müssen sich keine Sorgen mehr darüber machen. Sheriff Gresswell wird sich um alles kümmern. Er möchte mit Ihnen reden."

Lady Dreadlock legte den Kopf schief und schaute weg. Lili folgte ihrem Blick. Plötzlich wurde ihr bewusst, dass sie Einstein völlig vergessen hatte. Die Katze legte den Kopf ebenfalls schief, aber in die andere Richtung wie Lady D. Dann geschah etwas höchst Merkwürdiges. Die beiden legten im gleichen Moment den Kopf auf die andere Seite. Einsteins Nackenfell war nicht gesträubt und ihr Schnurren laut vernehmbar.

Die beiden redeten miteinander.

Sie hat gesehen, wie der Mann gestorben ist.

Lili wartete. Sie versuchte, ruhig zu atmen.

Sie hat den Spazierstock des Mörders gestohlen, damit sie ihn dir zeigen kann.

Mir? Warum sollte Lady D. ausgerechnet sie auserwählt haben?

Sie vertraut dir.

Mir? Richtig, deshalb hatte diese Frau sie auch monatelang verfolgt.

Sie wollte dich schützen, weil ihr Schwestern im Geiste seid.

Schwestern?

Einstein schickte ihr die Narrenkappe. Sie musste zugeben, dass es tatsächlich etwas dämlich wirken musste, wenn sie Einsteins Bilder in ihrer Verwirrung ständig wiederholte.

Sie möchte, dass wir mit ihr gehen. Dann zeigt sie uns, woher sie den Stock hat.

Das war zu viel. Tanner würde sie umbringen. „Lady Dreadlock, ich meine, Patsy, das geht nicht. Wir müssen Sheriff Gresswell den Stock geben und *ihm* sagen, woher Sie ihn haben. Er wird den Mörder finden."

Na, wie war das? Sie war also doch kein völliger Dummkopf.

Im Gebüsch raschelte es. Dann teilten sich die Zweige, und ein Mann trat auf die Lichtung. Sein silbernes Haar glitzerte in der Sonne.

„Tja, Ladies, wie schön, euch beide hier zu sehen", sagte Hiram Battle.

Einstein fauchte.

Einen Moment lang war Lili nicht in der Lage, eins und eins zusammenzuzählen. Vielleicht weil die Lösung so abwegig schien. Doch zumindest nahm sie eines wahr: einen silbern schimmernden Kopf, der in den Augen einer Katze wie ein Helm wirken konnte. Der Spazierstock eines alten Mannes. Wie ein dicker Ast. Mit einer Verdickung, einem Knauf.

Gerade als sie zu verstehen begann, richtete Hiram sein Gewehr auf sie. Dann sah er Lady D. an. „Nach dir habe ich schon überall gesucht. Ich hätte gern meinen Spazierstock wieder. Du solltest dich nicht auf fremder Leute Terrassen schleichen und einfach deren Eigentum stehlen, junge Dame. Ich fürchte, jetzt muss ich gegen euch beide irgendetwas unternehmen.“

Tanner merkte, wie sein Blutdruck so stark stieg, dass es ihm in den Ohren zu rauschen begann. Wo zum Teufel war sie bloß?

Verflucht, er wusste genau, wo. Sie radelte durch Benton und ließ Fluffy schnüffeln.

Er hatte eine Stunde vor seinem Einuhrtermin das Büro verlassen. Zuvor hatte er im Blumenladen angerufen und erfahren, dass Lili dienstagnachmittags nicht arbeitete. Nie.

Was bedeutete, dass sie ihn angelogen hatte.

Nach all dem, was gestern zwischen ihnen geschehen war, hatte sie ihn angelogen. Er konnte es beinahe nicht fassen. Andererseits hätte er mittlerweile wissen müssen, dass es typisch für Lili war, etwas Unerwartetes zu tun. Da er ihr verboten hatte, sich Fluffy zu „borgen“, hatte sie ihn ausgetrickst.

Vielleicht hätte er sich seine Befehle heute Morgen sparen sollen. Vielleicht hätte er sie zum Abschied küssen sollen. Vielleicht sollte er sich nicht so verdammt viele Sorgen machen. Aber seit Lili in sein Leben getreten war, konnte er nicht anders. Sie hatten miteinander geschlafen, alles war perfekt gewesen, dann hatte er das zerrissene Moskitonetz gesehen, und von dem Moment an war es steil bergab gegangen. Mit Lili würde es *immer* einen Grund geben, sich Sorgen zu machen.

Das Einzige, was sich heute nicht gegen ihn verschworen hatte, war der Verkehr. Die morgendliche Rushhour war längst vorbei, und der durch die Pendler am Nachmittag bedingte Stau hatte noch nicht eingesetzt. Die Heimfahrt, für die er normalerweise eine Stunde brauchte, hatte nur fünfundvierzig Minuten gedauert.

Er stellte seinen Wagen hinter Roscoes Auto ab, dessen Motorhaube noch ganz warm war; Roscoe war gerade von … irgendwo zurückgekehrt.

Nebenan war Lilis Rad an das Geländer der Veranda gekettet. Doch als Tanner an ihrer Tür klingelte, rührte sich nichts. Er ging zum Hintereingang. Die Tür stand halb offen. Er stieß sie auf und rief ihren Namen. Die Katzen schrien, als er eintrat, und stoben auseinander wie ein Schwarm Fliegen. Lili antwortete nicht. Auch im oberen Stockwerk war sie nicht zu finden. Sie hatte die verdammte Tür nicht abgesperrt. Er konnte förmlich hören, wie sie ihm erklärte, dass ja niemand einbrechen konnte, wenn nicht abgeschlossen war.

Sie war verrückt.

Verdammt, wahrscheinlich ging sie zu Fuß mit Fluffy durch die Stadt. Aber Roscoe hätte sie nicht mit dem Auto dorthin gebracht, oder? Zum Teufel, doch, genau das sah ihm ähnlich. Wie hatte Roscoe ihr nur den Kater geben können? Tanner hoffte nur, dass sie Erika nicht mitgenommen hatte, damit seine Tochter beruhigend auf Fluffy einwirken konnte. Wenn an dieser ganzen verfluchten Sache überhaupt von beruhigend die Rede sein konnte …

Wenig später fiel seine eigene Küchentür mit einem lauten

Knall hinter ihm zu. „Roscoe!“, brüllte er.

Sein Vater steckte seinen Kopf aus der Speisekammer. „Du brauchst nicht so zu schreien. Ich bin vielleicht alt, aber nicht taub.“

„Wo ist Lili?“

„Sie arbeitet. Du hast sie selbst hingebracht, schon vergessen?“

„Dort habe ich angerufen. Dienstags arbeitet sie nur halbtags.“

„Oh.“

„Das ist alles, was dir dazu einfällt? Oh? Sie hat mich angelogen.“

„Lili lügt nicht.“

„Diesmal schon.“

„Vielleicht hast du etwas missverstanden.“

„Ich habe ihr gesagt, dass ich sie nach der Arbeit abhole.“

„Hast du auch gesagt, um wie viel Uhr?“

„Sie wusste, dass ich 18 Uhr gemeint habe. Genau wie gestern.“

„Vielleicht hat sie angenommen, dass du weißt, dass sie dienstags nur bis Mittag arbeitet?“

Tanner sah Roscoe finster an. „Hast du ihr Fluffy gegeben?“

„Sie versucht doch schon, für die anderen Katzen ein neues Plätzchen zu finden. Warum sollte ich ihr also noch eine geben?“

„Roscoe ...“ Tanner beherrschte sich nur mühsam. Sein Vater brachte ihn zur Weißglut.

Roscoe stützte sich mit der Hand an die Tür der Speisekammer und runzelte die Stirn. „Weshalb bist du so nervös?“

„Sie möchte unbedingt diesen Mord aufklären. Ich wette, dass sie aus Protest allein losgezogen ist, weil ich ihr erklärt habe, dass sie die Sache dem Sheriff überlassen soll."

„Dann hättest du ihr meiner Meinung nach sagen sollen, dass du ihr hilfst. Genau das hätte ein heißblütiger Mann für die Frau getan, die er liebt."

„Ich liebe sie doch nicht."

„Oh." Roscoes Lippen wurden ganz schmal. „Dann war das gestern Abend also etwas Unverbindliches."

Verdammt. „Vergiss gestern Abend. Ich bin im Moment wirklich in Sorge. Wo ist Fluffy?"

„Oben bei Erika."

„Warum ist sie nicht draußen und spielt?"

„Weil du verboten hast, dass sie aus dem Haus geht, wenn ich nicht mitgehe, und ich mit dem Abendessen beschäftigt bin. Es gibt Schmorbraten."

Es interessierte Tanner nicht, was es zu essen gab. Er stürmte hinauf in Erikas Zimmer. Wenn Lili das Kind dazu überredet hatte, sich heimlich mit ihr wegzustehlen, dann ... Erika lag auf dem Bauch auf ihrem Bett und las. Fluffy lag neben ihr.

„Was ist los, Dad?"

Er wollte gar nicht darüber nachdenken, wie sehr man ihm seine schlechte Laune ansah. „Ich suche Lili."

„Sie ist drüben in ihrem Haus. Ich habe sie heimkommen sehen und gedacht, dass sie vielleicht bei uns vorbeischauen wird, aber sie war nicht hier. Wahrscheinlich ist sie zu beschäftigt." Zu beschäftigt, um mit mir zu spielen, war wohl das, was Erika sich dachte. Doch sie sprach es nicht aus.

Tanners Blutdruck war seit dem Anruf im Blumenladen stetig gestiegen. Nun hatte er das Gefühl, jeden Moment Herzrasen zu bekommen. Wie an jenem Tag, als er gemerkt hatte, dass Karen weg war.

Er bemühte sich sehr, Erika nicht anzuschreien. „*Wann* hast du sie gesehen?"

„Ich glaube, vor ungefähr einer halben Stunde.“

Lili hatte Fluffy nicht mitgenommen. Ihr Fahrrad stand im Garten neben der Veranda. Die Hintertür ihres Hauses war offen.

Aber wo zum Teufel war Lili selbst?

Er ahnte Schlimmes.

Hiram Battle trieb sie, gestützt auf seinen Spazierstock, vor sich durch den Wald bis zur großen Wiese, als wäre er die vielen Wege schon tausendmal abgegangen.

Lady D. musste vorneweg gehen, Lili hinter ihr. Er selbst folgte ihnen mit seinem Gewehr.

„Wohin bringen Sie uns?“

Lili fühlte sich völlig ausgeliefert. Er konnte sie nicht beide auf einmal erschießen, aber *eine* von ihnen würde erschossen werden, wenn Lili jetzt versuchte zu fliehen. Sie konnte die Schussweite seines Gewehrs nicht abschätzen. Wenn es ihr durch ein Wunder gelänge zu fliehen, blieb Lady Dreadlock allein mit ihm zurück. Lili konnte unmöglich Lady Dreadlocks Leben für ihr eigenes aufs Spiel setzen.

Vielleicht würde es ihr gelingen, sich auf ihn zu werfen und ihn zu überwältigen. Eine Art Überraschungsangriff sozusagen. Doch er würde sie wahrscheinlich sofort erschießen, wenn sie sich auch nur umdrehte. Wenn sie allerdings abwartete, bis sie die Wiese überquert hatten, würde sie am Waldrand nach einem Versteck Ausschau halten und von dort aus dann loslaufen und Hilfe holen können. Falls er sie nicht an genau derselben Stelle erschoss, wo er schon den jungen Mann ermordet hatte. Denn genau dorthin marschierten sie im Gänsemarsch.

Bis jetzt hatte Lady D. alle Befehle, die Hiram Battle ihnen gegeben hatte, befolgt. Sie ging langsam, aber in gleichmäßigem Tempo und redete laut mit sich selbst, dass Gott das

Böse bestrafen würde.

Lilis einzige echte Hoffnung war, dass Einstein zu Roscoe gelaufen war und der die Polizei alarmiert hatte. Leider befanden sich die einzigen beiden Menschen, mit denen Einstein reden konnte und die sie verstanden, hier bei Hiram Battle.

„Offensichtlich bin ich beim letzten Mal nicht weit genug in den Wald hineingegangen."

Er hatte also vor, sie noch weiter vor sich herzutreiben. Gut ... Auf diese Weise hatte Lili mehr Zeit, sich etwas einfallen zu lassen. Es bedeutete allerdings auch, dass Einstein länger brauchen würde, sie aufzuspüren. Falls überhaupt jemand Einstein verstand und ihr folgte.

War Lassie nicht immer nach Hause gelaufen und hatte so laut gebellt, bis Herrchen und Frauchen gemerkt hatten, dass etwas nicht in Ordnung war, und ihr nachgegangen waren?

Einstein konnte nicht bellen.

Lili musste aufhören, sich das Schlimmste auszumalen. Es half kein bisschen, sondern nahm ihr nur alle Hoffnung – und Hoffnung war das Einzige, was ihr geblieben war. Besser wäre, wenn es ihr gelänge, Hiram in ein Gespräch zu verwickeln. Wenigstens würde sie dann abschätzen können, wie dicht er hinter ihr ging. „Wer war er? Ich meine, wer war der Mann, den Sie umgebracht haben?"

„Einer meiner Studenten."

„Warum haben Sie ihn getötet?"

Lili erwartete keine Antwort. Sie rechnete damit, dass er ihr mit seinem Gewehr einen Stoß in den Rücken versetzen und ihr sagen würde, sie solle den Mund halten.

Doch das tat Hiram nicht. „Er wollte mich erpressen."

„Sie hätten die Polizei informieren können."

Hiram schnaubte. Es war ein kehliges, rasselndes Schnauben. „Großartige Idee! Dann hätte ich sagen müssen, warum er mich erpresst hat."

„Stimmt. Warum hat er Sie denn erpresst?“

Sie spürte sein entrüstetes Schnauben beinahe im Nacken. Er ging so dicht hinter ihr, dass es verwunderlich war, dass er ihr nicht ständig auf die Fersen trat.

„Ich habe ihn getötet, damit es ein Geheimnis bleibt. Warum sollte ich es also jetzt Ihnen verraten?“

„Weil Sie uns auch töten werden. Oder nicht?“ In Lilis Frage schwang ein Hauch von Hoffnung mit.

„Tja …“, sagte er und holte zischend Luft, „… das werde ich.“

Eigentlich hätte Lili noch viel verängstigter sein müssen, doch die ganze Situation hatte etwas Unwirkliches an sich. Sie spürte jeden einzelnen Mückenstich auf der Haut, jede Klette, die ihr in die Schuhe gerutscht war, und jeden Kratzer, den die Zweige auf ihren Armen hinterließen. Sie hörte jeden Vogelschrei, das Summen der Bienen und von fern das Muhen einer Kuh. Und doch schien die Situation nicht … real. Die ganze Zeit ging ihr durch den Kopf, dass das alles doch nicht wahr sein konnte.

Vielleicht war es besser, keine Angst zu haben. Vielleicht war es wie bei der nur vierzig Kilo wiegenden Mutter, die ein Auto hochstemmen konnte, um ihr Kind darunter zu befreien, und die zusammenbrach, sobald die Gefahr vorbei war. Lili würde also später zusammenbrechen.

Wenn es denn ein Später geben würde.

„Sie sollten uns sagen, warum wir sterben müssen.“ Lili nutzte die Gelegenheit und drehte sich um. Großer Fehler. Alles, was sie sah, war das Gewehr in seiner Hand. Es schien um einiges größer als vorhin. Ein Zittern durchlief ihren ganzen Körper. „Das wäre einfach fair, wissen Sie.“

Während Lady D. langsam und in ihrem gleichmäßigen Tempo weiterging, dachte Hiram Battle kurz nach. „Er hat ein Buch geschrieben“, sagte er schließlich.

„Das klingt aber nicht nach Erpressung."

„Es handelt von zwei College-Professoren, die eng miteinander befreundet sind. Beide Schriftsteller. Einer von ihnen hat das wunderbarste Buch geschrieben, das man sich nur vorstellen kann. Ein Meisterwerk. Aber er ist bei einem Unfall mit Fahrerflucht gestorben." Das rasselnde Geräusch seines Atems war so laut wie das Keckern der Eichhörnchen und das Krächzen der Krähen am Himmel über ihnen.

Lady Dreadlock murmelte etwas von dem Preis, den man für seine Untaten zahlen musste.

„Und worum ist es in dem Buch gegangen, das Ihr Student geschrieben hat?" Lili merkte, wie ihr Magen sich vor Angst zusammenzog. Vielleicht hätte sie besser ihren Mund halten sollen.

„Der Professor, der beste Freund des Verstorbenen, dessen eigenes Buch einfach nur Mist war, hat das Manuskript des Kollegen unter seinem Namen an einen Verleger geschickt."

Alles klar … Langsam begann es Lili zu dämmern. „Und es wurde veröffentlicht."

„Ja, er wurde dafür mehrfach ausgezeichnet, bekam viel Geld und einen Lehrstuhl an der Uni. Alles, was er fortan geschrieben hat, war genauso schlecht wie sein erstes Buch. Er hat nie an seinen verstorbenen Freund herangereicht."

Sie schluckte. „Es war doch nur ein Buch, Professor Battle."

„Es war mein Leben!", schrie er.

Sein Brüllen war ohrenbetäubend und ging ihr durch Mark und Bein. Ein Schwarm Vögel schoss kreischend in die Luft.

Lady D. strauchelte und fiel auf die Knie.

Hiram fuchtelte mit seinem Gewehr. „Aufstehen."

Lili beugte sich hinunter, nahm Lady D. vorsichtig am Arm und half ihr hoch.

„Es tut mir schrecklich leid", flüsterte Lady Dreadlock. Es war das erste Mal, dass Lili sie das Wort „Ich" sagen hörte, ohne dass es Teil einer ihrer apokalyptischen Prophezeiungen war. Es war auch das erste Mal, dass ihre Augen nicht den sonst für sie typischen entrückten Blick hatten. Lili setzte an, ihr zu sagen, dass sie weglaufen sollte, doch Hiram hielt ihr das Gewehr vor das Gesicht.

„Lassen Sie sie los. Weitergehen."

Sie würden sterben. Wenn nicht Einstein irgendetwas unternahm und mit jemandem redete. Vielleicht mit Erika. Erika würde ihr in ihrem kindlichen Eifer glauben. Dann würden sie und Roscoe die Polizei alarmieren, und Einstein würde sie hierher führen.

Doch bis dahin würden sie und Lady D. tot sein. Die Zeit wurde knapp.

„Er wollte kein Geld von mir. Aber ich wusste, dass das noch kommen würde. Er wollte, dass ich aus lauter Angst vor seinen Forderungen keine ruhige Minute mehr habe, und danach würde er mich finanziell ausbluten lassen und trotzdem allen erzählen, was ich getan habe." Er atmete einmal tief durch. „Wissen Sie, was das Schlimmste ist?"

Lili keuchte vor Angst, als sie den Lauf des Gewehrs in ihrem Rücken spürte. Was konnte schlimmer sein als das hier? Sie versuchte, die Panik, die in ihr hochstieg, zu unterdrücken. Bald würden sie den Wald erreicht haben. Wenn sie es bis zu dem verwachsenen Weg auf der anderen Seite schafften, könnte sie in die Büsche hechten und flüchten. Falls sie Hiram lang genug in dieses Gespräch verwickeln konnte ... „Was ist denn das Schlimmste?"

„Er hat in dem Buch geschrieben, dass ich Foster überfahren hätte. Dass ich ihn getötet hätte. Doch das habe ich nicht. So etwas hätte ich nie gekonnt. Foster war mein bester Freund, und da sein Buch so außergewöhnlich gut war, dachte ich, dass es einfach die Anerkennung bekommen muss, die es verdient."

Doch Hiram hatte das Werk unter seinem eigenen Namen herausgegeben und somit den Ruhm gestohlen ... Vielleicht war es keine gute Idee, diese Tatsache ausgerechnet jetzt zu erwähnen.

„Also musste ich Avery loswerden, bevor er es jemandem erzählen konnte."

Hirams Schlussfolgerung schien irgendwie logisch. Zumindest für ein krankes Hirn oder einen Menschen, der besessen von der Sorge um sein eigenes Ansehen war. Hiram Battle hatte außer seinem universitären Ansehen nichts.

„Wie haben Sie Avery hierher gelockt?" Avery. So hieß der arme Kerl also. Seinen Namen auszusprechen war, als würde man ihm dadurch die letzte Ehre erweisen. Auch wenn er vielleicht ein Erpresser gewesen war. Wobei er Hiram ja nicht richtig erpresst hatte. Es hatte nur die Möglichkeit bestanden.

„Ich habe ihm erzählt, ich würde ihm bei einem Spaziergang ein Feedback zu seinem Buch geben."

„Im Dunkeln?"

„Ich habe ihm eine Taschenlampe gegeben, damit er den Weg leuchten kann."

Lili zählte in Gedanken die Schritte mit, bis sie den Wald erreicht hatten. „Hätte er in dieser Situation nicht Verdacht schöpfen müssen, falls er wirklich vorgehabt hätte, Sie zu erpressen?"

„Er hatte keine Ahnung, dass ich wusste, was er vorhatte. Er hat mich für einen senilen alten Mann gehalten, der nicht einmal mehr einer Fliege etwas zuleide tun kann."

Bis ihn Hiram mit seinem Spazierstock totgeschlagen hatte.

Hiram würde sie auf der Stelle erschießen, wenn sie versuchte, ins Gebüsch zu fliehen.

Noch nie in seinem Leben hatte Tanner sich so hilflos und ohnmächtig gefühlt. Außer damals, als er eines Abends nach

Hause gekommen war und einen Zettel vorgefunden hatte, auf dem Karen ihm erklärt hatte, dass sie Erika zu Wanetta gebracht hatte. Sie selbst, hatte in der Nachricht gestanden, würde in sechs Wochen wieder zurückkommen, nachdem sie gelernt hatte, die medialen Kräfte anzuzapfen, die in ihr schlummerten.

Das Gefühl der Ohnmacht hatte entweder eine große, nagende Wut oder das Bedürfnis zu handeln zur Folge. Tanner entschied sich zu handeln. Er rief Gresswell an, informierte ihn, dass Lili vermisst wurde, und verlangte, nach ihr zu suchen. Dann warf er das Handy auf den Küchentisch. Wieder überkam ihn dieses Gefühl der Machtlosigkeit.

„Bist du dir sicher, dass du nicht gesehen hast, wie sie das Haus verlassen hat, Erika?"

„Ja." Erika wirkte bedrückt. Tanners Stimmung übertrug sich auf sie. „Ich schwöre, ich habe sie nur kommen sehen, Dad. Ich lüge dich nicht an."

Roscoe sah seinen Sohn finster an.

Himmel, was machte er bloß? Er legte eine Hand auf Erikas Kopf. „Ich weiß, dass du mich nicht anlügst. Ich mache mir nur große Sorgen. Es sieht Lili nicht ähnlich, einfach so zu verschwinden."

Was zum Teufel wusste er schon, wer Lili war und was ihr ähnlich sah? Er hatte sie vor einer Woche kennengelernt und zweimal mit ihr geschlafen.

Er legte den Kopf in den Nacken. O mein Gott, er hatte zweimal mit ihr geschlafen und gespürt, wer sie war. Und was sie heute getan hatte, sah ihr eben *nicht* ähnlich. Sie würde nicht einfach abhauen.

Er hatte auch nicht geglaubt, dass Karen so etwas tun würde, nachdem er ihr erklärt hatte, dass sich Erika mit ihren damals zwei Jahren von ihr im Stich gelassen vorkommen würde, wenn ihre Mutter sie sechs Wochen lang allein ließe.

Hinter sich hörte er einen Knall. Die Küchentür mit dem Moskitonetz wackelte.

„Was zum …"

Alle drehten sich um … und starrten mit offenem Mund auf die Tür.

Einstein – zumindest nahm Tanner an, dass es sich um Einstein handelte – hatte alle ihre zwanzig Krallen in das Netz gehauen und klebte in voller Länge an der Tür wie ein Stück Fell, das man zum Trocknen aufgespannt hatte.

Dann plumpste sie auf den Boden und schmiss sich gegen den metallenen unteren Teil der Tür. Noch einmal. Und noch einmal.

Roscoe reagierte als Erster und machte die Tür auf. Einstein wurde dabei nach hinten auf die Veranda geschubst und blieb dort einen Moment lang wie betäubt liegen. Dann sprang sie auf, rannte ins Haus und biss Tanner in den Knöchel. Schließlich setzte sie sich vor ihn und starrte ihn mit weit aufgerissenen Augen an, deren Pupillen so groß waren, dass vom Grün ihrer Iris nur noch ein schmaler Rand zu sehen war.

Er wusste, dass die Katze ihn hasste, doch ihr Verhalten hatte etwas merkwürdig Aggressives an sich. Sie drehte sich um, rannte mit voller Wucht wieder gegen die Tür, prallte ab, drehte sich schnell um und setzte sich wieder vor ihn.

Vor *ihn*.

Nicht vor Erika oder Roscoe.

„Sie versucht dir etwas zu sagen, Dad", flüsterte Erika alarmiert.

„Was?" Tanner war ebenfalls alarmiert. Es war keine Frage, ob man daran glaubte oder nicht – die Katze versuchte eindeutig, ihm etwas mitzuteilen.

Tanner runzelte die Stirn, sah Einstein in die Augen und sagte leise: „Zeig es mir."

Die Katze schoss so schnell davon, dass Roscoe es gerade noch schaffte, die Tür aufzureißen, damit sie nicht wieder mit dem Kopf dagegenstieß.

„Ruf Gresswell an. Sag ihm, er soll sofort herkommen."

Dann lief Tanner Einstein nach. Durch die Hecke in Lilis Garten und durch das Gartentor nach draußen auf den Weg in den Wald.

Er spürte instinktiv, dass Lilis Leben davon abhing, dass er der Katze glaubte.

20. KAPITEL

Für Lili gab es zwei Handlungsmöglichkeiten, doch keine von beiden war vielversprechend. Wenn sie den Wald erreichten, hatte sie vielleicht die Chance zu fliehen. Darauf konzentrierte sie sich, während sie die Wiese überquerten. Doch je näher sie dem Waldrand kamen, desto undurchführbarer schien ihr dieser Plan.

Erstens war es möglich, dass Hiram sie tötete, bevor sie fliehen konnte; zweitens würde er, falls ihr selbst die Flucht gelang, Lady D. erschießen. Und drittens würde – falls Einstein jemanden dazu brachte, nach ihnen zu suchen – niemand die Stelle finden, an die Hiram sie nun führte.

Diese Möglichkeit also hatte wenig Aussicht auf Erfolg.

Dann also zur zweiten Möglichkeit: Dreh dich um und biete ihm die Stirn. Weigere dich weiterzugehen. Risiko: Hiram könnte sie beide umbringen. Außer wenn er das nicht tun wollte. Denn falls er sie erschoss, müsste er zwei Leichen von hier fortschaffen. Sie wusste, dass ihm das höchst ungelegen käme, denn Hiram war alt und schwach.

Erschieß uns jetzt. Oder erschieß uns später. Die erste Option barg drei Risiken; Option zwei nur eine.

Lili holte tief Luft und drehte sich halb nach ihm um, ohne Lady D. ganz aus den Augen zu lassen. Die abrupte Bewegung ließ Hiram zurückweichen und das Gewehr leicht nach oben halten. Doch nun war er möglicherweise zu weit weg, als dass sie sich auf ihn hätte werfen können. Die eine Sekunde, in der Lili nun überlegte, was sie tun sollte, machte die Gelegenheit zunichte, ihn zu überwältigen. Hiram richtete das Gewehr wieder auf sie.

Sie setzte sich in Gedanken Einsteins Narrenkappe auf.

„Weitergehen."

„Nein, wir gehen nirgendwohin."

„Bringen Sie mich nicht dazu, Sie beide hier draußen zu erschießen.“ Das Gewehr zitterte leicht.

Zumindest diesbezüglich hatte sie sich nicht geirrt. Hiram wollte sie nicht hier erschießen. Sie hatten beim Überqueren der Wiese das Gras niedergetreten und somit eine Spur hinterlassen, die für jemanden, der nach ihnen suchte, nicht zu übersehen war.

Falls Einstein tatsächlich Hilfe geholt hatte …

„Lassen Sie uns gehen, und wir sagen niemandem, was Sie getan haben.“

Er hustete. „Klar.“ Dann stieß er seinen Spazierstock in den Boden und drohte ihr mit dem Gewehr. „Ich habe nichts zu verlieren. Ich werde euch töten, wenn ihr nicht weitergeht, und mir später Gedanken machen, wie ich eure Leichen loswerde.“

Lady D. sank ins Gras, als hätten ihre Beine plötzlich versagt. Lili hatte immer geglaubt, dass die arme Frau nichts davon mitbekam, was sich außerhalb ihres eigenen Kopfes abspielte. Jetzt allerdings verstand Patsy das Wesentliche. Dass sie beide sterben würden, falls ihnen niemand zu Hilfe kam oder Lili nichts unternahm.

„Miss Goodweather, ich habe nichts gegen Sie persönlich. Nachdem Roscoe uns allen von Ihrer ständigen Faselei über Leichen, Mord und diesen verdammten Fluffy erzählt hatte, kam mir allerdings der Verdacht, dass Sie diejenige waren, die meinen Spazierstock an dem besagten Abend gestohlen hat. Am nächsten Tag bin ich in Ihr Haus eingedrungen, um ihn zu suchen.“ Er fuchtelte mit dem Stock vor Lilis Nase hin und her. „Ich habe sogar versucht, Fluffy zu stehlen – für den Fall, dass Sie tatsächlich in der Lage sind, mit ihm zu reden. Doch dieses Vieh hat mich sofort gekratzt, als ich meine Hand durch das Moskitonetz gesteckt habe.“ Er streckte seinen Arm aus und zeigte ihr den langen Kratzer. „Ich war diesem Tier nie sympathisch."

Hinter allem, was passiert war, hatte Hiram gesteckt …

„Ich weiß jetzt, was mein Fehler war", fuhr er fort. „Sie war es." Er warf Lady D. einen wütenden Blick zu. „Heute Morgen habe ich gesehen, wie sie mein Haus beobachtet hat. Als ich nach draußen lief, war sie schon wieder weg. Ich habe überall nach ihr gesucht. Das habe ich wirklich getan, ich schwöre. Was ich jetzt mit Ihnen machen muss, Miss Goodweather, fällt mir wirklich schwer, weil ich jetzt erkenne, dass Sie unschuldig sind. Sie waren nicht Zeuge dessen, was ich getan habe. Sie war es. Sie ist an allem schuld. Es tut mir leid, dass nun auch Sie dafür büßen müssen." Er hob das Gewehr. „Bitte machen Sie alles nicht noch komplizierter, als es ohnehin schon ist."

Nun wusste Lili, dass er sie nicht umbringen *wollte*. Wenn sie ihn dazu brächte, weiterzureden, käme er vielleicht von seinem Vorhaben gänzlich ab.

„Wenn Sie sich nicht eingemischt und den Toten gefunden hätten, wäre Avery nur einer von vielen Menschen, die als vermisst gelten." Seine Augen wurden schmal. „Ja, wenn Sie sich nicht eingemischt hätten, wäre seine Leiche einfach Futter für die Tiere gewesen, und niemand hätte je erfahren, was mit ihm passiert ist. Niemand hätte je eine Verbindung zwischen ihm und mir vermutet. Aber jetzt …" Er zuckte die Achseln, und etwas durch und durch Böses blitzte in seinen Augen auf. „… jetzt ist mir klar, dass Sie an dieser beschissenen Entwicklung schuld sind."

Oh. Lilis Gehirn schien einzufrieren, als hätte sie einen zu großen Löffel Eis gegessen.

Sie hatte ihn *zu lange* reden lassen.

Lady D. jammerte leise vor sich hin.

„Verschwindet sofort von meinem Grund und Boden."

Lili wäre beinahe in Ohnmacht gefallen. Buddy Welch trat

aus dem Wald. Er hatte seine Flinte angelegt und ein Auge zusammengekniffen, weil er auf sie zielte – und doch war sein Gesicht für Lili das schönste, das sie je gesehen hatte.

Zu dumm nur, dass Buddys Waffen nie geladen waren.

Tanner hatte im Moment keine Zeit, wütend auf Lili zu sein. Zuerst würde er sich versichern, dass alles mit ihr in Ordnung war. *Dann* würde er ausrasten.

Als er aus dem Wald auf die Wiese trat, war er von dem hellen Sonnenlicht beinahe geblendet. So lange bis er sie entdeckte. Lili stand mit wehendem schwarzen Haar am anderen Ende der Wiese. Tanner konnte nicht erkennen, wer bei ihr war. Er kniff die Augen zusammen. Hiram Battle? Und noch jemand, der am Boden lag. O Gott. Noch ein Toter?

Einstein zischte wie eine Kanonenkugel aus Fell über die Wiese. Tanner wusste nicht genau, warum er selbst nicht ebenso schnell hinter Einstein herlief, doch instinktiv hatte er sich entschlossen, geduckt am Waldrand entlangzulaufen und dabei Lili nicht aus den Augen zu lassen.

Was zum Teufel ging hier vor? Was hielt Hiram da in der Hand?

Nun erschien auch noch Buddy Welch mit angelegtem Gewehr. Grundgütiger, der Alte hatte endgültig den Verstand verloren. Hiram Battle würde sicher gleich einen Herzinfarkt bekommen. Und was noch schlimmer war – Lili war möglicherweise in Gefahr.

Dann sah er, wie Lili ihren Kopf schief legte wie ein Tier, das die Ohren spitzte. Einsteins Schwanz bewegte sich im hohen Gras hin und her wie eine Fahne im Wind. Tanner hatte das untrügliche Gefühl, dass die Katze ihr gerade mitteilte, dass Hilfe nahte.

Um sich aus dem Hinterhalt auf Buddy zu stürzen, befand sich das Grüppchen um Lili zu weit weg vom Waldrand. Man konnte nur hoffen, dass sein Gewehr nicht geladen war.

Tanner lief nun nicht mehr geduckt, sondern aufrecht weiter und bahnte sich rasch den Weg durch das hohe Gras. Lili entdeckte ihn als Erste. Obwohl sie es durch keine Regung ihres Körpers verriet, wusste er, dass sie ihn gesehen hatte. Es war, als würden sie beide auf einer anderen Ebene kommunizieren.

„Buddy“, rief er, „das hatten wir doch schon alles besprochen. Nimm deine verdammte Knarre runter.“ Sie war nicht geladen, das wusste er. Dennoch ertrug er nicht, wie Buddy sie auf Lili gerichtet hielt.

Lili legte zwei Finger auf ihre Lippen, dann hob sie die Hand. Was bedeutete das? Sollte er wegbleiben? Den Mund halten?

Tanner hatte keines von beidem vor.

Er ließ Buddy nicht aus den Augen – immerhin *könnte* das Gewehr geladen sein – und schenkte weder Hiram noch dieser Frau mit den Dreadlocks Beachtung, die wie eine Eingeborene am Boden kauerte. Ihr Kopf wackelte leicht hin und her. Gott sei Dank, wenigstens lebte sie noch.

„Bleib sofort stehen, oder ich erschieße sie.“

Er hätte doch genauer hinschauen sollen. Hiram Battle zeigte mit dem Gewehr auf Lili, und Tanner hatte nicht den Eindruck, dass es sich dabei um ein kaputtes Andenken an den Korea-Krieg handelte. Das war Linwood Daniels’ Gewehr, für das er einen Waffenschein besaß.

Tanner blieb beinahe das Herz stehen. Die Szene war wie aus seinem schlimmsten Albtraum. Da stand Lili, auf die eine Waffe gerichtet war – und dieses Mal war sie wirklich geladen. Für einen Augenblick, der ihm wie eine Ewigkeit erschien, blieb er reglos stehen. Dann beschloss er zu handeln. Die Nerven würde er später verlieren.

„Hiram, was um alles in der Welt hast du vor?“, rief er

dem Alten leicht höhnisch zu.

Einstein funkelte ihn mit ihren grünen Augen böse an. Tanner hätte schwören können, dass das, was er plötzlich vor seinem inneren Auge sah, eine Art Narrenkappe war. Es stimmte, seine Frage war dumm gewesen. Lili hatte ihn vor Kurzem zu einem Toten geführt, der wenige Meter von der Stelle entfernt gelegen hatte, wo sie sich derzeit befanden. Hiram Battle hatte ein Gewehr dabei, er hatte Lili und Lady Dreadlock – beziehungsweise Patsy oder wie zum Kuckuck sie auch heißen mochte – in seiner Gewalt und drohte, sie umzubringen. Was war er für ein Idiot gewesen – es lag auf der Hand, dass Hiram der Mörder war.

Mit seiner dummen Frage hatte er allerdings etwas Zeit gewonnen. Hoffte er zumindest.

Bis Hiram plötzlich die Fassung verlor und knallrot vor Wut zu schreien begann: „Was zum Teufel macht ihr alle hier?"

Ein Mann, der eine Waffe in den Händen hielt und die Nerven verlor, verhieß nichts Gutes. Andererseits bedeutete sein Wutausbruch vielleicht, dass Hiram ein Fehler unterlief, den Tanner sich zunutze machen konnte.

Falls er selbst nicht vorher aus Panik einen Fehler machte. Seine einzige Chance war, Hiram mithilfe von Buddy Welch abzulenken. Und tatsächlich, Buddy kam ihm wirklich zu Hilfe.

„Du befindest dich auf meinem Grund und Boden, Alter", sagte Buddy, obwohl er selbst vermutlich wesentlich betagter als Hiram war. „Hier bin ich der Einzige, der jemandem ein Gewehr unter die Nase hält. Nimm deines runter. Sofort. Dann lasse ich dich am Leben."

Tanner schüttelte den Kopf. „Sieht so aus, als hättest du hier zu viele gegen dich, Hiram. Ich an deiner Stelle würde tun, was Buddy sagt."

Hiram fuchtelte mit seinem Gewehr herum. „Seines ist

nicht geladen. Alle wissen, dass er es nie lädt. Nur die, die sich versehentlich auf sein Grundstück verirren, wissen es nicht."

Buddy zog die Augenbrauen hoch und lachte. Es war ein schnaubendes, böses und triumphierendes Lachen. „Heute ist es geladen."

„Ich glaube dir kein Wort."

Tanner ging langsam näher auf sie zu. Er hoffte, dass der laute Wortwechsel der beiden Männer das Rascheln des Grases übertönte.

„Soll ich dich erschießen, damit du mir glaubst?", schrie Buddy drohend.

„Ja, mach nur, du dreckiger alter Sack."

„Das war jetzt aber nicht besonders nett." Buddy grinste und spuckte ins Gras.

Tanner machte noch einen Schritt nach vorne.

Die Frau mit den Dreadlocks hob wie ein Zombie langsam eine Hand und zeigte auf Hiram. „Gott wird dich bestrafen."

„Schnauze, Miststück", knurrte Hiram.

Lady Dreadlock stand mit einer eleganten, ja, fast graziösen Bewegung auf, die man ihr aufgrund ihrer schmutzigen Kleider und der wettergegerbten Haut nicht zugetraut hätte.

„Hiram", sagte Tanner, um die Aufmerksamkeit des Alten auf sich zu lenken, „willst du uns alle vier erschießen? Das wird dir kaum gelingen."

Wenigstens war Hiram nun von Lili abgelenkt.

„Ich habe Gresswell verständigt." Tanner deutete in die Richtung, wo Lilis und sein Haus sich befanden. „Die Polizei wird bald hier sein. Du kannst nicht mehr leugnen, was du getan hast. Warum gibst du nicht auf, bevor alles noch schlimmer wird?"

„Lass mich ihn umlegen", sagte Buddy. Dann fluchte er.

Tanner sah ihn scharf an. Lili biss sich auf die Unterlippe.

Ihre Augen waren dunkel vor Angst.

„Hiram, gib mir das Gewehr." Tanner streckte eine Hand aus. „Roscoe wäre ziemlich enttäuscht von dir, wenn du mich umbringst. Ich glaube nicht, dass er dir das je verzeihen würde."

Für einen kurzen Moment blitzte etwas Dunkles, Gefährliches und abgrundtief Böses in Hiram Battles Augen auf. Sein Gesicht hatte einen angespannten Ausdruck. Tanner war sich plötzlich sicher, dass einer von ihnen sterben würde.

„Scheiße." Hiram spuckte aus. „Heute ist nicht mein Tag, verdammt." Dann warf er das Gewehr auf den Boden.

Tanner spürte, wie sich der lähmende Druck löste, der auf ihm gelastet hatte. Die Welle der Erleichterung war so mächtig, dass ihm beinahe die Knie versagten. Er sah zu Lili und hatte das Bedürfnis, sie an sich zu reißen, in seine Arme zu nehmen, sie anzufassen, um sich zu überzeugen, dass jeder Körperteil an ihr noch heil und jede Faser an ihr unversehrt war. Und wenn das erledigt war, würde er sie kräftig dafür schütteln, dass sie sich überhaupt in diese Situation gebracht hatte.

Lili begann erst zu zittern, als sie wieder zu Hause waren und Tanner ihr geholfen hatte, die Kratzer an ihren Armen zu reinigen. Jetzt allerdings hörte das Zittern gar nicht mehr auf. Sheriff Gresswell war kurz nach Tanner auf der Wiese eingetroffen. Er hatte Hiram keine Handschellen angelegt, sondern ihn mit Respekt behandelt. Einer von Gresswells Hilfssheriffs hatte noch vor Ort Buddys Aussage aufgenommen, und ein zweiter hatte sie nach Hause begleitet – in ihr Zuhause, nicht in Tanners Haus – und dort ihre Aussagen protokolliert. Lady Dreadlock – Lili musste langsam wirklich damit anfangen, sie Patsy zu nennen – war mit dem Sheriff und seinen Leuten mitgegangen. Lili war sich darüber im Klaren, dass sie morgen und in den nächsten Tagen noch mehr Fragen würde beantworten müssen. Und dass die Leute sie wie ein Zirkuspferd anstarren würden.

Genau so wie Tanner sie nun, da sie allein waren, anstarrte. In den fast drei Stunden, die vergangen waren, seit Hiram Battle seine Waffe fallen gelassen hatte, waren Tanners Augen immer dunkler geworden. Und kälter. Sein Blick war distanziert.

Er hatte sie nicht umarmt, sie nicht einmal berührt, nachdem er ihre kleinen Kratzer versorgt hatte. Und sie zu verarzten war nicht das Gleiche, wie sie zu trösten. Sie hatte Trost dringend nötig, aber er hatte sie in drei Stunden kein einziges Mal wirklich berührt. Das überwältigende Gefühl der Erleichterung, das sie empfunden hatte, als sie ihn durch das hohe Gras hatte kommen sehen, schien ewig lange zurückzuliegen.

Wenigstens zeigte ihr Einstein nicht die Narrenkappe. Stattdessen war die Katze die ganze Zeit, während sie mit dem Hilfssheriff am Küchentisch gesessen hatten, nicht von ihrem Schoß gewichen und hatte laut geschnurrt.

„Ich nehme an, ich kann heute hier bei mir übernachten." Lili vergrub ihre Finger in Einsteins Fell. „Da wir jetzt ja wissen, dass Mr. Battle der Täter ist."

Tanner sagte nichts. Kein Wort. Er bedachte sie lediglich mit diesem gewissen Blick. Dem Inbegriff der Missbilligung.

Lass dich nicht von ihm einschüchtern. Er hatte genauso viel Angst wie du.

Lili sah Einstein in ihre treuen grünen Augen. „Tanner hat nie Angst", flüsterte sie.

Tanner hat vor vielen Dingen Angst. Besonders aber vor dir.

„Woher willst du das wissen?"

„Hör auf, mit der Katze zu reden. Rede mit mir."

Lili sah ihn an. „Ich habe doch mit dir geredet. Du hast

keine Antwort gegeben."

Er trommelte nervös mit den Fingern auf dem Tisch herum. „Warum hast du dich allein auf den Weg gemacht?"

„Das habe ich doch schon der Polizei erklärt. Weil ich befürchtet habe, dass Lady – ich meine, Patsy – wieder verschwinden könnte."

„Das war dumm."

„Ich weiß. Aber es blieb keine Zeit, groß nachzudenken. Ich musste etwas tun."

„Man hat immer Zeit zu überlegen." Er bedachte sie mit einem eisigen Blick. „Du hattest jede Menge Zeit, dir zu überlegen, ob du mir sagen sollst, dass du dienstags nur halbtags arbeitest. Und du hast dich entschieden, es mir zu verschweigen."

Sie nagte an ihrer Unterlippe. Sie hätte alles Mögliche darauf erwidern können. Dass sie zum Beispiel vergessen hatte, es ihm zu sagen, weil er nicht danach gefragt hatte. Oder dass sie ihn nicht beunruhigen wollte und ihn streng genommen nicht wirklich belogen hatte. Es würde alles keinen Sinn ergeben. „Ich weiß, dass du mir verboten hast, mit Fluffy loszuziehen, aber ich hatte das Bedürfnis, etwas zu unternehmen. Und ich konnte nichts Gefährliches darin erkennen. Vor allem hatte ich niemals die Absicht, Erika mitzunehmen. Ich weiß, dass du glaubst, dass ich das vorhatte."

Sein eisiger Blick war nun noch frostiger. „Willst du wirklich wissen, was ich glaube?"

Dieses Angebot lehnst du jetzt wohl besser dankend ab, Kleines.

Leider konnte sie Einsteins Warnung nicht berücksichtigen. Sie hatte Tanner belogen und sich in große Schwierigkeiten gebracht. Wenn er nicht gekommen wäre und wenn Buddy Welch nicht sein Gewehr mitgehabt hätte, tja, dann hätte ihr und Lady D. wahrscheinlich dasselbe Schicksal geblüht wie Avery Able. So hatte der Student geheißen. Er war nun nicht mehr *die Leiche,* sondern ein echter Mensch. Jedenfalls hatte sie – auch wenn sie nicht vorgehabt hatte, sich in Gefahr zu bringen – einen großen Fehler begangen.

Sie holte tief Luft. „Ja, ich möchte wissen, was du glaubst." Sie versuchte, sich ihr Unbehagen nicht anmerken zu lassen. Denn sie war tapfer und selbstständig und würde sich den Fehlern stellen, die sie Tanners Meinung nach gemacht hatte.

„Ich glaube, es wäre am besten, wenn wir unsere Vereinbarung vergessen. Jetzt, da diese Geschichte mit dem Mord vorbei ist, wird Erika gut ohne eine weibliche Bezugsperson klarkommen."

„Oh." Das traf sie härter, als wenn er ihr lautstark Vorwürfe wegen ihrer dummen Aktion gemacht oder sie einfach eine Lügnerin genannt hätte.

Er erhob sich. Lili stand ebenfalls auf und drückte Einstein fest an sich. Sie ertrug es nicht, dass Tanner von oben auf sie herabsah.

„Du solltest nicht allein im Haus sein", sagte er und warf einen Blick auf die offene Küchentür, die in den Garten hinausführte. „Ruf deine Chefin an. Ich bin sicher, sie kümmert sich um dich."

„Oh. Klar. Kate ist großartig."

Ihr Herz zerbrach in kleine Stückchen. Sie rieselten auf den Linoleumboden der Küche. Er wollte, dass sie zu Kate ging. Und nicht mit ihm nach drüben kam. Vielleicht sollte sie sich bei ihm entschuldigen.

Einstein fauchte an ihrer Brust. *Wage es ja nicht! Steh zu dem, was du getan hast.*

Einstein hatte recht. Sie hatte einen Fehler gemacht, doch ihre Absichten waren gut und aufrichtig gewesen. „Ich kann mich nicht dafür entschuldigen, was ich getan habe."

„Das habe ich auch nicht von dir erwartet."

„Weißt du, ich musste einfach etwas unternehmen." Und Tanner hatte ihr nicht dabei helfen wollen. Diesen Gedanken behielt sie allerdings für sich. Sie würde die Schuld für ihr Handeln nicht jemand anderem in die Schuhe schieben.

„Irgendjemand musste ja etwas unternehmen. Und Lady – ich meine, Patsy – ist zu mir gekommen, weil sie Hilfe brauchte." Sie drückte Einstein so fest an sich, dass die Katze leise aufjaulte. „Ich konnte sie nicht im Stich lassen."

„Auch das ist mir klar."

Warum bist du dann so wütend auf mich? Lili schluckte die Frage hinunter. Es hätte kindisch geklungen, nicht wie die Worte einer erwachsenen Frau. „Wie hättest du reagiert, Tanner? Sie ihrem Schicksal überlassen?"

„*Dich* habe ich jedenfalls nicht deinem Schicksal überlassen."

Sein Blick war unverändert. Streng und frostig. Das war nicht der Mann, der gestern Abend so zärtlich zu ihr gewesen war. Oder vielleicht war sie nicht dieselbe Frau. Es war kein Fehler gewesen, Patsy nachzulaufen. Sie konnte zwar mit Tieren reden, aber sie hatte keine Kristallkugel, die ihr zeigte, was als Nächstes passieren würde. Dass Hiram mit einem Gewehr bewaffnet nach Patsy suchte, hatte sie einfach nicht wissen können. Wenn sie es gewusst hätte, hätte sie anders reagiert. Himmel, Hiram Battle war unzählige Male bei den Rutlands zu Besuch gewesen. Tanner selbst hatte auch nicht geahnt, dass mit dem Mann etwas nicht stimmte. Nicht einmal Roscoe wäre auf diese Idee gekommen. Warum musste *sie* sich nun Vorwürfe gefallen lassen?

Lili kämpfte gegen die Wut, die sie in sich aufsteigen spürte. Sie war nie ein aufbrausender Mensch gewesen, sondern hatte sich immer bemüht, alles mit Verständnis zu betrachten. Es dauerte lange, bis sie einmal wirklich wütend wurde. Wut war ein ebenso sinnloses Gefühl wie Habgier oder Neid. Und sie würde sich im Moment nicht davon überwältigen lassen.

Sie setzte Einstein auf den Boden.

„Danke, dass du mich nicht meinem Schicksal überlassen hast. Ich werde deinem Vorschlag folgen und Kate bitten, mich abzuholen. Ich bin sicher, dass sie nichts dagegen hat, wenn ich bei ihr übernachte. Vielleicht bleibt sie ja auch hier bei mir."

Sie hatte kein einziges schnippisches Wort gesagt und ihn auch nicht gebeten zu gehen.

Dennoch ging Tanner einfach zur Tür und in den Garten hinaus. Lili sah ihm nach, bis das Loch in der Hecke ihn verschluckte.

Sie begann erst zu weinen, nachdem sie Kate angerufen hatte.

„Ich kann es nicht fassen."

Roscoe saß am Küchentisch und hatte den Kopf in die Hände gestützt. Er tat Tanner leid. Sein Vater kannte Hiram Battle beinahe seit der ersten Woche, in der er bei Tanner eingezogen war. Hiram und die Jungs hatten immer viel Spaß bei ihrem gemeinsamen wöchentlichen Doppelkopf-Spiel gehabt. Roscoe hatte ihm vertraut und einen guten Freund in ihm gesehen.

Nun musste er erkennen, dass er Hiram nie wirklich gekannt hatte.

„Die Sache mit dem Buch kann ich ja noch verstehen. Das war eine Schockreaktion, weil sein Freund verstorben ist", murmelte Roscoe fast wie zu sich selbst. „Aber warum Mord?" Er hob den Kopf und sah Tanner an. „Er ist über siebzig. Wie konnte ihm da sein Ruf wichtiger sein als ein Menschenleben?"

Tanner hatte Erika auf ihr Zimmer geschickt, nachdem er den beiden in knappen Worten erzählt hatte, was passiert war.

Sie war sichtlich besorgt um Roscoe gewesen, doch Tanner hatte beschlossen, dass der Rest des Gesprächs von Mann zu Mann stattfinden musste. Oder von Sohn zu Vater.

„Hiram sagt, er hätte seinen Freund Foster nicht wegen des Buchs getötet." Tanner ging zum Kühlschrank, holte zwei Dosen Bier heraus, öffnete sie und gab Roscoe eine. „Aber wir müssen damit rechnen, dass er diesbezüglich ebenfalls gelogen hat."

Roscoe nahm einen großen Schluck. Dann schüttelte er den Kopf. „Er hat einen Menschen mit seinem verdammten Spazierstock totgeschlagen. Er hat versucht, bei uns einzubrechen. Er ist bei Lili eingebrochen und hätte auch sie umgebracht, nur damit sein Geheimnis nicht bekannt wird. Es gibt keinen Grund, warum er nicht auch bei allen anderen Dingen gelogen haben sollte."

Tanner versuchte, sich wegen Lili nichts anmerken zu lassen, als Roscoe ihn mit müden, traurigen Augen ansah. Zum ersten Mal sah er wie ein alter Mann aus. Viel älter als fünfundsechzig.

„Der Sheriff wird es herausfinden, Dad." Er nannte seinen Vater selten so, doch instinktiv wusste er, dass es jetzt angebracht war.

„Wie soll ich es bloß Chester und Linwood beibringen? Das bringt sie um."

Tanner sah auf seine Armbanduhr. Draußen wurden die Schatten bereits länger, und die Sonne ging unter. Der Abendwind rauschte durch den Rhododendron, der die Veranda säumte. „Ich glaube nicht, dass du es ihnen sagen musst. Mittlerweile weiß es sicher schon die ganze Stadt."

Roscoe seufzte, stützte sich mit den Ellbogen auf den Tisch und barg das Gesicht in seinen Händen. „Wir sollten Pizza bestellen. Mir ist nicht danach, das Abendessen fertig zu kochen." Er hatte bereits die Töpfe auf den Herd gestellt, ihn jedoch nicht eingeschaltet. Der Schmorbraten lag roh im Backofen.

„Pizza klingt gut, Dad."

Roscoe lehnte sich zurück und nahm das Telefon von der Wand hinter sich. Dann drückte er den Hörer an seine Brust. „Welche Sorte mag Lili?"

„Lili?"

„Sie wird genauso wenig Lust zu kochen haben wie ich. Und ich glaube auch, dass sie wieder bei uns übernachten sollte. Wir sollten sie nicht allein lassen."

„Die Gefahr ist vorbei."

Roscoes Lippen zuckten leicht. „Trotzdem wird sie einige Zeit brauchen, alles zu verarbeiten. Sie wurde heute beinahe getötet."

„Sie meinte, sie würde ihre Chefin anrufen. Die beiden sind befreundet."

Roscoe schlug sich energisch auf die Brust. „*Wir* sind ihre Freunde. Und wir wohnen direkt neben ihr."

Verdammt. Es war ohnehin schon schlimm genug gewesen, Lili zu sagen, dass sie sich nicht mehr um Erika kümmern sollte. Doch es war am besten so. Das war ihm heute Nachmittag bewusst geworden – vielleicht nicht so sehr in den gefährlichen Momenten als vielmehr später, als er gemerkt hatte, dass für Lili eigene Gesetze zu gelten schienen. Sie würde sich immer in absurde Situationen bringen, und er konnte nicht immer zur Stelle sein und sie da rausholen. Scheiße, das klang gemein. Als wäre er ein Arschloch, dem es nichts ausmachte, sie den Tieren zum Fraß vorzuwerfen. Was er eigentlich meinte, war, dass er sie zwar attraktiv und begehrenswert fand, sich aber nicht vorstellen konnte, wie sie in sein Leben passen sollte.

Sie war ein guter Mensch und hatte das Herz am rechten Fleck, doch sie war nicht jener vernünftige Einfluss, den er sich für Erika wünschte. Er war sich sehr sicher, dass seine Entscheidung die richtige war.

„Es ist besser, wenn sie über Nacht bei ihrer Chefin bleibt", sagte er, statt zu versuchen, Roscoe alles zu erklären.

„Tja, wir können sie zumindest fragen." Mit dem Telefon in der Hand stand Roscoe von seinem Sessel auf. Tanner hätte schwören können, dass er die Knochen seines Vaters ächzen hörte.

Verflucht, er musste irgendetwas sagen. „Ich habe Lili bereits unseren Standpunkt erklärt. Nur weil wir Nachbarn sind, müssen wir uns nicht in die Privatangelegenheiten des anderen einmischen. Lili ist damit einverstanden. Lass sie zu ihrer Chefin gehen."

Roscoe legte den Kopf schief. „War das gestern Abend vielleicht kein *Einmischen*?"

Tanners Herz setzte ein paar Takte aus. „Das war nur ein Ausflug zum Boardwalk."

„Ich rede von später. Ich mag zwar alt sein, aber ich bin nicht senil, und ich merke, wenn jemand so heiß ist, dass er sich kaum noch beherrschen kann. Und genau das warst du gestern."

Roscoe hatte das schon einmal angedeutet, doch zum damaligen Zeitpunkt war Tanner zu sehr in Sorge um Lili gewesen, um darauf zu reagieren. Er würde auch jetzt nicht darauf eingehen. „Lass es gut sein, Roscoe."

„Willst du mir weismachen, dass du gestern nicht mit ihr geschlafen hast?"

Tanner spürte, wie ihm heiß wurde und ihm die Röte ins Gesicht stieg. „Das geht dich nichts an."

Roscoe hörte nicht auf, ihn unverwandt anzusehen. Und nun kam Tanner sich tatsächlich wie ein ... ein Arschloch vor. Er hätte die Finger von Lili lassen sollen. Dass es falsch war, hatte er von Anfang an gewusst, aber er hatte alle Bedenken beiseitegeschoben, um zu bekommen, was er wollte.

„Du hast ihr das Herz gebrochen, stimmt's?"

„Nein." *So* tief hatten sie sich nun doch nicht aufeinander eingelassen. Es war nur ein paarmal passiert. Mehr als Leidenschaft war es nicht gewesen. Sie würde darüber hinwegkommen. Und er selbst auch.

Wäre da nur nicht dieses Gefühl, das er gehabt hatte, als Hiram mit seinem Gewehr auf Lili zielte. Denn da hatte Tanner gedacht, er würde selbst sterben.

„Sie ist das Beste, was uns passieren kann", fuhr Roscoe fort. „Sie ist genau das, was Erika braucht. Und sie ist die Richtige für dich."

Tanner hätte viel zu entgegnen gewusst. Doch er beschränkte sich auf eine Sache. „Lili ist nicht jene Art Frau, der ich Erika anvertrauen kann."

Roscoe knallte das Telefon wütend auf den Tisch. Tanner war überzeugt, dass Erika es bis hinauf in ihr Zimmer gehört hatte. Und gleich herunterkommen würde.

„Tanner, du bist mein Sohn, und ich liebe dich. Ich hatte gedacht, es dir nie sagen zu müssen, aber du bist ein Vollidiot."

Tanner lachte auf, rieb sich die Augen und stützte sich dann mit den Ellbogen auf den Tisch. „Du musstest es gar nicht sagen. Ich habe es immer gewusst. Dir gefällt nicht, wie ich Erika erziehe. Deiner Meinung nach lege ich zu viel Wert auf ihre schulischen Leistungen und erwarte mir zu viel für ihre Zukunft, sodass sie keinen Spaß am Leben hat, wie es für ein Kind normal wäre."

„Das ist das eine, aber es ist nicht der Grund, warum ich dich derzeit für einen Vollidioten halte."

„Dann sag mir deinen Grund." Himmel, diese Diskussion hatten sie schon so oft geführt. Bis zum Erbrechen.

„Weil du mit Lili glücklich sein könntest. So wie mit Karen damals. Dein Leben wäre ungleich schöner und reicher mit ihr. Auch für Erika wäre es eine Bereicherung."

Tanner biss die Zähne aufeinander. Das Thema Karen war tabu. Er würde auch jetzt nicht darüber reden.

Doch Roscoe war nicht zu bremsen. „Nicht viele Leute bekommen eine zweite Chance in der Liebe. Gott weiß, bei mir selbst war es nach dem Tod deiner Mutter nicht so. Aber du könntest mit Lili etwas genauso Schönes haben wie mit Karen."

„Ich will nicht das, was ich mit Karen hatte."

„Warum solltest du nicht noch einmal eine Liebe finden wollen? Das verstehe ich nicht." Roscoe starrte ihn fassungslos an. Sein Kopf zitterte leicht.

„Es ist weder der rechte Zeitpunkt noch der rechte Ort für diese Diskussion." Das Risiko, dass Erika plötzlich in der Küche auftauchte, war zu groß. „Ich hole jetzt die Pizza."

Er stand auf. Roscoe stellte sich ihm in den Weg. „Du brauchst Lili für Erika. Das Kind braucht eine Mutter. Und Lili ist genau die Richtige."

„Roscoe, hör auf damit. Sofort."

„Nein. Ich wollte es dir schon seit Jahren sagen, aber ich hatte nie den Mut dazu. Jetzt habe ich ihn. Du bist im Laufe der Jahre ein harter, kompromissloser Mensch geworden und wirst täglich härter. Du darfst Lili nicht einfach so wegwerfen. Du darfst die Chance auf eine Frau nicht wegwerfen, die genauso perfekt zu dir passt wie Karen."

Tanners Blutdruck schoss in die Höhe. Er ballte die Fäuste. Zwar hatte er gestern während dieser Achterbahnfahrt viele Erkenntnisse über sich gewonnen, doch die ganze Wahrheit war ihm erst heute bewusst geworden. Eine schlechte Erfahrung wog stärker als alle guten Erfahrungen zusammen.

Seine Stimme war nun ganz ruhig und leise. „Ich will nicht das, was ich mit Karen hatte. Sie war nicht perfekt. Wir waren als Paar nicht perfekt."

„Du hast Angst, noch einmal zu lieben.“

Liebe. Allein dieses Wort … Er liebte Lili nicht. Er war seiner Leidenschaft für sie verfallen. Wovor sollte er Angst haben, wenn er in den letzten Tagen doch nur blind vor Leidenschaft gewesen war? „Es geht nicht um Liebe. Es geht darum, welche Art von Frau Lili ist. Und so eine Frau will ich nicht noch einmal. Weder für mich noch für Erika.“

„Was meinst du mit *wieder*? Karen war eine wunderbare Mutter.“

Nun explodierte Tanner. „Was zum Teufel weißt denn *du* schon!“

„Alles. Sie hat mit mir geredet.“

„Sie hat mit dir geredet, na klar … Hat sie dir auch erzählt, was sie vorhatte? Wohin sie unterwegs war, als sie den Unfall hatte?“

„Nein, das ging mich nichts an.“

„Und es geht dich auch jetzt nichts an. Aber ich sage es dir, damit du ein für allemal den Mund hältst. Sie wollte nach Sedona, um ihre medialen Kräfte anzapfen zu lernen. Für sechs Wochen. Verdammt noch mal, sie wollte Erika sechs Wochen einem Babysitter überlassen. So etwas macht keine gute Mutter. Sie hat Erika im Stich gelassen.“

Roscoes Lippen wurden schmal. „Das glaube ich nicht.“

„Na schön.“ Tanner hob resigniert die Hand. „Dann glaubst du es eben nicht.“ Dann sah er Roscoe scharf an. „Aber genau das hatte sie vor. Und als ich meine Zustimmung nicht gegeben habe, hat sie Erika zu Wanetta gebracht und ist abgehauen, während ich in der Firma war.“

Er erinnerte sich an seine Panik, als die Autobahnpolizei angerufen und ihm mitgeteilt hatte, was passiert war. Sein Herz hatte sich vor Schmerz zusammengezogen, und er war außerstande gewesen, etwas zu sagen oder zu tun.

Das gleiche lähmende Gefühl hatte er heute auf dieser

Wiese gehabt. Als er Lili dort hatte stehen sehen.

Nach Karens Tod hatte er nur deshalb weitergemacht, weil er Erika nicht im Stich lassen konnte. Lili war die Falsche für sie beide. Sie hatte die Veranlagung zu genau den gleichen verrückten Dingen wie Karen.

Er wollte so etwas nicht noch einmal durchmachen müssen. Nie mehr.

Roscoe schwieg. Man merkte, dass er etwas sagen wollte, aber keine Worte fand.

„Hast du eine Ahnung, wie lang sechs Wochen für ein zweijähriges Kind sind?", fragte Tanner. „Es ist eine Ewigkeit. Also sag *du* mir nicht, was für eine wunderbare Mutter sie war." Er hörte ein Geräusch von oben und erschrak. In seinem Kopf hämmerte es. „Ich will nicht, dass Erika es erfährt. Sie soll ihre Mutter in guter Erinnerung behalten. Verstanden?"

„Aber Karen wollte doch wieder nach Hause kommen", sagte Roscoe. Seine Stimme war nur ein schwaches Flüstern.

„Nur *ist* sie *nicht* mehr nach Hause gekommen."

„Der Unfall war doch nicht ihre Schuld. Sie konnte nichts dafür."

„Wenn sie nicht abgehauen wäre, nachdem ich ihr deutlich gesagt habe, dass sie es nicht tun soll, hätte sie keinen Unfall gehabt. Sie wäre noch am Leben."

Sein Vater legte seine Hand auf Tanners Arm. „Tanner …"

Tanner schüttelte ihn ab. Er wollte kein Mitleid. Er brauchte es nicht. „Die Unterhaltung ist beendet."

„Aber es tut mir leid. Ich wusste das alles nicht."

„Hätte es einen Unterschied gemacht?"

„Ich hätte besser verstanden, wie du mit Erika umgehst. Dass du dir ihretwegen Sorgen machst und so sehr willst, dass sie vernünftig ist."

„Ich will, dass ihr nichts geschieht. Und bei Lili ist sie

nicht in Sicherheit. Lass uns also nicht mehr über sie reden. Ich hole jetzt die Pizza."

„Tanner." Roscoe ließ ihn an sich vorbei, doch er nahm ihn wieder am Arm. Diesmal ließ er sich nicht abschütteln. „Eines muss ich dir noch sagen. Ich weiß, dass du es nicht hören willst, aber es muss sein."

Tanner bebte. „Na schön, dann sag es, Roscoe. Aber danach ist diese Angelegenheit erledigt, und ich will nie mehr etwas davon hören."

„Möglicherweise war ihr zu verbieten, nach Sedona zu fahren, nicht die beste Art, damit umzugehen. Vielleicht hättest du versuchen müssen, einen Kompromiss zu finden."

Mit Karen? Oder mit Lili? Keine von beiden hatte jemals auf vernünftige Argumente gehört. In seiner Wut hatte er seinem Vater viel mehr erzählt, als er es jemals vorgehabt hatte. Nun versuchte er sich zu beherrschen. „Was für einen Kompromiss gibt es, wenn jemand ein zweijähriges Kind sechs Wochen lang allein lassen will?"

„Was wäre, wenn du mit Erika jedes Wochenende zu ihr geflogen wärst?"

„Ich hatte einen Job. Anfangs musste ich an vielen Wochenenden arbeiten. Ich hatte begonnen, mir eine Karriere aufzubauen, damit ich meine Familie ernähren kann, Roscoe."

„Du arbeitest immer noch an den Wochenenden."

„Ich bin jeden Abend zu Hause."

Roscoe stieß einen tiefen Seufzer aus, bei dem sein ganzer magerer Körper bebte. „Du hast recht. Du bist jeden Abend hier." Er rieb sich die Schläfen, starrte auf den Boden und sah dann Tanner wieder in die Augen. „Was vor zehn Jahren passiert ist, ist längst vorbei. Ich weiß, ich sage es nicht oft, aber ich bin sehr wohl der Meinung, dass du deinen Job als Vater großartig hingekriegt hast. Und ich will dich nicht kritisieren. Ich hatte nur gehofft, dass Lili …" Er schwieg.

„Roscoe, wir haben es doch ganz nett, oder? Uns fehlt im Grunde nichts.“ *Ganz nett.* Ihm fiel ein, wie sehr Lili diese Formulierung hasste, und etwas in ihm zog sich schmerzlich zusammen. Doch er fuhr unbeirrbar fort: „Es ist uns gut gegangen, bevor Lili unsere Nachbarin war, und es wird uns auch weiterhin gut gehen.“

Warum also hatte er bei dem Gedanken an Lili das Gefühl, als würde es ihm das Herz zerreißen?

21. KAPITEL

Während der Fahrt in die Wohnung erzählte Lili Kate die ganze Geschichte – angefangen mit Lady Dreadlocks Auftauchen über Hiram Battles Erscheinen bis zu dem Moment, als Tanner sie gerettet hatte. Sie erzählte es, ohne auch nur ein einziges Mal dabei zu weinen, und war stolz auf ihre Selbstbeherrschung. Nachdem sie Lilis Sachen in das Gästezimmer gebracht hatten, machte Kate ihnen beiden einen heißen, starken Tee. In ihrem Kühlschrank war – wie üblich – nicht viel Essbares zu finden. Lili hätte daran denken sollen, etwas Süßes mitzubringen. Wie zum Beispiel Eis.

Einstein lag gemütlich auf der Rückenlehne von Kates großem Blümchensofa und hatte ihre Vorderpfoten und den Kopf auf Lilis Schultern gelegt. Lili hatte den anderen Katzen Futter und Wasser hingestellt. Einstein zu Hause zu lassen hatte sie jedoch nicht übers Herz gebracht.

Kate saß mit angezogenen Beinen ihr gegenüber auf dem Zweiersofa. „Du bist also verliebt in diesen Tanner?"

„Nein." Lili fand, dass nichts gegen eine kleine Notlüge sprach. Und sie war gewissermaßen in Not. Denn wenn sie Kate ihre Gefühle für Tanner offenbarte, würde sie wieder zu weinen anfangen. Sie hatte schon genug geheult, und nun war Schluss damit. Es würde die ganze Sache keinen Deut besser machen, wenn sie über Tanner redete. Sie war auch schon gar nicht mehr so traurig darüber. Wirklich nicht.

Einstein schnaubte leise.

Es ging Lili gar nicht so schlecht, ehrlich. Hier bei Kate zu sitzen war doch ganz nett. Oops, ihr fiel ein, wie wenig ihr diese Formulierung gefallen hatte, als Tanner sie verwendet hatte. Es ging ihr fantastisch, und es war toll, bei Kate zu sein! Und morgen sah die Welt bestimmt schon wieder ganz anders aus. Sie war stolz darauf, dass sie Tanner die Stirn geboten hatte.

„Danke, dass ich bei dir bleiben darf.“ Lili hatte nicht darum gebeten. Kate hatte es von sich aus angeboten. Neuigkeiten verbreiteten sich in Benton immer wie ein Lauffeuer, und Kate hatte schon gewusst, dass Hiram der Mörder war. Ins „Coffee Stain“ würde Lili sich in nächster Zeit nicht wagen. Mindestens eine Woche lang. Vielleicht noch länger. Aber wie sollte sie eine ganze Woche ohne ihren Cappuccino und ihre Plunderschnecke überstehen?

Auf dem Parkettboden in Kates Wohnung lagen dicke Perserteppiche – Lili hatte keine Ahnung, ob sie echt oder Imitationen waren –, und es gab zwei kuschelige Sofas mit Blümchenmuster sowie Unmengen von Pflanzen und Blumen. Das Grün wucherte aus großen Blumenkästen und zahllosen kleineren Töpfen, die im Wohnzimmer, im Flur, im Bad und auf allen Fensterbrettern verteilt waren. Veilchen, Fuchsien, Begonien, Philodendren – Kate hatte alles, was man sich vorstellen konnte. Sie hatte ein spezielles Bewässerungssystem für die Pflanzen anlegen lassen, denn niemand, nicht einmal Kate mit ihrem begnadeten grünen Daumen, konnte so viel Grün alleine gießen.

Lili schlürfte ihren heißen Tee. „Erzählst du mir jetzt, warum du gestern Abend wie ein Flittchen angezogen warst?“ Es war am besten, wenn sie sich über etwas unterhielten, das nichts mit dem Mord zu tun hatte. Oder mit Tanner.

Kate lächelte. Ihr Blick hatte dabei etwas merkwürdig Verträumtes an sich. Dann sah sie Lili an. „Mein Gegenmittel gegen Annäherungsversuche.“

Aha! „Hat es gewirkt?“

Kate zeigte mit Daumen und Zeigefinger einen Abstand von einem Zentimeter. „Es hat seine Wirkung so knapp verfehlt.“

Oho! „Und?“

„Ich treffe mich am Sonntag wieder mit ihm."

Dann machte Kate etwas höchst Seltsames. Sie berührte ihre Lippen, und einen Moment lang hatte sie wieder diesen verträumten, verklärten Blick. Dann stand sie ruckartig vom Sofa auf, als wäre sie von einer Reise in andere Dimensionen wieder in der Wirklichkeit angekommen. „Holen wir uns eine Pizza."

Lili blieb der Mund offen stehen. „Du magst Pizza doch gar nicht. Du isst normalerweise nur Gorgonzola-Salat."

„Manchmal schlage ich über die Stränge, und jetzt will ich eine Pizza. Mit allem Drum und Dran." Sie stellte ihre Tasse auf den Tisch. „Und während wir den dicken Käse und die pikante Soße und die Salami in uns hineinstopfen, denken wir uns eine kleine Strategie aus."

„Eine Strategie? Wofür?"

„Wie du diesen Tanner Rutland dazu bringst, zu erkennen, was für ein Idiot er ist, weil er dich hat gehen lassen."

„Er hat mich nicht ..."

Kate unterbrach sie durch einen schnellen Blick. „Es war aus dem, was du mir erzählt hast, deutlich herauszuhören. Und ...", sie deutete mit dem Zeigefinger drohend auf Lili, „... und du hast mir eine handfeste Lüge aufgetischt, als du meintest, du wärst nicht in ihn verliebt."

„Ich habe nicht gelogen."

„Lili, ich habe gemerkt, wie du ihn gestern angesehen hast. Wenn du in diesem Moment nicht Tanner mit der Hand ins Gesicht gefahren wärst, wärt ihr euch im nächsten Moment in die Arme gefallen."

Da hatte er sie gerade mit Zuckerwatte gefüttert. Oder sie ihn. Oder so ähnlich. „Aber ..."

Kate drohte ihr wieder mit dem Zeigefinger. „Kein Aber. Du musst etwas unternehmen. Ohne ihn bist du unglücklich, ich weiß das."

Lili sah Kate an. Sie wusste, dass sie nicht länger verbergen konnte, wie ihr ums Herz war. Nicht einmal mehr vor sich selbst. „Ich bin so furchtbar traurig", flüsterte sie.

„Dann lass uns loslegen."

Einstein sprang von der Rückenlehne des Sofas auf den Teppich am Boden. *Ich möchte klarstellen, dass ich meinen Platz in der Mitte des Bettes nicht aufgeben werde. Er wird einen Kompromiss eingehen müssen.*

Lili riss erstaunt die Augen auf. „Ich dachte, du hasst ihn?"

Einstein blinzelte nur.

„Und noch etwas, Lili", sagte Kate und begann, in ihrer Handtasche nach den Schlüsseln zu kramen. Dann warf sie Einstein einen vielsagenden Blick zu. „Wir müssen über deine Geschäftsidee als Katzenflüsterin reden."

„Kate ..."

„Ich dulde keinen Widerspruch, Lili. Dein Talent ist eine Gabe, ein Geschenk. Nutz es."

Ein tolles Geschenk, ja. Tanner hatte deswegen mit ihr Schluss gemacht, und die ganze Stadt lachte über sie. Doch wenigstens war sie nicht so verrückt wie Lady D. „Mit Tieren zu reden ist nicht immer etwas Positives. Sieh nur, was dadurch aus Lady Dreadlock geworden ist."

Kate legte den Kopf schief. „Ist dir schon jemals der Gedanke gekommen, dass ihr zwei euch in Wahrheit in vielerlei Hinsicht ähnlich seid?"

Lili runzelte die Stirn. „Ich bin mir nicht sicher, ob ich das als Kompliment auffassen soll."

„Du hast recht, es ist kein Kompliment." Kate stellte ihre Handtasche auf den Sofatisch. „Wann hörst du endlich auf, dich als eine Art Freak zu sehen?"

„*Ich* tue das doch gar nicht." Lili runzelte wieder die Stirn. „Die anderen sehen das in mir."

Kate verschränkte die Arme.

„Ich reagiere darauf, wie die anderen auf mich reagieren."

Kates Fuß klopfte ungeduldig auf den Perserteppich. „Die Wahrheit ist, dass du immer mit dem Schlechtesten rechnest."

„Nein, das ist nicht ..." Lili brach mitten im Satz ab. „Okay, es stimmt. Aber nur, weil mich die Erfahrung genau das gelehrt hat." Tanners Reaktion, als sie versucht hatte, ihm von Fluffy zu erzählen, war der beste Beweis.

„Hast du schon vielen Tieren geholfen?"

„Ja, sicher."

„Und ist das nicht etwas Positives?"

„Natürlich."

„Was kümmert es dich dann, was andere Leute denken? Pfeif auf sie, wenn sie deine Hilfe nicht haben wollen. Sie brauchen ihre Tiere ja nicht zu dir zu bringen, wenn sie nicht daran glauben. Das Einzige, was zählt, ist, dass du vielen Leuten viel Gutes getan hast. Darauf solltest du stolz sein – und dich nicht schämen."

„Ich schäme mich nicht."

„Doch! Deine Lady Dreadlock ist verrückt geworden, und du schämst dich."

Lili wollte sofort widersprechen, doch sie schwieg. „Schämen" war nicht das richtige Wort. Eher war sie *zögerlich*. Sie wartete darauf, von den Leuten ... akzeptiert zu werden. Ohne großes Getue wie im Fall dieses Dirks, der mit ihr angegeben hatte, oder wie bei Norton mit seinem jungen Hund. Oder Manny, der sich im „Stain" jeden Morgen laut und für jedermann gut hörbar über sie lustig machte.

„Ich schäme mich nicht, aber ich möchte mich Leuten nicht aufdrängen, die nicht ... offen dafür sind."

Kate schlug sich energisch auf die Schenkel. „Pfeif auf die Leute, Lili. Hör auf, dir Sorgen zu machen, was sie denken. Es ist in Ordnung, wenn du dich nicht selbstständig machen willst. Aber sag den Leuten, was du kannst, statt darauf zu warten, dass es sich von selbst herumspricht. Versteck dich nicht. Riskier etwas."

„Bei Tanner habe ich etwas riskiert und verloren." Der Satz war aus ihr herausgesprudelt, ohne dass sie es gewollt hatte.

„Du hast noch nicht einmal begonnen, Lili. Du hattest eine schlechte Phase, und er hat ein paar Dinge gesagt, die nicht besonders nett waren, aber das heißt nicht, dass alles vorbei ist." Kate beugte sich vor und sah Lili direkt in die Augen. „Um Himmels willen, du musst etwas riskieren, wenn du nicht willst, dass er für immer aus deinem Leben verschwindet."

Wann hatte Lili das letzte Mal *irgendetwas* riskiert? Heute, als sie Lady D. nachgelaufen war. Es war ein Fehler gewesen. Aber die einzige Möglichkeit. Sie würde es jederzeit wieder tun. Sie würde auch jederzeit wieder mit Tanner schlafen.

Und doch hatte sie ihn gehen lassen. Vielleicht versteckte sie sich wirklich, wie Kate vorhin gesagt hatte. Versteckte sich vor der Liebe und vor ihrem eigenen Talent, ohne es voll auszuleben. Sie half Tieren wahnsinnig gern, warum also half sie nicht mehr und öfter? Warum erwartete sie, dass die Leute auf sie zukamen? Warum ging sie nicht auf *sie* zu?

Lady D. war verrückt, aber Lili hatte Angst, sich lächerlich zu machen. Und sie hatte Angst vor der Liebe, weil sie befürchtete, dass ihre Gefühle nicht erwidert wurden. Sie hatte Tanner nicht ein einziges Mal gesagt, was sie für ihn empfand.

„Du hast recht, Kate. Ich bin mit der Gabe, mit Tieren kommunizieren zu können, keinen Deut besser umgegangen als Lady D." Sie musste etwas dagegen unternehmen.

„Das habe ich nicht gesagt."

„Das war auch gar nicht nötig. Ich bin von selbst drauf

gekommen." Lili stand auf, schnappte Kates Handtasche und drückte sie ihr in die Hand. „Komm, gehen wir und denken uns eine Strategie für Tanner aus. Einen Angriffsplan." Dann lächelte sie. „Und du fängst am besten schon mal an, dir einen schönen Namen für mein neues Tiertherapie-Institut auszudenken. Weißt du, Kate, ich habe es schon tausendmal gesagt, aber ich muss es noch einmal sagen: Du bist die beste Chefin auf der ganzen Welt."

Kate griff nach Lilis Hand. „Ich bin nicht nur deine Chefin, Lili, ich bin deine Freundin."

Lili blieb stehen und sah Kate an. Dann küsste sie sie auf die Wangen. „Du bist die beste Freundin, die ich je hatte."

Vielleicht war es doch nicht so gut gewesen, Kate zu verbieten, nach Sedona zu fahren.

Tanner hatte Roscoes Worte noch immer im Ohr, als er sich hinters Steuer seines Wagens setzte. Sein Vater hatte es nicht kapiert. In manchen Situationen gab es nun mal keinen Kompromiss. Er hatte es ihr verbieten *müssen*.

Genauso wie er Lili hatte verbieten müssen, mit Fluffy auf Schnüffel-Tour zu gehen. Oder sich allein auf die Suche nach der Leiche zu machen. Zu dumm, dass er nicht da gewesen war, um ihr zu untersagen, Patsy Dreadlock – oder wie zum Teufel sie heißen mochte – in den Wald nachzulaufen.

Er sollte besser wieder ins Haus gehen und Roscoe sagen, er solle die Pizza telefonisch bestellen, damit sie wenigstens schon im Backofen war, wenn er sie abholte. Doch Tanner blieb einfach im Auto sitzen und starrte durch die Windschutzscheibe vor sich hin.

Er bemerkte einen winzigen Sprung in der Scheibe. Wahrscheinlich stammte er von einem kleinen Stein, den einer der vielen mit Kies beladenen Laster verloren hatte. Morgens wimmelte es auf der Autobahn nur so von Lastwagen. Doch daran, wann seine Windschutzscheibe diesen Sprung abbekommen hatte, konnte er sich nicht erinnern.

Woran er sich erinnerte, war Lili, wie sie heute Nachmittag auf dieser Wiese gestanden hatte. Daran, wie ihm bei ihrem Anblick das Herz erst stehen geblieben war und ihm dann vor Angst bis zum Hals geklopft hatte. Er erinnerte sich an ihre Augen, als sie im Bett miteinander geschlafen hatten, und an ihr Stöhnen, als er sie in der Küche genommen hatte.

Tanner schloss die Augen. Ihm wurde bewusst, dass er Roscoe vorhin nicht direkt widersprochen hatte. Er hatte nicht gesagt, dass er Lili nicht liebte. Er hatte lediglich gesagt, dass seine Gründe, mit Lili Schluss zu machen, nichts mit Liebe zu tun hatten. Und er wusste genau, warum ihm so weh ums Herz war, während er hier saß und den Sprung in seiner Windschutzscheibe anstarrte. Durch Lili hatte der Panzer, der sich um sein Herz gelegt hatte, ebenfalls Sprünge bekommen.

Doch er würde gut ohne sie klarkommen. Erika würde gut ohne sie klarkommen. Das Leben würde auch ohne Lili weitergehen.

Tanner ließ gerade den Motor an, als Erika durch die Haustür gestürmt kam. Er ließ das Fenster der Beifahrertür für sie hinunter.

„Grandpa sagt, du hast den Gutschein für die Pizza vergessen." Sie reichte ihn ihm durch das Autofenster. „Kann ich mitkommen, Dad?"

„Klar, steig ein." Seine Tochter an seiner Seite zu haben war besser, als allein im Auto zu sitzen und zu grübeln.

Sie kletterte auf den Beifahrersitz und schnallte sich an.

„Alles in Ordnung, Dad?", fragte sie, als er losfuhr.

„Natürlich, Schatz. Aber wie geht es dir? Was letzte Woche passiert ist, muss ganz schön hart für dich gewesen sein."

„Ich mache mir Sorgen um Lili. Sie ist sehr sensibel, weißt

du. Ich wette, sie glaubt, dass sie an allem schuld ist." Es war so typisch für seine wunderbare Tochter, dass sie sich um alle anderen sorgte, nur nicht um sich selbst.

„Lili ist es gut gegangen, als ich vorhin gegangen bin", sagte er. Es war gelogen. Es ging ihr nicht gut. Denn er hatte sie und ihre Begabung, mit Tieren zu reden, niedergemacht. Und damit die ekstatischen Glücksmomente, die er in ihren Armen erlebt hatte, zerstört.

Bei der roten Ampel am Fuße des Hügels blieb er stehen. Die Wahrheit war, dass er Lili einfach wie ein Krebsgeschwür aus seinem Leben herausgeschnitten und ihr gesagt hatte, sie solle die Sache mit Erika vergessen und besser zu Kate gehen, als mit ihm mitzukommen.

„Ist wirklich alles in Ordnung mit dir, Dad?"

„Alles bestens. Warum?"

„Weil die Ampel längst grün ist und du nicht losfährst."

Verdammt ... Wenigstens war keiner hinter ihnen. Er bog ab. „Ich mache mir deinetwegen Sorgen, Erika. Wir müssen darüber reden, was passiert ist, damit du es verarbeiten kannst und keine Albträume davon bekommst."

Sie waren am Schulgelände vorbeigefahren, bevor sie antwortete. „Ich glaube nicht, dass ich deshalb schlecht träumen werde. Mir tut nur Grandpa furchtbar leid, weil Hiram doch sein Freund war. Und er macht sich Sorgen um Chester und Linwood, weil die beiden Hiram ja noch viel länger kennen als er."

Tanner fragte sich, ob Erika das Schreckliche, was passiert war, vielleicht verdrängte. Es musste doch Auswirkungen auf sie haben. Und er wollte, dass sie jetzt darüber redeten, damit es nicht später zu einem echten Problem für sie wurde. „Die Sache wird Zeit brauchen, aber dein Grandpa kommt ganz bestimmt darüber hinweg. Reden wir über dich."

Sie lehnte sich in ihrem Sitz zurück, dann drehte sie sich

zu ihm und sah ihm eine Sekunde, bevor er sich wieder auf die Straße konzentrieren musste, in die Augen. „Ich sage es dir sofort, wenn es mir schlecht gehen sollte, Dad. Das verspreche ich dir."

Tanner sah sie wieder kurz an. „Wie alt bist du?"

Sie lachte. Es war wunderbar, sie lachen zu hören. „Du weißt, wie alt ich bin."

„Manchmal vergesse ich es." Was er jedoch nie vergaß, war, was für ein erstaunlicher Mensch sie war. *Verwechsle nicht die Bemühungen mit dem Ergebnis.* Seine Lebensweisheit, sein ach so wichtiger Grundsatz, mit dem er sie unter einen derartigen Druck gesetzt hatte, den man keinem Kind zumuten durfte. Er hätte ihr damit ihre Lebensfreude nehmen können. Doch sie wäre auch so zu einem unglaublich wunderbaren Menschen geworden. Trotz ihres Vaters.

Hatte er mit Karen das Gleiche gemacht? Versucht, sie nach seinen Vorstellungen zu formen, statt sie so zu akzeptieren, wie sie war?

Vielleicht hättest du versuchen müssen, einen Kompromiss zu finden.

Er hatte nie akzeptieren können, wie sie an jenem Tag gegangen war und Erika allein gelassen hatte. Doch hatte er dazu beigetragen, dass es so weit gekommen war? Ihre Absichten und Pläne waren so ganz anders als seine gewesen. Sie hatte an alle möglichen irrationalen Dinge geglaubt – von Geistern über Vorahnungen bis zu den medialen Fähigkeiten, die angeblich in ihr schlummerten.

Lass los, Tanner. Das hatte er getan, doch nur kurze Zeit. Dann hatte er versucht, Karen ihre Pläne auszureden. Was wäre gewesen, wenn er es nicht getan hätte? Was, wenn er ihr ihren Willen gelassen und zugestimmt hätte, Erika jedes Wochenende zu ihr zu bringen? Wog eine schlechte Erfahrung wirklich stärker als alle guten Erfahrungen zusammen?

Machte eine negative Sache wirklich all das Gute zunichte? Dieser Gedanke war ihm vorhin in der Küche durch den Kopf gegangen. Tanner wusste nicht genau, wie die Antwort lautete, doch zum ersten Mal seit zehn Jahren war es ihm zumindest möglich, überhaupt darüber nachzudenken. Und sich zu fragen, ob er in Karens Fall das Richtige getan hatte.

Und ob er bei Lili richtig gehandelt hatte.

„Aber was ist mit Lili, Dad?"

Er sah schnell zu Erika hinüber. Nein, sie hatte seine Gedanken nicht gelesen, sondern bezog sich darauf, worüber sie sich vorhin unterhalten hatten. Er fuhr in eine Parklücke, drei Häuser von der Pizzeria entfernt, und stellte den Motor ab.

„Über Lili reden wir später, okay?" Dann, wenn er sich selbst über seine Gefühle im Klaren war.

Nachdem sie ausgestiegen waren, nahm er Erika an der Hand. Bald genug würde sie zu alt dafür sein, um Hand in Hand mit ihm zu gehen. Ein Grüppchen Teenager stand vor der Pizzeria. Ein Mädchen war so blond und hübsch wie Erika. Er wollte nicht, dass aus seiner Tochter ein Teenager wurde, jetzt noch nicht. Er war nicht bereit dafür.

Als er das Restaurant betrat, schlug ihm der Duft von Salami und Oregano entgegen. Drinnen war es dunkel und laut, und die Stimmen der Gäste hallten in dem hohen Raum. Auf der Theke stapelten sich Pizzakartons. Tanner holte den Gutschein und zwei Zwanziger aus seiner Hosentasche und stellte sich an. Vier Leute waren vor ihm.

„Was glaubst du, Dad, welche Pizza mag Lili?"

Tanner ballte die Fäuste und knüllte dabei die Scheine in seiner Hand zusammen. Er hatte fester zugedrückt als beabsichtigt, und ein stechender Schmerz fuhr ihm durch den Arm bis in die Brust. Bis ins Herz.

„Ich habe keine Ahnung. Aber ich will eine mit allem." Er

drückte Erikas Hand. „Und was ist mit dir?"

Die Tür ging auf, und plötzlich roch es nach Blumen und Sommerregen. Tanner merkte, wie er auf den Armen eine Gänsehaut bekam und ihm das Blut in den Ohren zu rauschen begann. Die Geräuschkulisse im Lokal hatte eindeutig um zwei neue – weibliche – Stimmen Zuwachs bekommen.

„Ich mag keine Sardellen."

„Wie wär's mit Sardellen auf einer Hälfte?" Das war die schöne, melodische Stimme, die er seit nunmehr einer Woche in seinen Träumen hörte. Er würde sie den Rest seines Lebens hören.

„Aber die andere Pizzahälfte schmeckt dann trotzdem nach Fisch."

Nun waren nur noch zwei Leute in der Schlange vor ihm, aber Tanner machte keinen Schritt vorwärts. Er blieb wie angewurzelt stehen. Lili mochte Sardellen. Sie lachte gerne. Zuckerwatte schmeckte himmlisch wie Ambrosia, wenn man sie von ihren Fingern leckte. Und als sie mit ihm geschlafen hatte, hatte sie ihm ihre Seele geschenkt.

Wenn er sich ständig um sie kümmern würde, damit ihr nichts Böses geschah, bestand die Gefahr, dass er den Verstand verlor. Wenn er sich jetzt umdrehte und sie ansah, bestand die Gefahr, dass er sein Herz verlor.

„Dad, da ist Lili", flüsterte Erika begeistert und machte einen kleinen Freudensprung.

Er schluckte und öffnete die Augen. Wann er sie geschlossen hatte, wusste er nicht mehr so recht. Lilis offenes Haar fiel ihr wie Seide über die Schultern und ihre Brüste. Ihre Wangen waren gerötet, ihre Augen leuchteten.

„Lili", sagte Erika wieder ganz aufgeregt.

„Was macht ihr denn hier?" Lili lächelte Erika an. Dann sah sie zu Tanner.

Er rollte die zerknüllten Scheine in seiner Hand hin und

her. „Roscoe hatte keine Lust zu kochen."

„Kate hat auch vorgeschlagen, dass wir uns Pizza holen." Lili schielte zu der zierlichen Blondine neben sich. Ohne die verklebten Wimpern und den schwarzen Lippenstift von gestern war sie außerordentlich hübsch.

„Kate, darf ich dir Erika vorstellen?"

Erika gab Kate die Hand. „Freut mich, Sie kennenzulernen."

Kate lächelte das Mädchen an. Dann musterte sie Tanner mit leicht zusammengekniffenen Augen. „Ich glaube, wir beide haben uns schon kennengelernt."

„Ja, ich erinnere mich." Mit ihrer hübschen kleinen Nase und den vollen Lippen war sie auch ohne den schwarzen Lippenstift ein Hingucker. Doch Lili strahlte wie ein Regenbogen neben ihr.

Lili hatte eine strahlende Seele.

Im Augenblick allerdings biss sie sich – wie immer, wenn sie nervös war – auf die Lippen. „Äh, wie geht es Fluffy, Erika?"

„Oh, alles bestens! Er spürt anscheinend, dass sich alles aufgeklärt hat. Es geht ihm gut."

Als Lili sich nun an ihn wandte, ging ihm ihr Blick durch und durch. „Und Roscoe?", fragte sie. „Es muss ihn schwer getroffen haben."

„Es geht ihm eigentlich ganz gut. Uns allen geht es gut." Himmel, bei ihm war immer alles gut oder nett. Wann zum Teufel war das letzte Mal etwas toll, fantastisch oder großartig gewesen? Wie oft würde er Worte wie „nett" und „gut" noch in den Mund nehmen, ohne zu merken, wie wenig sie aussagten? Wie würde er sie jemals wieder aussprechen können, ohne dabei an Lili zu denken?

„Tja, es freut mich, dass es allen ganz gut geht."

Die Schlange, in der sie standen, bewegte sich wieder ein

Stück nach vorn. Erika schloss nicht auf. „Geht es *dir* gut, Lili?"

Lili lächelte „Oh, mir geht es auch ganz gut." Ihm entging der traurige Zug um ihren Mund nicht.

Er konnte nicht anders. „Du hasst doch solche nichtssagenden Wörter."

„Oh. Na ja, ‚gut' ist ein ganz nettes Wort, wenn es dem Anlass angemessen ist."

Aber es war kein Lili-Wort. Es war kein Lili-Gefühl. Wollte er, dass es ihm *ganz gut* ging? Wollte er, dass es Erika ihr Leben lang *ganz gut* ging? Er wusste nicht, wie sie von ihm etwas anderes lernen sollte.

Doch sie konnte es von Lili lernen.

„Da es uns allen ganz gut geht, Mr. Rutland, sollten Sie sich vielleicht weiterbewegen, damit keiner von den Leuten, die sich hier anstellen, seinen Platz verliert."

Er war so auf Lili konzentriert gewesen, dass er die Frau neben ihr völlig vergessen hatte. Ihre Chefin. Tanner ging weiter vor zur Theke, doch er schien seine Augen nicht von Lili lassen zu können.

Seidiges Haar, schimmernde Lippen, ein schlanker, biegsamer Körper, ein süßer, blumiger Duft. Wie Zuckerwatte. Die Erinnerung, die ihn jetzt einholte, hatte er ebenso verdrängt wie alle schönen Erlebnisse mit Karen.

Du hast Angst, noch einmal zu lieben. Er hatte Angst … verletzt zu werden. Alle seine Beziehungen hatte er kurz und ohne Verpflichtungen geführt, damit nichts tiefer ging. Der Grund, warum er Lili von sich gestoßen hatte, war nicht, Erika zu beschützen. Sondern sich selbst.

Lili hatte ihm panische Angst gemacht. Je mehr er sie begehrte, desto mehr Angst jagte sie ihm ein.

Eine junge Frau, die an einem Tisch saß, zog Lili am Arm. „Sind Sie nicht die Frau, die mit Tieren redet?"

Lili lächelte. „Ja, das bin ich." Dann sah sie Tanner an. In ihren Augen blitzte es trotzig auf.

„Und Sie haben den Toten gefunden und den alten Hiram Battle gestellt."

„Das stimmt, ja", sagte Lili und straffte ihre Schultern. „Das können Sie alles morgen in der Zeitung lesen." Es klang fast triumphierend. Vielleicht wollte sie es ihm damit heimzahlen.

Er musste zugeben, dass er es verdient hatte. Es hatte sie in vielerlei Hinsicht verletzt, dass er sie so wenig unterstützt hatte. Er hatte sie im Stich gelassen, als sie ihn gebraucht hätte. Er hatte ihr verboten, sich mit seiner Tochter zu treffen, und ihr zu verstehen gegeben, dass sie nur ein ... ein sexuelles Abenteuer für ihn war.

Aber es war alles andere als das. Roscoe hatte recht. Tanner hatte Angst, wieder jemanden zu lieben. Er hatte Angst, verletzt zu werden, und war nicht bereit gewesen, etwas zu riskieren. Und dabei waren ihm die schönen Dinge des Lebens abhandengekommen. Er hatte Karen unterdrückt. Zweifellos hatte er auch Erika unterdrückt.

Gut möglich, dass er Lili verloren hatte. Ihm wurde bewusst, dass er für ein einziges schönes Erlebnis mit Lili alles Schwierige, was passieren konnte, liebend gern in Kauf nehmen würde.

„Ihre Bestellung, Sir?", rief der Mann hinter der Theke ihm zu.

Tanner dachte einen Moment lang nach, dann zeigte er auf Kate. „Nehmen Sie zuerst die Bestellung dieser Dame hier auf."

Er beugte sich zu Erika hinunter und legte ihr die Hände auf die Schultern. „Schatz, ich muss mich mit Lili unterhalten. Wartest du bitte auf der Bank da drüben auf mich? Es dauert nur eine Minute."

„Ich bin zwölf, Dad. Wenn du mir das Geld gibst, kann ich die Pizza bezahlen, während du weg bist."

Er gab ihr einen Kuss auf die Wange und drückte ihr die zwei zerknitterten Zwanziger und den Gutschein in die Hand. Sie legte ihm die Arme um den Hals. „Wenn du sie fragen möchtest, ob sie dich heiratet, habe ich nichts dagegen. Grandpa würde es auch gefallen."

„Danke, Liebes." Der Gedanke hatte nichts Beklemmendes mehr an sich, wie es noch vor einer Stunde der Fall gewesen wäre.

Er nahm Lilis Hand und zog sie durch die Tür nach draußen. Dass alle Leute sie anstarrten, war ihm egal.

Vor dem Lokal blieb er stehen. „Ich hatte unrecht."

Lili sah ihn keck und mit erhobenem Kopf an. „Womit?"

„Erika. Sie braucht dich. Ich wäre froh, wenn du mir mit ihr helfen würdest."

Lili starrte auf sein Hemd. „Oh, kein Problem. Ich würde alles für sie tun." Dann sah sie ihm in die Augen. „Ist das alles, worin du unrecht hattest?"

Kate kam herausgestürmt. „Hey, was macht ihr hier?"

Sie mochte zwar Lilis Chefin sein, aber diese Rolle war gerade sekundär. In erster Linie war sie Lilis Freundin, und ihr hatte offensichtlich ganz und gar nicht gefallen, als Tanner plötzlich mit Lili im Schlepptau das Lokal verlassen hatte.

„Lili und ich müssen reden", sagte er.

„Alles okay." Lili hob abwehrend eine Hand. Leider wusste Tanner nicht genau, ob die Geste ihm oder Kate galt. „Tanner möchte, dass ich ihm bei etwas helfe."

„Nein", widersprach er. „Das ist nicht alles, was ich von dir will." Er berührte sie am Kinn und zwang sie, ihn anzusehen. „Ich liebe dich."

Beide Frauen starrten in ihn. Ebenso die sechs Teenager vor dem Restaurant und das Paar, das gerade aus seinem Auto stieg. Und warum zum Teufel war Erika nicht drinnen?

„Los, weiter, Dad“, flüsterte sie.

Er wich einen Schritt zurück. „Ich liebe dich“, wiederholte er – für den Fall, dass Lili es beim ersten Mal vielleicht nicht verstanden hatte. „Ich war ein totales Ar…“ Er brach ab und sah zu Erika. „Ich war heute Abend ein Idiot. Nein, ich korrigiere, ich war vom ersten Tag an, als ich dich gesehen habe, ein Idiot. Wenn ich dich von Anfang an unterstützt und hinter dir gestanden hätte, wäre es nie so weit gekommen, dass du allein auf irgendeiner Wiese stehst und in Gefahr bist. Alles hätte sich anders entwickelt. Ich bin derjenige, dem ich die Schuld geben muss. Wenn Einstein mir nicht gesagt hätte, wo du bist, hätte ich dich verloren. Ich muss mich also bei ihr bedanken.“

Erika stellte sich neben Lili. Und die legte – statt ihm zu antworten – merkwürdigerweise ihren Arm um seine Tochter, beugte sich zu ihr hinunter und flüsterte ihr etwas ins Ohr. Erika schmunzelte.

Lili ging den Schritt auf Tanner zu, den er gerade zurückgewichen war. „Glaubst du wirklich, dass Einstein dir erzählt hat, wo ich war?“

„Ich glaube es nicht, ich *weiß* es. Sie hat mich gebissen, damit ich kapiere, was los ist. Sie ist die intelligenteste Katze, die ich kenne. Intelligenter als Fluffy.“

„Da-ad …“

„Aber es stimmt, Schatz.“ Dann wandte er sich wieder an Lili. „Und Einstein ist auch um einiges intelligenter als ich. Sie ist richtig klug.“

Lili sah ihn mit offenem Mund an. „Also nicht ‚nur‘ ein Tier?“

„Einstein ist eben Einstein.“

„Wirklich?“ Es schien Lili mit jeder Faser ihres Körpers zu ihm zu ziehen, aber sie blieb stehen.

„Wirklich."

„Und du liebst mich?"

„Ja, ich liebe dich."

„Du wirst deine Meinung nicht ändern, wenn Fluffy das nächste Mal mit mir redet?"

„Nein."

„Oder ein Hund oder ein Goldfisch?"

„Du sprichst auch mit Goldfischen?"

„Ich hab's noch nie versucht, aber ich bin sicher, dass ich es kann."

Er wollte sie küssen. Gott, wie gern er sie küssen wollte. „Ich ändere meine Meinung nicht, selbst wenn du mit einem Leguan redest."

Lili legte den Kopf schief. „Das habe ich noch nie probiert." Sie sah kurz zu Kate, dann legte sie einen Finger auf ihre Nase. „Aber ich werde es probieren. Ich mache mich als Tiertherapeutin selbstständig. Was hältst du davon?"

„Ich finde es großartig."

Sie riss die Augen auf. „Wirklich?"

„Du hast ein Recht darauf, aus deinem Leben zu machen, was du möchtest." Er sah Erika an, damit sie wusste, dass es für sie beide galt. „Welchen Weg du auch einschlägst, ich unterstütze dich."

Lili klopfte zärtlich an seine Stirn. „Ist ein Außerirdischer in deinen Körper geschlüpft?"

„Lili." Er strich ihr mit nur einem Finger über die Wange und konnte trotzdem ihre Wärme bis in sein Herz hinein spüren. „Liebst du mich?"

„Ich bin mir ziemlich sicher, dass ich es tue, Tanner. Frag nicht, warum – denn du hast mich herumkommandiert und mir ständig erklärt, was ich tun darf und was nicht …"

Er legte ihr eine Hand auf den Mund. „*Ziemlich* sicher?"

Sie leckte ihm über die Handfläche. Heiße Erregung

schoss ihm in die Lenden.

„Komm, Erika, wir bestellen jetzt unsere Pizza." Kate schob die Kleine zur Tür. „Sonst bekommen wir heute nichts mehr zu essen."

„Sag Ja, okay, Lili?", rief Erika noch schnell, ehe sie ins Lokal gingen.

Blieben sechs Teenager und ein Pärchen als Zeugen ... Tanner zog Lili um die Ecke des Hauses, damit sie außer Sichtweite der glotzenden Leute sowie seiner Tochter waren – falls Erika beschloss, noch einmal aus der Tür zu gucken.

„Als Kind wollte ich ein berühmter Anthropologe wie Louis B. Leakey werden und den Missing Link entdecken."

Lili zog fragend eine Augenbraue hoch.

Er legte seine Stirn an ihre. „Tja, ich habe meinen Missing Link gefunden. Dich."

„O Tanner. Das ist das Schönste, was jemals irgendjemand zu mir gesagt hat."

„Küss mich", flüsterte er.

Und das tat Lili. Mit ganzem Herzen und aus tiefster Seele, wie sie alles tat.

Er konnte kaum atmen. „Ich liebe dich", flüsterte er. „Ich möchte, dass du mir zeigst, wie man jeden Augenblick des Lebens so sehr genießt wie du. Zum Beispiel einen ganz normalen Sonnenuntergang."

„Sonnenuntergänge sind nie ganz normal", murmelte sie. „Sie haben einen Zauber in sich."

„Genau das meine ich. Ich möchte die Dinge so sehen wie du."

Sie nahm sein Gesicht in ihre Hände und schob ihn ein wenig zurück. „Tanner, warte. Ich glaube nicht, dass du weißt, worauf du dich da einlässt." Dann sagte sie leise: „Ich bin nicht normal."

„Ich weiß. Du bist etwas Besonderes. Du redest mit Tieren. Mein Vater ist der Meinung, dass du die perfekte Frau bist, und meine Tochter hat mir mitgeteilt, dass es in Ordnung ist, wenn du mich heiratest.“

„Dich heiraten?“ Ihre blauen Augen schimmerten dunkel.

„Ja. Ich verspreche, dass ich dich nicht herumkommandieren oder dir vorschreiben werde, was du tun sollst. Ich verspreche, dass ich Kompromisse eingehen werde.“

Sie blinzelte ihn erstaunt an. „Das tust du?“

„Ja, Lili, ich verspreche es. Du auch?“

Sie neigte ihren Kopf erst nach rechts, dann nach links. „Ich glaube, es ist besser, wenn ich dich darüber im Unklaren lasse ... Meinst du nicht?“

Er seufzte. „Ja, vielleicht.“ Dann lächelte er. „Einverstanden, lass mich im Unklaren. Ich bin bereit, dass mein Leben die eine oder andere Überraschung bereithält. Ist die Antwort jetzt ja oder nein?“

Sie umarmte ihn stürmisch und küsste ihn. „Die Antwort ist ja“, flüsterte sie.

Und Lilis Kuss war voller Zauber.

Erika kam wie ein Wirbelwind in die Küche gestürmt, warf sich in Roscoes Arme und sah ihn begeistert an. „Lili war in der Pizzeria, und Dad ist mit ihr rausgegangen, weil er ihr etwas Wichtiges zu sagen hatte.“ Sie holte tief Luft. „Er hat gesagt, dass er sie liebt“, flüsterte sie. „Und er hat sie geküsst, Grandpa.“

Roscoe legte den Kopf zurück und sah nach oben. „Halleluja, dein Vater hat eine Erleuchtung gehabt.“

„Ich glaube, die beiden werden heiraten. Grandpa, es hat geklappt. Ich habe mir eine Mom gewünscht, und jetzt bekomme ich eine. Ist das nicht Zauberei? Oder ein richtiges Wunder?“

Roscoe strich sich über den Kopf. Sein Herz hatte gerade einen Freudensprung gemacht. Auch wenn manchmal Schlimmes passierte, durfte man nicht aufhören, nach dem Silberstreif am Horizont Ausschau zu halten. Den gab es immer – man musste ihn nur suchen. „Es ist tatsächlich ein Wunder, Liebes. Ich hab's dir ja gesagt, Lili ist zauberhaft."

22. KAPITEL

Wie immer an einem Samstagmorgen war im „Stain“ jede Menge los.

Manny packte Lili am Arm und zog sie zu sich an die Theke. „Entschuldige, Süße, ich habe dich gar nicht gesehen! Einen Star wie dich würde ich doch niemals warten lassen.“ Dann rief er gewohnt laut über die Schulter: „Zuckerpuppe, sei so nett und mach Lili ihren Cappuccino!“

„Zuckerpuppe“ lächelte, drehte sich zur Espressomaschine um und präsentierte dabei ihr Delfintattoo.

Manny wickelte eine Plunderschnecke in eine Serviette und schob sie über die Theke. „Na, was gibt es Neues aus dem Königreich der Tiere?“

Glücklicherweise waren sie und Manny mittlerweile wieder zu ihrem üblichen Geplänkel zurückgekehrt. Die ersten drei Tage nach Hiram Battles Verhaftung war Lili im „Coffee Stain“ von allen möglichen Leuten ständig mit Fragen bombardiert worden, und Manny war der neugierigste – und lauteste – von allen gewesen. Am vierten Tag hatte sich die Lage zum Glück beruhigt.

Lili beugte sich vor. „Ich sage es dir nur ungern, Manny, aber ich hatte einen kleinen Plausch mit einer Ratte. Sie hat erzählt, dass sie mit ihrer ganzen Familie in deinen Hinterhof ziehen wird. Du brauchst also jemanden wie Pug, Manny. Pug wird stundenlang im Hof sitzen und darauf lauern, dass eine Ratte ihren Kopf aus dem Loch steckt, und dann *zack*.“

„Ich bin geschockt. Bisher dachte ich, du fändest es abscheulich, wenn Katzen Ratten abmurksen. Ratten sind doch auch Tiere!“

Lili seufzte und schüttelte traurig den Kopf. „Das ist nun mal der Lauf der Natur. Genau wie beim Bigfoot, wenn er sich einen einsamen Spaziergänger im Wald schnappt.“

Er fuhr sich mit dem Finger über den Rücken seiner krummen Nase. „Stimmt es wirklich, dass diese Ratte samt Familie in meinen Hinterhof kommt?"

Lili schmunzelte. „Würde ich dich jemals anlügen?"

Manny sah sie skeptisch an. Dann grinste er. Es war ein unglaublich süßes Grinsen, denn an seinem Vorderzahn fehlte ein kleines Stück. „Du hast gewonnen. Bring mir die Katze."

Sie sprang bei dem Versuch, ihn zu umarmen, beinahe über die Theke. „O danke, Manny, danke." Der Sheriff nahm Bash, und nun hatte auch Pug ein Zuhause. „Wenn Pug dir irgendwelche Probleme macht, rufst du mich an, und ich kläre das mit ihr. Und für den Fall, dass du Freunde hast, die mit ihren Tieren Schwierigkeiten haben – hier ist meine Karte." Sie zog ein Kärtchen aus ihrer Rocktasche und schob es ihm zu. Tanner hatte es für sie entworfen und auf seinem megatollen Farbdrucker ausgedruckt. „Ich habe vernünftige Preise", fügte sie hinzu, „und ich kann *jedes* Problem lösen."

Selbstverständlich würde sie für Leute, die Hilfe brauchten, aber knapp bei Kasse waren, auch ohne Honorar arbeiten.

Manny nahm die Karte und hielt sie in einiger Entfernung vor sich, damit er sie lesen konnte. „Da stehen nur eine Telefonnummer und dein Vorname."

„Ich weiß. Aber ich wollte kein Geld für richtige Visitenkarten ausgeben, solange Kate den perfekten Namen noch nicht gefunden hat. Ich habe auch noch keinen Gewerbeschein, aber das kommt noch."

Manny steckte die Karte in die Brusttasche seines Hemdes. „Alles klar, Süße. Ich werde dich allen meinen Kumpels empfehlen."

„Du bist ein echter Freund, Manny."

Er schob ihr den Cappuccino zu und gab ihr das Wechselgeld heraus. „Behandelst du eigentlich auch Schlangen?"

„Wer weiß? Einen Versuch wäre es wert." Sie strahlte ihn

an und nahm den Kaffeebecher und ihre Plunderschnecke. Sie würde *alles* wagen. „Bis dann."

Als sie sich zum Gehen wandte, hörte sie plötzlich, wie jemand ihren Namen rief. Die Stimme war fast so laut wie die von Manny.

„Lili!" Erika sprang von ihrem Stuhl auf. Du lieber Himmel, wie schaffte es Erika bloß, mit ihrem zarten Körper eine derartige Lautstärke zu produzieren?

„Hi! Wie geht's?" Lili stellte ihren Becher auf den Tisch und zog Erika liebevoll an einem ihrer Zöpfe. Die Kleine ließ ihre Hand in Lilis gleiten. „Ich habe euch gar nicht gesehen." Roscoe, Erika, Chester und Linwood saßen gleich neben einem von Mannys riesigen Gummibäumen in einer Ecke des Lokals.

„Wir hätten dich mit dem Auto zur Arbeit mitnehmen können", sagte Roscoe.

„Danke, aber dann hätte ich mir eine Heimfahrtmöglichkeit organisieren müssen."

Roscoe sah sie verschmitzt an. „Tanner hätte dich abholen können."

Tanner holte sie gern und oft ab. Besonders dann, wenn der Blumenladen schon geschlossen hatte und alle anderen nach Hause gegangen waren. Lili war nicht bei den Rutlands eingezogen – das würde erst nach der Hochzeit nächsten Monat passieren –, doch Roscoe bestand darauf, für sie zu kochen, Erika bestand darauf, mit ihr am Abend zu spielen, und Tanner bestand darauf, sie jeden Abend „nach Hause zu begleiten". Es war immer wieder erstaunlich, wie lang dieses „Begleiten" dauerte.

Meine Güte, sie liebte diese Familie.

„Es macht mir nichts aus, mit dem Rad zu fahren. Außerdem hatte Tanner heute vor, den Garten auf Vordermann zu bringen, und ich habe es nicht übers Herz gebracht, ihn davon abzuhalten." Sie schmunzelte. „Solltet ihr beide ihm nicht helfen?"

„Was glaubst du wohl, warum wir hier sind?" Roscoe lachte sich ins Fäustchen. Ganz Rascally Roscoe, der alte Schelm, wie Wanetta ihn genannt hatte. Es war furchtbar schön, ihn lachen zu hören. Denn das bedeutete, dass es ihm wieder besser ging. Sie wünschte es auch Linwood und Chester.

„Wie geht es Cy, Linwood?" Am Donnerstag hatte Lili Cyclops zu Linwood gebracht.

„Oh, es ist ganz nett mit ihm."

Lili sah ihn mit zusammengekniffenen Augen an. „*Nett*?"

„Fabelhaft."

Sie lächelte. „Das klingt schon besser."

„In dem Film, den ich mit Deanna Durbin gedreht habe, hatte sie einen Mantel an, der genauso aussah wie Ritas Fell", sagte Chester. Er hatte Rita ebenfalls am Donnerstag bekommen.

„Deshalb dachte ich, sie wäre die ideale Katze für Sie." Lili legte ihm die Hand auf die Schulter.

Die beiden alten Männer hatten dringend ein bisschen Aufmunterung gebraucht. Das Gleiche galt für Roscoe. Die Sache mit Hiram hatte alle drei schwer getroffen. „Übrigens, ich habe Ghost vor Kurzem zu Buddy Welch gebracht, und Buddy hat mir etwas höchst Interessantes erzählt. Wusstet ihr, dass er in der Air Force Doppelkopf gelernt hat?"

Linwood riss die Augen auf. „Der alte Knacker spielt Doppelkopf?"

„Genau."

„Aber er muss mit Roscoe zusammenspielen", grummelte Chester. „Linwood und ich sind so aufeinander eingespielt, dass wir uns blind verstehen. Außerdem bin ich zu alt, um mich auf jemand Neuen einzustellen."

„Blind verstehen? Du verstehst einen Scheißdr…" Linwood brach ab und schielte zu Erika. „Ein Häufchen Mist."

„Auch das verstehe ich."

Lili schmunzelte. „Was hältst du davon, Roscoe?"

Roscoe kratzte sich am Kopf. „Tja, immerhin hat er dir das Leben gerettet."

Doch es war Tanner gewesen, der ihr das Leben gerettet hatte – sogar in mehrfacher Hinsicht. Sie wäre, wie Kate andeutete, an ihrem vierzigsten Geburtstag aufgewacht – kinderlos, unverheiratet und einsam. Doch nun hatte sie Erika und Roscoe. Chester und Linwood. Kate. Und Tanner. „Ich glaube, ihr solltet Buddy eine Chance geben." Sie kräuselte die Nase. „Nur einmal."

Dann sah sie auf ihre Armbanduhr. „O mein Gott, ich komme zu spät. Kate wird mich umbringen." Sie schnappte ihren Kaffee und die Plunderschnecke. „Bis heute Nachmittag." Sie drückte Erika einen Kuss aufs Haar und Roscoe einen auf die Stirn.

Ende gut, alles gut. Das klang wie einer von Tanners Leitsätzen. Hiram würde für den Rest seines Lebens im Gefängnis bleiben; ein junger Mann war tot, seine Familie am Boden zerstört, die Freude an der Doppelkopfrunde für immer getrübt ... und wozu? Die Ermittler hatten alles, was Avery Able gehört hatte, genau überprüft – seinen Computer, sein Studentenzimmer und sein Auto, das Hiram – wie er schließlich gestand – am Ende einer der vielen unbefahrenen alten Forststraßen versteckt hatte. Man hatte nicht einmal den kleinsten Hinweis gefunden, dass Avery Hiram erpressen wollte. Und nichts deutete darauf hin, dass er über Hirams Lebensgeschichte überhaupt Bescheid gewusst hatte. Die Bezüge in seinem Manuskript waren rein zufällig. Vielleicht basierte das Buch auch auf logischen Schlussfolgerungen. Oder auf dem Gedankenspiel „Was wäre, wenn ...?" Lili hatte gehört, dass Schriftsteller das ständig machten und aus einem einzigen „Was wäre, wenn …?“ ganze Romane entwickelten. Sheriff Gresswell begann langsam zu glauben, dass Hiram Battle Avery wegen … *nichts* ermordet hatte.

Lili war ein Mensch, der daran glaubte, dass das Leben voller Zauber und wundersamer Fügungen war, die letztlich einen Sinn ergaben. Doch darin konnte auch sie keinen Sinn entdecken.

Vielleicht lag jedoch der Sinn darin, dass sich die wundersamen Fügungen am Rande des schrecklichen Verbrechens ereignet hatten, dachte sie, während sie das „Stain“ verließ. Sie hatte Tanner, Erika und Roscoe gefunden, und alle Katzen außer Don Juan und Serenity hatten ein neues Zuhause bekommen. Und dann war da noch Lady Dreadlock.

„Weißt du, was ich bin?“

Wenn man vom Teufel redete … „O mein Gott.“

Es war nicht der Teufel. Es war nicht einmal Lady D. Es war Patsy. Sie hatte ihre Dreadlocks abgeschnitten, und das millimeterkurze Haar bedeckte ihren Kopf wie ein seidiger Flaum. Und, Grundgütiger, sie trug nur eine Schicht Kleider – ausgewaschene Jeans und ein dickes blaues Flanellhemd. Die Tennisschuhe, bei denen immer ihre Zehen herausgelugt hatten, waren offenbar vorne zugewachsen.

Auf der Straße herrschte reger Verkehr, und an Lili gingen viele Leute vorbei – doch sie hätte auch keine Angst gehabt, wenn die ganze Stadt in diesem Augenblick wie ausgestorben gewesen wäre.

Als Lili nicht sofort antwortete, legte Patsy ihren Kopf schief und wartete.

„Ich weiß, was du bist“, sagte Lili. „Du bist das Gleiche wie ich. Und wir sind etwas Besonderes.“

„Beobachtet Gott uns?“ Bislang hatte Patsy immer wie eine religiöse Fanatikerin geklungen, die ihre Prophezeiungen mit wirrem Blick von sich gab. Doch heute sah sie Lili nur fragend an. Ihr Blick wirkte beinahe … normal.

„Er sieht uns, und er hält uns nicht für schlechte Menschen. Ganz und gar nicht. Wir haben nichts Böses getan, und er wird uns nicht bestrafen."

Patsy dachte nach. Sie wandte den Kopf zuerst nach rechts, dann nach links – wie ein Tier, das einem Geräusch lauscht oder von fern den Ruf eines Menschen hört. Dann nickte sie und kam einen Schritt näher. Lili wusste nicht genau, ob Patsy ihr glaubte. Irgendwo in ihr versteckte sich noch immer Lady Dreadlock.

Und doch war Patsy eindeutig auch anwesend. Lili würde sie nicht entwischen lassen. „Ich heiße Lili. Vielleicht könnten wir uns mal über Tiere und alles, was dazugehört, unterhalten." O Mann, das klang wenig überzeugend. „Ich meine, du könntest mir von dir erzählen und ich dir von mir, und …"

Patsy wich zurück. „Sag der Katze, sie hat recht."

„Einstein? Womit hat sie recht?"

„Du bist gut, nicht böse." Dann drehte sich Patsy um, bog in die nächste Seitengasse ein und war verschwunden.

Übersetzung: Es gab Hoffnung für Patsy.

Lili würde eine Möglichkeit finden, ihr zu helfen. Hm, vielleicht würde Patsy eine gute Assistentin in der Tiertherapie abgeben? Sie hatte wirklich eine erstaunliche Begabung, die möglicherweise noch größer war als ihre eigene. Lili schien nun kein Problem mehr damit zu haben, das zuzugeben. Und als Assistentin zu arbeiten würde Patsy helfen, ihre Gabe ganz zu akzeptieren. So wie Lili ihr Talent akzeptiert hatte. Vielleicht war das das Geheimnis, nicht verrückt zu werden oder sich zu verstecken: *Glaub an dich, und der Rest der Welt wird dir auch glauben. Und wenn nicht, pfeif drauf* – um es mit Kates Worten auszudrücken.

Gut möglich, dass Patsy eine eigene Katze brauchte. Don Juan! Die beiden würden sich prächtig miteinander unterhalten. Don Juan machte seinem Namen alle Ehre und liebte die Frauen. Sowohl die menschlichen als auch seine weiblichen Artgenossen. Er wäre ideal für Patsy. Die Idee war klasse. Blieb nur noch Serenity. Sie hatte keine Ahnung, wer mit Serenity klarkommen könnte.

Die Ladentür des „Flowers by Nature“ war offen. Oops, sie war heute Morgen wirklich spät dran. Kate stand schon hinter der Kasse und sah die Post durch. Noch mal oops. Das war gar nicht gut.

„Tut mir leid, dass ich zu spät bin.“ Lili hielt ihr ihre Plunderschnecke als Friedensangebot hin. „Möchtest du ein Stück?“

Kate fächelte sich mit einem der noch ungeöffneten Kuverts Luft zu. „Eine Plunderschnecke am Tag verstopft die Arterien.“

„Deshalb dachte ich ja, wir könnten teilen.“ Lili lächelte. „Dann ist es keine ganze Schnecke am Tag, nur eine halbe, und nur die Hälfte meiner Arterien verstopft.“

„Wie schaffst du es bloß, etwas absolut Unlogisches logisch klingen zu lassen?“

„Tja, diese Begabung ist ein Geschenk des Himmels.“ Lili stellte ihren Cappuccino auf den Ladentisch.

„Ich habe übrigens auch ein Geschenk für dich, und zwar den absolut perfekten Namen.“

„Wow! Sag!“ Lili hüpfte vor Begeisterung auf und ab. Ihr Rock hüpfte mit.

„Animal-Cracker.“

Lili verschlug es die Sprache. Sie sah Kate nur mit großen Augen an.

Kate legte das Briefkuvert, das sie als Fächer verwendet hatte, auf den Ladentisch. „Weil du Tieren hilfst, die manchmal einen kleinen Crack, also einen Knacks, haben, oder? Und weil du jedes Problem knacken kannst. Außerdem denkt bei Cracker jeder an Hundekekse."

„Ich verstehe." Lili war völlig von den Socken. „Kate, du bist die Beste. Keine Ahnung, wie du es schaffst."

„Deshalb bin ich hier der Boss. Ich bin ein Genie." Sie hielt immer noch das gleiche Kuvert in der Hand und drehte es hin und her.

„Was ist das?"

„Was denn?"

„Dieser Brief."

Kate starrte den Brief an, als hätte sie gar nicht gemerkt, dass sie ständig damit spielte. „Der? Das ist der wöchentliche Scheck des Bestattungsinstituts."

„Willst du damit sagen, dass Joe ihn nicht persönlich vorbeigebracht hat wie letztes Mal?"

„Seit ich einem zweiten Date zugestimmt habe, schickt der die Schecks wieder mit der Post."

Hmm. Lili wusste nicht, ob Kates Gesichtsausdruck etwas Gutes oder Schlechtes bedeutete. „Wirst du mir jemals erzählen, was bei diesem ersten Date *wirklich* passiert ist?"

„Nichts ist passiert, Lili." Doch um Kates Mund spielte ein ganz eigenartiges Lächeln. Es war ihr anzumerken, dass etwas absolut Sensationelles vorgefallen war. „Es war nur nicht so schlimm, wie ich befürchtet hatte."

Lili lachte. „Joe hätte bestimmt keine große Freude, wenn er dich jetzt hören würde."

„Dann verrat es ihm nicht." Kate lächelte breit.

Joseph Swann hatte ein hartes Stück Arbeit vor sich. Es lag nicht in Kates Natur, sich leicht erobern zu lassen, doch sie war es wert. Und Joe verfügte – davon war Lili überzeugt – über jede Menge Durchhaltevermögen. Er würde sich der Herausforderung stellen, sei sie auch noch so schwer.

„O mein Gott" flüsterte Lili.

Kate erschrak. „Was ist?"

„Ich hatte gerade einen brillanten Einfall. Serenity würde perfekt zu Joe passen.“

„Serenity, die Katze?“ Kate wusste über Lilis mühsames Unterfangen Bescheid, ein neues Zuhause für Wanettas Lieblinge zu finden.

„Ja.“ Joe liebte schwierige Frauen. Nicht dass Kate schwierig wäre, aber, nun ja, sie zu einem Date zu überreden hatte immerhin einer zweimonatigen Vorarbeit bedurft. Vielleicht sollte Lili dieses Argument besser nicht anführen, wenn sie erklärte, warum Joe und Serenity das ideale Paar wären. „Er muss jeden Tag beruhigend auf Menschen einwirken. Stell dir vor, wie viel Gutes er Serenity tun könnte.“

Kate hatte keine Gelegenheit, etwas zu erwidern, denn in diesem Augenblick bimmelte das Glöckchen über der Ladentür.

„Ich glaube, dieser Kunde will zu dir“, flüsterte sie, nahm rasch ihre Post und verschwand nach hinten in den Arbeitsraum.

„Ich hoffe, Sie können mich fachmännisch beraten.“ Tanners Stimme ging Lili mit einem Prickeln durch und durch.

Sie drehte sich um, lehnte sich an den Ladentisch und beobachtete das verführerische Spiel seiner Muskeln, als er auf sie zuging. „Wonach suchen Sie denn?“

Er blieb stehen. Lili sog seinen männlichen Duft ein.

„Ich brauche einen ganz besonderen Blumenstrauß für eine ganz besondere junge Dame.“

„Darf ich Ihnen zeigen, was wir hier drüben für Sie haben?“ Sie nahm ihn an der Hand und zog ihn zu den Kühlvitrinen an der Wand. Hier konnte man sie weder von der Ladentür noch vom Arbeitsraum aus sehen.

Tanner umarmte sie von hinten. „Zeig mir alles, was es gibt“, hauchte er ihr ins Ohr.

Sie hatte ihm schon alles gezeigt. Doch vielleicht sollte sie sich etwas Neues einfallen lassen. Etwas Neues und unglaublich Aufregendes. „Wie wär's damit?" Sie zeigte auf eine Gladiole in der Kühlvitrine.

„Zu unspektakulär", flüsterte er.

Sie schmiegte sich an ihn und deutete auf einen Strauß. „Tja, da hätten wir noch das hier." Rosen, deren Blüten mit weißem Schleierkraut und zarten grünen Zweigen eingefasst waren.

„Zu konservativ." Er ließ seinen Daumen verstohlen über ihre Brust gleiten.

„Hmm ... Wie wäre es dann mit diesen Blumen da hinten?" Rosa, blaue und gelbe Nelken.

„Zu schlicht." Er drückte sich zärtlich an sie. Lili spürte den Schauer in jedem Teil ihres Körpers. Tanner war genau an den richtigen Stellen hart. Leider hatte sie noch zu tun. Und im Raum hinten waren Leute, jede Menge Leute sogar. Darunter Kate.

„Tja, Sie müssen Ihre Vorstellungen wohl etwas konkreter äußern, Sir, damit ich Ihre Wünsche zur vollsten Zufriedenheit erfüllen kann."

„Oh, ich bin überzeugt, dass Sie *alle* meine Wünsche erfüllen können – sogar die, die ich noch gar nicht kenne. Ich brauche etwas Exotisches, Temperamentvolles und Fantasievolles. Etwas mit Wildblumen. Und es muss teuer sein, sehr, sehr teuer."

„Hmm, diese junge Dame mag also teure Geschenke?"

„Natürlich, sie ist ja eine Frau. Und sie ist zauberhaft." Er ließ einen Finger unter den Bund ihres Rockes gleiten.

„Da hätte ich vielleicht genau das Richtige für sie. Ich habe nämlich zu Hause ein Kreativprojekt in Arbeit. Wenn Sie möchten, können Sie später bei mir vorbeikommen. Dann zeige ich es Ihnen."

„Na, das klingt ja äußerst vielversprechend." Er leckte

zärtlich an ihrem Ohrläppchen. „Ich liebe dich“, flüsterte er.

Lili drehte sich um und schlang die Arme um ihn. „Und ich liebe dich.“ Sie gab ihm als kleinen Vorgeschmack einen Kuss. „Ich dachte, du hättest im Garten zu tun?“

„Ich habe dich vermisst.“ Er schnupperte an ihrem Haar. „Und ich wollte dir sagen, dass die letzte Nacht unglaublich war. Ich glaube, wir sollten Wanettas Haus auch nach der Hochzeit als unser privates kleines Refugium behalten. Dann kannst du so laut schreien, wie du möchtest.“

„Ich habe nicht geschrien.“

Er zog sie sanft am Haar und zwang sie dann, ihn anzusehen. Seine blauen Augen schimmerten dunkel und verführerisch. „O doch, das hast du.“

„Na gut, aber es war ein damenhaftes Schreien.“

„Es war ekstatisch. Ich will, dass du jedes Mal so schreist.“

„Dann hast du ja in Zukunft jede Menge zu tun.“

„Darauf freue ich mich wahnsinnig. Es ist viel schöner als Gartenarbeit.“ Er küsste sie auf das rechte Augenlid. „Verdammt, noch einen ganzen Monat, bis ich dich in meinem Bett habe. Du hast keine Ahnung, wie sehr ich mich danach sehne, mit dir im Arm einzuschlafen.“ Er küsste sie auf das linke Lid. „Und mit dir aufzuwachen.“

Oh. Hm. Sie hatte ihm Einsteins Bedingungen noch nicht erzählt. Das würde sie Tanner schonend beibringen müssen. Sie schmiegte sich an ihn. „Ich glaube, wir müssen uns mit Erika über Fluffys Namen unterhalten. Weißt du, er ist kein flauschiger Fluffy. Sein Name ist möglicherweise der Grund für die Probleme zwischen ihm und Einstein. Sie assoziiert das immer gleich mit Kastration. Aber wenn er den richtigen Namen hätte, wäre ihr bei ihren Sticheleien ein wenig der Wind aus den Segeln genommen. Was hältst du davon?“

Tanner lächelte. Zumindest Lili interpretierte es als Lächeln. Jemand anderer hätte es vielleicht als breites Grinsen bezeichnet. „Wie wäre es, wenn wir ihn fragen, ob er Loki heißen möchte?"

Wow, er hatte „wir" gesagt und ernsthaft über einen neuen Namen für seinen Kater nachgedacht. Sie bewunderte diesen Mann. Er lernte so schnell. „Loki?"

„Das ist der Gott der Zwietracht und List aus der nordischen Mythologie."

„Oh", hauchte sie, „das ist eine fantastische Idee. Sie wird sogar Erika gefallen. Und wenn Einstein sagt, dass sie die Inkarnation des intelligentesten Menschen ist, den es jemals gab, kann Loki sagen: ‚Na und? *Ich* bin ein Gott.'"

Tanner zog sie an sich. „Dann wäre das also geklärt. Falls Fluffy auch einverstanden ist. Sag, wann hörst du heute auf zu arbeiten? Ich glaube, wir sollten ins Grüne fahren. Ich kenne da eine Stelle, wo ich dich ins Gras betten und ..."

„Ich bin gerade erst in den Laden gekommen, Tanner."

„Oh, stimmt."

Außerdem konnte jeden Moment ein Kunde kommen – oder Kate. Ihre Chefin war schon ziemlich lange hinten. Und Lili musste Tanner noch etwas sagen, das sie schon seit Dienstag vor sich herschob.

Sie holte tief Luft. „Tanner?"

„Ja?"

„Es geht um Folgendes ..."

Er küsste sie. „Meine Güte, ich liebe es, wenn du das sagst. Meine Nerven sind dann immer sofort in erhöhter Alarmbereitschaft."

„Es ist etwas wirklich Ernstes. Ich muss dir sagen, was Einstein geford..."

Tanner legte ihr eine Hand auf den Mund. „Lass mich raten."

Er würde es nie erraten, doch sie nickte.

„Einstein will ihren Platz in der Mitte des Betts behalten,

wenn ihr beide bei uns einzieht.“

„O mein Gott“, murmelte sie in seine Hand hinein. Dann leckte sie ihm über die Handfläche. Er hielt ihr immer noch den Mund zu.

„Aber Einstein und ich arbeiten an einem Kompromiss.“ Endlich nahm er die Hand von ihren Lippen und legte sie ihr auf die Wange. „Wir teilen dir dann mit, zu welchem Ergebnis wir gekommen sind.“

Oh. Oh! Lili bekam feuchte Augen. „Du hast mit Einstein geredet? Aber wie? Das verstehe ich jetzt nicht.“

Tanner küsste sie erst auf den Mund, dann auf die Nase. Schließlich vergrub er sein Gesicht in ihrem Haar und flüsterte: „Es war eine dieser magischen Begegnungen.“

– ENDE –

Beverly Barton
Raintree 3
Der Liebe geweiht
Band-Nr. 25364
6,95 € (D)
ISBN: 978-3-89941-586-5
320 Seiten

Linda Lael Miller
Die McKettricks 3
Sturm über der Wüste
Band-Nr. 25362
7,95 € (D)
ISBN: 978-3-89941-584-1
304 Seiten

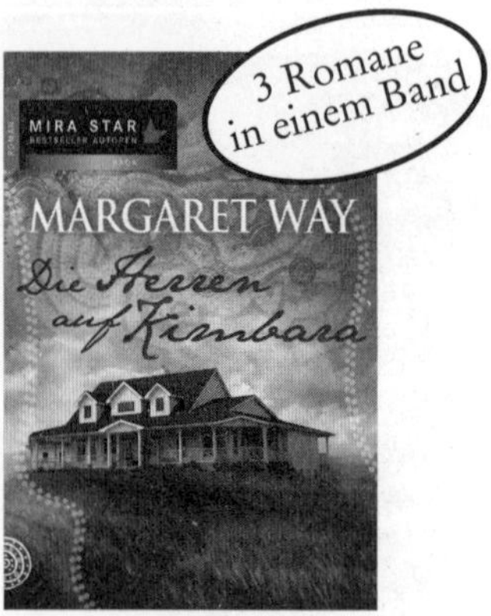

Margaret Way
Die Herren auf Kimbara
Band-Nr. 25396
8,95 € (D)
ISBN: 978-3-89941-643-5
480 Seiten

Susan Wiggs
Und es war Sommer …
Band-Nr. 25389
8,95 € (D)
ISBN: 978-3-89941-632-9
448 Seiten

Susan Andersen
Safer (S)EX
Band-Nr. 25392
8,95 € (D)
ISBN: 978-3-89941-637-4
368 Seiten

Carly Phillips
Fang schon mal
ohne mich an!
Band-Nr. 25384
8,95 € (D)
ISBN: 978-3-89941-621-3
336 Seiten

Nora Roberts
Irische Träume
Band-Nr. 25393
8,95 € (D)
ISBN: 978-3-89941-638-1
352 Seiten

Nora Roberts
Ungezähmte Herzen
Band-Nr. 25382
8,95 € (D)
ISBN: 978-3-89941-619-0
336 Seiten